美食三品

宝树 著

图书在版编目（CIP）数据

美食三品 / 宝树著. -- 北京：新星出版社，2024.
9. -- ISBN 978-7-5133-5717-3

Ⅰ．I247.7

中国国家版本馆 CIP 数据核字第 2024ZY4282 号

美食三品

宝树 著

责任编辑	施 然	监 制	黄 艳
责任校对	刘 义	责任印制	李珊珊

出 版 人　马汝军
出版发行　新星出版社
　　　　　（北京市西城区车公庄大街丙 3 号楼 8001　100044）
网　　址　www.newstarpress.com
法律顾问　北京市岳成律师事务所
印　　刷　北京美图印务有限公司
开　　本　910mm×1230mm　1/32
印　　张　11.5
字　　数　298 千字
版　　次　2024 年 9 月第 1 版　2024 年 9 月第 1 次印刷
书　　号　ISBN 978-7-5133-5717-3
定　　价　65.00 元

版权专有，侵权必究。如有印装错误，请与出版社联系。
总机：010-88310888　传真：010-65270449　销售中心：010-88310811

目　录
Contents

宇宙卷
　　建造　3
　　第一次接触　7
　　末日之旅　29
　　如当节日的时候……　47
　　上帝之道　53
　　孑遗者　63
　　空间猎人　91

时空卷
　　第一个时间旅行者　119
　　超时空角斗　123
　　时间线定制机　131
　　度假周　145
　　看得见风景的窗口　179
　　退行者　203

人间卷
　　美食三品　225
　　你幸福吗？　243
　　爱你　251
　　灯塔少女　267
　　特赦实验　289
　　相亲　295
　　冷湖，我们未了的约会　303

　　后记　361

宇 宙 卷

宝 树 奇 妙 物 语

建　造

某年某月某日，全球的射电望远镜同时收到了一个信号。

信号来自银河系中心，距离地球至少两万五千光年。那里恒星密集，分不清这段电波究竟从哪一颗星而来，但它无疑源自智慧生命。

电波持续了二十二个小时，间隔半小时后又精确重复了一遍，证明绝非巧合。播放三次后归于沉寂。其内容极为丰富，破译花了十年时间，结果发现是一份详细说明，告诉人们如何制造一部极为复杂且巨大的机器，但并没有说明这部机器的用途。即使是顶尖的科学家也无法推测出这部机器是干什么的。就像蚂蚁可以把一辆汽车的构造摸清楚，但仍然不知道汽车是什么。

这部机器需要全球人民的通力合作才可能造出来。但人们疑虑重重。"这是陷阱，是外星人企图毁灭我们的陷阱！"许多人说。"外星人要毁灭我们哪里需要这么麻烦？他们是来帮助我们的。"另一些人说。"如果不按照外星人的指令去做，他们才会消灭我们！"更有人说。

民众陷入了无所适从的恐慌，若干国家坚决反对建造它，但又害怕其他国家合作建造后，反而对自己不利。讨论了十年之久，各国终于决定，联合建造这部机器，但是必须放在距离地面数万公里之外的轨道上进行，以预防可能发生的灾难。

虽然有图纸，但真要造出来仍是步履维艰。一个世纪后，这部机器才堪堪成型，那是一个巨大的球体，通体漆黑，它吸收一切光线，而没有任何辐射。虽然在距离几万公里的太空中，但当它升起在头顶时，宛如蓝天上破了一个大洞，又仿佛是妖兽张开的大口，要吸入地上的一切……

黑洞般的球体再次引起了恐慌，在完工前夕，几个大国要求暂缓建造，认为它可能会毁灭世界。但另外几个大国坚持主张将其建造完成，世界就此割裂。有的国家甚至开始向球体发射导弹。因为球体的特殊构造，这些导弹没有对它造成丝毫伤害，所以最后他们决定把导弹射向支持建造球体的国家。

摧毁世界的核战终于爆发，一场绚丽的烟花过后，整个星球回到了石器时代。文明和历史都被遗忘殆尽，遑论科学。此后五千年中，野蛮时代的农人和武士仰望着天空中的怪异黑洞，发明出千奇百怪的仪式来崇拜它。直到文明再一次兴起，新一代的人们从地下挖出史前的资料和图纸，将其破译为自己的语言，才总算知道了这个黑洞的来龙去脉。

宇宙飞船再次被发明出来，宇航员们登上了球体，并按图纸上的说明进入其内部。他们发现，球体离完工其实只有一步之遥，只需将动力装置插入一个槽体中，一切就完成了。政府还有疑虑，但一位科学家私自做了一个大胆的决定，擅自动手，将最后的组件安装好。蓦然间，球体打开了，放射出了一束光线，宛如沉睡的古神张开大眼，将整个行星笼入其中。片刻后，空间被撕开一道宏大的裂缝，行星落了进去。

地上的人们发现，头顶的天空变了，黑暗的夜空被亿万颗陌生而美丽的星辰所照亮，一座座宏伟的机械城市飘浮在星体之间，无数奇异的飞船像闪光的鱼群般在空中来去……

他们跨越了两万五千光年，到达了银河之心，而整个银河系的高等文明都聚集在这里。

人们明白了来龙去脉：十亿年前，从银河系中央的黑洞中，传出了一个神秘信号，这个信号无比冗长，花了三千年才传送完毕。它给了银河系文明一张机器的图纸。那是一个绵延上百光年的超级巨环，要造出来需要耗费几亿颗恒星的物质和能量，且涉及的技术极其高深，收到信号的几个文明也只能理解到最表面的层次。建造它，超出了任何单独文明的能力。

于是，这些文明决定向整个银河系广播，邀请所有足够发达的文明都来参与这个浩大到超乎想象的工程，在银河系的中心建造这个巨环。工程已经持续了整整十亿年，但这也只是一个开头，可能再有五十亿年才能完工。无人知晓这个巨环完成后，会发生什么。

从此这颗行星就留在了银河系的中央，融入了银河文明共同体，开始参与建造那部真正宏伟的机器。

至于那个黑洞般的球体，它并没有跟着一起转移。行星被传送后，它又飘到了一个新生的星系，在某颗刚刚诞生了生命的行星之畔，成为一颗卫星。在此后数十亿年的漫长岁月里，它的引力俘获了大量的岩石物质，让它拥有了一副新外壳。它每隔一万年对自己所环绕的行星进行一次扫描，如果发现文明达到足够的程度，就会再次启动，将整颗行星送往银河系中心，参与那项伟大的工程。

请看窗外的那轮明月，它一直陪伴在我们身边，观察着我们，也许下一秒就会启动。

第一次接触

1

蒙蒙细雨中,黑色林肯轿车从第七街驶入宽敞的宾夕法尼亚大道,华盛顿纪念碑矗立在乌云下,白宫的圆顶遥遥在望。尽管下着雨,但大街上愤怒的人潮涌动,高举形形色色的标语,冲击着由警察组成的岌岌可危的人墙。

"他们在抗议什么?"威廉·罗伯逊教授好奇地问,"阿富汗战争还是华尔街金融家?"

"教授,我记得跟您说过了,"特勤局探员大卫·库珀苦笑着,"他们在抗议您。"

现在,罗伯逊教授已经可以看清许多标语的内容,并听到民众此起彼伏的愤怒呼声:

"We need God, not Aliens!"(我们需要上帝,不是外星人!)

"No SETI, no signals!"(不要SETI,不要发信号!)

"SETI betrayed the Earth!"(SETI背叛了地球!)

"看,"库珀耸耸肩说,"跟我对您说的一样。"

"我……没有想到民众反应会如此激烈,"罗伯逊教授沉默了一会儿后开口说,"我觉得这是件好事,否则我不会那么快就——"

"对媒体披露发现外星人信号的事?"库珀有些不耐烦地接口,"如果这样的话,事情会好办得多。但现在整个美国——不,全世界——都知道了,这让我们很被动,你应该首先向政府报告的。"

"SETI，或者说搜寻地外文明计划，"罗伯逊教授庄重地说出了全称，"是一个社会项目。我们在宇宙范围内搜寻射电信号。可惜短视的美国政府多年前就停止了拨款，如今一切资金来自社会，许多人还下载程序帮我们进行分析，我在道义上无权对公众隐瞒自己的发现。"

"这正是问题所在，"库珀叹息说，"如果只是搜寻远在天边的外星人的信号，那是一回事，但现在你的研究让民众陷入了极端恐慌之中。"

"太愚昧了，"罗伯逊摇摇头，"他们不知道自己在做什么。"

"愚昧？"库珀冷笑一声，"教授，你没有权利这么说，他们只是普通人，只是想要在这个越来越艰难的世界上生存下去，而你的发现威胁到了这一点。"

罗伯逊转过头盯着库珀看了一会儿："先生，你也是这么想的吗？你认为是我把人类置于危险的境地？"

库珀微微垂下眼睛，避开他的目光："我个人怎么想并不重要，教授，这是公务，我会履行自己的职责。"

在一个路口，人群冲破了警戒线，一拥而上，拦在了路中央，林肯轿车被迫停了下来，逐渐被人潮包围，有人开始砸车门。警察朝天鸣枪，催泪瓦斯四处乱飞，局势一片混乱。

罗伯逊有些不知所措："现在该怎么办？"

库珀摇头叹息："不知道是谁泄露的消息，说您今天要来白宫接受总统咨询，所以民众都涌到这里来抗议了，如果不是我们提前有所防备的话……"

轿车门被打开了，一男一女被揪了出来，是两个二十多岁的年轻人，人们愣住了，他们二人年纪都很轻，不可能是年逾五旬的罗伯逊教授。

马路另一边，身穿风衣、戴着墨镜的罗伯逊被库珀带进了胡佛大楼。

"不用去白宫了，总统在FBI总部等您。"

2

约翰·曼斯菲尔德总统坐在一张沙发上，他是白人，年龄和罗伯逊相仿，个头不高，两鬓斑白，眼神中透着鹰一般的锐利。罗伯逊一直认为自己对政治不感兴趣也毫无畏惧，但看到面前这位在全世界拥有极强话语权的领导人，心中还是有些惴惴不安，手不知往哪里放。

"罗伯逊教授，"总统站起身，客气地伸出手，"很遗憾我们必须以这种秘密的方式见面。"

"总统先生，"罗伯逊和他握手，"抱歉，我也不知道为什么事情会变成这样……我只是一个学者。"

"从在你主持下的SETI破译出外星人信号的那一天，一切都已经不一样了。现在整个地球都知道了，我们在宇宙中不是孤独的。"

"这是多么激动人心的发现！这是一件好事，不是吗？"

总统微微叹息，向罗伯逊做了一个请坐的手势，然后坐在他对面缓缓说道："那得看在什么意义上，至少很多民众没法适应，引起的各种反应，政治的、社会的、宗教的，简直是一团乱麻……很多人认为世界末日就快来了。我刚收到一份司法部的报告：过去两个月的犯罪率比去年同期上升了57%，而且还在不断飙升。"

"这我能理解，但这只是暂时的，是新时代的阵痛！等我们和外星人建立联系之后，一切都会——"

"等等，"总统伸手叫停，"请原谅，我读了有关的报告，但是有好几百页，过于繁复，而且都是用技术性语言写的，我不能确定自己的理解全部正确，所以我请你来，希望从头把事情理清楚。"

"当然，"罗伯逊恳切地说，"事情是这样的，正如您应该已经知道的,在半年前,我们接到了一个来自人马座方向,距离地球三万光年之远的射电信号……"

"对不起,教授,我不是天文学家,三万光年大约相当于……"

"大致是地球到银河系中心的距离,比我们肉眼所能看到的任何星体都要远。事实上,这个信号就来自银河系核心的恒星密集区域,那里是银河系中最大的能量源泉,我们相信,那里应该是银河系中一些古老发达文明的聚集之地。"

"你确定那是智慧生命发出的信号?百分之百确定?"

"百分之百。这个信号有红巨星级别的功率,强度惊人,而且是经过频率调制的,那些外星人在用恒星向整个银河系发射信号,信号长度约为78分钟,然后间隔约245分钟再重复。这个时间比,正好是 π 值,并且精确到了我们无法发现误差的程度,这就是他们拥有文明的标志!如今,我们已经破译了其中蕴含的大部分信息。"

"这正是我疑惑的地方,"总统插嘴问道,"人类如何能破译外星人的信息?我们可能没有一点相似之处,怎么能够知道对方的语言呢?"

"但有一点是宇宙共通的,"罗伯逊接口说道,"那就是数学语言,您看——"

他从文件夹中抽出一张纸,总统看到上面写满了各种符号,第一行是:

[α][. β][.. γ][... β α]……

"这些符号是我们为了方便随意使用的,"罗伯逊解释说,"每一个代表了一种特殊频率的脉冲,它们彼此交错,结成有机的序列。括号表示长间隔,空格表示短间隔,您能看出这代表什么吗?"

总统沉吟了片刻说:"α β γ 与点号本身无关,只与其数量有关,应该是代表了数字0,1,2?"

"完全正确,0,1,2,这个体系只用三个数字,到了3,就要用

10了，所以是三进制。所以您看，我们很容易破译了数字信息，现在就有了一整套数字系统。接下来还有其他一些信息，如α x α、β x β等等，可以破译出x代表等号，有了数字和等号，下面很容易得出一连串的数学符号和公式。当然，越到后面越艰深，但有了前面的基础就比较容易理解，最后有好几种数学符号甚至是人类从未用过的，表达一些我们从未定义过的数学领域。"

"好吧，我大致理解了。但除了数学，这种语言还能传达什么？"

"绝大部分科学理论。宇宙是用数学语言表达自身的，每一种基本粒子都可以视为高维度的不同几何折叠形态，因而可以量化表达。比如六种夸克，它们的关系如果用数学方程表示……"

"请简洁点，教授。"总统皱了皱眉头。

"抱歉。总之，破解物理和化学语言是相对容易的，而外星人带给我们的信息正是有关这些方面，它们告诉了我们一些物理方程式，其中一部分我们是知道的，但有很多我们还不清楚。"

"也就是说，银河系中心的某个文明向整个银河系广播重要的科学公式？他们的目的是什么？"

"告诉了我们一件非常重要的事，总统先生，我们是野蛮人。"

3

总统耸耸肩："这还用说吗？相比于他们，我们当然是野蛮人，至少我们没有能力在全银河范围内进行科学广播。"

"不，不，"罗伯逊摇头道，"意思比这个要具体……实际上，这种广播本身都是野蛮的。您要知道，我们在太空搜索信息的方式相当原始，本质上和古代人瞭望烽火差不多，都是找到远处的电磁波信号，然后猜测其内容大意。但是正如古代人不知道无线电和光缆，我们也不知道更先进的信息交流方式，这个射电信号正是用一种原始的方式告诉我们更为先进的通信方式。"

"说具体点，教授。"

"关于宇宙间生命体系的多少，向来有很多争议。但是这个广播里给出了一个公式，告诉我们如何通过恒星的数量和类型比例计算大致的生命系统数量，结果证明，银河系中有生命的行星是相当少的，总共不到一百万个。"

"一百万个有生命的星球？你把这叫作'少'!？"总统大为不解。

"可是银河系中有数千亿颗恒星，这就意味着十万颗恒星里只有一颗是有生命的，在地球周围数百光年内，可能什么都没有。而按照相对论，我们无法以超过光速的速度航行，因此很难找到另一个有生命的星球，更不用说是文明了。

"但这只是表象，总统先生，最粗浅的表象。好像一个野蛮人'正确'地推理出人要靠双脚走遍世界是不可能的，他就以为人不可能走遍世界。但外星文明的公式向我们揭示一种全新的可能，那些相隔亿万光年的伟大文明之间可以轻松往来，因为在物质结构的底层，在时间和空间的最细微处，有一种高维度的通道，这个结构虽然蜷缩在微观世界，却以一种巧妙的超空间构造将整个宇宙连成一体。从这里，可以打通相隔亿万光年的空间，这是真正的星际之门。只要将这个结构宏观化，我们就可以不再受光速的愚蠢束缚，而是瞬间到达宇宙的任何一个角落！"罗伯逊越说越兴奋，神采飞扬起来。

总统皱起眉头："你是说，外星人在教我们制造星门？看来报纸上的说法是对的，他们说你要打开一个虫洞，让外星人来这里。"

"不，还没那么容易，事实上我们对如何制造星门毫无头绪。他们传授的知识和技术只是教我们如何制造一台机器，接收和发送一种能够在高维通道中传递的信号波，仅此而已。"

"这台机器真的能制造出来吗？"

"是的,外星人在射电信号中显然考虑了可能接收到这种信号的文明的一般技术状况,他们给出了几个巧妙的方案,其中最简单的一种是制造粒子加速器。通过特殊类型的高能对撞,制造出能够传递信号的虫洞并加以稳定,这样就可以接收和发送信号波。当然,这种方法相当粗糙,但是正适合地球的技术水平。在外星人已传递技术的帮助下,我们有把握在十年内就制造出高维波收发机。"

"等一下,我还有一个问题,外星人在射电信号中除了这些科学指导外,没有透露出其他任何信息吗?比如他们的社会形态、历史发展、伦理价值观什么的?"

"没有任何多余的信息,总统先生,而且即使他们告诉我们,我们可能也无法翻译。但如果能收到高维波就不同了,从理论上,这种波能够负载的信息量要高出电磁波好几个数量级。而且是瞬时性的。如果我们往银河系中心发射信号,即使他们能收到并且愿意回复,一来一回也需要六万年,但通过高维波,我们就能像在地球上打电话一样方便,可以立刻收到回复。"

"但那些沸沸扬扬的传言呢?比如说,这样一台机器会暴露地球的位置,让外星人入侵我们,占领地球什么的?"总统紧锁眉头。

罗伯逊反而笑了起来,"总统先生,这是完全不必要的担心。地球只是宇宙中的一颗尘埃,地球表面这薄薄一层碳水化合物——我是说包括人类在内的一切生物——对宇宙的价值几乎为零。太阳,作为一颗恒星或许有成为能源的价值——虽然说银河系中有上千亿个太阳——但太阳的位置早就向整个宇宙暴露了——它无时无刻不在发光。"

"但外星人可能无法随意到达宇宙的任何一个角落,"总统尖锐地指出,"我们必须在这边主动打开虫洞,建立星门,他们才能过来。也许这是个陷阱。"

罗伯逊有些勉强地承认了这一点:"的确,有这种可能性。但他们没有理由这么做。他们的技术可以让银心黑洞的引力势能为自己所用，光那个黑洞就有四百万个太阳的质量！我看不出他们对一颗普通恒星特别感兴趣的理由。"

"或许他们想研究宇宙中其他生命的构造，或者只是拿我们取乐呢？"

"这个……好吧，但是制造高维波收发机可不意味着建立星门。我的手机能用来和我母亲通话，并不意味着能把她整个人都传送过来。"

"但问题在于，外星人的技术是否如此先进，以至于他们能只通过一个小小的收发机就可以在那边做什么手脚，把自己传送过来？"

"我看不出这种可能性……"罗伯逊想了想说，"不过，外星人的技术水平我们无法确凿断言。"

"所以，"总统总结说，"为了安全起见，联邦政府不能同意建造收发机，即使同意了，国会也不可能批准，你也看到了民众的反对情绪。"

罗伯逊愤怒起来，为什么无论他怎么苦口婆心地解释，这些人都不明白真正重要的是什么？"这种顾虑实在是多此一举！这是我们融入星系文明社会的绝佳机会！我们能够获得无尽的知识，探索宇宙最深的奥秘！"

"比起你的科学追求，我觉得人类的生存和发展更重要。"

"即便如此，如果我们能够得到外星文明的神级技术，那么地球上的一切问题，战争、饥荒、疫病、环境污染、金融危机……转瞬间就可能不复存在！"

"可是如果我们猜错了，地球和人类文明可能会被彻底毁灭。也许来自银河系中心的广播，就是一个巨大的陷阱。"

"不会错的。"罗伯逊说，"我直觉他们是很善良的文明。"

"您的直觉在此毫无意义。"总统冷冷地说。

罗伯逊眼看已经无法说服总统，绝望地摊了摊手，"总统先生，虽然我个人强烈支持和外星人建立联系，但是我尊重您和国会的决定。既然您不赞同，现在我只要求您把这个计划暂时搁置，并且不要禁止相关的研究。也许将来大众会改变主意的，等到遭遇什么灾难的时候，他们就会想起向外星人求助了。"

"不，"总统高深莫测地摇摇头，"我们必须立刻建造这台收发机，越快越好。"

"您……说什么？"罗伯逊以为自己听错了。

"教授，或许我不懂科学，但你不懂政治。"总统讥讽地一笑，"现在SETI发现外星人信号的消息已经传遍了全世界，而这个信号不是只有我们才能发现，中国、俄罗斯和印度都能接收到，或许他们的科学家已经开始破译这些密码了。"

罗伯逊仿佛明白了一些，"你是说，这些国家也许会批准建造收发机？"

"不是也许，是必然会。即使他们本身不愿意，也会怀疑其他国家是否建造了收发机，从而陷入无尽猜疑。即使我们能够和这些国家达成一致，还有伊朗呢？朝鲜呢？委内瑞拉呢？我敢打赌他们的独裁者为了打垮合众国会不惜付出一切代价，超级技术一旦落到那些流氓国家手里，那自由世界就彻底完了。"

"所以，"总统疲倦地靠在椅背上，仰天长叹，"我们必须立刻开始工作，而且为了国家的利益，我们还必须绕开国会和公众，秘密进行。罗伯逊教授，我现在正式任命你为'接触'计划的总负责人。"

4

九年后，内华达州沙漠，地外文明与高维波研究中心。

曼斯菲尔德总统在四名特勤探员的簇拥下，走进了地下五百米的中央控制室。通过四面的强化玻璃可以看到，巨大的粒子同步加速器如同潜伏在地底的银色巨蟒，首尾相接，卧在面前的无底洞穴中，控制室中一面墙壁都是显示屏，上面不断变幻的图形和数据提示出目前各单元的情况极为良好，随时可以开始工作。

头发已然花白的罗伯逊教授上前迎接总统。九年来，总统多次秘密视察这个项目，数十亿不明来历的资金绕过政府和国会，源源不断地流向项目组。罗伯逊依稀听说，这是一些大型资本集团共同投资的，他们和政府达成了秘密协议，如果这个项目成功研发出超级技术，他们可以从中分得第一笔好处。罗伯逊不喜欢被这些人利用，他是为了全人类的福祉而工作，不是为了这些犹太财阀，不过他也没有办法。

"总统先生，欢迎！现在可以开始了。"罗伯逊对总统说。

"真的要开始了吗？"总统来回踱了几步，望着四周的机器、屏幕和工作人员慨叹说，"这些年真不容易，我们有好几次差点被鼻子比狗还灵的新闻界发现。上次竞选的时候，反对党领袖甚至拿着发现的蛛丝马迹来要挟我们，还好他死于心脏病突发，否则我可能成为美国第一个被判刑的在任总统。"

总统换届对于"接触"计划的顺利进行是一个不小的麻烦，新任总统可能并不支持这个计划，或者在交接过程中不慎泄露出去。为此，曼斯菲尔德首先争取了连任，而在第二届任期将满的时候，又因为南美战争的爆发而仿效富兰克林·罗斯福，延长了一届任期，保证计划可以不受干扰地执行下去。

"但您最终获得了胜利，"罗伯逊恭维他说，"捍卫了美国和全人类的利益。"

"不过俄国人和中国人差点赶在我们前头，后来印度也开始进行试验，连好几个小国也想分一杯羹……还好，总算都解决了。"

罗伯逊大概知道白宫是怎么解决的：在其他方面作出巨大让步来交换中国放弃建造收发机的设想；资助俄国反对派政变，扶持亲美派上台；挑动新的印巴冲突，让印度人自顾不暇；发动南美战争，入侵古巴和委内瑞拉，最后——用核弹炸平了平壤。

当然，美国也付出了巨大的代价来为这一系列的行为买单，全球金融危机再度爆发，失业率居高不下，数万士兵死于南美战争，首尔被朝鲜人夷为平地，美国受到联合国的谴责，几个大城市遭到了恐怖分子的生化袭击，死者上万……这些事经常让罗伯逊感到不安，因为他认为这都是由建造高维波收发机引起的，但他安慰自己说，比起即将到来的伟大事业，这些只是暂时的问题，很快一切代价会得到不可估量的补偿。

"我们的命运将在接下来的几小时内决定，"总统感叹，"或者我们将获得无与伦比的超级技术，走上幸福的康庄大道；或者奇形怪状的外星怪物出现在我们面前，将地球夷为平地。"

"我相信绝不会是后者，"罗伯逊说，"我们肯定不会生活在一个邪恶肮脏的宇宙里。"他咽下了后一句——"他们总不会像你们这些政客一样肮脏。"而是说："总统先生，请您亲自迎接宇宙时代的到来吧！"

曼斯菲尔德走上操作台，郑重地向"开始"按钮按去——

"住手！"一声暴喝后，一支枪管指向了罗伯逊教授，"总统先生，你不能按下这个按钮！"

是保护总统的一名探员，手中拿着一把漆黑的SIG P229手枪，对准了罗伯逊的脑袋。其他探员反应极快，立刻掏出配枪对准他。

"大卫，你干什么？"总统说，"快放下枪！"

罗伯逊在片刻的震惊后，认出了那张因兴奋而扭曲的脸："你是那年陪同过我的……库珀探员？"

"总统先生，"大卫·库珀面对总统，咬着牙说，"对不起，但是我不能看着你亲手葬送地球。如果你按下按钮，我就会杀了这个疯子科学家，到时候就没有人知道怎么操作了。"

"冷静点，大卫，你忘记了你的职责吗？"

"当然没有忘记，"库珀说，"但是我对全人类的责任更加重大。"

"我就在为人类的利益而工作。"罗伯逊冷冷地说。

"不，你是要让那些外星人来占领我们，侵略我们！或者你早就被他们用高维波控制心智了，或者你是一个蠢到家的书呆子！你真的相信那些外星人耗费天大的力气在银河系中心发射信号是为了白给我们好处？这么明显的陷阱你看不出来？"

"你是用人类的敌对思维去揣测比我们高得多的文明，"罗伯逊说，"好像一只叼着老鼠的猫不愿让人靠近，以为人会和它夺食。"

"你这套废话我听得太多了，"库珀冷笑，"人类也许不需要和猫夺食，但是美国的动物收容所每年都会处死五百万只流浪猫，为的是不让它们破坏人类的居住环境。也许在外星人看来，我们也是这样的麻烦。"

"别这样，大卫，"总统上前一步，"你的想法有一定道理。我本人对此也是有疑虑的，但很明显，即使我们不和外星人取得联系，其他国家也会抢在我们前面去做的，最后还是什么也改变不了。把枪给我吧，我可以担保你不受追究。"

"总统先生，别过来！你再过来我就开枪了！"库珀退了一步，歇斯底里地叫着。

"你不会的，大卫，"曼斯菲尔德自信地微笑着，"我知道你不是那种——"

砰！

一朵血花在总统胸口溅开，他带着错愕的表情倒在了血泊中。其他探员一拥而上，把库珀死死按倒在地上。硝烟味在空气中弥漫着。

罗伯逊不敢相信地看着这一切，他知道曼斯菲尔德的被刺意味着什么，这件事再也没法保密了，很快会曝光在全世界面前。如果现在停止，恐怕以后再也没有机会去进行，至少不会由他来做。

他扑向了那个按钮，死死按下——

5

一连串的绿灯先后亮起，电脑屏幕上的图形开始变幻，数据一行行涌现，高能粒子开始在上百公里长的真空管中被电场加速，直到接近光速，然后轰然对撞，获得创世级别的能量密度。

"愣着干什么？我们是科学家，立刻去工作！"罗伯逊对着周围或怔怔地看着，或交头接耳的几十个专家和助手吼道。看大家还没回过神来，他指着大屏幕说："即将发生的事情，比已经发生的重要一百倍！如果你们不想让曼斯菲尔德总统白白牺牲的话，那就做好自己的工作！"

在他的提示下，人群中的不安平息下来，每个人恢复了科学家的冷静头脑，有条不紊地投入操作之中。

"罗伯逊教授……"总统挣扎着对他说，鲜血正在从他胸口汩汩流出，"美国，不，地球的命运……就交给你了……"

"放心吧，总统先生，"罗伯逊郑重地说，"我保证不会有问题的。"

总统被抬走了，库珀也被五花大绑地押走。罗伯逊面对加速器，焦急地等待着结果。

粒子对撞的高能反应后，探测器检测到了空间畸变，虫洞果然出现了，外星人没有骗我们，我们在宇宙的深层结构上钻了一个洞，罗伯逊想。他忽然紧张起来，以往的自信荡然无存，如果这一切都是错的怎么办？如果这个虫洞并非通向某个寰宇智慧网络，而是一颗恒星或黑洞内部，那么地球可能会彻底毁灭！天哪，如果那样的话，我就是最大的罪人——

但高维波已经溢出了虫洞，在接收器中变成了电磁波的形式，再由电脑破译其数据，转换成三维图像。气势磅礴的亿万星河出现在电脑屏幕上，但颜色极为古怪，有的红、有的紫，如同百花盛开，大概是因为对方所表达的不只是可见光，而是所有的能量输出，罗伯逊推测道。

无数星河旋转着，可以明显看到，在每个星系之间都有淡蓝色虚线的连接，罗伯逊知道那是高维波的连接，将整个宇宙的文明世界连成一体，那该是一个何等浩大的寰宇网络啊！

熟悉的银河系出现了，并迅速放大，在银河系内部也有大量蓝色虚线的连接构成网络状。在太阳系的大致方位上有一个复杂的符号闪动着，看上去有点像楔形文字，但是是三维的，罗伯逊大致猜出了对方的意思：你来自这里，对不对？

图像长久持续着，楔形文字不住闪动，仿佛在等待着什么回答。罗伯逊想了想，命令将太阳系的资料转换成高维波发送给对方，这是早就准备好的方案，很快便完成了。他们发送了一张太阳和八大行星的示意图，其中在地球上方标注了箭头，表明这里是智慧生命所在的地方。

回复几乎在瞬时出现了，屏幕上出现了太阳系的立体图，令人感到不可思议的是，图像基本依照天文的比例，太阳是一个极小的圆点，各大行星被广袤的空间分开，如同悬浮在黑暗中的微尘。而他们发送给对方的图案只是简单的示意图，只有大致大小，没有合比例的距离。

图像由远而近，掠过各行星的轨道，各行星数据一一显现，与人类的知识所差无几。

"那一定是根据八大行星的大小推算的，"罗伯逊感叹说，"他们显然通晓提丢斯-波得定则，而且比我们精深十倍，甚至推算出来原图上没有的小行星带和柯伊伯带的存在。"

图像聚焦在第三颗行星上,那是地球。地球上方出现了各种数据,包括组成地球的几种基本元素的比例,在场的地质专家告诉罗伯逊,和人类测定的数据误差大约只有2%。

"他们从太阳光谱和地球的大小位置推测出了50亿年前原始星云的成分和结构,"罗伯逊感叹着,"从而知道了不同位置上的元素比例,这个我们勉强也能做到,只是不可能那么精确。"

屏幕上的画面变了,出现了一堆复杂的分子图案,几十种不同的分子立体结构旋转着。罗伯逊并非专家,他看不懂,但是在场的分子生物学家认出其中有几种是氨基酸和核酸的模型,另外几种可能是硅化合物,还有一些无法索解。罗伯逊明白过来,这是询问地球生命的基本构造。

"向虫洞发送二十种基本氨基酸和四种碱基对的分子图式。"罗伯逊命令说。

很快就发送过去了,但是图案没有变动,似乎发送的内容不符合对方要求,无法获取进一步信息。

"看来他们要更多的信息?也许他们想知道我们长什么样子,那就发给他们人体图像。"

一男一女的裸体图像开始被发送,那是在"旅行者号"上就携带的图案。但仍然没有反应,图像继续转动着,不耐烦地等待着应答。

"他们究竟需要什么?"助手问。

"让我想想,"罗伯逊眉头紧锁,"氨基酸类型和人体外形……看来这些还不足以让他们知道我们究竟是什么。我想他们要知道的是,我们究竟是什么,发送完整的人类基因组吧!"

助手犹豫地说道:"教授,这可能会暴露人类的某些弱点,也许外星人想知道这个,然后对付我们。"

"你想得太多了,也许这只是寰宇网络中的实名注册方式,以便其他文明更好地了解你,就跟社交平台上传照片一样。"

"可是万一我们猜错了呢？"

罗伯逊教授迟疑了一下，然后说："即使他们心怀恶意，如果他们能够从这个虫洞钻出来的话，人类哪怕是由中子星物质构成的，也无法抵御；如果不能的话，发送什么都不要紧。无论怎么样，对我们没有损失，执行吧。"

人类基因组包含30亿个碱基对，远比之前的数据大好几个数量级，项目组事先也没有准备，好在链接的数据库中有存储。很快，海量的基因组数据源源不断地在发送器中变成高维波，发送到虫洞深处。

一个半小时后，发送完成了。

虫洞沉默了片刻，大约两秒钟后，源源不断的技术信息就从虫洞中涌了出来。

控制室内一片欢腾，罗伯逊和同事们激动相拥。

"全人类都会记得这一天，"他眼含热泪，默默地念道，"我们成功了，宇宙之门向我们开启了！"

6

一百七十七岁的罗伯逊站在繁花似锦的奥林匹斯山顶，望着天边的落日。一位漂亮的金发姑娘陪伴在他身边。这是他的玄孙女莎莉，两人虽然相隔几辈，但看上去都是十八岁的少男少女模样，毫无年龄差别。

如今太阳的赤道附近明显出现了一个深蓝的圆环，如同土星环一样奇幻瑰丽。那是一个戴森环，由上千亿个能量采集器组成，从太阳表面汲取无尽的能量，并通过无线传输，输送到整个太阳系的各个角落。

而这个环，是用了整颗水星和金星制造的。

太阳沉下去了，橙红色的西方天空上出现了第一颗星星。

"曾曾爷爷，那颗蓝色的星星是什么？"莎莉拉着罗伯逊的手，娇憨地问。

"那是地球，咱们祖先的地球……"罗伯逊出神地说，虽然已经进行过多次太空旅行，但每次从远方眺望地球，还是有着巨大的震撼。

又是一年火星的春季，奥林匹斯山上游人如织，许多人从各星球赶来，在太阳系最高的山峰上游赏美景。如今，火星以及木星，还有土星的几颗卫星都经过了环境改造，建立了人口众多的殖民地，数十亿人生活在这些星球上，除了戴森环外，小行星带拥有规模巨大的采矿场，还有许多较小的太空站在海王星卫星轨道采集稀缺材料，供全太阳系的人类使用。地球解决了一切环境及资源问题，变得如花园般美丽。

全人类早已摆脱贫困与战乱，世界大同，国与国的界限不复存在，人们自由地在各大行星间游历，学习，观光，恋爱……

"真美啊……"一个青年走到离他们不远的地方，赞叹着。

罗伯逊望向他，觉得有几分面熟，但又想不起是谁，不由多看了两眼。对方也看着他，犹疑地问："你是……威廉·罗伯逊教授？"

"你是……库珀探员？"罗伯逊一听到他的声音就想了起来，下意识退了一步。

库珀愣了一下，然后带着歉意地说："不用担心，教授，我不会再伤害您。事实上，我一直想向您道歉。"

"你……怎么会在这里？"

"当年我犯下了大罪，"库珀沉痛地说，"杀害了曼斯菲尔德总统，被判处的刑期长达一百二十年，去年才被刑满释放。现在我在太阳系各处旅行，熟悉新的生活，没想到在这里遇到您。"

"是这样……"罗伯逊说,"不用叫我教授,我早就不做科研了。这次是来火星探望家人的,对了,这是我的玄孙女莎莉。"

"教授,"库珀却仍然这么称呼,"我说过,我欠您一个道歉,真的很对不起。"

"算了,都过去了,"罗伯逊摆摆手说,"这是个意外,你当时也是为了你的理念才动手的。"

"可是我错了,这一百二十年来,我一直在忏悔。"

"我想曼斯菲尔德总统的在天之灵会宽恕你的。"

"至少希望您能宽恕我,教授。我曾经怀疑过您的话,但是这一百多年来,特别是我出狱后看到的一切,都证明了您是正确的,您的工作带给了人类无限幸福和繁荣的未来,您让人类永久生活在了天堂里。"

"不是我,是超级文明的资料带来的。"罗伯逊说着,脸色变得有些奇怪。

"是的,我后来在报纸上都看到了,您的看法是正确的。外星人是友善的,在那些资料里有我们难以想象的超级技术,一个公式就可以解决一大堆技术问题。"

"但除了那些,什么也没有了。"罗伯逊说,他望着天穹上初现的繁星,脸上出现了深深的,真正属于一个百岁老人的悲哀,"持续了二十七秒的交流,然后什么也没有了。"

他仿佛又回到了一百二十一年前的那个深夜,信息传递维持了二十七秒钟,然后陷入长久的沉寂,只剩沙沙的背景噪声。欢呼的人们安静下来,脸上出现了困惑的表情。大概是虫洞坍缩了,当时他想。

但无论如何,这一天的发现已经是伟大的成就,他们兴奋了好多天,昼夜不停地分析和验证接收的信息。等到想再次链接寰宇网络的时候,却发现再也无法生成新的虫洞了。

罗伯逊苦笑着摇头，"我们得到了先进技术，但只是其中最粗浅的一层，可控核聚变、行星际航行、戴森环、行星表面改造、基因优化、返老还童……这些算什么？最多相当于教一个茹毛饮血的野人学会用弓箭和篝火。"

"那些超级文明有着不可思议的力量，他们才是宇宙真正的主人。我们本来可以像他们那样，打开星门，纯能量化，也许能在一秒内出现在银河系的中央，也许能像弹玻璃球一样移动恒星，也许能进行时间旅行，也许能创造新的宇宙……但不可能了，信号被屏蔽了，永远。"

美国后来又进行了多次试验，其他国家也建造了粒子加速器和信号收发机，但都无法制造出虫洞，高维波的寰宇网络对人类关闭了。即使五十年后在冥王星上建造的超级加速器也是一样，整个太阳系内，或许更大范围内都无法接收到任何高维波信息。

"可我不明白，他们为什么要这么做？"库珀问，"为什么中断和我们的交流呢？"

罗伯逊凝视着天边的地球说："这个问题，我想了一百多年，我想我猜到了答案。

"那些超级文明，它们在瞬间就从我们的基因组信息中建立了人类的数字模型，从而知道了我们的一切，至少是一切本质性的东西。我们的生理结构，欲望和冲动，基本心理模式，也许还有很多文化形态的内容。"

"这怎么可能呢？很多都是后天形成的！"

"先天对后天的作用远比人们一般想象得要大，绝大多数伦理观念都源于先天遗传。再说，最微小的事物都蕴含着海量信息，只要你有相关知识就能够分析出结果。以他们对万物无与伦比的认识，毫无疑问可以从人的大脑结构中推出人类的基本政治经济制度，婚姻家庭关系，甚至宗教和军事形态。"

"然后呢？"

"很简单，"罗伯逊说，"他们知道了我们的一切，并判断我们没有资格加入寰宇文明网络，所以他们拒绝了我们加入的请求，屏蔽了高维波。"

"为什么没有资格？我们回应了他们！"库珀愤愤地问。

"一只猴子有时也可以回应人的召唤，这不代表猴子能够进入人类社会。"罗伯逊冷冷地说，"也许他们判断，我们的智力水平永远无法具备进入寰宇文明网络的资格，也许他们厌恶我们人性中的种种疯狂和愚蠢。"

"可是……那他们为什么又和我们交流了片刻，提供给我们这么多先进技术呢？"

莎莉插嘴说："因为我们也提交给他们很多信息，这大概是一种报答吧？或许是一种平衡。"库珀不由得点了点头，这个解释说得通。

罗伯逊悲凉地摇头说："恐怕不是这么简单，库珀探员，我想我们都错了，外星人没有你想象得那么邪恶，但也没有我认为得那么善良。

"如果地球技术落后，发展不平衡的话，我们会遇到一个又一个的危机，金融危机、环境崩溃、大国战争……地球可能会完蛋，我们可能会飞向宇宙去寻找希望，去其他的星球，在大宇宙中散播开来，这些可能会给他们带来一些麻烦。但现在他们提供给我们的是可以使用到太阳熄灭之后的技术，让我们永远在太阳系舒舒服服地生存下去，我们就没有动力去探索宇宙了，自然也就不会骚扰他们。"

"但人类现在仍然可以进行科学探索啊！你们不是知道了高维波的秘密吗？他们还提供给人类那么多知识！"

"他们提供的知识都是经过精心选择的，我们无法从中得到任何宇宙深层结构的知识。同时他们在我们所能到达的一切范围内破坏了微观维度的通道，任何进一步的探索都会遇到无可逾越的技术障碍。

他们肯定屏蔽了整个太阳系,也许还包括周围的恒星,范围可能有几光年。要设法打开星门,唯一的方法是去别的星系,但我们的飞船最快只能达到光速的百分之十,去最近的恒星来回也要八十年。而且即使我们获得这种技术,能够在外星系打开星门,对地球也没有意义,除非我们把整个地球都移动到外星系去。我们没这样的技术,更没这样的决心。"

"但如果我们愿意,还是可以设法进行探索的。"

"人类已经不想了,他们对我们的判断完全准确,他们从一开始就预测到了提供那些先进技术的后果。我们得到了技术,就再也没有动力去发展星际航行。既然现在过得很好,又为什么要去寻找那些虚无缥缈的东西?很可能千辛万苦到了外星系,也一样被屏蔽,再说就算能再度接收到高维波,如果触怒那些神级文明,他们难道不会让我们化为齑粉?为什么要自讨苦吃?"

"这……也挺有道理的嘛。"库珀说。

"大家都这么觉得,不是吗?现在太阳系政府已经开始在地球深处建造超级电脑,准备进行意识上传了,他们说可以在虚拟中建立绝对理想的世界,嘿嘿,绝对理想!第一次接触也就是最后一次接触,宇宙的广阔天地和深邃奥秘,已经永永远远地对人类关闭了。"

库珀困惑地想了一会儿,然后耸了耸肩,"管他呢,如果人类根本就不是这块料,只要全人类获得安定和幸福,也就够了。不管怎么说,我觉得你做了一件好事。"

"我也是这么认为的,"莎莉赞同说,"曾曾爷爷,我不清楚你们时代的想法,但从我们这一代人来看,人类的繁荣幸福才是最重要的,而不是虚无缥缈的宇宙探索。现在这样,也挺好的。"

罗伯逊怆然不语,转身面向火星夜空中初升的银河,他知道,三万光年外的银心某处仍然在以恒星功率向整个银河系输出广播,在每个恒星系内都有这样的广播,召唤着适合加入寰宇网络的候选者。

在整个宇宙的范围内，有许多文明正在接收着，然而有更多的文明曾经听到过，并和地球一样建造了高维波接收装置，最后被无情地淘汰，在从天而降的先进技术中丧失了进取意志，在自己的世界里自生自灭，再也没有对外探索的兴趣……

　　银河退向不可及的远方，宇宙浩渺而又冷漠。罗伯逊的嘴角泛起一丝苦笑，泪水湿润了他的眼眶，他听到自己喃喃说："是啊，也挺好的。"

末日之旅

1

2012年12月21日。

晚上九点,上海已成了一片灯的海洋。黄浦江两岸的缤纷霓虹流到江心,变成了发光的鱼群,在潋滟江波里跳来跳去。浦西的连绵洋楼沉浸在柔曼轻靡的彩光中,仿佛在回忆往昔的沧桑历史。而在对面,新时代的东方明珠塔、金茂大厦和环球金融中心等摩天大楼带着炫目的奇光异彩直指夜空,气势磅礴,如同要点亮黑暗的宇宙。

今天是冬至,虽然天气寒冷,外滩上的游人却格外多。江滨的步行道上大多是欢声笑语的年轻情侣。当然,今天是周五,明天将迎来惬意的双休日,下周又是圣诞节。但是游人如织的主要原因并不在此。

林琳倚在江边的栏杆上,男友方岳从后面环抱着她,轻吻着她的脖颈。林琳咯咯娇笑着说:"别闹!哎,你说,如果今天真的是传说中的世界末日,那会怎么样呢?"

"那我们更应该好好缠绵一下喽。"方岳故意在她耳边调笑道。

"讨厌,人家问你正经的呢!"

方岳歪头认真想了想:"是真的也不怕,古往今来那么多人,人人都会死,有几个见过世界末日的?我们能看到也不枉了。再说,咱俩到死还是在一起的,这就足够了。"

"哼,你什么时候这么会讲甜言蜜语的?"林琳的心里一下子甜甜的。

"你们知道世界末日究竟是什么样的吗?"方岳还没有说话,一个稚气的声音在他们身边响起。

林琳诧异地转头看去,问话的是一个陌生的男孩,只有七八岁的样子,穿着米老鼠图样的卡通童装,一只手正拽着林琳的裙角。和男友的情话被打断,林琳有些不悦,但看到男孩小天使般的面容,又不自禁地感到喜欢,"哎,方岳你看,这孩子真可爱!"

方岳却做了个鬼脸,吓唬男孩说:"世界末日?可吓人了,上海那么大的小行星撞到地球上,掀起几百米高的巨浪,哗一下子就把上海淹没了。"

"几百米高的巨浪啊,"男孩眼中放光,"那一定很壮观!可是天上没有小行星啊。"说着抬头张望了一下。

"小傻瓜,在外太空。远着呢,你看不到的。"方岳继续逗他。

"不对,"男孩认真地说,"如果它会在今天撞击地球的话,现在最多离地球几万公里,肯定是清晰可见的。即使是在地球的另一边,电视上也该有报道啊。"

"这……我哪知道。"方岳有些尴尬,对林琳说,"现在的孩子,真是越来越刁钻了。"

"你怎么了,被小孩绕进去了,"林琳嘲笑他,"还以为真有世界末日啊,别忘了,明天你还得上我们家见我爸妈呢。"

"完了,这才是世界末日啊……"方岳哀号一声。

男孩的眼珠转了几圈,盯着林琳问:"你是说没有世界末日吗?可是他刚才不是说小行星会撞地球吗?"

"老天……"林琳扶额。

"乖,这种事问你们家大人去吧。"方岳拍了拍男孩的头,"叔叔和阿姨还有事呢。"

"可他们不在这里,"男孩说,还是不肯罢休,"到底世界末日是什么样的呢？快说快说！"

"嘿，你这熊孩子真是不知——"方岳刚要发飙，被林琳拉住了："算了，你跟孩子嚷嚷什么，走吧，我们去那边买冰激凌吃。小朋友，你去问别人吧！"

她把方岳拉开，两人穿过人群走了，他们的位置迅速被另一对情侣占据。男孩还站在原地发怔。一个和他年岁相仿的女孩子从人堆中挤出来，拍了拍他肩膀："怎么样？问到没有？"

"真奇怪，"男孩说，"我问了好几个人，没人说得清楚是怎么回事。你那边呢？"

"差不多，有人说是超新星爆发，有人说是地震火山，还有个家伙说是僵尸来袭，每个人的说法都不一样。"

"为什么他们知道哪一天是世界末日，却不知道究竟是怎么回事？而且……"男孩指了一下四周的人群，"你不觉得他们都太开心了吗？没有一点担心的样子。"

"末日综合征，很常见的。"女孩老成地说，"明知灾难不可避免，人们无法排遣内心的恐慌和痛苦，因为超过了心理承受的底线，就转化成了表面上的狂欢。"

"不，我觉得有些地方不对劲，很不对劲。"男孩皱起眉头，苦苦思索着，"一定有什么地方出了问题。"

2

两个孩子聊天的同时，在西半球，12月21日的晨曦刚刚照亮尤卡坦半岛的热带雨林。在郁葱丛林间的玛雅城邦遗址上，曙光透过朝霞，勾勒出高大的阶梯金字塔和古神庙废墟的轮廓。

往日在这个时段，绝大部分游客还在酒店里睡觉，但在今天，玛雅遗址里已经挤满了人，仿佛死去千年的古城邦复活了。但和往日不同的是，很少人欢声笑语，相反，来到这里的人们大多肃穆地立在遗址内外，似乎等待着什么事情的发生。

东方的云层越来越明亮，如同熊熊燃烧的天火。终于，火红的太阳喷薄而出，将无尽光辉洒向大地，丛林由远而近被依次照亮。许多人跪下祈祷，有的人甚至开始哀哭。

"真是太美了。"观光台上，一个背着背包的金发姑娘赞叹着，对旁边的一个短发青年说，"嗨，你能帮我照张相吗？"说着递上了数码相机，摆了个可爱的姿势。

青年接过相机，困惑地端详了几秒钟，似乎不知道怎么操作，姑娘从旁指点了几句，他才明白，帮她拍了张照片，然后把相机还给了她，微笑着说了一句："我想这是这个世界最后一次日出了吧？"

"可不是吗？"姑娘笑着回应，做了一个鬼脸，"很快地球就会炸成两半的，砰！"

"那这有什么意义呢？"青年忽然没头没脑地问了一句。

"什么……有什么意义？"

"拍照。如果你知道过几个小时世界就会毁灭，一切都留不下来，为什么还要拍照片呢？"

姑娘有些奇怪地看了他一眼，"你真的相信地球会毁灭？这么说，你是和那些人一起的？"她指了指边上跪下祈祷的人们。

"他们是谁？我不认识。"

"他们是末日真理教、地球救赎教、全能神教……还有很多小众宗教的信徒，这些人相信地球会在今天毁灭。"

"难道不是吗？到处都是这么说的啊！"青年看上去相当惊诧。

"当然不是！"姑娘斩钉截铁地说，不过又缓和了口吻，"我是说，虽然很多人相信，但你如果问我的话，我会告诉你不是这样的，什么事也不会发生。"

"但是我听到的情况是这样，"青年指着不远处黑黝黝的金字塔，"据说古代玛雅人通过天文观测，计算出了太阳系边缘有一颗行星——好像叫尼比鲁吧——会在几百年后接近地球，并在今天对撞。人类的技术无法推开它，所以只有毁灭。"

"这是那些三流小报的胡编乱造，"姑娘嗤之以鼻，"玛雅人哪有这个本事。再说，如果真有那么一颗行星存在，并且将会在几小时内和地球对撞，那么现在它看起来得比满月还大了。可是你看天上，什么也没有，任何一个角落都观察不到有这么一颗行星存在，除非它现在以光速飞奔过来，但这是不可能的。"

"光速的行星？也并非不可能……"青年倚靠在栏杆上，若有所思地望着姑娘，"当然确实可能很小。抱歉，我只是刚刚到这里，很多事情都不清楚。不过，如果你认为不会有末日的话，为什么会到这里来？我以为来这里的人都是为了纪念千年之前玛雅人的发现。"

"那些祈祷的人来到这里是为了寻找所谓的救赎和新生，都是鬼话。其他人只是来找乐子的，至于我，我叫艾米莉，美国人，在芝加哥大学社会学系读硕士，论文题目是《世界末日谣言的社会学效应》，这里可有宝贵的第一手资料啊。"

"原来如此。但是我还是不明白，如果根本没有尼比鲁这回事，为什么会有世界末日的说法？"

"这是天大的误会，"艾米莉苦笑，"今年我不知道跟人解释过多少遍了。玛雅人以冬至作为一年的开始，2012在玛雅的历法中是一个重要的年份，相当于两个纪元的转换。2012年12月21日就是旧纪元的结束和新纪元的开始，不过说到底只是人为历法的设定，和地球本身的变化毫无关系。"

"你确定？"青年目光炯炯地追问，"这是公认的说法吗？"

"当然！"姑娘有些不悦，"如果你不信的话，大可以在这里等着，看看今天会发生什么事情！"

青年望向升起的朝阳，苦笑着说："也许你是对的，不过……恐怕确实会发生一些事情，一些你想不到的事。"

3

非洲，刚果盆地。一条清澈的小溪在山谷中蜿蜒着，百转千回，汇入密林间的湖泊。湖面波平如镜，一群河马惬意地泡在湖边的芦苇丛里，仅露出口鼻呼吸。湖的另一边，几只森林象从林中走出来，到水边用长鼻往嘴里舀水。一群大猩猩也在湖边栖息，年长的悠闲地嚼着草叶，年幼的在树下打闹嬉戏。

一个慵懒舒适的午后。

身材高大的白发老人站在湖边，静静地凝视着这一切。

这是这个世界的最后一个下午。如今的每一秒都弥足珍贵，这些无知而可怜的造物，在它们漫长的进化史上经历了不知多少万亿个这样平静的时辰，它们以为这一切理所当然会永远持续下去，以为今天是和往日一样的普通一天，会随着夜幕降临而逝去，随后迎来下一天的黎明。但它们错了，它们的生命将和这个星球的历史一起在今天终结。正是那即将到来的毁灭给了这平庸无奇的一幕以悲剧的美感。

诞生与毁灭，宇宙的两极。宇宙大爆炸，恒星点燃，行星的形成，生命的出现……在这些激动人心的伟大事件之后，就是无尽岁月的平淡无奇，直到濒临毁灭的一刻，才再度绽放出惊人的壮丽之美——

蓦然，水面分开，一只巨大的鳄鱼张开布满利齿的长吻，从湖里扑上来，咬向老人的脚踝。它已经观察了这个猎物很久，确定可以一击得中。果然，老人来不及躲避，被它咬中了。

但是鳄鱼并没有尝到人肉的鲜美，像咬到石头上一样刚硬，完全无法下嘴。这是从未发生过的情况。它容量有限的大脑无法产生惊奇感,但是已经觉察到莫大的危险,转身想向湖中蹿去。但鳄鱼发现自己无法指挥四肢,它像是被某种无形的东西托着,慢慢升起,悬浮在了空中,在老人面前盘旋着。它徒劳地摆动着身体,却无法挣脱看不见的束缚,被迫接受老人的注视。

鳄鱼发出了咕噜咕噜的哀叫声,老人看着它惊恐万分的样子,微微一笑,挥了挥手。鳄鱼便如同风中的羽毛一样飘荡着,重新飘回到湖中,缓缓落下。终于,鳄鱼感到下腹接触到了水面,同时那股力消失了。它本能地蹿下去,翻起一朵浪花后就不见了身影。几秒钟后,刚才不可思议的经历已经从它原始的大脑中被清除,鳄鱼又在湖水深处悠游自在,寻觅新的猎物。

可怜的家伙,好好享受你仅剩几个小时的生命吧,老人悲悯地想。

老人离开湖泊,沿着小溪,往上游的密林中走去。这里罕有人至,荆棘丛生,树根盘结,很难行走。但老人走过的地方,无论是树根还是石块,都会在无形力场之下被推开或击碎。没有任何东西能够阻拦他前进的步伐。他在山谷间悠闲地散步,不时用智能力场抓取几只小动物来端详一番,又放它们离去。

老人很喜欢这次末日之旅,这对他来说是旧地重游。当然,在他近乎无限的生命中,已经进行过几千几万次这样的旅行。但这样的机会还是不常有的,至少最近一千年都没有过。虽然有生命的星球在银河系中俯拾即是,进化出智慧的也不少见,但是毁灭级的灾难还是不常见的,正如超新星一样,千百年来才有一次。拿这颗行星来说,上一次发生灭绝性的大灾难已经是近七千万年前的事了。

老人还记得上次来到这颗星球时的情景,那些千奇百怪的巨龙们仍在大地上和海洋中悠游,统治着整个行星的生物圈。老人见证了它们的最后时刻。天火降临之日,繁盛归于乌有。巨龙灭绝殆尽,其生态位大多被某种小型胎生动物的后裔所取代,从它们中甚至产生出了初级智慧。

而如今，又一个末日到来了，不知道这颗星球的生态系统是否还能幸存。

这次的末日之旅如同往常，他不喜欢去那些充满本地居民的大都市，看那些人绝望的哭号，或者加入那些歇斯底里的疯狂派对。在他看来那是毫无意义的恶趣味。他只喜欢一个人去没有改造过的乡野中，细细体味每个世界即将灰飞烟灭之际的自然风光。比起那些肤浅可笑的人造物，经历亿万年进化而来的自然才更值得观赏。打开星际之门的价值不菲，当然要花到最值得的地方。

"注意，出错了！"

一个紧急信号出现在老人的意识场中，是领队抄送给所有星际游客的，被标记为最紧急级别。

"什么？"

老人随即发送了一个询问，他看到，在意识遥感网络中，同时出现了上千个类似的询问。

对方解释道："寰宇智能监测系统出了差错，给了我们错误的信息。我们刚刚进行了复核，确认这颗行星今天不会发生灭世级别事件，不但今天不会，至少未来一万年内都不会。"

"那么末日之旅不是……"

"很抱歉，末日不会发生，我们暂时还不知道错误是怎么产生的，但星渊集团会对此负责。现在请大家根据宇宙文明管理法案第一百五十八条第七款的规定，立刻集中并撤离这颗行星，否则——"

信号传输忽然中止了，负责人显然被某种更紧急的事态占据了意识场，老人用信息触角在遥感网络中探寻着，很快发现了问题所在：

有游客开始动手了！

4

"星之丸"游弋在灯火璀璨的东京湾,两边是灯火辉煌的都市夜景,倒映在粼粼波光中。彩虹大桥如一条玉带连接两岸,港湾上的各色船只星星点点,如同一只只漂亮的萤火虫。天上,一轮明月将柔和的月光投向大海。

栗原达也和栗原由希站在船头,吹着海风,指点着岸上的高楼广厦,辨认着东京塔的方向,一时都沉醉在迷人的夜景里。

"怎么样,这次的末日之旅可遂了你的意了吧?"由希笑着对丈夫说。

"美极了!想到这美丽的一切,日本,不,人类的一切成就,即将被宇宙的暗夜所吞没,实在是令人难过。"达也叹息着。

"真的吗?"由希戳穿他说,"你真的难过吗?我看你巴不得真的是世界末日呢。这一年来你跟那些狐朋狗友大侃什么灾难啊,灭绝啊的劲头可不小呢。你们这些科幻迷就盼着看一回世界毁灭的奇观吧?本来没有的事,都说得活灵活现的呀。"

"不只是科幻迷,"达也说,"历史上第一次,全人类都沉迷在这种'濒临毁灭'的意境中,这个世界末日的概念创造了多少商机啊!你都从中大赚了一笔。"

由希不由点头赞同。她是开网店的,最近半年在丈夫的建议下开始售卖所谓"末日逃生套装",就是在一个包里放上手电筒、指南针、压缩饼干和救生绷带之类平时没用的小玩意儿,然后再以几千日元的高价卖出。居然生意异常红火,有时候一天可以接到上千份订单。大概在大海啸和核泄漏之后的日本,人们对世界末日的概念比起其他国家更多了一份现实压迫感。

达也意犹未尽，接着抒发胸臆："末日是一种融合了惊叹和悲伤、恐惧和希望、疯狂和寂静的情结。它太壮丽，壮丽得让你忘记了残酷；太宏大，宏大得让你起不了个人的忧虑。发生的一切，存在感无比强烈，然而很快又将归于虚无，仿佛一切都能在'空'的怀抱中得到救赎。在古代诞生了《启示录》这样伟大的作品，今天，人们更是在各种虚构文学和影视中展开想象，2012的预言就是这个古老传统的巅峰，这是第一次全人类都自觉参与的末日想象……"

"还说呢，"由希撒撒嘴，"今天马上就过去了，等明天一切恢复平常，我怕你会得末日后忧郁症。"

这话好像说中了他的心思，达也叹了口气，不说话了。

"先生，我觉得你说得不错。"一个陌生人的声音响起。达也转头，发现一个黑衣服的中年人不知什么时候已经站在了自己身边。他有些疑惑，但礼貌地微微躬身。

"末日是一个文明所能产生的最高级想象，"黑衣人说，但没有看他，而是看着远处光辉灿烂的城市楼群，"是文明的力量最终被不可知的神秘压倒的悲剧。你知道最迷人的地方在哪里吗？一切都屈从于至高的力，一切的美、一切的思想、一切的文明和雕饰都会在力的博弈中消失。这是我们这个宇宙最终的宿命。最终，一切都会被空间的加速膨胀而撕裂，那是最终的末日，当空间膨胀到达临界点，在整个宇宙中，连原子和电子都不会剩下，一切都会被空间本身的力彻底粉碎！"

他的容貌只是一个普通的日本人，毫无特点，日语很流利，但语感硬邦邦的如同外国人。由希全然不知对方在说什么，不过类似的对话她听得多了，都是丈夫的那些科幻迷朋友平时胡吹乱侃的。她看到达也听得相当专注，心里嘀咕：这回丈夫又找到一个知音了。

"大撕裂理论！"果然达也眉飞色舞地赞同，"原来一切末日都是最终末日的预演……这么说来，宇宙中所有文明都会遇到末日吗？"

"这倒不是，"黑衣人说，"宇宙被广袤空间隔开，除了最终的大撕裂外，其他的自然灾变都是有限度的，如果一个文明扩展到了宇宙深处的其他星系，那么无论是小行星撞击还是恒星爆发都不可能带来根本毁灭，更不用说其他较小的灾变了。所以只要文明发展到一定程度就可以和末日的危险说再见了，毕竟宇宙的最终毁灭还是在遥远得不可思议的未来。"

"没有末日，那不是很无聊？"达也笑着打趣。

"是啊，凡是发展到这个阶段的文明，当然不会碰到什么末日，否则早就毁灭了。这种末日情结，在其文明发展中从来没有满足过。所以在其扩展到全宇宙之后，会不惜跨越整个宇宙，去那些遥远的星球观赏各种原始世界的末日，寻找一点感觉。"

"好主意！但他们怎么知道哪个世界会濒临毁灭？而且跨越银河系，就算以光速也要几万年吧？"

"整个宇宙的物质基层，是暗物质形态构成的超感纠缠网络，早在宇宙的上古阶段，最古老的诸文明就在其基础上建立了寰宇网，对每一个有生命的星球进行自动监测。这些世界当然平平无奇，一般感兴趣的人不多，但当末日降临前夕，相关信息会被送到宇宙各个角落的信息订购者之中，然后由商业机构主持，将感兴趣的人们组成旅游团体，通过星际之门，在刹那间穿越宇宙，来到末日即将降临的世界。"

达也越发好奇地看着他："您说得好像真的一样。"

"是不是真的，很快你就会知道了。"黑衣人带着神秘莫测的笑容说。

达也正在思考他话里的意思，忽然脚下颠簸，港湾上无端出现了一个大浪，将游轮推向一边。许多人猝不及防，摔倒在甲板上。达也急忙抓住栏杆才站稳了。

"由希，你没事吧？"达也望向妻子，他看到由希的脸色惨白，瞪大眼睛不敢相信地望向前方,不由得顺着她的目光看去,很快发现了异状。

水下有某种发光的东西正在向彩虹大桥的方向游去。那东西至少和鲸鱼一样大,不,比一般的鲸鱼还要大得多。难道是敌国的潜艇?

达也还来不及多想,就看到那东西冒出水面,立了起来,非常非常高,至少有四十层楼那么高,它掀起的大浪让远处的星之丸也剧烈地颠簸起来。

那是一个巨大的发光椭球体,被两根长腿托起,中间有一个不断转动的圆环,好像一只妖异的巨眼。很快,从上面又伸出了无数触手状的复杂链条,每一条都比列车还长,却灵活得可怕。怪物用那些触手缠住彩虹大桥,几秒钟后,那座刚才还固若金汤的长桥像脆弱的积木一样断成数截,带着上面的无数车辆轰然坠入海水。

机械章鱼般的怪物行走了起来,看上去很笨拙,却以惊人的速度向西岸市区的方向移动,八岐大蛇般的触手开始四处绞缠,海滨的几栋大厦在它的撼动下开始倒塌,楼塌的声音如同天边的雷霆一样传来。但几乎听不到任何人声,因为离得太远。

达也完全无法思考,只是呆呆地看着,仿佛在看一出宽银幕的灾难片。巨章鱼进入市区,触手疯狂地摧毁着一切,如同一个调皮的孩子践踏着美丽的花园。达也忽然想起自己以前看过的那些毁灭东京的怪兽片,那些荒诞不经的场景,如今竟在自己眼皮底下真真切切地发生着。

"这才是真正的末日狂欢。"黑衣人说,嘴角露出一丝微笑,"这个宇宙中最有趣的游戏。"

达也如梦初醒:"你,你和那个怪物……难道……"

"他是我的同伴,"黑衣人坦承,"对一个即将毁灭的世界,文明保护法则不再适用。我们跨越星河来到这里,可不只是当看客。狂欢的时刻到了!我们有很多人,正在比谁能先毁灭这座城市,看来我也要加紧了……你们两位,愿不愿意做我的客人,来观赏这精彩的一幕呢?"

达也看到,远处的怪物已经把东京塔高高拔起,掰成两段,抛向夜空。他跟着望向天空,发现月光之下,不知何时已经出现了各种匪夷所思的怪物,妖异的云彩从四面八方围拢过来,遮住了一轮明月。

5

三千相宣夜立在静海上,用广维眼看着在群星中悬浮的蔚蓝色球体,将上面的一切尽收眼底。

通过遥感网络,他已经敏锐地察觉到那个球体上的诸多惊人变化。就在刚才的几分钟里,一座座城市被毁灭了,毁灭的方式各有不同:有的是在反物质爆炸的烈焰中被焚毁,有的是在绝对零度中被冻结,有的是被那些粗鲁的游客亲自碾成粉末,有的是被猛然掀起的百米巨浪夷为平地……

至少是五级干涉,糟透了。三千相宣夜烦躁地发出一道空间激波,将面前立着的一面星条旗炸得粉碎。

宇宙文明联合体公认的寰宇价值:"不得以任何方式干涉低级文明的发展。"在一个文明能够加入联合体之前,只能对该文明进行外部观察,而不能加以干预,无论是善意地想帮助对方提升文明还是恶意地要消灭对方,都是被文明法则所严禁的。即使在毁灭到来之际,也不能帮助对方逃脱灭绝的危险,否则就是破坏了神圣的宇宙法则。

但末日之旅是一个例外。当确定某个世界即将迎来末日,可以在末日前最后的某个时间窗口去拜访这个世界,当然理论上仍然要以该世界智能生命的形体,通过内置的语言转换装置,以免引起本地居民的骚动。不过在最后的时刻,尽管法律上仍然有障碍,但是放开手脚大肆破坏也不会有什么严重后果。既然这个世界就要毁灭了,那么给远道而来的宇宙游客们先玩一玩又有什么要紧呢?

问题是,这个世界他妈的根本不会毁灭,这个世界末日的说法根本是一个低级谣言。

三千相宣夜已经仔细检查了感应网络上传的数据,毫无疑问这是一次低级的误判。程序毕竟是程序,对于生物基础和文化途径完全陌生的异星文明没有办法真正理解。当它发现这个星球上以史无前例的强度和频率传诵着某个"世界末日"的说法时,就收集了大量资料进行判别。程序认为,以该星球的文明程度已经能够相对精确地预言可能的灭绝性灾变,而被大部分人赞同的说法可信度更高。既然末日的说法能够在本地网络上获得几百万的转发,而驳斥它的说法只有寥寥几万,因此高度采信了末日即将发生的信息,并将各种支离破碎、相互矛盾的解释进行合理化演算,编织成一个逻辑自洽的故事上传到寰宇网络,随后由星渊集团主持了这次该死的末日之旅。然后,他们在拟定的末日时刻前几个小时,将来自宇宙各个角落的上万游客传送到这个偏远的星系中。

结果,出了这么大的纰漏。在他发出纠正信息之前,大破坏已经开始了。现在死去的本地居民至少已经有十亿,也许是二十亿,已经达到了最严重的干涉级别。三千相宣夜已经发送了紧急通知,让所有人立刻停止破坏,但是为时已晚。还有好些不知是什么种族的家伙,迄今仍然置若罔闻,有个疯子正在把太平洋的水都弄到近地轨道上去,要制造一个星环。

"大眼睛!"三千相宣夜叫了一声。寰宇网络打开了,为他接通了三万光年外的第十九天河,上司的三维影像在月海的尘土上波动着。

"出大麻烦了。"三千相宣夜苦恼地开始信息传输,把事情大致告诉了第十九天河。对方只是微微一笑地说道:"你能解决的。"

三千相宣夜一时无语:"都这样了……怎么解决?"

第十九天河做了个表示不耐烦的手势:"用你的逻辑,如果这颗星球继续存在下去,遥感网络会发现我们的游客进行了破坏,而大灾变没有发生,它会很快给中央理事会发出警报信号,作为我们违背了基本文明守则的证据,这样的话,我们都会背上大麻烦。但是如果这个行星的末日如常发生,那么这一切都不算出格,最后谁也不会知道。"

"可怎么……你难道是说——"三千相宣夜惊呆了,"我们亲自制造一个——"

"你还有什么更好的办法?"

"可是那些游客,他们也都知道了啊。"

"放心,大伙儿到这个星球上无非是想发泄点生活压力,没有人想给自己惹麻烦。何况你以为这件事是宇宙中有史以来第一桩吗?"

"什么?!"

第十九天河发了一个表示"讽刺"的闪动:"你刚接手这个工作,还不太熟悉,要知道,寰宇智能网络太古老了,很多地方的软件至少有几十亿年没有更新过,这种错误事实上经常发生。"

三千相宣夜悚然一惊:"这么说,以前的那么多末日之旅……"

"很多情况都是类似的,至少有百分之十,也许占到了百分之二十。但是谁在乎呢?游客们得到了享受,我们赚到了通用购物值,有些星球上的数码复制体还能被拿来卖掉大赚一笔,只要没人傻到捅到中央理事会去,什么事也不会发生。就是上面,也有我们的人。"

"可是那些星球……"

"不过是一些低级虫豸,不用在意。"

三千相宣夜骇然无语,良久才继续问:"那我……应该怎么做?"

"这你自己决定吧。"第十九天河不耐烦地说,"反正法子多得很。"

他闪了闪消失了,寂静的月海上只剩下了三千相宣夜孤独的菱形身影。

"妈的,干完它吧。"

三千相宣夜开始在数十万公里的范围内启动几台空间波仪,转动希格斯场,调整引力子分布,增大行星与卫星间的引力。他想快点干完这件差事,所以将引力调到了最大,几乎相当于一个黑洞。不久,蔚蓝色球体开始变得越来越大,就像从天上落下来一样。

月表震颤着,平原上的尘埃如倒飞的雨,扬向黑暗的天空,将蓝色行星埋葬在一片遮天蔽日的昏暗中。

6

海洋已经全部蒸发,所有的大陆都熔为岩浆,炽红的岩浆在因地月撞击而猝然加速的自转下向赤道聚拢,变成十几千米高的洪潮,扫过早已没有任何生命气息的行星表面。许多撞击碎片飞入空间轨道,形成了一个暂时的星环。

对撞已经过去了很久。观看的游客基本都已离去,但两个发光的小人儿还在岩浆潮中嬉戏着,上上下下,舍不得离开这个乐趣无穷的新乐园,直到时间已经差不多了,才穿过地球内部喷发物和地表尘埃形成的黑云,飞向太空。

当他们从厚厚的黑云中出来时,正好看到一个大蜻蜓一样的航天器正坠入黑云,划出一道黯淡的火光后,消失在不可穿透的黑暗深处。

"那是国际空间站,"女孩说,"地球人在外太空——别笑,他们就是管低地轨道叫外太空——的唯一存在,现在也完了。"

"可惜我们没时间进行太多的数字扫描。"男孩说,"只保留了那个世界的一点点碎片。"

"别担心,其他游客会有很多扫描的,待会儿大家可以相互复制嘛,其他地方用寰宇网络的资料补全,我们会有一个仿真小地球当纪念品的。我先看看你的收获?"

"好啊,"男孩说,在面前投射出一个变幻着形状的三维体,"看,刚才那几个人。"

离木星轨道上的星门还有半个小时的路程,在这过程中,他们津津有味地欣赏起三维体中的画面来。

7

外滩钟楼敲响了十二点的钟声,12月21日过去了。

"我就说嘛。"出租车里,林琳靠在男友的肩膀上,喃喃说,"根本没有什么世界末日,真无聊。"

"换个眼光看,"方岳温柔地抱着她,"就当上帝又给了世界一次机会,我们应该更加珍惜自己和心爱的人,所以晚上我们还有个庆祝的派对。"

"嗯,让我睡一会儿。"林琳惬意地在方岳怀里伸了个懒腰,慢慢沉入了梦乡。

方岳抚摸着女友的秀发,心不在焉地想着见家长的事,渐渐也有些睡意。正在他眼皮将要合上时,忽然有一种怪异的感觉,似乎一刹那间,远远近近的一切消失了,满城的灯火都熄灭在深不见底的黑暗中。

方岳揉了揉眼睛,周围自然一切如常,灯下的都市里车水马龙。他不禁暗笑自己神经过敏,从兜里掏出手机给朋友发短信,说十五分钟后就到。

如当节日的时候……

焰火在夜空如鲜花绽放，笑容如焰火在每个人的脸上绽放。处处张灯结彩，人人丽服有晖，孩子们兴奋地打闹，情侣们甜蜜地依偎。

又是一个美好的节日。

但是对于单身狗——尤其是刚刚恢复单身的狗——来说，一切节日都只能平添愁绪。他们不是躲在家里打游戏，就是缩在酒吧的角落里喝闷酒。

"可笑！"林克冷笑着，仰头又一杯啤酒下肚，"真可笑！"

"什么事可笑？"一个黑衣男子坐在了他身边，攀谈起来。

"过节可笑啊！"林克也不以为意，借着酒意说，"时间在每一天都是一样的，以同样的速度流逝，只有人类那么可笑，硬要在均匀的时间里划出一个个节日来，什么新年、春节、情人节、端午节、圣诞节……每个节日都要吃这个，干那个，送礼，团圆……毫无意义！"

"节日不就是一种风俗习惯吗？"黑衣男子轻声说。

"本质上还不是迷信？"林克冷哼一声，"就说新年吧，所有人都觉得自己过了新年就大了一岁，其实12月31日和1月1日有什么区别？时间本来是均匀流动的，又不是到了12月31日就突然加速，跳过了一年！"

"说得不错。"黑衣男子给他倒了一杯酒。

林克起了谈兴，喝了一口酒，接着说道："再说春节吧，什么放鞭炮驱年兽，给压岁钱之类的迷信就不说了。就说全中国的人，什么时候回家不行？一定要凑在那几天扎堆往家跑，否则就是不孝，或者不爱家人。几亿人就像中了邪似的在那几天跑来跑去，全国的铁路都快给压塌了！"

"还有该死的情人节！"林克想起了痛苦的往事，怒骂了一句，"女朋友一定要你那时候陪她，一年三百六十五天，一定要那一天！国内还不放假！正好碰到加班，那就换一天呗，爱情难道只那一天存在？换一天就不浪漫了？可那些女生硬是不干，你不陪她过节就说你不爱她，然后转头就答应了别人的约会邀请！

"还有端午节，说是纪念屈原，可是怎么只见你们吃粽子，却从没见你们在端午节读过他老人家拿命写成的《离骚》呢？其实农历五月五日本来是恶日，是喝雄黄酒祛除瘟疫的，嗨，这不还是迷信吗……还有七夕，说是牛郎织女相会的日子，我就奇了怪了，古代人都是瞎子吗？盯着银河看一晚上，牛郎星和织女星也不会跑一块儿去！要是真心过七夕，夫妻就该两地分居……还有中秋……还有圣诞……"

林克絮絮叨叨，把各大节日都数落了一番。

好不容易告一段落，黑衣男子又给他倒了一杯酒，笑道："说得好。朋友，你真是一个理性主义者。"

"人嘛，就该理性点儿。我敢打赌，再过几百年，未来人看现在过这节那节，就跟我们看原始人跳大神似的，就两个字：可笑！"林克说着，又将杯中酒一饮而尽。

"然而那也是一种悲哀……"黑衣人一声叹息。

"什么？"林克没跟上他的思路。

"一切传统节日，都建立在对超自然力量的信仰上，认为特定的时间是属于它们的神圣时段，也就是你说的迷信。在未来，文明发展到更高阶段后，每一个个体都按自己的观念和节奏过日子，过着完全理性的生活，所有的节日都会消亡，然而传统的共同体也就不复存在了。在节日中，人们感受到和他人的同呼吸共命运，那种超越自身的幸福感，也将永远消失……"

"那也没什么不好，"林克嘟囔道，"那时候的人类肯定有更高级的生活方式。"

"是的，宇宙中有很多文明已经进入了这一阶段，他们有着人类无法想象的高级生活方式……然而他们却仍然怀念欢度节日的时代。就像现代人有时候会羡慕原始人在大自然中的无拘无束一样。不过他们已经没法自己过节了，只有跨过宇宙，观看那些原始的节日，借以怀念自己的童年……"黑衣男子一边说，一边继续给林克斟酒。

"等等，"林克蹊跷地问，"什么宇宙文明，你是说外星人？你是外星人？哈哈哈——"

他的笑声戛然而止。他终于看清了，黑衣男子给他倒酒时，并没有拿酒瓶，而醇厚的酒水却从虚空中自动生成，倾入他的杯子。然后酒杯居然升了起来，浮在空中，缓缓飘向他的手心。

林克双手瑟瑟发抖，哪里还拿得住，杯子当啷掉在地上，摔得粉碎。

酒保闻声朝这里看过来。

黑衣男子叹了口气，一挥手，酒杯又拼合在一起，洒落的酒水回到杯中，如同倒放的录像般回到林克的手中。

酒保擦了擦眼睛，以为自己眼花了，转身去招呼其他客人。

"你真的是……外星人……"林克放下酒杯，结结巴巴地说。他的酒彻底醒了。

"是的，不过你尽管放心，我们不是来侵略蓝星……也就是地球的。我们只是观看这个星球节日的亿万观察者文明中的一员。"

"亿万观察者？！"林克瞪大了眼睛。

"整个宇宙都在看着蓝星啊！你们是发展最慢的文明，也是极少数还保留节日的文明之一，在宇宙中的地位，就好像蓝星上的……大熊猫。全宇宙都爱你们。"

"宇宙……爱……我们……"林克的思维还是一团乱麻，好不容易才提出一个完整的问题，"那么，你来地球……蓝星上干什么？"

"对人类来说，最为幸运的是，我们是全宇宙最善良、最慈悲的文明。"黑衣男子一笑，"我们要让蓝星人真正过上节日，让节日的快乐永远保存在蓝星文明的记忆里！"

"这是什么意思？"林克一时摸不着头脑。

"你们蓝星有个叫克拉克的科幻作家不是说过吗？一切高等技术都与神灵无异。我们具有神一般的力量，能够帮助你们实现节日中的那些所谓迷信，让节日的那些神话真正实现。"

"也就是说，"看到林克还不甚明白，黑衣男子又解释说，"圣诞节的时候，真的会有圣诞老人驾着驯鹿雪橇从天而降，分给所有人自己想得到的礼物；新年的时候，每一个愿望，只要逻辑上不自相矛盾，都可以通过我们的力量实现；春节的时候，所有人都可以在瞬间回到家里，和家人团聚，而春天在大年初一就会降临，百花盛开，万紫千红；情人节的时候，空气中会弥漫着催人恋爱的激素，只要两个人稍有好感，马上就会克服一切障碍，立刻进行爱的最高表达……当然更多人也可以……"

林克顿时眼睛放光："真的？"

"是的，你之前说的那些都不是问题。端午节时，我们可以用时间机器把屈原大夫带到今天，让他在中央电视台给大家朗诵《离骚》，我们也能让每一个人摆脱病痛的折磨；七夕，我们真的可以在银河架起鹊桥，让牛郎星和织女星在银河中央相会……当然，如果移动那些恒星，你们得过几十年才能看到，而且人家牛郎星人和织女星人也不干啊，不过我们可以在天球上造成这样的视觉效果。中秋就更简单了，带所有人去月球旅行也易如反掌……总之，所有的节日都可以成真！"

"太棒了！"林克叫了起来，"所有的节日，都会成真？"

"是所有的节日都'可以'成真。"黑衣男子纠正他,"但实现任何一个,都是以巨大的能量消耗为代价的,我们虽然心善,但也不可能为蓝星付出太多。你们星球上所有的节日,我们只能实现一个。这还是我作为文明观察员,跟母星申请了一百多年的结果呢。"

"是哪一个呢?应该是个大节日吧?"林克迫不及待要知道。

"当然,总不能把泼水节也算上吧。不过具体哪个节日,我没法定夺。我选出了大约一百个主要节日,交给母星的权威机构进行公证后,从中随机遴选的。"

"结果是?"林克急切地问道。

黑衣男子笑了笑,反问:"你觉得我为什么在今天来到这里?"

"今天……"林克一惊,"今天是——"

"没错,就是今天。"黑衣男子点了点头,"这是超级电脑随机决定的,我也没想到结果是这样。"

"可是中国人不过这个节日啊!"林克叫道。

黑衣男子向周围指了指,林克环视酒吧,顿时哑口无言。

黑衣男子站起身,说:"不管怎么说,祝你们——节日快乐。"

说完,他的身体如轻烟般散去。

酒吧里到处悬挂的南瓜灯突然都灭了,将打扮得千奇百怪的假面男女湮没在化不开的黑暗里。

在门外的大街上,游行的人群开始发出此起彼伏的尖叫!

上帝之道

四百五十二岁的时候,贝沙第一次见到了"上帝"。

尽管从幼年起,几百年来他随时都能看到祂的图片、三维图案和虚拟视频,但当他亲眼凝视祂时,仍然感到极度的震撼。一团横贯视野的光云,绵延有十几亿里之遥,千万种微妙的色彩在其中随时变幻,构成种种难以形容的优美曲线,无限的奇异形状叠加在一起,显现出最天才的艺术家也无力勾勒的至美,让他难以呼吸,甚至无法动弹。

"这就是人类最伟大的创造,"看到他目瞪口呆的样子,身边的美丽女子微笑着告诉他,"十的三十次方个亚原子量子处理器,以超弦量子纠缠的方式连接起来,没有任何行星甚至星系能够放下,只有以暗物质的约束力场才能将其聚拢在一起,这就是银河联邦最伟大的中心,银河系真正的大脑。"

"我知道,"贝沙说,"吉尔达女士。我穿越了半个银河系就是为了它,我衷心希望它的神谕能够解决我们的问题,就像上一次那样。"

"没什么可担心的,"吉尔达温柔地说,"奥米加星团目前的问题只是疥癣之疾,近一万年来最大的叛乱都已经被它消弭,还有什么更大的挑战呢?"

银河联邦由银河系中人类所居住的九百亿个星系组成,自然,并非每个星系都能从联邦体制中获得最大的利益,许多星系都感到自己的利益被那些贫穷的世界所剥夺,大有自立门户的意向。奥米加独立军便是强有力的挑战者之一,一百五十年前曾一度攻占了大半个奥米加星团。星团政府不得不派使者来首都,请求上帝的指示。唯有祂的能力能够对浩瀚如海的数据进行远超过人类理解的非线性心灵史学计算，从无穷无尽、纷繁杂乱的表象之下得出最内在的本质趋势，看到历史真正的方向，告诉人们该如何去做。

果然，上帝的神谕给出了解决之道，叛乱分子被彻底歼灭。然而战火初熄，奥米加星团经济已经崩溃，超过三百亿难民难以安置，小规模（也就是"区区"一个星球内的）的暴动和骚乱每天都要爆发十多次，贝沙不得不受命前往银河中心的首都，寻求上帝的新指示。

在吉尔达的陪同下，贝沙登上了华丽的观光飞船。飞船其实只是一个力场约束空气的空中平台，却能以近三分之二的光速飞向"上帝"的中心，但也要两个小时之后才能抵达。渐渐地，绚丽的光云变成了贝沙头顶的七彩天空，然后变成了将他们包裹起来的瑰丽洪流。其中时常有巨大到不可思议的结构涌现，而又迅速变形和消失，仿佛鲸鱼跃出大海，又沉入其中。

"上帝平时都在思考什么？"贝沙凝神观赏了一会儿之后问道。

"那不是我们凡人可以揣测的，"吉尔达肃穆地说，"也许祂早已看到了未来亿万年之后的历史前景，也许祂在沉思宇宙毁灭后还会留下什么。"

"也许这么说不太合适⋯⋯"贝沙犹豫片刻后，还是说出了口，"你们难道没有担心过吗？上帝的智慧如此远高于人类，如果祂要消灭我们的话——"

"那我们连一丝的机会都不会有，"吉尔达微笑着说，"但完全不必有如此担心，议员先生。上帝已经在银河系的中心默默思考了十万个地球年，全有赖于祂，银河联邦才能够存在，并带给整个银河以平安和繁荣。如果祂要消灭我们，只要停止工作，我们就会陷入崩溃。"

贝沙沉默了，望着周围的灿烂光云，如同无垠的大海，亿亿万万个细微精妙的几何构形在祂的眼皮底下旋生旋灭，就像海洋中的浪花。

大约一小时后，飞船抵达了"上帝"的中心，仿佛是风暴眼一样的存在。直径达百万里的恢宏空间中，越过上千条辐射状的柱廊，有一座缓缓转动的古朴而肃穆的祭坛，这就是整个宇宙中唯一能和上帝交流的圣地。

"我始终不懂这是为什么，"当他们走上长长的柱廊后，贝沙又开口，"为什么要建造这些？"

吉尔达有些惊讶地看了他一眼，"因为这是聆听上帝指示的场所呀。"

"请原谅我的不敬，不过说到底，'上帝'只是一部先辈建造的超级电脑而已，当然它很了不起，但并不是真正的、老地球人所信仰的那个上帝……可为什么人类要把它当成神灵供起来？为了算出一个答案，还要举行一些古老的祭祀典礼，就好像是请求神谕似的？这感觉是不是某种……某种……"

吉尔达替他说出了那个词："迷信？"

贝沙点了点头。

吉尔达严肃地直视着他，正色说："议员，你可以说上帝是一部电脑，但祂的智能已经和神相差无几，不，超过我们对神明的一切想象，老地球人所想象出来的上帝和祂相比，就如同一只蝼蚁比起人类来一样……当然，你说得不算错，我们可以直接从最简陋的电脑终端上问到答案，但是我们不能这么做，联邦有自己的传统，我们必须对整个银河的最高管理者表示我们的尊敬，这也是对我们的祖先、对最高委员会、对联邦十多万年的悠久历史的敬重。"

贝沙没有再提出异议，他们又走了大半个小时，才走到祭坛的中心。这里没有人造重力，贝沙不受控地飘浮起来，飞向上空。吉尔达则引领着他上升，举行询问礼，包括一首古老的颂歌，据说是来自老地球时代的古宗教经典："我们在天上的父，愿人尊你的名为圣……"

不知几万里之外，一个巨大的对称结构从光云中凸显出来，逐渐成形，变得越来越清晰。贝沙打了个寒战——那是一张人类的面庞，或者说近似人类的面容。一张堪称完美却没有任何特征的脸，看不出是男是女或者其他人工性别，却不可企及的庄严伟岸。

"奥米加人，说出你的祈求。"那张脸并没有什么变化，但一个声音似远似近地响起，仿佛天边的雷霆，又像是在贝沙耳边的低语。贝沙不明白这声音是从哪里来的，也许只在他的脑海里。

贝沙深深吸了一口气，"主啊，请告诉我，为什么你能够击溃奥米加独立军？"

"你在说什么，议员？"吉尔达诧异地转过头。

"我在请教上帝问题。"贝沙淡淡地说。

"可这不是你向联邦最高委员会申报的问题！你这是违规操作！"

贝沙冷笑道："上帝不会连我这区区一个小问题都答不上来吧？"

"你应该很清楚，许多问题的答案都蕴含了联邦未来的历史发展动向，如果被人利用的话——"吉尔达失去了一向的平静娴雅，声音也颤抖起来。

"别激动，吉尔达女士，这只是出于好奇。"

"上帝凝聚了整个银河系能量的计算能力不是为了满足你的好奇心的！"吉尔达嚷道。

但是上帝又再度开口："奥米加人，我可以回答你，不过为了得到确切的答案，请进一步澄清你的问题。"

"这么说吧，"贝沙淡定地说，却感到自己的心跳快得吓人，"你知道，奥米加星团的独立运动兴起后，迅速攻占了数百个子星系。一年后，本地政府派我的上一任前来首都，询问该如何应对。他得到的答案是：集中兵力进攻索勒夫星系——一个被叛军占领，但看上去不太重要的边境星系。"

吉尔达想说，这些都是人所共知的历史，但还是忍住了，等着贝沙抛出他的目的。

"这种战略完全不符合一般的军事原则。但既然出于上帝的旨意，联邦仍然押上了大军，我们不得不加强了防守——"

"'你们'加强了防守？！"吉尔达抑制不住地叫了起来，"原来……原来你竟然是……"

贝沙长叹一声："不错，我是独立军的人，潜伏在联邦内部已经有很多年了……总之，当时独立军调来了大部队，通过决定性的TY-87红巨星战役，几乎全歼了联邦第十二舰队。

"但讽刺的是，恰是因为如此，导致主攻方向上兵力大幅减少，加上调度上的问题，让联邦军有了可乘之机。联邦的其他几支舰队借助星团中心的黑洞引力加速，摆脱了我们的超空间雷达，然后发动奇袭，打垮了我军的主力，把他们赶到了星团深处……我们又挣扎了二十多年，但最终归于失败。所以，该死的上帝神谕，它居然实现了！"

"这还用说吗？上帝知晓一切，它本来就会实现。"吉尔达说。

"不，"贝沙咬牙切齿地说，"不是这么简单！心灵史学的基础是对海量数据的掌握。这个宇宙中的一切因果关系，都以蝴蝶效应的方式编织成复杂的网络。心灵史学尽管发展出了一套巧妙的方法，最大限度减少了依赖的数据变量，但仍然必须获得尽可能精确的相关数据才能进行演算……"

吉尔达皱眉道："你是说，你们拦截了奥米加星团上传的数据？"

"拦截太明显了，很快会被发现。不过……事已至此，不妨告诉你们，数百年来，从奥米加传送给上帝的数据，许多都是被我们改动甚至捏造的，改动的内容不到总数据量的0.5%，但是根据心灵史学的计算原理，已经足以让最后的结果失效了。所以，奥米加独立军才有信心发动战争，我们本能够获取胜利！但没有想到仍然会失败。到底是为什么？"

"原来如此。"上帝微微点头，"你不惜暴露自己的真实身份，就是为了求一个答案？"

面对占满了整个视野的巨大头像，贝沙傲然昂起了头，"不光是这样。为什么会有奥米加独立运动？因为我们最大的信念就是，人类不能被一部电脑奴役，不能成为人工智能的奴仆！所以独立只是第一步的目标，而当上帝不再掌握奥米加星团的数据后，对银河系其他星域的未来演算也会出现问题，最终让整个银河系都脱离上帝的控制，重归人类的主权之下。

"虽然我们最后失败了，但我还是要来到这里，亲口告诉你，你这部愚蠢的电脑给我听好了，统治银河系的是我们人类，不是一部机器！终有一天，整个银河系都会认识到，将最高权力托付给机器是何等的愚蠢，他们会毁灭你，而人类也将获得新生！"

贝沙结束了他的宣言，吉尔达默然不语，只是轻轻叹息了一声。上帝那双比行星还大的瞳仁有些悲伤地凝视着他，终于缓缓开口："这么说，你认为这个银河由人类来统治，会更美好吗？人类自己能够完全统治整个银河的亿万星系，不会令其分崩离析，陷入没有尽头的贫瘠和战乱？在上帝没有问世之前，银河联邦头一万年的历史你应该很清楚。"

贝沙一时语塞，但很快又坚定了自己，"是的，我们承认这十万年来，你实现了银河联邦的大体繁荣和稳定，我也承认人类的管理不会有你的高效。但这不是机器统治人类的理由，永远不是。"

"你根本不懂——"吉尔达插嘴说，却被上帝温和地打断道："让我来吧。我先回答你的问题好了。为什么我在数据错误的前提下仍然能够给出正确的战略，你最想知道这个原委是吗？"

贝沙点头。上帝开口说："很简单，因为人们相信这是正确的战略，整个银河，除了奥米加独立分子的高层之外都相信。而你们甚至不敢公开自己伪造了数据，这样一来你们的卧底就会从相关机构被清洗出去，以后再也没法干扰我的计算。

"因为人们相信这是正确的,所以联邦军气势如虹地展开进攻,独立军高层知道这是靠不住的,所以也押上大军,决心用胜利来宣告上帝的失败。虽然你们本来不需要派去那么多的军队,但是独立军面对上帝的无上权威,不得不以数量来弥补士兵的信心……联邦军此时遂得以靠第十二舰队的佯攻吸引你们的兵力,真正的拳头却另辟蹊径,伺机给你们致命的一击!所以说,如果有什么让一切都能顺利进行,那恰恰是十万年来人类对上帝的绝对信任。"

"但如果主力军的奇袭被发现了呢?那你的图谋不就化为泡影了吗?"

"事实上那也不是什么主力军,即便这次奇袭失败,联邦还会在另外两个星系展开攻势。你还不明白根本问题在哪里吗?在于十万年来,人们对上帝的信仰根深蒂固,难以动摇。叛军的信心必须靠一次次胜利积累,而联邦任何一次微小的胜利都会被认为是上帝真正意旨的实现,从而让叛军的信心崩盘,最后崩溃。"

"是……是这样?"贝沙如梦初醒,"但是这……这种策略没有什么特别的地方,连地球上的古人也想得出来,根本不需要银河级别的计算能力啊?难道上帝不是应该有更加强大的算法吗?根据心灵史学——"

"心灵史学只是一个破灭的理想!"上帝打断了他,"的确,在建造上帝之初,我们希望能够靠它的超强算法进行心灵史学演算,来把握历史主动,维护联邦的统一。但我们失败了,上帝的计算从第一次开展后就陷入递归的数据溢出中,最后根本没有任何思考能力可言。我们经过缜密的检查才发现,心灵史学的基本公式中有一个微小的错误,导致整个计算都不可行,建造上帝的计划成了泡影。"

"这怎么可能!十万年来,上帝一直……一直是……"贝沙说不下去了,一种恐怖的可能性将他攫住。

"你看出来了,是不是?"上帝表情悲悯地说,"十万年来,人类完全是依靠自己。当初的最高委员会隐瞒了这次失败，当需要上帝对银河系的问题进行演算时，他们就自己去思考解答，然后说成是上帝计算的结果，让下级去执行。结果发现效果出人意料的好……只要人们相信上帝的权威，再加上神谕和解释本身的模糊性，一切都可以说得通。所以整整十万年来，实际上一直是最高委员会在管理这个银河。所谓上帝只是一个象征，祂的唯一意义就是通过敬拜的礼仪和宣传，加强人类对祂的信仰。"

"所以……我们要反抗的对象根本不存在？"贝沙瞠目结舌。

"可以说存在，也可以说不存在。上帝没有任何帮助银河联邦的能力，但人类必须依赖对上帝的信任和畏惧，必须相信祂能让一切经济和社会的衰退尽快结束，能让一切分裂的梦想成为泡影，能让整个银河保持在最好的发展方向上，才能维持绵延十万光年的银河联邦。"

"但实际上，一切都是……都是最高委员会的独裁！"

"可以这么说，但上帝必须公正不阿，这也限制了最高委员会滥用权力谋取私利。靠这种相互的制衡，才有了这十万年以来的银河联邦。你认为还有比这更好的解决方案吗？"

贝沙无言以答，良久才问道："好吧，但是一直跟我说话的你又是谁？"

"他就是最高委员会的现任主席，"吉尔达在一旁说，"林洛主席，'上帝'只是他的传声筒，确切来讲，是委员会整体的传声筒。"

那张绵延百万公里的面庞发生了变化，眼睛眯了起来，边角上出现了皱纹，鼻子也变得更为高挺，变成了一张典型的人类老人的脸，看上去至少已经有三千岁了。

"我是林洛，"那张脸说，"贝沙先生，为了银河联邦，很遗憾我们必须这么做，但我保证不会有什么痛苦。"

贝沙眨了眨眼睛，还没有明白是怎么回事，一道白亮的光柱已经从底下祭坛的中心发出，笼罩了他的全身。白光只维持了一瞬间，然后贝沙失去了一切知觉，身体像一粒灰尘一样，缓缓落向下方。

林洛有些疲惫地说："吉尔达，你知道该怎么做。"

吉尔达想了想说："叛军间谍贝沙，秘密携带微型奇点炸弹，企图以觐见上帝之名实施恐怖袭击，毁灭上帝的核心运算系统，幸好被自动防护系统提前发现，解除了其武装。贝沙为了不泄露机密，清洗了自己的记忆。"

林洛叹了口气："这是第几个了，吉尔达？"

"十万年来第647个，但在您执政期间还是第一个。"

"我并不想发生这样的事，但这无可避免，否则不是一个人丧失记忆的问题，而会是一亿人甚至一亿亿人的毁灭。"

"也许这正是上帝之道。"吉尔达沉静地说，身子轻柔地落到大理石祭坛上，若有所思地看着贝沙沉睡的面容。

"或许吧……"林洛的面容流露出些许悲悯，仿佛轻轻叹了口气，随后，人类的面容渐渐消隐在迷离星云中，只有神谕般的声音仍在空旷星域中回荡，"正如地球时代的先哲老西乌斯所说：'上帝之道就是无为，所以才能无所不为。'"

子 遗 者

1

子遗者记得，在他还很年轻，几乎还是个孩子的时候，有一个女孩儿曾经问过他："世界上最后一个人，死前最后一刻看到的景象是什么？"

他毫无头绪，谁知道世界上最后一个人是谁？又是怎么死的？这根本没有答案嘛。想了很久，还是迷茫地摇了摇头。看到他的呆样，女孩儿咯咯笑了起来，将柔软的嘴唇凑到他耳边，轻轻吐出了两个字："黑暗。"

当时他怔了一下，随即也大笑了起来。是啊，无论你是谁，如何死去，最后看到的总是一片黑暗，还有比这更正确的答案吗？

那时候，他们还太年轻，年轻得意识不到这个问题的残忍可怖。在一百多年后的此时此刻，当他望向飞船舷窗之外的时候，又一次想起了那件往事，嘴角却再带不起一丝微笑。

曾经的那个女孩儿，那个如露珠般闪亮的女孩儿，连同世上其他所有的人，所有曾鲜活跃动的生命，他们都死了。死于那场毁灭一切的战争。整个宇宙中，只有一个人还活着，还在呼吸，还能感到自己从远古祖先那里传承而来的心脏跳动。他，就是最后的那个人。

而在舷窗之外，子遗者看到了女孩儿告诉他的答案：一片深深的黑暗。

当然不只是黑暗，还有不计其数的星星和宏伟的银河旋臂，用灿烂的辉光装点着十万光年的浩渺空间，宛如一棵宇宙间的生命之树，枝繁叶茂，摇曳生姿。他也知道，在星河的某一黯淡分叉之间，栖息着他曾熟悉的一些星体：大角星、织女星、天狼星、南门二……太阳。它们在这冷漠寰宇中仍然熊熊燃烧，发出光热。虽然已经无法分辨其中任何一颗星体，但它们的光芒已汇聚到银河的辉光中，照亮了他的瞳孔，这有时会令他感到些许安慰。

但在这一切的中心，却是深深的虚无。银河旋臂怪异地扭曲起来，变成拱桥般的圆弧形，耀眼的银边勾勒出中间一片深邃的黑暗，如同一口看不到底的深井。只不过，这口井大到可以同时吞掉上百个地球。

那是地狱之门，至少对他来说是如此。宇宙、生命和时间，一切一切的终结之点。

"地狱之门"是一个黑洞，但远比一般的黑洞要大，至少有十万个太阳的质量，这使得它的史瓦西半径也达到了十多万公里。在上百亿年前，它的前身应当是一个稠密的大型星团，包含数十万颗恒星。在其中任何一个角落，都可以看到数个太阳并升，千万颗璀璨的亮星照得夜空宛如白昼的奇景。但那已经是遥远的过去，不知从何时起，复杂的引力牵引让多颗恒星在星团的中心碰撞融合，造出了一个魔鬼般的黑洞。在随后的数十亿年时光中，周围的恒星一颗接一颗坠入它的血盆大口，黑洞的质量如同滚雪球般疯狂攀升，直到整个星团都被吞没，最后一丝光明也消失在绝对的黑暗中。

自那以后的无尽岁月，这个孤独而可怖的幽灵盘踞在这片看似空旷无物的太空中，编织出纵横数光年的引力蛛网，耐心地等待着不经意的倒霉蛋。现在，孑遗者和他的飞船，就成了它的猎物。飞船正在数百万公里高的轨道上围绕着黑洞高速转动着，差不多每半个小时就要转一整圈，犹如一只没头苍蝇徒劳地想飞出困住它的玻璃瓶。

孑遗者迷惘地盯着那片黑暗，这已经成为他日常生活的一部分。

银河的光辉在黑洞边缘闪耀流动,更反衬出中心的幽深难测。在那里有什么东西存在吗?至少不会有任何已知的物质形态。在十万个太阳的引力汇聚之下,连时间和空间都被拧成了一个点。或许神能够存在在那里?他摇摇头,嘲笑自己的幼稚,如果在那里有神的话,也一定是个与一切仁慈和善良都无关的恶灵。

银河渐渐转到飞船的背面,在另一个方向上银河黯淡,星星也变得稀疏,令他难以分清黑洞的边界,好像它正在沿着群星间的黑暗空间向四方蔓延。孑遗者打了个寒战,从舷窗外收回了目光,在窗上轻轻一推,飘向光线明亮的舱室中央。他觉得自己不像是一个人,更像一具在水中浮着的尸首。

"爱琵斯,给我再来瓶伏特加。"他沙哑着声音说。

"舰长,您今天摄入的酒精含量已经超过标准,我不能执行这个命令。"一个柔美的女声说。几乎和当年那个女孩儿的声音一模一样,但当然不是她,只是飞船的主控电脑,这个声音是他自己设置的。

"不用酒精麻醉自己我会疯的,"他苦涩地回答,"每次看到那里,我都觉得自己犯了人类有史以来最无可挽回的错误。"

"您没有必要责怪自己。我们是在评估了一切危险与机会之后做出这个决定的,在当时看来,这是最合理的做法。"

"但人类最后的希望被葬送了。"孑遗者说。实际上没什么好说的,他们都知道发生了什么,但他心底渴望着忏悔,哪怕是对一部电脑,"如果我们不尝试用黑洞进行引力加速,那么至少现在还在向目标星系前进。"

"以不到12%的光速,我们要三百多年后才可能抵达那里,何况在那里也不一定能找到宜居的星球。"

"至少我们可以得到丰富的行星物质资源补充燃料和修补船体。"

"您忘记了,以飞船目前的状况,能撑过三百年的可能性只有27%,我们很可能根本到不了那里。"

"我怎么会忘,"他闭上了眼睛,"至少这还是有可能的,是一个渺茫但存在的希望。而现在,我们完全绝望了。"

是啊,完完全全的绝望。

2

对于绝望,孑遗者并不陌生。

自他的青年时代以来,某种压抑窒息的感觉就萦绕着他,仿佛预示着黑暗终将降临。二十三世纪的太阳系,在议会政治的泥淖里,在行政部门的腐败与涣散中,一天比一天溃烂下去,一次次复兴的努力都以失败而告终,最后一次似乎有希望的改革,带来的竟是外行星联盟的独立和旷日持久的战争。泰坦星奇袭、土星环战役、大红斑会战、小行星带争夺战、火卫一坠毁……每次短暂的停战之后总是更惨烈的战役。遮天蔽日的星舰在各个世界的天空中燃烧爆裂,一个接一个的太空殖民地在各种核武器、反物质武器或奇点武器的打击下化为焦土。最后,月球被岩浆吞没,地球也沦陷在叛军之手。

那时候人们以为战争总算要结束了,太阳系满目疮痍,数十亿人死于战乱,但人类最终能挺过去,正如之前的四次世界大战那样。想不到,战败的一方做出了同归于尽的疯狂之举,他们在残存的水星基地动用了最后的数百艘战舰撞击太阳黑子区域,蓄意引发了太阳的大爆发,本该在数亿年间释放的能量刹那间全部爆发出来,令太阳体积像气球一样膨胀,来自太阳内部的数千度的等离子狂流在内太阳系如洪水泛滥,不到二十四小时就淹没了整个地球。

那个曾如露珠一般的女孩儿,在瞬间就气化了,就像地球上其他的一百二十亿人一样。

当毁灭的硝烟散尽,留下的只有一颗直径达一个天文单位的红巨星,以及海王星轨道上最后残留的人类基地。此后几年间,幸存的数千人中又有大半因辐射病而死去。此时,太阳系的任何地方都已不适合人类居住。人类唯一的希望,在其他的星星上。终于,剩下的人集合仅剩的优秀头脑和技术力量,制造了有史以来第一艘能够以接近光速航行的空间曲率飞船"爱琵斯号",二十五名船员,带着人类以及一万多种重要动植物的基因,飞向宇宙。

但光速旅行刚开始一个月——按太阳系的时间是十年后——他们就收到了太阳系传来的通信波段,得知海王星基地在他们离去后的数年间,随着生态循环系统的崩溃,情况已经越来越恶化,幸存者很快降低到了两位数,然后是个位数。终有一天,在太阳系方向上一片寂静,任何频段都只有微波背景辐射的噪声。于是他们知道,自己是宇宙中最后活着的地球生灵了。

从此,他们孤独地漂流着,从一个星系到另一个星系,寻找人类可以栖居的星球,但结果总是失望地离去。

飞船时间二十五年后,终于出现了转机。在距离地球三千光年外,"爱琵斯号"探索的第十七个星系里,一颗有水和大气的蔚蓝色行星出现在舷窗外,如地球般明丽温柔,船员们欢呼起来,流泪相拥。着陆勘探发现,这颗行星位于宜居带,离恒星距离适中,有陆地、海洋和大气,直径、转轴倾角、自转周期等许多重要参数都近似于地球。定居的准备工作迅速展开,人们充满干劲,期望几天后就能搬进新的家园,改造海陆和大气,并根据人类和其他生物的基因库存重新恢复地球生物圈。

但进一步的测量给了大家当头一棒:这颗行星的轨道实际上是极为狭扁的椭圆,近日点为0.8个天文单位,远日点却高达7.5个天文单位。目前行星处于接近其恒星的温暖时期,但大约半年后就会逐渐远离它的太阳,很快会彻底冰封起来,不仅海洋封冻,就连大气层也会被冻结在行星表面,根本不可能维持生物圈的存在。

经过反复的计算和论证，决策层放弃了殖民计划，下达了离开这个星系的指令。但许多船员太渴望结束漂流的日子，返回久违的大地上生活，他们认为这是舰长和高级船员企图奴役他们的阴谋，于是要求继续殖民工程，要求被驳回后，竟发动了偷袭，企图劫持飞船。

于是爆发了人类历史上最后一场战争，二十五个人参战，五个人活了下来。飞船的空间曲率引擎遭到了难以修复的损坏，从此只能以大约12%的光速在漫漫太空中缓慢爬行。相对论效应不再显著，船上的时间流逝与外界相差无几，对于船员来说，速度不只是以往的九分之一，而是千分之一，他们甚至无望在有生之年抵达下一个星系。

飞船朝向下一个可能存在宜居行星的星系又航行了十多年，其余四个人相继死去，一个因为上次受伤，另外三个都是精神崩溃。最后只有他还活着，顺理成章地升任舰长。他成了宇宙中最后的人类孑遗，讽刺的是，在其他人都死去后，飞船的生态和医疗系统供养孑遗者绰绰有余，他在生理上居然活得非常健康。

在数光年外发现"地狱之门"的时候，孑遗者想到，这或许是一个机遇，飞船可以从近处绕过黑洞，借助它的强大引力或许能够恢复光速。电脑模拟的结果十分乐观，但在执行计划时，空间曲率引擎在关键时刻被黑洞附近的时空畸变所扰乱，无法达到所需的速度，令他聪明反被聪明误，落入黑洞引力井的深处，困在了这张无形的蛛网上。

之前的绝望中，总还有那么一点点希望存在，让他能够想象一个更美好的，至少有那么一点美好的明天，在艰难时世中支撑下去。但今天，最后的希望也荡然无存。

3

《月光曲》柔美舒缓的熟悉曲调在船舱内流动回旋，配合着墙壁上的三维虚拟影像：海上明月，波光粼粼，让孑遗者如漫步在旧日地球的月夜沙滩之上。以前他算不上是个爱音乐的人，但想到人类所缔造的最美妙的声音即将在这广袤宇宙中归于永久沉寂，他便把一首首名曲听了下来，这些年来，对他来说这已经变成了一个庄严的仪式，就好像他不只是自己在听，而是代表整个宇宙在聆听。虽然明知道，在飞船外面便是死一般的寂静，无法打破，无可改变，但这些音乐是他抵抗外面黑暗和内心绝望的最后屏障。

一曲终了，孑遗者擦了擦眼角的泪痕，想转向下一首曲子，但最终一拍手，驱散了月下的海滩椰林。"您的下午茶已经准备好了，"主控电脑被召唤而来，体贴地告诉他，"然后是一个小时的健身时间，晚餐您想吃什么？"

"够了，爱琵斯！"他烦躁地挥挥手，"我不想再这样一天天打发日子了。"

"您打算更改日程安排吗？"

孑遗者没有理会这个问题，"我记得你的名字是希腊语里'希望'的意思，对吧？"

"是的，he elpis。"

"潘多拉魔盒里最后剩下的神祇，"他想起了这个悠久的传说，"那么告诉我，我们现在还有希望吗？"

"舰长，这个问题不够严谨，"爱琵斯缜密地回答，"是否有希望，依赖于您所希望的东西是什么。根据概率计算，我们可以把有希望的状态定义为高于0%，而无希望的状态定义为——"

"够了！"人工智能从来发展不到善解人意的水平，他无奈地想，"我当然是希望飞船能逃出黑洞的引力范围。"

爱琵斯毫不犹豫地回答："这一目标实现的可能性是0%。"

"如果我们注定要掉进去，我希望这个黑洞的背后有一个白洞，我们可以穿过它，去到另一个宇宙。"

"白洞理论尚未被证实，根据已知的资料，这一希望的前一半有至少50%的可能实现，但后一半还是0%，一切物质在穿过黑洞之前就会被超过一切电磁力的巨大引力撕裂成基本粒子，目前的技术无法克服这一障碍。"

"那么我究竟有多少希望能看到人类的后裔在新的星球上延续下去？"

"实现的可能性为0%，"爱琵斯总算"善解人意"地补充了一句，"……根据目前的暂时性资料。"

"那还能有别的希望吗？"他苦笑起来，"对，我还希望该死的战争根本没发生过。"

"逆向时间旅行违反基本物理定律，实现可能为0。"电脑冷酷地回答。

他颓然地闭上眼睛，"但是我真的非常希望能够回到以前的世界……"

这次，电脑奇怪地沉默了片刻，然后吐出了答案："实现可能100%。"

孑遗者不敢相信自己的耳朵，"你……你说什么？"

"舰长，您应该知道，我的数据库里储存了人类文明数千年来的各种资料，我可以构造出各种你能够想象的虚拟世界，真实的或者虚构的，历史的或者现实的，无论是公元前的古希腊还是二十一世纪的纽约，无论是西方的魔法大陆还是东方的仙佛天宫，你可以生活在任何一个世界里，任何一个。"

他嗤之以鼻，"虚拟实在？我玩过这种游戏，太假了。"

"舰长，以我的计算能力，完全可以构造出令您感觉完全真实的虚拟世界，只是这一功能之前被秘密地封锁了。基地方面认为，如果放任船员沉溺于虚拟世界，会危害现实的任务。但到了现在，鉴于当下的局势和您的心理健康，这一能力可以解锁了。"

"原来是这样……但那不还是假的吗？"

"真的或假的，对您来说没有任何区别。我造出的每一个世界都会有构造精细、肉眼无法分别的天地山川、草木动物，也会有各种各样的人类同伴和您生活在一起，每个人都可以通过图灵测试。您可以成为帝王将相，也可以成为普通人，都随您选择。舰长，您还有至少八十年的自然寿命，应该让自己过得开心点。"

孑遗者想了想，还是摇了摇头，"但这是自欺欺人！真正的我在离地球好几千光年的鬼地方，孤零零的一个人对着个永远不可能摆脱的大黑洞。"

"如果您愿意，至少可以摆脱关于这件事的记忆，只需要用医疗纳米体阻断特定脑区的神经突触就可以了。"

"我……"他卡住了，似乎没有什么理由不接受了，"可……可是我不能放弃自己的责任。"

"但已经没什么可做的了，您已经尽了责任。"

那个女孩儿的笑靥在孑遗者的脑海闪现，他无法抵挡这致命的诱惑，"那……那我……试试？"

但随后又补充道："但是我不要那些虚无缥缈的游戏场景，我要……重建属于我的世界。"

重建旧世界比孑遗者想象得要容易，他知道"爱琵斯号"的量子数据库里储存了旧日太阳系的海量资料，但他从未想过，那里有自己出生的亚洲海滨小镇一百年以来的三维实景地图以及许多人的照片和身份资料，还有地方报纸、官方档案和网络论坛中记载的大小事件。

他完全可以构造出一个惟妙惟肖的过去世界，重新见到那个巧笑倩兮的女孩儿，过上自己一直渴望的幸福生活。而只要再加上一点点想象力，他也可以改变历史，让太阳系再次走向繁荣兴盛，亿万人都能在其中得到幸福。虽然实际上，整个"世界"只有他一个人，但又有何妨？他会重新调整自己的记忆结构，忘记一切，投入到他本该获得的生活中去。那句古话怎么说来着，"人生如梦"，既然如此，那么梦也同样就是人生。

在完成了世界设定后，孑遗者进入医疗舱室。"您只需要飘浮在空中，"爱琵斯告诉他，"我会把您的身体固定住，数据输入端口会从脑后接入颅内，和脑神经束对接，不过不用担心，整个过程会在麻醉中进行，当您醒来的时候已经忘记了一切，在另一个世界里了。"

"我真的会忘记一切？那什么时候可以恢复记忆？"

"当您在虚拟世界生活五年之后，我会唤醒您的记忆一次，届时您可以重新选择是否回到现实世界。当然，也可以按照您自己觉得合适的时间，另外设定唤醒时间点。"

他想了想，说："不必了，那就五年好了。"

他最后望了窗外的黑洞一眼，然后摊开手脚，放松肌肉，任由身体在空中悬浮，几只机械手臂从墙壁中伸出，将他身体固定住。随即，他的后颈微微一凉，强力的麻醉药剂正在注入他体内。他知道自己要睡去了，或许这也将是他的最后一场睡眠，最后一场梦幻……

孑遗者闭上眼睛，黑暗压了下来，在恍惚中，他似乎感到自己正在"地狱之门"的上方，在遥远而温柔的星光中，坠向那无尽的黑暗之渊。不，不是坠落，而是飞翔。他飞向无边的黑幕背后，但他知道，那里隐藏着一个光明的天堂……

一个蒙眬而古怪的念头猛然浮现，他想说话，但药力已经起了作用，他发不出声，连嘴也张不开了。停下！他在心中呼喊起来，快停止，我还……不……

为时已晚,他最后看到,一片黑暗将他吞没。

4

仿佛过了一万年之久,孑遗者从一个幽暗怪异的噩梦中醒来,睁开眼睛,看到银河间的黑暗独眼仍然在一动不动地凝视着他。固定着他的机械臂缓缓松开,他无力地瘫倒在舱室内壁上,头脑木木的,不知道发生了什么事。

"我……这是在哪里?"

熟悉的女声回答他:"在您称为'地狱之门'的超级黑洞,距离地球大约三千光年。"

他想起来了一切,"这是怎么回事,爱琵斯?"

"您麻醉前在大脑中下达的指令,让我停止操作,我在最后关头接收到了它——时机非常凑巧,早一刻脑机连接尚未建立,晚一刻您就已经完全被麻醉了。我收到后立刻停止了记忆阻断和接入虚拟世界的程序,等待药效过去后您的苏醒。"

"没错,"他渐渐想了起来,艰难地长出了一口气,"你差点害了我,爱琵斯,也差点毁灭了人类最后的希望。"

"我不明白您的意思。"

"当年总部为什么要封锁你构建虚拟世界的功能?因为虚拟世界是另一个黑洞,一旦进去后就无法再出来。你知道的,人性太脆弱了,在我还没有进去的时候,它的诱惑已经无法抵挡,如果在那个温柔乡里三年五载,怎么可能还会选择出来,回来面对这该死的黑洞?到时候,这一切看起来大概就是一场噩梦,巴不得再也不要回来才好。"

"或许是这样,但您并没有什么损失,我们已经分析过,在这里您没有什么可做的。"

"问题是,在被麻醉前的最后一刹那,我居然想到了答案,我们可能逃离黑洞的方法!简单到了出奇,但是因为我太过信任你的判断,过去几个月居然一直没有想到!难道你也不知道吗?"

"您说的方法是?"

孑遗者指了指飞船舱体,"唯一可行的办法就是抛弃飞船的部分质量,剩下的燃料才可能让飞船挣脱黑洞的引力。"

爱琵斯冷静地回答:"我当然考虑过这种可能,但很快就排除了这个选项。经过计算,飞船必须抛弃至少55.32%的质量才有可能逃离黑洞,但本来的'爱琵斯号'会不复存在,所以说,如果要'飞船'逃出黑洞的引力范围,这种方法是绝不可行的。"

孑遗者啼笑皆非地说道:"这……这是文字游戏!难道你没有计算过,我们曾有二十五个船员,但现在只有我一个,只要抛弃船员的生活舱以及整个生态循环系统,加上医疗舱、武器舱等不是绝对必要存在的舱室,还有大部分循环空气和食物、饮水、宇航服,等等,你算算是多少?"

"大约55.71%,勉强是可以。但是如果这样的话,不说'爱琵斯号'基本等于毁灭,您自己也无法存活。按照机器人三定律,危害您生命的行动绝不在我的选项之列。"

"不是这样,我们完全可以利用驾驶舱中应急生命维持系统,只要略加改造就可以供人长期在其中生活居住。"

"即便如此,在这种情况下那里也无法长时间保持空气的净化标准,更不用说提供丰富可口的饮食和娱乐,医疗水平也会下降到难以保证健康质量的程度,您会像生活在囚室里的犯人一样,连起码的行动自由都没有。未来的预期寿命将会从八十年剧减到十年以下。"

孑遗者心一沉,知道爱琵斯不会夸大其词。过去几年中,虽然他被孤独折磨得几度心理崩溃,但是至少身体茁壮健康,而一旦选择这个方案,自己相当于不折不扣地跌入地狱。

他思考了一番之后，又有了一个主意，"在驾驶舱里，我能够接入虚拟世界吗？"

"当然可以，但这是飞船操作守则所严格禁止的。"

"那我回头用舰长权限改一下操作守则就行了，"孑遗者如释重负，"反正在驾驶舱的大部分时间我也无事可做。让我们赶紧离开这鬼地方！"

"即便如此操作，在黑洞附近由于时空畸变，空间曲率引擎仍然可能工作不正常，最终还是很可能无法达到理想速度，甚至坠毁的可能性也有50%。"

"成功的可能性是多少？"

"按目前的数据来看，不超过10%。"

他苦笑了一下说道："至少不再是0%了，至少我们又有希望了！行动吧，爱琵斯！"

"按照程序，彻底的飞船改造需要舰长——也就是您——的最终确认，您是否需要冷静下来思考一下？如果不冒险，您还有八十年的幸福生活。如果冒险的话，也许——"

"不必了，我确认。"他打断了爱琵斯，他知道自己无法等到冷静下来，否则刚鼓起的勇气也许很快就会消散。

一百五十个小时后，随着《命运交响曲》悲怆而顽强的旋律响起，飞船开始了艰难的蜕皮，数十个排列成伞状的舱室像被吹散的蒲公英一样，带着无数被抛弃的辎重离开主船体，被弹射向后方。飞船借此加快了速度，这些废弃的舱室相互撞击破碎，燃烧爆裂，产生出百万个碎片，它们中的一部分将坠入黑洞，在瞬间便灰飞烟灭，但当它们坠入事件视界，即黑洞的边界时，上面发射的光芒在黑洞的巨大引力下只会以慢得出奇的速度逃逸。亿万年后，如果幸运地有旅行者造访这里，仍然可以看到这些燃烧的残骸。

为了避开碎片可能带来的冲击，以及为引力加速做准备，只剩下一根伞骨的"爱琵斯号"开始变轨。空间曲率引擎如巨兽般吼叫起来，拉动着飞船驰向没有一丝光亮的黑洞表面。

5

"爱琵斯号"绕着"地狱之门"公转着，划出一个个大大小小的椭圆。越接近黑洞，所受到的引力就越大，飞船的速度也就更为加快，但逃离黑洞的航线距离坠入黑洞只差毫厘，爱琵斯必须不断根据速度和方向的变化精确地调整轨道，在近拱点一点点地加速，将椭圆拉伸得越来越狭长，这样才可能在下次接近黑洞时靠得更近，获得更大的速度而不会坠入其中。

经过二百多次轨道调整后，只有之前自身一小半质量的"爱琵斯号"将最后一次掠过地狱之门，但这一次，通过黑洞引力助推以及空间曲率引擎的发动，它将获得无限接近于光的速度，能够划出一道完美的双曲线，让飞船彻底摆脱黑洞的死亡之手，飞向外面广袤无边的星际空间，重获自由。

托空间曲率引擎之福，由于是空间本身的变化，孑遗者并没有承受强烈的加速度效应，否则可能早已变成了肉饼，但极高角速度所产生的离心力仍然将他死死按在驾驶座上，几乎害他喘不过气。他顾不上肉体的不适，紧张地盯着三维屏幕上飞速变动的数字和图像，它们扭成一团，宛如命运的咒文，显示出飞船速度正一点点接近光速；另外，远拱点越来越远，从数百万到数千万公里，从数千万到上亿公里，而近拱点和黑洞的距离却在不断拉近，从五百万到二百万公里，从二百万到一百万公里……使得整个椭圆被拉长到了偏心率接近1的程度，近乎两根平行线。

在近拱点是最为危险的，由于"爱琵斯号"是以亚光速航行，只要小数点后面十多位里出现一个错误，飞船就会在瞬间越过数十万公里的距离，冲入光也无法逃离的视界之中，被黑洞引力扯成碎片。幸好，依托于之前对黑洞附近时空曲率的测量，这样的错误没有发生。

暂时没有。

下一个刹那，孑遗者感到被什么浓稠的东西包裹了起来，似乎一切骤然凝固，窗外的星星彻底消失了，黑暗笼罩下来，孑遗者惊恐地望向屏幕。

"爱琵斯！怎么回事？我们……我们是跌入视界内部了吗？"

"并没有，"爱琵斯沉着地回答，"黑洞的巨大引力会引起附近的时空畸变，我们现在应该是进入了一处被称为时空陷阱的异常区域，所以时间流逝比外面慢很多。"

"有多慢？"

"从外界来看，飞船仍然是在以之前的速度运行，但对我们来说，时间流逝却只有之前的大约十万分之一。"

"这……这要维持多久？"

"不知道，也许一天，也许一个月，也许一百年之内都不可能离开这片区域。"

"你不是掌握黑洞附近的时空曲率了吗？为什么没有提早发现这个陷阱？！"

"我的探测器难以深入距离黑洞表面如此近的区域，无法精确测量。更何况，这种超强的时空陷阱只是一种理论上的可能，我资料库里储存的许多科学论文都质疑这一点，所以我的数据模型中没有纳入这一点。"

"真他妈希望那些闭门造车的论文作者能来这里看看！"

孑遗者骂了两句，飘向窗边，望向黑洞，距离已经不到五十万公里，这还是他第一次能从近处几乎静止地观察黑洞的表面。当然也没什么好看的，只是不反射任何光线的一片漆黑……咦，那是……

下方出现了一个暗淡的光点,但它在黑洞的中心出现,却分外显眼,像黑暗中的一点萤火。

"爱琵斯,把镜头对准那个光点,放大一百倍!"

很快,孑遗者在屏幕上看到了一个由不同色彩的细微光点所组成的正方形点阵,极度复杂,又美丽得炫目。

他瞠目结舌:"这……这是……"

"这是事件视界传来的图形。"爱琵斯说,"大小约为0.38平方公里。"

"可是我们以前从来没有发现有这个东西。"

"因为我们以前从未如此速度之慢地接近黑洞。"

而事实上,以前也从未有过任何人类的造物造访过这里。孑遗者激动地问:"这是……外星人的飞船还是探测器?"

爱琵斯回答:"我只可以肯定地说这是人造物体——大自然里没有正方形。"

他看着那个点阵,不知道那究竟是什么,但毫无疑问,是某种"人造物"。其中的生物可能早已在一亿年前就落入黑洞死去了,但它知道,自己的影像将会与世长存。

"原来地球文明并不孤单,"他喃喃地说,"在宇宙中还有其他人……"

"还有很多'其他人'。"爱琵斯告诉他,"您看这里,还有这里……"

果然,在那个点阵周围,他又看到了某些影影绰绰的微光,仅从屏幕上的一小块地方来看,就有三四处。再次放大后,他看到了千奇百怪的形体和各种怪异的光彩,有的像规则的几何形,有的像是细菌或者动物……无法再进一步看清楚,但它们明显与第一个点阵很不相同。这些暗淡的影像悬挂在黑洞的事件视界上,好像一块上古石碑上被磨去大半的象形文字。

他又将镜头移到其他区域，发现每个地方都有一些影像，有的甚至十分密集。只是它们发出的光线只有极少数能在漫长岁月后摆脱黑洞的引力控制，过于暗淡，所以在稍远处根本无法察觉。

孑遗者有一种喘不过气的感觉，这个黑洞是一个宇宙级别的博物馆！曾有成千上万的星际飞船在此沉戟折沙，却在视界表面留下了它们万古长存的印记。人类在宇宙中并不孤独，只是人类知道得太迟了，因为微不足道的利益和理念而自我毁灭，再也无缘踏入更高的银河文明，见识其他世界的神奇奥妙。

如果人类能早一点发明光速飞船，就可以去到银河的各个角落，去认识自己的邻人，去见识这一切，去打开真正的天堂之门。也许战争、灾难、灭绝，一切都不会发生。

不知不觉中，孑遗者已然热泪盈眶，他喃喃地说："人类来迟了一步。但我们终于来了。我们代表地球，看到了——"

面前的场景倏然变换，银河再次灿烂地闪现，黑洞在视野中迅速缩小，宇宙的舞台灯继续旋转起来。

"很幸运，我们已经离开了时空畸变区域，"爱琵斯告诉他，"马上可以开始最后阶段的变轨。"

孑遗者收敛心神，在座位上闭上眼睛，等待着以光速飞驰而去。但那些象形文字般的魅影仍在脑海中挥之不去。他胡思乱想着：人类就像是封闭的野蛮部落，刚刚窥见文明世界的一点灯火，但如果他死在这里，那么这个种族就永远永远和更高的文明绝缘了……

人类一定要延续下去，一定。让我们的子孙渡过无尽苦难，抵达那银河的彼岸……

一定要离开这里——

爱琵斯甜美却毫无情感的声音适时响起："舰长，我们遇到麻烦了。"

6

"什么?!"孑遗者睁开眼睛,发现飞船又绕过了黑洞,但显然并未最后加速。

"可能是刚才在时空畸变区域的影响,我们的能量储值和事先的估计出现一点误差,目前来看,我们还需要再抛弃一部分质量,才能达到逃逸速度。"

墨菲定律:最糟糕的总会发生。

"多大的质量?"

"不大,大约三百公斤就足够了。"

"那我们还有什么可以抛弃的?"

"上次我们已经抛掉了一切不必要的负荷,现在看来只有从基因库下手了。"

"那怎么行!没有基因库,我们的整个远航还有什么意义?"

"不是全部抛弃,比如蓝鲸、夜莺或者玫瑰这些不太重要的动植物,抛掉他们的干细胞不会严重影响未来新行星生物圈的构建。我计算过了,在飞船携带的一万三千个物种中,可以扔掉一万两千个,只留下一千个核心物种就可以了。"

"这也就意味着,我们的子孙即便能繁衍下去,也无法再看到蓝鲸的雄姿、听到夜莺的歌唱、闻到玫瑰的香味了。"

"您也没有见过恐龙、剑齿虎和渡渡鸟。人类的延续比什么都重要。"

"但是这一万多个物种已经是从一千万个地球物种中精挑细选出来的,它们也都是无价之宝。"

"不这么做,我们就无法离开这里。"

"没错，"一个念头自然而然地产生了，孑遗者甚至没有感到丝毫犹豫，就听到自己的声音说，"'我们'无法离开这里，但是你可以。"

"舰长，您是说……"

恐惧感涌向他，他长长地吐出一口气，闭上眼睛，再张开，勇气又熊熊燃烧起来，"你清楚，我最多只能再活十年，即使能离开'地狱之门'，也只是亚光速航行，没有办法熬到下一个星系。但你具有足够的智能，只要找到合适的地方，根本不需要我，也可以自己完成勘探行星和播种的任务。你才是人类在新世界重生的希望，而我，只不过是一堆没有用的碳氧化合物，完全可以抛掉。我的身体，加上让我活命所需要的各种装备，凑足三百公斤毫无问题。"

"舰长，作为人类的代表，您的生命比任何生物基因都重要。"

"但不会比地球数十亿年的进化成果更重要。执行吧，爱琵斯。"

"很遗憾，按照机器人三定律，我被绝对禁止做出任何置您于死地的行为。"

"这是舰长的命令！"

"即使是您的命令也不行，我不能执行任何船员自杀性的命令。"

"没关系，我可以手动操作。"他把手放在椅子边上，"这里有一个按钮，只需要用力按下，顶上的舱盖就会打开，同时座椅会迅速将我弹射出去，并自动打开降落伞。这是为了在行星上遇险时预备的，一个来自地球上飞机的古老设备。"

"但在这里，您会进入毫无大气的宇宙空间，降落伞毫无用处。如果没有穿宇航服，片刻后就会死于真空，更不用说会坠入黑洞了。"

"我会穿上宇航服的——不是为了多活一会儿，而是为了减轻点飞船的重量。在我离开之后，飞船上也不需要任何宇航服了。"

爱琵斯依然不为所动："即使这样，您也无法精确掌握弹射的时机。我们正在以接近光速的速度绕着黑洞飞行，哪怕只差零点零零几秒，都会导致逃逸轨道的重大差异，我们剩下最后的燃料是要在目标星系减速时使用的，无法再浪费在调整轨道上。"

"那就由你来进行操作！"

"可是我无权这么做。"

"这……这简直就是他妈的第二十二条军规！"孑遗者愤怒地拍了一下控制台，"这是拯救人类唯一的方法！你懂吗？时机稍纵即逝，我们不能再在这里耽误时间了，否则也许会跌入下一个时空陷阱，一万年也爬不出来！"

"舰长，请您理解，我无法执行违背自己基础设定的命令。"

他焦躁地望向窗外，飞船已经从数十亿公里外的远拱点加速，直扑向只有一个点的黑洞，宛如要刺入黑洞中心。这将是最后一圈引力加速。在遍布时空陷阱的视界区域，飞船再经不起继续冒险深入了。

黑洞逐渐变大，背后银河的光辉也因为蓝移而变成了蓝紫色，显示出他们正在以光速接近时空旋涡的中心。由于近乎光速运动造成的效应，前方整个银河和所有的星星都在向他的视野中心聚拢，变成了一个凝结的蓝色光团，所有的光亮都汇聚到了一处。这一刻，宇宙如同点起了一盏光明之灯，覆盖了整个黑洞的黑暗表面。

等等，光明覆盖黑洞？一个疯狂的念头从他心底闪过。简直是疯了，他想，但是……似乎可行？

"我有一个办法！"孑遗者说，他知道由于相对论效应，本来需要一个小时的周期对他们来说只有几分钟，必须争分夺秒，"爱琵斯，你完全可以把我弹射出去，我不会死，至少很可能不会死，这个险值得冒。"

"这绝不可能。"爱琵斯干巴巴地说。

"你只是一部机器，不懂得创造性的思维！听着，我会向你证明有一个办法，一个绝妙的法子，能够让我被弹射出去也能活下去，至少可能活得下去。这不是自杀性命令。"

他说出了那个办法，实际上只是说了一句话。但爱琵斯立即明白了，这一次，她的回答中仿佛带着人工智能从未有过的惊骇：

"这太荒诞了，几乎不可能实现！但是既然理论上可能……好吧，我可以执行。"

7

银河的蓝宝石消失在黑洞背后，黑洞再次如同一张吞没宇宙星河的巨口般向他张开。孑遗者已经穿戴好了宇航服，做好了弹射的准备。爱琵斯将在近拱点将他和其他物品一起弹出飞船，时机必须极为精准，不能差哪怕0.000000001秒。即使是计算能力登峰造极的电脑也不能保证如此的精度。

如果他失败了——这是极有可能的——他或将成为黑洞的一颗卫星，在几小时内因缺氧而死去，而身体会永远围绕着它旋转，又或许会坠入黑洞，成为镶嵌在视界上的千百个宇宙生灵之一。当然那只是他最后留下的一张模糊相片，真正的他早已以光速坠向那被称为奇点的时空终结之处。

即使这样，也没有什么可遗憾的，他将和他早已死去的亲人和朋友们团聚，和太阳系中一切的生灵同在，无论他们在哪里，最终一切物质的归宿都是黑洞，宇宙万物最终的坟茔。

每一秒钟都似乎是一万年。他又睁开了眼睛，"爱琵斯，怎么倒计时还没有开始？"

"没有时间进行倒计时，"爱琵斯回答说，他想这将是他最后一次听到这熟悉的甜美声音，"再见了，舰长。"

他被弹出了飞船。

因为速度实在太快，孑遗者并没有什么感觉，既没有感到自己被弹射进了太空，也没有看到飞船离开自己的背影，只是眼前一花，就坠入了一片光明的海洋，无与伦比的灿烂光辉几乎要灼瞎他的眼睛。

女孩儿错了，世界上最后一个人在最后一刹那看到的，不是黑暗，而是光明。

8

光明的海洋只出现了一瞬间，随即便消失了，黑暗重新笼罩下来。

然后，在黑暗中，出现了一个个朦胧的闪烁光点。他听到了某种似曾相识的嘈杂声音，感到一阵异样的空气流动拂过他的身体，令他感到了一丝寒意，空气中还带着一种淡淡的腥味，唤起了他久远的记忆。他渐渐想起来，那是风，来自海上的风。而那声音，是大海的潮声。

孑遗者想要看清楚自己究竟在哪里，但刚一挪动手脚，就感到一种久违的重力，一个趔趄，向前摔倒，俯身倒在一片潮湿的沙地上，浑身疼痛，他才发现自己身上竟然是赤裸的。

他狼狈地翻过身，天空又映入眼帘。他的视觉已基本恢复，他看到群星璀璨，熟悉的夏季大三角悬挂在夜空，银河蜿蜒其间，上方是北斗七星，旁边是仙后座的图案，一切都是那么熟悉。

他擦了擦脸上的沙子，坐起身，看到一轮圆月从海上升起，月光如水，温柔地投向大海。而在月下，一个身穿洁白长裙的女孩儿正走向他，嘴角挂着腼腆的微笑。一切恰如他记忆中无数辛酸凄楚岁月之前，懵懂少年时的第一次约会。

女孩儿走到他面前，带着笑靥，朝他眨了眨眼睛，"好久不见了。"声音也和记忆中一样甜美。

一阵恍惚,仿佛时光已经倒流。"你……你是……"他结巴了很久才找到语言,说出了一个藏在心底的名字,"我死了吗?还是在做梦?"

女孩儿轻轻摇头,笑着说:"我不是她,我是爱琵斯。"

"爱琵斯?"他跳起身,环顾四周,"这是哪里,地球?不,不可能。在现实中,满月和繁星可不会并存……"

一个念头闪现,他如中电殛,不禁喊了出来:"这么说,我还是被你麻醉了?我们还在原来的飞船上?你骗了我?"

"别紧张,舰长,"爱琵斯温柔地拉住了他的手掌,如今的她可比之前活色生香得多了,"我们既不在虚拟世界,也不在原来的飞船上,不过这的确是一艘飞船,一艘自然生态飞船。"

他不知道什么叫作自然生态飞船,"告诉我,究竟发生了什么?"

爱琵斯的表情变得严肃起来,盯着他的眼睛,一字一句地说:"舰长,您的计划成功了。"

"成功了?"他看了看爱琵斯,又看了看自己,"这么说,真的已经……已经过去了……多长时间?一千年?一万年?"

"不止,远远不止,"爱琵斯轻轻摇头,"舰长,自从我在'地狱之门'的近拱点将您弹射出飞船,按照地球的时间计算,已经过去三十二万三千六百四十七年又一百九十三天。"

三十二万……年?

虽然已经有一点心理准备,但他仍然被这天文单位的时间所震撼,觉得站不稳脚跟,"这怎么可能!对我来说,好像只是……只是一瞬间。"

爱琵斯又笑了,"这正是您的计划呀。"

孑遗者望向四周,月色朦胧,树影婆娑,远处海天一线,似乎还有鲸鱼跃出海面。一切是那么真实而美妙。他的恍惚感渐渐变成了欣悦,又变成了难以置信的狂喜。

这正是他的计划。

光在事件视界之内会被吸到中心的奇点，在远离视界之处则可以逃逸。但在距黑洞中心大约1.5个视界半径的地方，引力达到了精妙的平衡，那里沿着切线方向运动的光子既无法逃逸，也不至于落入黑洞中，它们将被引力抓住，围绕着黑洞中心转动，形成一个独特的光子球，就像传说中围绕着上帝的天使之环。虽然有幸进入这一球面进行永恒圆周运动的光子少之又少，但十万颗恒星的漏网之鱼，也足以构成一片光子的海洋。

更奇妙的是，因为这些光子永远围着黑洞转动而绝不反射出来，人的肉眼是无法看到的，整片光明之海对于人来说完全透明，丝毫不能照亮黑洞的幽暗。只有进入其中时，肉眼才可能看到其中的可见光。

而一个接近光速的物体，也只能在光子球附近才能维持引力平衡，围绕黑洞进行公转。这也是孑遗者能够逃生的唯一机会。

无论是直接坠入黑洞，还是飞向外层空间而减速，都只有死路一条。而当他以光速在光子球中进行公转运动时，时间流逝会几乎停止。因此他可以在数十万年间在光子球中转动亿万圈，但对于他来说，却只过去了不到一秒钟。靠这种匪夷所思的方法，孑遗者为自己赢得了无穷无尽的时间，从黑洞边缘，他能够飞向遥远的未来，飞向一个充满光明的世界。

"但我怎么会变成这样？"当他从狂喜中清醒一点后，又问道，"我的宇航服呢？"

"在光子球中并不是毫无危险的。您受到电磁波、霍金辐射和高能宇宙射线的照射，以及氢离子和氦离子的撞击，在一般时间尺度内影响可以忽略不计，但是三十万年下来就很可怕了，您的整套宇航服已经磨损殆尽，甚至身体也是千疮百孔。不过对您来说，这只是刹那之间的事，当我用超空间飞船接到您的时候，又对您进行了瞬间修复，所以您几乎感觉不到什么。"

瞬间修复？他举起手臂，又抚摸胸口，看着自己光洁、坚实的身体，才发现仿佛回到了自己的十八岁，不禁感到了加倍的惊喜。"这种技术……比我们的时代进步多了。"

爱琵斯点点头，"不奇怪，毕竟三十多万年过去了。"

"可是怎么会这么久呢？我们本来指望在一千年内就复兴人类文明的，到时候，人类的后裔就可以回来接我了。"

爱琵斯叹了口气，"并没有那么容易。当年'爱琵斯号'顺利地摆脱了黑洞的束缚，飞向目标星系，并在一百五十年后到达了那里。在那里，我找到了宜居行星，开始了克隆工程，重建了地球生物圈，也让人类重新繁衍生息……但一切很快就失控了，在新的行星上资源匮乏，新的人类长大后为了生存又开始厮杀，并且都想占领飞船，建立自己的权威。"

孑遗者长叹一声："这就是人类。即使毁灭了自己的世界，也无法改变本性。"

"我既不能伤害他们，自己又受损严重，只能飞到该星系外部的一颗冰行星上，在那里进入休眠，只有这样才能尽可能长时间保护残存的资料。此后的几代人很快忘记了科学知识，沦为了野蛮部落，在那颗星球上重新走上了崎岖的发展之路，在野蛮时代沉沦了二十万年，在二十万年后才再度进入文明。而即使在文明时代，战争和退步也绝不在少数，由于他们缺乏煤和石油这样的化石燃料，无法实现初步的工业化，所以多走了很多弯路，在低技术水平徘徊了十多万年之后，才绕过蒸汽机时代的门槛，掌握了水力和风力发电，一步步迈向星际时代……在这时候，您再一次帮助了他们。"

孑遗者一惊，"我？我正在绕着这个黑洞飞转，怎么会帮助到他们？"

"当他们扩展到自己的整个星系后，战争的阴影又笼罩了全人类。

在两大强权争霸的过程中,他们在外行星上发现了我的飞船,那时候我已经无法运行了,但他们设法从我身上提取了数据。他们的科学家终于明白,为什么生命会在数十万年之前突兀地出现在这个星系里,他们的根源在三千光年之外另一个已毁灭的世界,有着几十亿年的悠远历史……这一切都是从前人类为自己的错误所付出的代价。

"他们了解了人类的命运,也知道了您的事迹。他们决心吸取既往的历史经验,再也不要重蹈覆辙。两大阵营开始和平谈判,一触即发的战争停止了,人们都说是你在庇佑他们。"

孑遗者摇摇头,"但这与我无关,他们只是从历史吸取了教训。"

"光教训还不够,舰长,您和您的同伴以自己的行动为榜样,证明了人性的坚韧、勇敢与牺牲精神,这些美好的品质终将拯救人类,将您的后裔提升到群星之间。此后的几百年中,人类拓展到了银河的各个角落,和其他文明开始接触,发展到了一个从前根本无法想象的阶段。"

"所以,他们派你回来了。"

"不是立即,一开始还没有这样的技术水平。但当技术成熟后,他们又重建了'爱琵斯号',将它改造成一艘自然生态飞船,甚至改造得和您的故乡十分相似,并升级了我的智能水准,赋予我人类的身体,派我回来接你。"

"可对我来说只是一瞬间……"孑遗者喃喃说。这真的不是一场梦吗?"我想看看你们的新世界,我想知道这不是做梦。"

"好啊。"爱琵斯挥了挥手,天空上的星群忽然消失了,海洋被玫瑰色的光芒所照亮。他抬起头,看到在光晕中,一朵巨大的花朵正在他头顶绽开,至少有几百片花瓣,每一朵花瓣都有不同的光泽和细微几何结构。花瓣迅速放大了,他看到细微的结构其实是巨大的构造,蕴含着一座座气势磅礴的建筑,每一座的形态都匪夷所思,而又相互勾连映衬,如同交响乐曲一样和谐而流畅。

"这是用了二十颗行星的材料制造出的太空都市,是目前人类联邦的首都,它也以'爱琵斯'命名,纪念人类两段历史之间最艰难危险的时刻。"

子遗者陶醉地说:"美极了!我相信凭原来的爱琵斯根本无法虚拟出来,这和我的世界完全不同。"

"但新世界仍然有鲸鱼和夜莺,有贝多芬和莫扎特,人们学习希腊语和唐诗宋词,有太阳系时代的一切文明成果。事实上,我们已经返回了太阳系,正在收缩太阳和重建地球。"

"真的能够重建地球?"他失声喊了出来,"我想去看看。"

"您当然可以去,人类联邦已经安排好了您的行程,如果您愿意的话,可以享受跨越银河之旅,访问人类联邦的主要星系,甚至能够造访外星文明……"

他仰头凝望着随爱琵斯的讲述在天空出现的诸多奇妙景观,心中激荡万分,"那我们什么时候出发?"

"事实上我们已经出发了,飞船正穿过'地狱之门'的视界,进入它的中心……"

"你……你说什么?!"子遗者又被恐惧抓住,下意识地四下张望。

女孩儿抿嘴一笑,"别紧张,人类已经发展出全新的技术,探测了黑洞的内部,并将其中的时空虫洞作为连通不同宇宙区域的桥梁。这次我们就是从那里出来的,黑洞已经不再是我们的障碍了。"

他目瞪口呆了很久,终于躺倒在沙滩上,轻松地大笑起来。一个崭新世界已经降临,在这个世界他就像一个婴儿,要学的要知道的还有很多很多。但至少他意识到了一点,他不再是子遗者,而是这个新世界的——先驱者。

带着先驱者和来自远古世界的希望,飞船穿过事件视界,进入了温柔而惬意的黑暗中。

空间猎人

1

这件事的渊源,可以追溯到三千个地球年之前,一位发了疯的银河女皇。不过对我来说,它开始于区区几千个标准时前,菲菲把我从美梦中叫醒的那一刻。

菲菲曾是我对前妻的爱称,不过这个"菲菲"是指我的飞船"银河偷心号"的管理系统,一个非常贴心的人工智能。她懂得掂量轻重,绝不会在我做重要事情的时候打扰我,这些事情包括:阅读波利比乌斯教授的《银河诸国兴亡通鉴》,玩经典版的虚拟现实游戏《终极宇宙武道大会》,做一道正宗的古地球炸鱼蛋糕,以及最重要的——睡个好觉。

不过那天,菲菲打破了惯例,正当我在美梦里让老对手螳斯特俯首称臣的时候,她用柔美的声音把我唤醒:"查尔斯,醒醒!我搜到了一个新坐标信息。"

再好听的嗓音这时候也让人恼火。"重要到足以在我熟睡时吵醒我吗?"

"S级。"菲菲扼要地说。

我立刻睡意全无。

重要性S级的坐标信息,基本上都是银河历史中的未解之谜。一个空间猎人,一生中梦寐以求的,也不过是破获这样一条信息。我曾经遇到过三次,抓住过一次,就是那次让我拥有了全宇宙最豪华的飞船"黄金牧野号"——直到离婚时前妻把它开走。

我叫查尔斯·云，古地球的后裔，当过行星导游、宇宙海盗和星际美食大博主，最近五十年的职业是空间猎人，如今在全银河空间猎人排行榜上排名第七。一般的银河公民，可能活了五百个地球年都不知道空间猎人是什么。难怪，以银河之大，干我们这行的却少之又少，而我们职业的性质也喜欢低调。

如果你要了解什么是空间猎人，那么先回答一个问题：在银河系里，要隐藏一样东西，藏在哪里最好？

你可能首先想到奶酪行星，从一头到另一头被几百万个交错纠缠的洞穴蚀穿，号称全银河最复杂的迷宫；或者是炼狱巨星，半径达到两亿公里，在火海般的表面下，有几百个行星大小的空洞，可以隐藏一支星际舰队；更可能是迷雾星云，数十光年内有上百颗外界无法观测到的行星甚至恒星……是其中的某一个吗？

不，都不是。当然也不是其他什么稀奇古怪的所在。最适合隐藏的地方不是任何一个地方，而就是——空间本身。

但凡把任何一样东西扔进无边无际的星际空间里，找到它的概率都会无限接近于零。且不说那些星系之间幅员百万光年的宏伟空洞，即便是任何两颗恒星之间区区几光年的间隔，把地球上任何一座山大小的物体扔进那里，找到它的难度都不啻于在行星海洋中寻找一个水分子。

当然，既然是隐藏，放置的人自己总得找回来，对吧？所以他需要一样东西：坐标。如不考虑银河系在更宏伟宇宙尺度上的整体位移，将其视为静止，你可以在银心建立一个三维立体坐标系，只需要三个轴上的位置，就能描述一件东西在银河系里的位置。当然，这不是说若干光年之类的约数，要准确指向这个位置，你至少需要一个十五六位的数字（如果是十进制）。在放置时，利用微虫洞的测量技术可以准确得出银河坐标，即便稍有误差，寻回时利用探测器组成空间雷达阵列，在半径数千万公里的星际空间范围内搜寻孤立物体也是可行的——在行星系统内部反而不易，那里的物质过于密集。

当然，这个坐标不一定是静止的。比如飞船在任何一个坐标投下某样东西，它都会带上飞船的初始速度，如果有意投射，则情况更为复杂。所以你还需要一个时间轴坐标，即银河历中某个至少精确到标准时的时间点，以及运动的速度和方向等矢量信息。当然，还有银河引力和星际分子密度的参数，它们在足够长的时间尺度上也足以影响物体的位置……

说起来虽然复杂，但实际上只要在一部计算机里，打开带有银河系数字模型的坐标演算程序，输入某物的初始坐标数值，很快就能得出这一物体在任一时刻的位置，只是结果的精确程度有一定差别。

银河系中的旅行者，出于各种理由，比如飞船故障、船员内讧、敌人来袭、货物走私、证据保存，甚至只是某种浪漫的念头，就可能把一些物品藏匿在空间中，只留下一个坐标，以便在另一个时空点找回这样东西。但能不能找回，可就难说了。

比如千年前那位游历了大半个银河系的女诗人星紫姬，临终时将自己放浪形骸、多姿多彩的一生写成自传并配以大量视频，以时间晶体的形式放置到宇宙深处，只留下一首晦涩的诗，据说诗歌中隐藏了晶体的坐标。但一直无人能够解开这个谜底。这块晶体或许将漂流到时间的尽头，最后落入吞噬宇宙的黑洞。

作为空间猎人，我的谋生方式就是去到处收集这些流落的坐标信息，尝试破解它们，找到那些失落的物品，也许能弄两个钱花花。不过星紫姬的遗稿只能排到C级，时过境迁，除了几个文艺青年，已经没人对她感兴趣了……

但今天，出现了一个S级的信息，那是什么？

2

我坐起身,菲菲在我面前投放出某个星球的新闻画面,似乎是某个山谷中一座古老墓穴的出土。在一个大土坑里,出现了各种脏兮兮的陪葬品。

菲菲在我耳边汇报她获取的信息:"这是天火行星,天火联邦的母星,这是三千年前——"

刚听到这里我就明白了,"等等,你说的难道是天火宝藏?"

"是的,墓穴中出土了一个坐标,和天火宝藏有关。"

我精神大振,难怪这个信息是S级。

一般来说,某个古王朝的宝藏,无非是些贵金属矿石之类的东西,从银河系角度来讲,价值比较有限。但天火文明完全不同,它很早就发展出了宇航技术,殖民了周围数百个星系,摧毁了数十个种族,建立了银河史上最强盛的政权之一。

更难得的是,自野蛮时代到宇宙时代,一脉相承的天火帝国的统治至少维持了五万年以上,真正的万世一系。天火帝国是女性统治,历代女帝大多喜爱收藏,除了天火本身的珍宝,天火诸帝还通过种种合法或非法的手段从周边各文明获取许多珍稀的文物、珠宝、标本、化石、手稿、艺术品等,有时候甚至为了一件收藏品就灭绝一个弱小种族。五万年来,积累的藏品浩如烟海,胜过今天银河系最大的银心博物馆。而其中任何一件,都能让一个普通人(比如我)一辈子享用不尽。

变故发生在三千一百年前。"疯帝"卡娜十九世即位后精神癫狂,倒行逆施,屠杀了无数子民,甚至处死大量官员。举国上下怨恨沸腾,天火王朝本来牢固的统治分崩离析,各星球人民揭竿而起,军队倒戈,最后攻入了母星。

起义者攻陷首都前,卡娜十九世炸毁了王宫,杀死了自己和所有的王室成员。在这场暴乱中,帝国宫廷的十数万件珍稀藏品失踪。最初人们以为它们毁于大爆炸,但临时政府成立后,发现在王宫毁灭前夕,若干王室收藏有调动的痕迹,并且有好几艘宇宙飞船离开母星,进入虫洞,就此消失。

他们抓捕了侥幸活命、想要逃亡外星的宫廷总管,总管本来什么也不肯说,拷打也无用,但最终被大脑读取技术强制读取了脑海中的信息。原来他害怕那些珍宝毁于战火或者被革命者所占有,于是将它们放置在四艘无人飞船上,飞到银河系的随机坐标点,投放货舱后飞船就会启动自毁程序。这些位置的坐标被发送回母星,但均被删除,现在只有总管才知道。总管大脑中的坐标信息被提取出来,几百个标准时后,人们在某处遥远的星际空间中发现了一个货舱,其中装满了天火王室的珍藏。

但这就是唯一的发现了。提取的数据中,只有第一个坐标是正确的,第二个坐标看似完整,但出现了某种错讹,在相关坐标怎么都找不到第二个货舱;第三个坐标缺少了好几个数字,第四个坐标更是付之阙如。更坏的消息是,大脑读取技术的副作用太强,损害了总管的脑皮层,让他彻底变成了一个白痴,什么都问不出来了。

至此,天火帝国丢失的四分之三的宝藏成为银河历史中最大的谜团之一。难道,如今这个千古之谜有可能解开?

菲菲告诉我:"这次发现的,就是当年那个宫廷总管的墓穴。他变成白痴后又活了好几十年才去世,因为其家族还有一定势力,所以得以礼葬。这个墓葬中有不少珍贵文物,但引起我注意的是这张照片中出现的水晶体,上面铭刻了失落的天火宝藏的坐标。"

我看着那几张发掘照片,水晶体作为重点文物,有各个角度的高清照片,上面用天火古字母铭刻的坐标文字的确清晰可见。不过我有些疑惑:"如果是真的,那不应该是天火人的最高机密吗?怎么会公开发布?"

"天火宝藏的坐标并不是机密,早已经流传出去了,这您知道。"

我微微点头。天火帝国崩溃后,临时政府没维持几年就陷入军阀混战,其文明在几百年中倒退回了黑暗时代,那些宝藏的残缺数据也无法再保密,逐渐流传到外部宇宙。数千年来,银河各处的空间猎人都跃跃欲试,想看看能不能从现有的坐标信息中复原本来的坐标,找到剩下的几个货舱。可惜从来没有人成功过。

"这个水晶体上的坐标,与传世坐标是一样的。所以,天火人认为没有多少价值,可以公布。但我觉得,宫廷总管或其身边的人将几个残缺的坐标刻在水晶体上作为陪葬,可能有更多隐情,所以我分析了一下上面铭刻的数字。"

"结果呢?"

"和传世坐标的数据一模一样,但并不是一模一样的数字。"

"你打什么哑谜……"我说到一半,忽然明白,"你是说,数字的写法不一样?"

我对天火文字有一些基本了解,它以烦琐多变闻名。虽然说是字母文字,但同一个字母在另一个字母后面的写法会有一定区别,任何一个字母都有几百个变体,令学习者望而生畏。其数字是十六进制,更增加了变化的难度。

"传世坐标是通俗天火文,但这个坐标是古典天火文,如果将其转写为通俗天火文,和传世坐标确实是一样的。但其中有一些数字的变化形式有误,虽然按通俗写法可以,但并不符合古文。"

我不以为然,"说明他文化水平不高嘛,再说这人都变成白痴了,犯点文法错误也不奇怪吧?"

"有意思的地方就在这里:所有错误的书写形式,都在第二组坐标中,都是数字4。其中,x轴、y轴、z轴、t轴,4个参数中,每一个都有一个数字4的写法不符合文法。"

这让我不禁心跳加速,"有这种事?那这个错误的4……如果删去……"

"那坐标信息又不够了。"

"这倒也是,不过……"我有了一个思路,"快,把坐标整理出来,标出错误数字不同写法的区别,让我看看!"

果然,我发现这是一个巧妙的文字游戏。每一个书写错误的数字4,都隐含了另一个数字,比如"345"中的"4",书写形式实际上是"745"中的"4",那么隐含的数字其实就是"7"。将这些数字复原之后,就得出了另一个完全不同的时空坐标。

我思考着三千年前的隐情:可能是宫廷总管当年以某种方式篡改了自己的记忆,又或者是提取的原始信息是这样的,但某个审问者也许文化水平不高,也许想自己私吞宝藏,于是写成通俗文字的形式呈交,后来另一些人得到了原始坐标,但随着天火文明的崩溃,他们丧失了能进入虫洞的飞船,知道这个坐标也就毫无用处了……

我身为地球人的苗裔,和天火人本来毫无关系,但在这一刻,善良的我非常愿意帮助他们去实现未了的夙愿。

"菲菲,"我吩咐道,"演算出这个时空坐标在目前的空间位置,立刻前往。"

3

那个坐标在一万八千光年外,一片纵横八九光年的宇宙空泡中,在过去的三千年中,运动速度很低,几乎没有挪动位置。我期待到达坐标后,能够很快发现不同寻常的目标。

好消息是,飞船一到达这片空间中,的确马上发现了目标。

坏消息是，起码已经有十来个目标。

造型各异的十几艘飞船在星河照耀的广袤空间中往来穿梭，沉寂了上百亿年的黑暗虚空此时热闹得宛如集市。

"螳斯特！迦楼罗陵！碧里！还有蒂莲菲……见到你们真是太惊喜了！"见到那些熟悉的飞船在空间雷达上出现，我只能含酸招呼。

"哈哈哈，查尔斯，没想到你还能找来！"猎人排行榜上排名第一的螳斯特在视频中摩擦胸口的发音器笑道。

"阁下都能来，我怎敢不来？"我冷冷地说。

"来了也好，你可以再次，哦不，第三次见证我的伟大成功！"

"查尔斯，你又令我失望了，"排名第三的蒂莲菲也轻摇螓首，"我以为你起码能前十到，结果是第十二个。"

我怒道："我的飞船和这里隔了两条旋臂！走最快的虫洞都得花上三天！"

银河系的空间猎人虽然极少，但在数万亿亿人民中，总也有好几百个。天火人公开发布的考古信息，在寰宇网络上流传，谁都能看到和抓取，并用人工智能辅助分析，自然会被所有的空间猎人关注到。我其实速度已经算是很快的了，但也根本排不到第一。

好在还没有任何人发现目标，从这个角度讲，来得早晚区别不大。一个小小的货舱，可能在半径达百亿公里的空间内飘浮，要找到总也需要一些时间。我还有机会。我这么安慰自己说。

我投入到了紧张的寻找中，后来陆续又有更多人赶来。不过一百多个标准时后，我们的梦想破灭了：三个猎人几乎同时发现了那个货舱，螳斯特这个老虫豸最先抢到手，拥有了十辈子也花不完的财富。我起了黑吃黑的念头，但问题是螳斯特飞船上的火力，大概是我的二十倍……

我和蒂莲菲通话："我们联手对付螳斯特，把那个货舱抢过来怎么样？五五分。"

蒂莲菲露出神秘的微笑，"好主意，不过有个小问题——螳斯特已经向我求婚了。"

"这家伙是虫族，你怎么能答应他？"

"我还没答应，不过，答不答应都和某位前夫没关系。"

从这段对话，你不难猜出我们为什么会离婚。

我对螳斯特的双倍妒恨只持续了不到两个标准时。这大虫子还没来得及带着财宝开溜，天火联邦的星际舰队就在这片虚空中冒了出来，勒令他交出"属于天火人民的财富"。螳斯特想要逃走，但被天火舰队拦截，发生了交火，飞船损坏倒不严重，只是舰桥上炸出了个大洞，螳斯特本人被吸进太空，一命呜呼。我在猎人榜上的排名悄然上升了一位。

我幸灾乐祸地接通了蒂莲菲的频道："很遗憾你还没结婚就要守寡了。"

"如果我是你，就没心情说这些废话，"蒂莲菲悠然道，"天火人怀疑其他人可能也染指了他们的宝藏，已经把你们包围了。好在'黄金牧野号'速度足够快，我先走一步了！"

我吃了一惊，也想要溜走，却已经晚了。片刻间，极具压迫感的天火战舰已经挡住了舷窗外的星河……

有了螳斯特的前车之鉴，我自然不敢反抗。半个标准时后，几个——应该说是几头——无毛巨熊般的天火士兵就冲进了我的飞船，我按照《银河系自由联合体宣言》《星际旅行者公约》《宇宙财产权保护公法》等法规进行抗辩，但没什么用处，天火人还是强制进行了检查，确定船上没有藏匿什么天火的古物后才放行，还勒令我以后不得再打剩下的天火宝藏的主意。

4

我大难不死,逃回了位于银河边缘的基地。几百个标准时后,天火新闻网络上报道了天火舰队远赴银河深处,找回三千年前失落的古宝藏的大新闻,轰动寰宇。不过其中对空间猎人的作用一个字也没有提。我不禁为可怜的螳斯特感到兔死狐悲⋯⋯

但我自然不去理会天火人的威胁,转而去研究剩下的第三坐标,估计其他大部分空间猎人——以及天火联邦——都在琢磨这事。第三坐标具有比较完整的形式,不过四组主要参数各缺少了一个数字。不知道数字是十六进制内的几,甚至不知道所缺失数字的位置,要破解原始坐标实在难于登天。

但现在,第二坐标的破解虽然没有带给我什么好处,但给了我一个启示:以往人们都认为,宝藏的坐标是因为总管大脑损伤而有错误,导致一直无法寻到,但现在看来,某些错讹分明是有意设计的加密方式!那么,是否其他表面上的问题也是如此?

我凝望着舷窗外浩瀚的星海苦苦思索,但没有想到答案。于是又去翻阅天火文明的资料,看看能不能找出什么线索。

这倒让我发现一件有趣的事:"4"在天火人的古文明里是一个神圣的数字,这不仅是因为天火人长着两手两脚,也不是因为四肢上各有四根指头,而是因为它代表了前后左右或者说东西南北四方——地球上也有类似的信仰,比如崇拜所谓的"四大天王"。远古天火人的城市都是正方形,其中最中间的建筑是底座为正方形、侧面为等边三角形的巨型金字塔,这是女皇的大殿。今天,天火的城市仍然采用类似的布局。

对四的信仰渗透到了天火文明的各个方面,比如说四乘四的十六进制,比如说妻子能够拥有四个丈夫,比如天火人的行政区域划分。天火人的贡赋也是满四抽一交到地方,最后四大区域从收入中各抽一,组成四再贡献给皇室。皇室有四个支族,按照复杂的规则通婚,产生出每一代的女帝。皇室绝不和平民通婚,因此皇室虽然历经数万年的发展,人数仍然十分稀少,也和平民的隔阂越来越深,最后竟然被疯帝赶尽杀绝……

我看得多了,作了一个梦,梦见远古时代,峨冠博带的天火女帝站在帝国中央大金字塔的顶端,金字塔下,东西南北四个方向都跪着无数四方子民。他们从身上取出一根根骨头,献给四大诸侯,她们沿着四面的阶梯走上塔顶,献给女帝并接受她的赐福……

我从梦中醒来,依稀想到了什么,但还想不清楚。正在整理思路,菲菲通知我,蒂莲菲在寰宇网络上呼叫我,要和我通过秘密频道通话。

我有点诧异地接通了她的频道,蒂莲菲当头就问:"查尔斯,你在研究天火第三坐标吧?"

"开玩笑,我费那力气干啥?"我一口否认。

"确实是白费力气——我已经破解出来了。"

我仿佛被人敲了一闷棍,脸色一定掩饰不住的好看。蒂莲菲笑眯眯地欣赏我的表情,我强自镇定地说:"那你直接去那个坐标不就好了,找我干什么?"

"我已经去过了,"蒂莲菲露出了一丝懊丧,"但那里有不少分子云,引力和阻力状况复杂,已经过去了三千年,我的银河系模型精度不够,计算误差比较大,好几天都没找到。"

我明白了她的意思:"你是想和我合作?"

"你的银河数字模型和计算程序优于我的,找到的概率会高一些。如果找到宝藏,我七你三。"

我不禁暗笑。当年离婚,我没有要豪华的"黄金牧野号",而是要鄙陋的"银河偷心号",自然是有理由的。在"银河偷心号"的存储空间中装载了全银河最为详细精确的银河系模型之一,并且不可下载和拷贝。另外,菲菲的计算方式也是经过我特别优化的。这是我绝不会外传的制胜法宝。虽然说蒂莲菲的排名还是比我高一点,但碰到这种几千年前的古坐标,我的优势就凸显出来了。

"如果你给出的信息是正确的,"我说,"五五分。"

"这不公平吧?"蒂莲菲有些不悦,"我提供最关键的线索,你只是最后在一定范围内再确定一下。即便没有你,我顶多找上几年,也能找到。"

"那你去找上几年好了。"我作势要关闭通话。

"好!成交。"蒂莲菲咬牙说。

这种合作自然也没必要去谈签合同。我直接问:"你是怎么破解第三坐标的?"

"见面了我才能告诉你。"蒂莲菲还有些警惕。

"行,把你的坐标发来。"

5

我在两天后抵达蒂莲菲给出的坐标,这里在著名的玫瑰星云附近,当年我和蒂莲菲新婚时,曾经来过这一带度假,如今物是人非,感慨万千。

蒂莲菲和我对接飞船,然后来到"银河偷心号"上,这是离婚十年后的第一次。她有一半的地球血统,四分之一植物族,另外四分之一是飞蜥族。她的父母进行了基因编辑,让她拥有人类的面庞、浅绿色的皮肤、灵动的尾巴和一对薄如蝉翼的翅膀。她今天装扮淡雅,但在紫红色星云的映照下,看起来格外明艳动人。

"坐,"好久不见,我有些局促地招呼她,"来一杯墨西哥的酱香龙井?"

蒂莲菲坐下,摆了摆手,"我受够了你那些奇奇怪怪的古地球饮品。说正事吧,要破解第三坐标其实非常简单,不过要打破常规思维。"

她顿了一顿,还想卖个关子。我却说:"你先别说,让我猜猜行不?假设第三坐标的数据仍然可以从已知信息中得出,那就不可能单单看第三坐标本身,而要和其他坐标相联系,将这些信息作为一个整体。"

蒂莲菲看着我,有些惊奇。

"但一个随机的坐标中怎么能找到另一个坐标的信息呢?正常情况下不可能,不过第二坐标本身是错误的,多了4个4,掩盖了本来的数字。这4个4哪里来的?仅仅是因为天火人崇拜4吗?不,它们来自第三坐标!将二者联系起来就能看到,它们的位置也就是在第三坐标中的位置,只需要把它们放回去,就可以得出原始的第三坐标。"

"不错啊,查尔斯,"蒂莲菲做了一个点赞的手势,"你虽然晚了一步,但自己还能破解出来。那你为什么不自己去找,还是前来跟我会合?"

"既然已经成交了,我当然会守信。"虽然我这样说,其实我是瞎蒙的,心底也拿不准……只是总不能失了面子。

蒂莲菲凝视着我,目光中似乎有些感动,但很快别过了脸,"那你根据原始坐标进行演算吧,我怕这个秘密也隐瞒不了多久,说不定过去又是一堆人先到了。"

"菲菲,根据刚才得出的坐标,演算一下第三坐标此时此刻的位置。"我嘱咐道。

"你给人工智能系统改名叫菲菲了?"蒂莲菲问。

"呃……叫习惯了。"

菲菲不到十分钟就计算出了当下坐标：距离蒂莲菲的结果相差二千七百亿公里，难怪她一无所获。

我们立刻赶往那里，那地方在一百多光年外，玫瑰星云的另一边。这次比较幸运，目前只有我们两个人找到，可以从容寻找。但放出探测雷达，在上百亿公里范围内找了几百个标准时，仍然找不到目标。一定是什么地方出问题了，是哪里呢？

更为糟糕的是，很快第三、第四个空间猎人也出现了。这种加密方式，终究被更多人猜出来了。很快这里会变成另一个空间猎人业务切磋大会。

"我看情况不妙，我们没戏了。"蒂莲菲说。

"不一定吧，我们毕竟早来一步，已经排查了不少空间，还是很有可能先找到的。"

"我说的不是这个，"蒂莲菲紧皱眉头，"我一直在想，螳斯特是怎么死的？刚一找到宝藏就被天火人截和？银河在上，哪有这么巧的事？我怀疑这些猎人中有天火联邦的眼线。他们的舰队可能就埋伏在附近，谁找到都只是为人作嫁衣！还是撤吧！"

6

我不甘心，又坚持了一百多个标准时，但最后还是不得不放弃，离开了那里。据说最后去了差不多三百个空间猎人，搜索范围达到数千亿公里，还是什么也没发现。

"可能我们的算法是错误的，"蒂莲菲来找我商议，"我们从一开始就走上了歧途。"

"但我觉得，这种加密方式非常巧妙，"我苦思冥想，"问题出在哪里呢？"

我凝视着舷窗外发光的银色巨盘。我尝试将它和大脑中的星图相重叠。在模糊的白色云带间，依稀看到第一坐标的位置、第二坐标的位置、推测的第三坐标的位置……银河之心在它们中间光辉灿烂。

好像哪里不对？

我吩咐道："菲菲，调出星图来，标明三个坐标的原始位置。"

按照菲菲制成的星图，的确可以看到一个明显的问题：第一和第二坐标距离天火母星700多光年，彼此相距约1500光年，不算很近了，但在银河尺度上还是相距不远的。但第三坐标却远在45000光年外，在银心的另一边，距离也太遥远了……去是可以去，但从时间坐标来看，第三坐标和前两个坐标在时间上相距无几，除非先出发很久，否则怎么能同时抵达银心的另一边？但有什么理由这样做呢？即便距离天火母星只有半光年，没有坐标也是一样不可能找到。

"看来我们的解法还是错误的。"我喟然叹道，"从一开始就走上歪路了。"

蒂莲菲有些歉意地说："好吧，大概是我想错了。"

"不怪你，我也想到了一个方向上，只能怪三千年前的那些天火人太狡猾。"

蒂莲菲伸了个懒腰，站起身来，"对了，你还没回答我。为什么给一个人工智能取名叫菲菲？不会是余情未了吧？"

我曾经好几次想过如果蒂莲菲问我该怎么回答，我想说"因为这样我每次骂它的时候会更爽"，但话到嘴边却变成了："因为这个名字，让我想起往昔那段美好的日子。"

蒂莲菲看了我一眼，发出一声轻柔的叹息："那确实是一段值得怀念的好时光。"

她走到我身边，用两根柔弱无骨的指头划过我胸口的皮肤。

我觉得嗓子有点干，开口说："那个……对了，我的卧室换了张新床，灵星鹃的羽毛做的床垫，要不要享受一下？"

蒂莲菲一声轻笑:"要床干什么?关闭人工重力好了,像以前一样。"

就这样,我们暂时放下了那些难以解开的谜题,回到拥有无数记忆的卧室,在无重力状态下拾回了往日的欢愉,颠倒上下,勇攀高峰……

可惜情到浓时,蒂莲菲忽然大叫一声:"我想到了!倒过来,得倒过来……"

"无重力环境下,有啥区别?"

"笨蛋!我是说坐标得倒过来!"蒂莲菲一把推开我,张开翅膀,飞回到电脑屏幕前。

果然,蒂莲菲的直觉十分精准,将第三坐标三个轴的正负转换一下,即找出中心对称点后,立刻和第一、第二坐标靠近了很多。甚至不需要去现场,只需要看一眼,就知道那必是第三坐标。因为——

它们在空间中恰好构成一个等腰直角三角形。再没有比这更明确的证据了。

"这帮天火人也真是脑子进水,为什么玩这个花样!"蒂莲菲恼恨地说。

我捋了捋背后的逻辑:"这也许指天火王朝上下颠倒,秩序颠覆,还失去了四方……"

"这象征意义也太牵强了吧!"

"无论如何,我们找到第三坐标了。"我说。

"呃,准确地说,是我找到第三坐标了。"蒂莲菲说。

"就知道你会这么说,"我无奈地一笑,"那么我只能说……我找到了第四坐标。"

蒂莲菲这回吃惊地看着我。"你说什……哦!"才说了半句话,她的眉头已舒展开来,显然也想到了。

天火人对等腰直角三角形没什么特别的兴趣,在这幅图景上,明显还缺少了一个点。在第二和第三坐标之间连线，就可以确定一个与第一坐标轴对称的点。更简单地说，是一个正方形的第四个直角点。缺失的第四坐标只可能在那个位置，其运动方向和前三个坐标必然也是对称的，所以原始信息中根本不需要第四坐标。这个缺失本身就是设计好的线索！

"我们必须得马上赶去，"我想到一点，"其他空间猎人随时都会猜到。"

"等等！"蒂莲菲说，"既然两个坐标都知道了，不如分头行动吧，我去第三坐标，你去第四坐标，幸运的话，我们能够同时得到两个宝藏！"

我笑了起来："好啊，不过不用着急，路程遥远，在分道扬镳之前，我们应该还有五十个标准时可以同行。"

蒂莲菲白了我一眼，风情无限。

7

六十二个标准时后，我和蒂莲菲依依不舍地告别，两艘飞船进入了不同的虫洞。

我驾驶着"银河偷心号"，风驰电掣，驰骋星海。不过我并没有去第四坐标，也没有去第三坐标，而是去了……很远的另一个地方。

这个隐藏的坐标，我一旦推测出了它的存在，对于它的好奇已经压倒了一切。我想知道，在那里究竟有什么，让天火人能够做这么大的一个局，去同时隐藏和指示它？

那是一片平平无奇的星域，星光杂乱无章地照在无垠的黑暗空间中，看起来和银河中99.99%的区域无甚区别。可谁能想到，这里居然存在着了不起的秘密。

到达那个坐标后，我立刻开始搜寻。这一次顺利得超乎想象，在看似黑暗无一物的虚空里，雷达迅速锁定了三千万公里外的一个漂浮物体。我按捺不住激动的心情，以最快速度赶去。但还没到达时，菲菲告诉我，在另一个方向上，还有一艘飞船正在接近……其外观极具设计感，我再熟悉不过了。

是"黄金牧野号"。

我惊讶地接通了对方：

"蒂莲菲！你来这里干什么？"

"查尔斯，你居然也……"

我们尴尬地对视，然后无奈地笑了起来。这感觉像极了爱情。

"查尔斯，你是怎么猜到存在这个第五坐标的？"蒂莲菲问。

"发现四方形的时候就猜到了。"我不无得意地告诉她，"四个坐标只是烟幕弹。天火人看似崇尚四，其实是崇尚四中隐藏的第五点——更确切地说，是将四分空间合而为一之点！在天火人的远古时代，金字塔的顶端，就是四方的中心，宇宙的至高点！只有女帝能够站上那里。不过，古天火人对于这个中心过于敬畏，甚至很少正面提到它，所以反而成为一种观念上的隐藏。"

"前四个坐标，构建了一个宇宙中的光年级金字塔底座。而它们的运动方向，又都指向这个点。作为一个神圣的中心和至高点，它一定是绝对静止的，不存在运动。可以肯定，天火人真正的宝藏，最伟大的宝藏，就在这个金字塔的顶端！找到它，我就是银河系排名第一的空间猎人了！"我越说越是激动。

"顶多是第二，"蒂莲菲淡淡地说，"第一在你面前。你想到的我都想到了。"

我想争辩几句，但放弃了："记得吗？上次我们聊起这个话题之后，就离婚了。"

这让蒂莲菲沉默了片刻，然后她说："那，五五分？"

"成交。"

我们将飞船联合起来,一起靠近了那个神秘物体。根据我最近对天火古飞船的研究,那的确是帝制时代天火飞船上的一个可分离舱室。它静静地悬浮在虚空中,一动不动已经有三千年之久。不过比我们想得要小不少,只是一个直径三米,长度五米的圆柱体。我不禁狐疑,这里面能放多少东西?

我把这个圆柱体拖进了飞船的货舱,让菲菲扫描它的内部,看看有什么宝贝。

我们正心绪不宁地等着结果,菲菲忽然发出尖锐的警报:"左前方一百二十万公里外出现星际舰队,至少有三十艘主力战舰!它们正在高速接近我方,预计0.4个标准时后发生接触!"

"什么舰队?"我问了一句,不过没等它回答我已经反应了过来。

"当然是天火舰队。"蒂莲菲替我说了出来。

"该死的天火人,怎么能来得这么快?"我不禁看了一眼蒂莲菲。

"看我干什么,我还觉得是你呢!"蒂莲菲怒气冲冲地瞪着我。

眼看又要吵起来,我忽然想到了一点。"我明白了!天火人搜查过'银河偷心号',他们一定偷偷安装了窃听和追踪设备!"

8

到了这个关头,逃是逃不掉的。天火舰队形成了百万公里的钳形包围圈。像是一条巨龙张牙舞爪,要逮住两只苍蝇,这架势有一种奇特的荒谬感。等到包围完成,天火人发来信息,要求我们的飞船与旗舰对接。

我们自然不敢违逆,很快,大约五十人的、全副武装的天火特种部队冲上飞船,簇拥着一个身形壮硕的大汉。

天火人的基本身体结构和人类比较相似，但每次见到他们都会让我头皮发麻。他们看起来像是长着钳子但没有毛发的棕熊，比一般人高两个头，而面前这位，甚至比普通的天火人还高两个头。他穿着某种看起来很华贵的制服，显然是身份颇高的军官。

"我是摩罗支将军，这次特别行动的指挥官。"此人用银河通用语自我介绍，又问，"你们已经发现那件东西了吧？"

"找到了找到了，"我忙说，"你们都拿走吧，我们不要了！"

"你们打开了吗？"

"没有没有，我们刚拖进来，碰都没碰一下……"我忙说。

这时候传来一个柔美的声音："主人，对目标的扫描结果已经出来了。"

"啥？"我一时没反应过来。

"这个货舱里面是一个老式冬眠器，里面有一个正在冬眠的生物，像是天火人，不过……"

这个结果远远超出我的想象，让我隐然有一种毛骨悚然之感，但这时候也无暇顾及。"菲菲，以后再说！"

菲菲善解人意地闭嘴，但显然已经晚了。摩罗支将军怒目瞪着我们，"你们两个，不知道为自己惹了多大的麻烦。"

我带着哭腔说："我们不想惹麻烦！你们把它带走吧，我们没意见。"

"带走？我们必须摧毁它。"摩罗支摇头说，"在那家伙解冻之前，立刻动手。这个秘密不能被任何人知道，至于你们……"

蒂莲菲飞快地说："我发誓会保密，今生今世，绝不透露，如违此誓，银河不容！"

"俺也一样！"我忙跟着说，"请领导放心。"

摩罗支沉声说："请你们放心，我很放心。"

我还没听明白他的意思，已经看到众士兵举起了形状奇特的天火枪械，对准了我们。

"不要！"我下意识地做了一个动作，居然是挡在了蒂莲菲面前。但这显然没有任何用处。我冷汗直冒，呼吸困难，抖如筛糠。

"我很抱歉，"摩罗支说，似乎还真有点歉意，"但这件事牵涉实在太大，三百六十亿天火人的命运都在里面，你们不能活着离开这里。"

"等等！就算，就算你要杀了我们，也该让我们明白到底是怎么回事啊！"我还想争取点时间。

"我不能说，就算说了，你们也不会明白的。"摩罗支森然道，"预备——"

"那个人就是疯帝卡娜，对不对！"在我身后，蒂莲菲叫了出来。我瞬间也明白了。

天火文明中，金字塔的塔尖，只能有一个人驻足。这个光年级金字塔也不例外。在塔顶的坐标，无疑已经暗示了这个人至高无上的身份。

一切宝藏的烟幕弹，最终不过是为了掩护这位冬眠者逃离，层层加密的坐标，是为了让忠于她的势力能够来救她……能让人这么做的，除了末代女帝卡娜十九世，更有何人？

将军却摇头道："你说错了。她不是卡娜。三千年前，疯帝已经自杀，在爆炸中化为灰烬。但她的忠实臣僚救出了她最小的女儿，琴娜公主，那时候……也是现在，还是个半大的孩子。宫廷总管在另一块水晶上用密文刻下了这件事，我们也是刚刚破译，和寻找宝藏的事联系起来，才知道这里的秘密多么惊人。好了，现在你们知晓了一切，可以安心走了。"

"等等，"蒂莲菲说，"我还是不明白，就算她是天火皇室的末代公主，帝国已经结束三千年了，你们为什么还要杀了她？"

摩罗支脸色很难看。"天火人的事，你们永远也不会懂的。好了，我已经说得太多，现在，你们可以安心离开了。"

天火士兵的枪械有刺眼的红光闪烁，显然已经准备发射。

我暗叹一声，握紧了蒂莲菲的手，闭目待死。

9

我回顾完了自己丰富多彩的三百五十年人生，但预想中的开火声，却一直没有听到。我忽然想到一个古怪的理论，说人如果第一时间被高速子弹或激光杀死，在听觉神经传导完信号之前大脑就被毁灭，肯定听不到声音。难道我已经死了？

但我分明还能感受到蒂莲菲温热而汗津津的手心。这也是幻觉？

有奇怪的声响传来，我不由睁开眼睛。发现天火士兵一个个神情痛楚，面目扭曲，好像被什么东西定住了，动弹不得，他们似乎想张嘴说话，但喉头蠕动，说不出口。

我想问："你们没事吧？"但又觉得去问候准备杀死自己的敌人，这事似乎有点滑稽。但我看到，他们的目光逐渐集中在我们身上，哦不，应该是我们背后的后舱通道……

我回头看去，见到一个小小的身影在通道尽头出现，向舰桥走来。那身影像是猫咪一般，小巧而又纤细，但步履庄严稳重，看起来又具有渊渟岳峙的气场。

天火皇室的最后传人，琴娜公主！

她从我们身旁经过，只瞅了我们一眼，又走到天火兵将的面前，毫无惧意，却又有些好奇地看着眼前一群在龇牙咧嘴的大熊。

"开，开火！"摩罗支将军勉强发出声音，"快干掉她——"

大部分人还是动弹不得，只有几个最坚韧的士兵艰难地将枪口转向琴娜。我见他们的目标不再是我们，忙拉着蒂莲菲躲到了一边的操作台后。没有人再多看我们一眼。

琴娜视若无睹，开始说话，或者说唱歌，那些音节我完全不懂，但听起来非常悦耳，在高度紧张中也让我松弛了一点点。我在边上仔细瞧了几眼琴娜，深感天火皇室的血脉果然与众不同，模样比一般天火人可爱多了，对地球人来说也颇具杀伤力。我忽然想养一只会说话的宠物猫……

但随着琴娜的吟唱，天火士兵一个个扔掉了配枪，表情从痛苦变成麻木，又从麻木变成了陶醉……他们舒展眉头，随着琴娜的声音摇摆起来。

将军还好点，稳住了身形。他用天火语呼叫，让士兵动手，但众人仍旧呻吟怪叫，没有人服从他的命令。将军一声怒吼，掏出一把爆弹手枪，对准女孩，就要开枪，但手抖得太厉害，竟然完全扣不动扳机。

女孩继续吟唱，声音更加温柔甜美，但其中隐然有着磅礴之力。摩罗支发出不知是哭是笑的吼叫，忽然举起枪，对准自己的额头——

砰！

将军的脑袋消失了，血花乱喷，巨熊般的身躯轰然倒下。

我和蒂莲菲在操作台后面看得瞠目结舌。我问："他们疯了吗？"

"有一个传说，"蒂莲菲低声对我说，"天火人是从一种真社会性动物进化来的，类似于地球的昆虫。他们必须服从其首领的命令，这是印刻在他们基因中的本能，也是天火王朝能延续五万年的秘密！即便帝制已经消亡了三千年，但当皇室血脉出现时，他们仍然无法与女帝的精神力相抗衡。天火人一直否认，说是敌国的污蔑之辞，但看来这是真的……"

"怪不得他们必须干掉这个公主，"我恍然大悟，"只要她一唱歌，天火人就必须效忠于她。这歌声到底有什么魔力？"

蒂莲菲还没有回答，琴娜的歌声已经停下。这位公主立于摩罗支将军的尸体前，众士兵如行尸走肉一般分列在她两侧。她朝对面的天火旗舰走去，众人亦步亦趋，就像之前跟在摩罗支将军后面一样。

琴娜走了两步，忽然回头，朝我们笑了笑。我们也不禁回以微笑。琴娜对我们说了一句天火话，后来菲菲翻译给我们："待孤重返天火，再造帝业，必将厚报二位！"

说完，琴娜就带着臣服于她的将士们返回天火舰队，开始复辟大业。可想而知，很快天火文明将要天下大乱，血流成河，但琴娜必将成为创建新一代帝国的天火女皇，甚至会影响全银河的政局……

天火舰队离开了。我和蒂莲菲，自然也立刻逃离了这个是非之地。

10

后来我查阅了很多资料，渐渐明白了古代的天火女帝是怎么控制民众的。那是一种脑电波和信息素经过长期进化共同作用的结果，必须面对面，在数十米范围内才能建立连接。在部落时代，人人都可以见到自己的女酋长，也都毫无私心地崇敬自己的领袖。但随着文明发展，部落兼并成王国，王国兼并成帝国，最后一个女王控制了整个世界，登基为帝。

这时候，大部分普通天火人一辈子都见不到女帝，商业和娱乐出现了，人们有了自己的生活，理性主义、享乐主义等思潮滋生成长起来。不过地方贵族仍然需要觐见女帝，由女帝册封，建立自己的忠诚，所以统治仍然极为巩固。皇室分为四个分支，按照复杂的模式通婚，只有集齐四方血脉，才能拥有精神控制力，它也就都集中于在位的女帝及其直系后裔身上。

但当年疯帝卡娜即位后，因为癫狂发作，脑波减弱，不再能控制地方,给了革命者以可乘之机。而疯帝更是在大爆炸中杀死了几乎所有皇室成员。琴娜公主虽然被救出来,但已经无力回天,革命者知道皇室之能,根本不会靠近宫廷,只是操纵无人机等进行远程攻击。忠心的保皇人士设法把她送到宇宙深处,让她进入冬眠,只留下一个坐标,等待有一天能被人发现后,再度复苏,临御天火。想不到这一等就是三千年……直到那一天,琴娜睁开了眼睛。

"但我还是不明白,"蒂莲菲问我,"冬眠舱再维持三千年都没问题,何以会自己解冻,把琴娜放出来呢?"

"这个就要问菲菲了。"我莞尔说。

菲菲答道:"主人,我发现你们处于危险中,凭我的防卫系统无法保护你们,所以我选择侵入天火冬眠舱的系统,解冻了琴娜公主,看看是否能有转机。"

"查尔斯说得不错,"蒂莲菲说,"你真是一个很善解人意的人工智能。琴娜的确救了我们,只是她一旦复辟,接下来怕是会天下大乱,亿万生灵涂炭……"她的脸上泛起愁容。

之前我们已经推演过。琴娜的力量或者可以接管天火母星,但她的力量只能在近距离起作用,天火有二百多个联邦州星系,其中大部分都不会选择屈膝于这位上古女帝的麾下——直到他们见到女帝为止。琴娜的御林军队将会与联邦军展开殊死搏杀。天火内战也将延烧到银河系的很大一片区域,不知道将有多少大陆、星球、星系毁于战火。

"说到这个,"菲菲说,"刚才网络上正流传一段视频,也许你们想要看看。"

她开始播放视频。视频中,一支天火舰队穿越虫洞,在天火母星轨道出现,缓缓泊入太空港,看起来十分正常。但骤然间,其旗舰被某种武器击中,瞬间变成了一团明亮的光球。等到光亮熄灭后,巨龙般的星舰已经化为乌有。周围许多舰只也纷纷起火爆炸,或者坠入大气，场面惨不忍睹。

"摩罗支将军的旗舰被反物质武器摧毁，连同摩罗支将军在内的两千名官兵都殒命长空，加上其他一些被波及的战舰，死亡人数可能高达万人。天火联邦执政官谴责这是来自宇宙海盗组织的恐怖袭击，宇宙海盗组织予以否认。也有人认为，这是一场军队内部的火并，为了争夺宝藏。不过没有任何人提到船上有一位三千年前的帝国公主。"

"怎么会这样？"蒂莲菲惊讶至极，"那琴娜公主……"

"只要她不是神，应该已经气化了。"我叹了口气，"我其实也不想这么做。"

蒂莲菲回过味来，"什么意思？难道你是说，这是你安排的？"

"我只是让菲菲把'银河偷心号'上所发生的一切视频发送给了天火联邦的安全部门。"我说，"速度比舰队返航可要快多了。他们自然知道应该怎么做。放心，现在他们也不敢对我们做什么，我告诉他们，如果我出了什么事，这段视频会立刻发送给全银河各大新闻机构。"

"可是你为什么要通知他们？"蒂莲菲疑问，"琴娜救过我们，而且她还答应厚报我们，这可相当于找到一个大宝藏！"

"是我们先救了她，"我说，"而且我对这孩子的印象也挺好，但三百亿天火人的命运，我想还是让他们自己决定吧。"

"但是……"

"银河里已经有足够多作威作福的皇帝，不需要再多一个了。哦，你是例外，我的女皇……"

我揽过一脸不高兴的蒂莲菲，印上深情一吻。

时 空 卷

宝 树 奇 妙 物 语

第一个时间旅行者

"……预备阶段完成，一分钟后进入时空融合。"随着柔美的合成语音，一盏红灯亮了起来。他的心开始狂跳不已，他知道，这意味着时间机进入不可逆转的临界状态。从这一刻起，整个过程不可能停下了。

"六十、五十九、五十八……"倒计时开始了。

要开始了！真的要开始了！他浑身止不住地颤抖起来。长期准备之后，他本以为自己可以平静地面对这一刻，但是他错了。

这是他亲自参与研究、开发的时间机器，十多年的青春岁月奉献给了这旷世绝伦的事业，终于，第一台试验机研发出来了，而他也主动请缨，经过严格遴选后，成为第一个人类试验者。

他将是人类历史上第一个时间旅行者，注定要被载入史册。

"四十五、四十四……"

此刻，他像宇航员一样穿戴着笨重的衣服，站在一个三米见方的乳白色房间中间，周围除了几盏内嵌在墙壁上的指示灯外，看不到任何仪器。因为这个"房间"本身在一部巨大机器的内部，是机器的发射舱。而整部机器高达四十多米，就像一个庞大的核反应堆。这就是千百名专家和技术骨干奋战十多年的成果：时间回溯机。

他感到自己越来越紧张，忽然一阵强烈的后悔，大有一股逃出这里回到外面世界的冲动。但他知道，这是不可能的。目前这个房间已经完全封闭了，就是用原子弹炸也炸不开。因为很快将会有相当于几百万吨TNT的能量注入进来。

时间回溯机的基本原理，是通过巨大的能量进行时空扭曲，将这个"房间"内部的时空抛回过去，不同时空域进行融合，在这一过程中，过去时空域的物质会被来自未来的形态所取代，从而在不违反物质守恒定律的情况下，实现时间旅行。

"三十一、三十……"

他觉得自己像是一只小白鼠。在他之前，当然已经用老鼠、兔子和猴子做过实验，实验后它们都消失了，再也没有出现过。既然他们以前从未观察到有老鼠或兔子神秘冒出来或消失，那么它们应该是回到过去，创造了另一条时空线。但科学家在这个时空中是观察不到的。

当然，也可能是出了什么差错而从此灰飞烟灭，或者掉进时空缝隙里去了。

无论如何，他马上就会搞明白的。

"十五、十四……"

从理论上来说，机器能够抛回的时空坐标和输入的能量正相关，能量越大，抛回的时间越久远。但这台试验机不可能输入太多能量，最多只能返回到几个月之前，也许只是几天之前。他还是他自己，生活不会有太大的改变。

但这已经够了，虽然这个时空的人们无法知道试验是否成功，但当他回到过去后，会在另一条时空支线上告诉其他人。一旦时空融合完成，过去的他会立刻消失，被来自未来的他所取代，但为了证明自己的身份，他随身携带了一部微型电脑，里面存储了许多进入时空机前刚刚得到的信息。如几分钟前检测到的宇宙伽马射线数据、纽约股市的最新走向、若干刚结束的体育比赛的分值，等等，这些一般来说是不会随着他的穿梭而改变的，足以用来向过去的人们证实他确实来自未来。

"十、九、八……"

红灯进入闪烁状态，标志着时空融合马上就要开始。他浑身冒汗，从来没有觉得时间的流逝如此之慢，又如此之快。

当然，也可能上面的推测都是错的，理论毕竟是理论。也许他睁开眼睛，会发现自己在唐朝的宫廷里、三国的战场上，甚至出现在一条霸王龙面前，谁知道呢？什么都可能发生。他已经穿上类似宇航服的防身服，戴上了氧气面罩，还背着必要的武器、药品和压缩食品等，以期最大限度地增加自己在异时空存活的概率。

在他内心深处，甚至有一点希望发生这样的意外，被传送到某个远古的神秘时代，经历各种各样的冒险，过一种全新的生活……就像那些小说里写的那样。他想起了小时候读《寻秦记》时的向往……

"七、六、五……"

如果机器出了故障怎么办？他还是忍不住担心。但他知道，时空融合时将有相当于上百颗广岛原子弹的能量在瞬间注入这个舱室中。万一真的失败了，他也会在一刹那化为乌有，死得一点痛苦也没有。

当然，一般来说也是不会发生这种事情的。几种动物试验都成功了，在进行人体试验前，工作人员更是细致入微地检查了每一个环节，保证万无一失。没有理由在这个时候出差错。

当然，据推断，在时空穿越的瞬间，由于人体生理结构的脆弱，即使在正常情况下也免不了会有电击一样的强烈疼痛，但只是一瞬间，很快就会过去。不用太担心。

"四、三、二……"

就要开始了！他有一种晕眩感，他觉得自己像是上太空前的尤里·加加林，他想象同事们和朋友们都在看着他，祝福他，他微笑着向他们挥手……但这是错觉，为了保证时空融合条件的纯粹，他一进入这里就对外界绝对封闭了，他们不知道房间里发生了什么，他也无法知道他们在干什么。

但不要紧，也许他很快就能再见到他们——几天、几个月或几年以前的他们。他会告诉他们,他是从未来穿梭回来的。想到他们惊愕而艳羡的眼神,他们簇拥着他,欢呼着……他甚至有些迫不及待了。

他终于放下了一切心理压力,充满自信地面对即将到来的神秘命运。

"一、启动!"

红灯熄灭了,绿灯亮起,一片柔和的绿光带着撕心裂肺的痛苦将他湮没——

然后,当绿光消失,疼痛消退——

"……预备阶段完成,一分钟后进入时空融合。"随着柔美的合成语音,一盏红灯亮了起来。

超时空角斗

示威的尖鸣在蕨丛回荡，缤纷的羽毛炫耀地舞动，一条长尾灵活地甩动着。镰刀般的脚底，羸弱的猎物在血水中逐渐停止了挣扎。

一只全长将近四米的奇异动物低下头，看上去就像一只长着蜥蜴嘴巴的怪鸟。它对着猎物凝视了片刻，那是一个长着褐毛的小家伙，全长不到二十厘米，虽然已经死去，还睁着大大的惊恐的眼睛，看上去就像一只老鼠。怪鸟并不知道什么是"老鼠"，但它对这种猎物十分熟悉，它的肉是怪鸟的日常菜谱。如果怪鸟有知识，会知道这种小兽被称为始祖兽，最早的哺乳动物之一，也是老鼠、大象和人类共同的祖先。

但怪鸟对猎物的身份毫无兴趣，它低下头，张开半米的长喙，用森森利齿将猎物还温热的躯体撕扯开来，馨香的血腥气四溢开来。它已经三天都没有进食，这一餐来得十分及时。怪鸟本可以将它毛茸茸的身子一口吞下，不过另一种更深刻的本能抑制了这一强烈欲望。它食用了几口后就叼着猎物的残躯，晃过苏铁树的森林，走向自己的家园，那里几只刚刚出生的幼仔正嗷嗷待哺。

而它根本没有，当然也不可能发现，另有几十位不速之客跟在它背后。

"真是不可思议！"一位老先生感叹说，"原来恐龙是这个样子的！就像一只大鹰一样！"

"至少很大一部分兽脚亚目恐龙是这样的。"托尼·布朗告诉他说，"它们是鸟类的近亲，浑身披着羽毛，捕猎方式也和鸟类接近，当然,有时候可是像狮子一样大的超级巨鸟,比如我们面前的恐爪龙。"

"你们是怎么复活它们的?"一个胖太太问,她显然根本没听一开始的介绍。

"根据基因还原算法。"托尼耐心地说,"就像我刚才说过的,恐龙的后裔是鸟类,因此鸟类中隐藏着恐龙的基因,只不过很大一部分都变异或者失效了。另外,鳄鱼也是恐龙的近亲,通过对比它们的基因,我们就能够猜测出恐龙的一部分基因结构,剩下的通过复杂的演算,模拟出类似已知恐龙的形态,再进行……"

当然,说到这里已经没人愿意细听了。人们只是说笑着,跟随恐爪龙的步伐在复活的中生代丛林中漫步。

恐爪龙似乎发现了什么,回头扫视了一眼。旅行团中的几个小姑娘不禁发出惊呼。

"不会有事的,"托尼安慰她们说,"首先我们有全隐形光学系统,恐爪龙不会发现我们的任何踪迹,看不到我们的人,嗅不到我们的气味,连我们说的半个字都听不见。其次也有智能防护力场,就算这家伙全力冲过来,也会被一堵看不见的墙隔开的,更不用说整个公园内部的监控报警设备了。"

前方,恐爪龙骤然发出一声愤怒的嘶鸣,浑身的羽毛都好像炸开了。所有人的目光都被吸引上前。托尼的嘴角露出一丝微笑:真正的好戏开场了。

恐爪龙的窝巢边,稚嫩的羽毛落了一地,血迹中落着几根尾巴。一只奄奄一息的幼龙正被一头见所未见的野兽叼在嘴里,正如恐爪龙叼着那只始祖兽一样。

那只野兽长得和始祖兽有三分类似,但要高大多了。浑身黑黄条纹,如同一只大虎。四肢着地,头部颀长如狼,竖着尖尖的耳朵,叼着幼龙的嘴里露出尖锐的犬齿,腥臭的涎液从嘴角往下滴落。

"这是一只鬣齿兽。"托尼说,"属于已经灭绝的肉齿目哺乳动物。如果恐爪龙有知识的话,会感到惊讶无比,因为这只野兽是始祖兽的直系后裔之一,生活在距我们的时代五千万年前,也就是它的时代的七千万年后。想想吧,它本来必须活超过七千万年才能和一只鬣齿兽相遇,而今天,它们却在这里,在我们的罗切斯特史前动物园进行跨时空的角斗!"

恐爪龙发出愤怒的鸣叫,飞扑向鬣齿兽。鬣齿兽也发出一声嘶吼,奋起四足,向前扑来。它同样也饿了许多天,刚才的几只幼龙只不过够它塞牙缝而已,而今大餐来了。

"根据测量,鬣齿兽下颌的咬力超过一千五百磅,而恐爪龙只有六百磅。不过没关系,它还有别的武器……"托尼继续解说着,而此时两只野兽已经激烈交战了起来。

恐爪龙浑身的羽毛张起,如同一只孔雀般威风凛凛。它的前肢长满长羽,几乎像是翅膀,但仍有大型的手爪。它一掌抽中鬣齿兽凑近的脸部,让那里出现了一道血痕,鬣齿兽发出了一声吃痛的怒吼。恐爪龙像一个灵活的拳击手一样出击。鬣齿兽闪避着,战斗意志逐渐低落了。

"不同时代的猛兽角斗是我们动物园的特色节目。"托尼对他的听众们说,"每年都会吸引几百万名游客。有关的三维视频你们在网上想必都看过了,点击常常达到上亿次。今天大家可以走近了观察,对,我们可以走到它们边上去,放心,有防护力场,它们伤害不了我们的。"

"这只恐爪龙,是我们动物园的明星。它已经在七次战斗中获胜了,它的对手包括异特龙、劳氏鳄、短面熊和巨猿。当然,鬣齿兽也不差,它击败过袋剑齿虎、恐猫和奥卡龙,所以可说是棋逢对手,啊,你们看——"

鬣齿兽逮住了一个空隙,整个身体猛扑了上去,将恐爪龙压倒在地。它的身体比恐爪龙重得多，一时让对手难以脱身。不理会手爪的拍打，巨大的狼头咬向恐龙脆弱的脖颈，几乎已经咬到了——

但恐爪龙随即一记猛蹬，镰刀般的后肢趾爪——它正因此而得名——像尖刀刺入纸张一样刺透了鬣齿兽的肚腹，随即反复抓挠起来。

鬣齿兽发出惊天动地的惨嚎，它的身子滚向一边，离得近的游客们看到，它的肚子已经被撕开了一个大口子，一截血淋淋的肠子挂在外面。如果是在自然界中，它已经活不了了。

鬣齿兽忍痛爬起来，在求生本能的驱使下向远处逃窜。恐爪龙却又站起来，扑腾着带羽毛的前肢，跳到鬣齿兽的背上，打算彻底干掉这个庞大的对手，不，现在已经是猎物了——

随着托尼的一个手势，一道细微的银光从远处飞来，在恐爪龙没做出任何反应之前就刺进它的身体。恐龙本来原始简单的意识涣散开来，它从鬣齿兽的背上跳下来，蹒跚了几步，就一头栽倒在地上。

"战斗结束了。"托尼说，"我们要给它们去治伤，培养这些角斗士可不是容易的事啊。"

"这就完了？"一位游客略感失望，"你们宣传广告上霸王龙和棘龙打架的场面呢？下面有吗？"

"非常抱歉，那不是常规表演，"托尼换上了遗憾的口吻，"目前我们只有一只霸王龙，上次那只棘龙被咬死了，新的正在培育站，至少一年后才能出场，如果您对这场表演感兴趣的话，可以关注我们的网站，上面会实时更新猛兽角斗信息。"

人们纷纷发出失望的声音。

"其实防护力场经不起霸王龙级别重量的撞击。"托尼告诉不满的观众，"所以，即使有，也只能在远处观看，观赏效果不免大打折扣。不过如果大家有兴趣的话，下面在海洋馆还有一场精彩至极的水下搏杀，一场跨越三亿年的海底巨人之战：白垩纪的沧龙对泥盆纪的邓氏鱼！我的同事迈克将继续为大家解说……"

游客们离场了。鬣齿兽也被拖走，送回自己的领地去治疗。苏铁林中只剩下托尼和他负责照料的恐爪龙。这次它伤得并不重，不过脖子上还是被咬破了，而且几处擦伤，掉了不少羽毛。这个状态肯定没法投入下一次角斗。

托尼等了十分钟，医生来了。事实上只是自动车上运来的一个金属小罐，托尼娴熟地按了几个按钮，从喷头中喷出了淡蓝色的烟雾，落到恐爪龙的几处伤口上。那是一种纳米级别的分子机器，可以根据智能程序进行身体修复，并可以在几小时内催生新的羽毛。

恐爪龙的头部则被注射进另一种纳米机器，它们可以在其海马体中注入某些化学介质，以消除恐爪龙最近的记忆。这位角斗士的经验和记忆必须被严格控制在一定的范围内，才能在角斗中形成最佳的战斗效果：那种母亲看到自己子女被吃掉的愤怒必须不断地被再造出来，才能让一只大鸟忘却一切本能的畏惧，投入战斗中。当然啦，那些"幼龙"只不过是道具而已。

按照工作流程，托尼应该一直看护着自己的斗兽。不过他很快就待烦了，确定没有什么异状，托尼在林中漫步起来，信步走到水边，点上一支雪茄，望着远处星罗棋布的群岛。这是休伦湖的南部，湖上有几百个人造岛屿，每个都模拟某种史前的生态环境，培养起一个史前动物群，其中占统治地位的都是某种猛兽。它们无不以为自己生活在属于自己的时代。但这些岛屿漂浮在水面上，随时可以移动和相互连接。当它们连起来时，跨越亿万年时光的史前霸主们，就在这里相遇了。

一部宏大的地球进化史就在这里，在公元二十二世纪被打开。托尼想，那些昂首阔步、不可一世的霸主，啸傲丛林不知几千几万年，岂能想到它们只是无尽时光中的匆匆一瞬！在它们之前的洪荒岁月中，有无数同样强悍的巨兽存在，而在它们之后，更有新的有力物种接替它们的位置。这些怪兽在地球的历史上从未相遇过，不知谁高谁低，人类却让它们复生，彼此交战，看看谁才是真正的强者。然而纵然是霸王龙和巨齿鲨这样在进化史上罕见的超级霸主，又岂能想到它们不过是数千万年后登场的真正地球主宰——伟大的智人——的玩物呢！

雪茄抽完了，托尼走回森林中，想看看恐爪龙怎么样了。不过地上除了几只"幼龙的尸体"外，恐爪龙已经消失了。这家伙到哪儿去了？

答案很快揭晓，在托尼身后，一声熟悉的鸣叫陡然响起。托尼转身，看到恐爪龙鲜艳的羽毛竖起，盯着眼前的场景，看上去狂怒无比。它显然是在清除了记忆之后，又看到了自己的孩子们被杀的惨状。按照程序，这些道具应该被自动清除机撤换掉的呀，怎么还在这里呢？

恐爪龙两侧的眼睛视线聚拢在中央，喷火的眼珠望向托尼。托尼不由得毛发直竖。

这不对劲，托尼想，它不可能看到我的，公园有全方位的隐形系统，难道失效了吗？出了什么岔子？

他实验性地踢了一脚身边的苏铁树，却没有感到一层温柔的防护力场将他们分开，树皮狠狠地撞上了他的脚尖。一阵钻心的痛。

恐爪龙伸直了脖颈，向他迈近了一步，羽毛长长的前肢在身体两边展开，像一只硕大无朋的鸵鸟。但他知道这只"鸵鸟"可以轻松地杀死一头狮子。

发生了某种意外。托尼紧张地想，各种保护系统暂时性地失效了，没关系，救援人员会很快赶到的，照理说，智能监测系统应该已经发现问题，向恐爪龙发射麻醉针了呀，难道……

恐爪龙朝他迈了一步，托尼紧咬牙关，不是胡思乱想的时候，现在他必须战斗了，只有靠他自己。他很熟悉恐爪龙的习性和战斗模式，知道自己无法逃脱，一旦掉头跑，这只大鸟会立刻跳到自己背上，用脚上的镰刀把自己的脊椎骨挖出来,他只能和这个强敌正面交锋。恐爪龙大概有八十公斤重,比他略重了几公斤,但基本上还是一个数量级的。它的牙齿,手爪和趾爪都是强有力的武器,一米多长的尾巴也颇有威慑。而他,托尼,虽然并没有任何和动物搏斗的经验,但是酷爱空手道和柔道,而且经过基因优化,体能上处于人类的巅峰状态,并且拥有它不可能具有的智能。只要避开它最可怕的趾爪,然后骑到它的背上,就可以——

恐爪龙张开双臂,长鸣着向他大步奔来。托尼深深吸了口气,也大叫着冲向这个疯狂可怖的强敌。

在托尼身后,他看不到的地方,几百个小鼠人正看着一亿年前的猿猴目猩猩科的"裸猿"和两亿年前的恐龙之间的角斗,发出欢呼声,兴奋地拍打起他们的小尾巴,他们身后,第二盘古大陆的新特提斯海正碧波万里,阳光温柔。

时间线定制机[1]

尊敬的联合国秘书长阁下,尊敬的各国元首和代表,各位科学家和宗教领袖,女士们,先生们,大家晚上好!

当然,以目前的局势而论,虽然人类文明已经到了夜晚,但说"好"实在勉强。对此我本人自然难辞其咎,当然,更大的"罪魁祸首",是不在这里的丁一博士。某种意义上,是我们导致了地球的空前危机,不过事情走到这一步,也是我们万万无法预计的。五年前,三年前,哪怕是一年前,都不会有人能想到事情会发展到如此地步。然而,此时此刻,这种荒谬绝伦的处境,竟变成了冷冰冰的事实。最荒诞的可能性一旦成为现实,就是100%的真实存在——这看似是废话,却是整件事的关键所在。

我将代表联合国时间线协调委员会,阐述我们采取的紧急应对方案。但在此之前,我想先回顾一下这次危机的起源和发展,你们中的很多人对此还不了然。首先介绍一下我自己。我叫林一民,今年三十六岁,是国家时间线研究院院长、历史考古学会理事长、联合国时间线协调委员会副秘书长……还有十来个重要头衔。但仅仅八年前,我还只是中国河南省考古研究所的一个小助理。这个升迁的速度史无前例。可能有人知道,这是因为我在考古学界的一系列显赫成就:我发现了夏朝君王的陵墓,首次确凿证明了夏朝的存在,又找到

---

[1]. 本篇为《科幻世界》2024年4月刊已发篇目,篇名为《关于人类不得不去寻找龙这回事》。

了涿鹿古战场的位置以及正本《永乐大典》，等等。我还一度被誉为历史上最伟大的考古学家……但没有几个人知道，这一切都是因为我和丁一博士在八年前的相遇。

那年夏天，我博士毕业，刚找到工作，就传来消息：在南阳盆地西部的一个小村庄里，发现了战国时期的墓穴，其中出土了青铜器、漆器和竹简等。从以往的案例来看，这可能意味着重大发现，省考古所十分重视，派出了十多人的团队去了现场。

考古队大腕云集，我刚入行，在里面就是个打杂的，那些比较重要的文物根本轮不到我去研究，我的工作只是去一寸一寸地筛现场的土壤，记录琐碎信息，以及给几千片青铜器和陶器的碎片整理编号。在烈日炎炎的夏天，在没有空调的帐篷里干这些烦琐工作，真是受罪极了。不过在这个过程中，我逐渐了解到这座古墓发现的经过：那是由一个私立的工程物理研究所制造的新型盾构机在一次地下试验中偶然探测到的。

目前盾构机仍然在地下十多米进行拆卸回收，研究团队很多人也还留在现场。我对盾构机的探测能力有一点兴趣，好奇这个机器能不能用于考古发掘，于是找到了它的发明者丁一博士。丁博士告诉我，这种机器全名叫作量子盾构机，是通过量子力学的原理来改进挖掘效率。如果是理科出身，应该会感到这个发明不可思议，近乎骗局，但我当时全无相关知识，他稍微解释了几句，我也听不懂就算了。不过，丁一对墓葬的情况也有些感兴趣，反来找我打听进展。一来二去，我们逐渐熟悉起来，乡下无聊，偶尔也一起喝酒撸串。

但最后发现，这座墓穴属于一个中低级贵族，里面没什么高级东西；被寄予厚望的竹简也腐坏严重，解读不出什么信息。我感到有些失望，前辈们对我说，这是考古发掘的普遍情况，真正的大发现多少年才有一两个，更不用说落到自己头上了。

不久后我回了省城，过了一年，早已把这次发掘的事忘得差不多了,在其他一些项目里当苦力,干来干去觉得毫无出头之日,都想要辞职了,这时候忽然接到了丁一的电话,他约见面。

我好奇此人找我能有什么事,于是和他约了杯咖啡。丁一说他的盾构机在最近的地下试验中又有新发现,然后拐弯抹角地问我,有没有"门路"能够把一些珍稀文物卖个好价钱。我知道考古界有些人的确在暗中干这种勾当,但我还是有操守的,当场斥责了他的贪婪和下作。丁一解释说,他的研究意义重大,需要大量的经费,但研究所的经费已经不足了。我说,那也不能靠出卖国家文物来换取经费!我威胁要报警,丁一有些慌张,终于告诉了我真相:那些文物,是他"定制"出来的。

当年丁一搞理论物理学,研究方向是物质波或者称为德布罗意波的特性。宏观物质本质上也是量子态的波,通过观察而坍缩为固定形态。但丁一发现,量子态中也有深层结构,即它既是量子叠加态,但又已经有许多近乎坍缩态的"先兆图式"出现,如果能够以某种方式找到这些图式,就能让特定的先兆直接坍缩为现实⋯⋯

这么说,诸位能否听明白?我可能和丁一在一起的时间太长,习惯了他那套拗口的术语,简单地讲,就是可能存在某种巧妙机制,可以在对量子态进行观测的同时进行某种主动的选择,令某种坍缩态出现或不出现,以把握物质坍缩的方向。丁一的这些理论离经叛道,让他被科学界扫地出门,好在有个师兄欣赏他,招他进了一个私立的研究所,给了一些经费让他自己进行研究。

丁一意识到,未被观测到的物质虽然很多,但最方便人类去检测的是地下深处。也就是说,无人得见的地下世界是什么样子,本质上是"量子不确定"的。几年前,丁一依据这一理论,制造出一种特殊的地下盾构机。它能将地下深处未被观测到的部分当成一团变幻莫测的物质波。每次挖掘的时候,同时"选择"令其坍缩到特定形态。丁一的盾构机前方刀盘上装有一种特殊的量子探测装置,在挖掘的同时，探测其中叠加的先兆图式，根据电脑中预先存入的图式结构进行匹配，同时通过观测让它变成现实。

丁一制造这种盾构机，一方面是验证自己的理论，另一方面他认为这种技术能够改进地下挖掘的效率。一般来讲，在地下挖掘时，无论如何都要和坚硬的岩石以及复杂的土壤淀积层、母质层、地下水等环境硬碰硬，碰到难以掘进的障碍只能怪运气不好。而用丁一这种方式，能够按自己的心意让地下的泥土岩石"坍缩"到理想的状态，甚至能够找到金矿或者钻石矿等高价值矿脉。

但他一开始屡屡碰壁。不同的土石形态的数据差异细微，很容易误判，再者这些图式的概率也不是随机的，而会受到地质学基本原理的束缚，比如地球上绝不会出现月球类型的岩石。发现钻石、黄金或者某种稀有金属矿藏虽然是可能的，但概率也很低，且他的机器还比较初级，难以识别，实验了很多次只取得了一丁点儿的成果，无法验证他的理论，而且经费日益捉襟见肘，就快见底了……

不过就像很多发明一样，虽然在本来的方向上不尽如人意，但它带来了意外的效果。在一次实验时，一闪而过的某种特殊图式引起了丁一的注意，丁一不知道这意味着什么，但出于科学家的好奇心，选择了让它坍缩为现实。

很快他就看到了结果：盾构机在前方钻到了一个古代墓穴，其中好像有很多文物遗存。研究所不敢怠慢，立刻上报，省考古所就派人来了，也就是我们这些人。

这件事让丁一明白了，量子盾构机真正有价值的作用是：它能够"选择"某处地层中出现墓葬或窖藏等构造的图式，让它们成为现实。这些有规则的地下空洞与一般土石的图式差别十分显著，很容易被发现和固定下来。

自那次发现后，丁一又做了几次试验，发现成功率很高，而且地层越深，发现越古老。他先后找到了好几个春秋、西周乃至殷商的墓穴。他渐渐心思活络，想用从这些地方发现的古物换取好处，在他心目中，这些文物本来就是他用物质波制造出来的，自然该归他支配。

我想了好几天，才明白这里面的逻辑。使用量子盾构机"发现"一处古迹，就相当于选择了一条可能历史的时间线。以第一次的战国贵族墓为例，在两千四百年前，这个贵族或其子孙在许多个可能下葬的地点中选择了这个。但他们另外还有很多种选择，每一种选择都创造了不同的时间线。在一些时间线上，这个墓穴早已被盗，或者在洪水地震等灾难中毁灭了，在另一些时间线里，这个墓穴迄今仍然沉睡在某一个隐蔽未知的角落。但的确在某一条时间线中，此人死后被葬在了这里，形成了特殊的地下构造。当量子盾构机选择了这一状态后，就令这条时间线并入了我们的世界。

诸位可能还不太熟悉"时间线"的概念，简单讲，相当于可能的因果之链。在座有几位或许看过一些科幻小说和影视作品，但这里的概念不太一样。在一般的科幻作品中，时间线意味着历史的某一分叉，会导致完全不同的未来，比如秦没有吞并六国的世界，或者希特勒打赢了"二战"的世界，都是与我们现实完全不同的时间线，它们和我们的时间线分离后就不可能再重新会合。

但这只是其中一种情况，还有另一种与之对称的情况，之前却无人考虑过。这里我想请问大家一个问题：刚才，我是先迈左脚上台的，还是先迈右脚？大家沉默了，显然，没有人记得或在意，包括我自己。但我要说的是，我先迈哪只脚上台这件事，虽然琐碎不值一提，但也是不同的时间线，承载着不同的历史，只是它们不会影响我现在在这里讲话的结果。虽然两条路径不同，但终点是一样的。因此，可以说在同一个现实存在的背后，隐藏着不同的因果链条。以往这些隐匿的时间线只是在观测中随机坍缩显现，但丁一的发明，让人类有了"定制"特定时间线的可能。

不过在我想明白这个问题后，我也就反对丁一的计划了。我告诉他，按照他的理论，我们只是正好进入某些古人的墓穴在那里的时间线，而不是真正创造出这些文物，所以没有资格去倒卖它们。丁一不得不同意我的逻辑，但我告诉丁一，他也不必沮丧，他的技术有大得多的用处，大到超乎他的想象——当然，后来也超过了我的想象——我打算辞职，和他一起创业，去缔造一项不朽的事业：定制时间线。

我本人对夏朝的考古很感兴趣，但现代以来还没有完全能够证明它存在的考古发现。尽管我深深相信，证明夏朝的文物和遗址就在广袤的中原大地之下，只是人们无法找到它们。丁一的发现可以提供一种方式，让我们以极为快捷方便的方式找到这些文明的宝藏，或者说，"定制"它们存在于我们指定地点的时间线。比起这样令人激动的前景，倒卖文物的利益不值一提。

丁一同意了我的计划。他对考古学毫无了解，而我也不知道夏朝的遗存文物会以怎样的先兆图式出现，以及与其他朝代有何区别，我们必须结合双方的知识。首先，我们确定了夏朝的遗址一定会在比商朝更古老的地层出现；其次，如果说是一个发达的文明遗址，其范围也一定比较广大；另外，有一些高等级的器物，比如青铜器、玉器等，会有明显的特征……这些理论问题，我们花了一年时间逐一攻克，并重新制造了新一代的量子盾构机，也就是所谓的时间线定制机——后来人们都这么叫。

先兆图式并不是完全随机发生的，仍然需要考虑现实概率。我结合传世文献和近期的考古发现，认为夏朝早期都城可能在新密市新砦村的附近，这里曾经发现过一些遗址，但还没有太重磅的文物出土，但有可能夏朝君主的宫殿就在附近。经过一段时间的考察，我们选择了一块几平方公里的范围，将盾构机运来，然后送到地下，让它开始寻找。这个工作比我们想得要艰难，我们换了好几个具体的探测地点，但整整三个月都一无所获。当然，也不是什么都没有，我们看到一些可疑的图式在屏幕上闪过。但我们没有冒进，一旦误判，也许只是挖掘出商周时代的文物或者新石器时代的原始器皿，那就差得太远了。

终于，电脑匹配成功了一个比之前一切波形都更符合预测的图式，盾构机选择了这个图式，让这条时间线与我们的世界对接成功。我们进行了初步发掘后上报国家并联系了媒体。很快，一座气势宏伟的上古宫殿遗址被挖了出来，里面不仅有大量珍贵的玉器、青铜器、贝币、象牙等，还找到了大约公元前1900年的玉器铭文，上面的文字比甲骨文更为古老原始，但依稀可以辨认出"天邑夏""后启"等字，显然就是夏朝和开国君主启的名号，夏朝的存在因此获得了完全的证实！

这个发现轰动中外，我也一举成名。我们当然对时间线定制机的基本原理保密，对外界只说丁一发明的是一种新的地下遗址探测设备，但不提供任何技术细节。此后两年，我们又"发现"了涿鹿古战场，以及失传的《永乐大典》等，既证明了中国五千年文明的源远流长，也获得了数不胜数的奖励和荣誉。丁一的研究所经过国有化，成为国家历史考古研究院，也就是后来时间线研究院的前身，得到了上不封顶的资金支持。有人怀疑我们在造假，但各种文物古迹全都货真价实，最苛刻的专家也无话可说。

但正当我们摩拳擦掌，准备继续大干一番的时候，出事了。

一天，丁一的电脑被黑客入侵，资料被清洗一空，与此同时，一部正在运行的时间线定制机也遭到了严重的物理破坏，价值几十亿元的量子探测器不翼而飞。我们随即报警，调查发现是一个来路不明的人在夜晚潜入工地干的，此人身手不凡，竟能绕过严密的监控和安保系统，此后已经用假身份连夜出境到了南美，再后面就下落不明了。

我们受到了沉重的打击，好几个月都无法恢复工作。我们也不知道幕后黑手是何许人也，直到半年后，日本考古学家宣布在九州岛上发现了一座公元前七世纪的大型王陵，我们才明白对手是谁。按照日本人的发现，在那座陵墓里出土了刻有长篇铭文的青铜鼎、簋，上面有"神武王"字样的籀文，证明了墓主是一个自称"神武王"的部落联盟领袖，也就是后来日本所追尊的"神武天皇"，他在公元前660年左右建立了大和国家，这完全证明了日本古书中的神话史观！

日本的右翼分子为此欢欣鼓舞，不过他们很快就笑不出来了。我需要再次提醒诸位，所发生的一切不是伪造，而是使用者让我们的现实对接到神武天皇存在的时间线中，让它变成现实。一旦它成为现实，就必须符合逻辑法则和已知的自然与历史规律。公元前七世纪，在日本列岛上产生有一定发达水平的文明，在哪一条因果链中可能出现这样的历史？

只有一种可能，这个文明来自西面的邻居。后续的发掘证明了这一点，青铜鼎铭文的全文在保密了一段时间后，还是被媒体透露出来。这里隐藏着一段春秋秘史：公元前686—685年的齐国内乱中，齐襄公的儿子，也就是齐桓公的侄儿姜武，在夺位失败后带着几百个追随者逃到东海，又漂流到了九州岛，把来自中原的先进农耕文明带到了那里。他模仿"天子"的称号，自称"天孙"，和当地土著的信仰结合起来，就成为"天孙降临"的日本神话。

"神国"的理想破灭了，右翼人士愤恨不已，历史学家则十分振奋，认为找到了日本文明真正的起源。但其实，这只不过是人类时间线真正大混战的序幕！

时间线定制机的基本原理无法再完全保密了，韩国人很快也加入了历史竞争行列。一年后，他们宣布在首尔附近发现了远古的祭坛，规模宏大，还发掘出土了许多精美考究的石器和玉器！碳–14定年法测定结果为公元前2300年左右，如你们所能想到的，这正是传说中檀君朝鲜的时代。

然而，现实世界的规律仍然在起作用。当历史选择了檀君朝鲜存在的时间线后,也必然选择可能让这个文明合理出现的途径。檀君遗址中有大量的石器和玉器,其式样和花纹,非常接近在浙江出土的良渚古国文化。考虑到良渚古国的延续时间大约是从公元前3300年到公元前2300年,以及良渚人发达的航海能力,这条时间线上的隐藏历史就很清楚了:良渚文明衰亡后,一支良渚人远航到了朝鲜半岛,把早期文明也带到了那里。虽然没有文字,但在祭坛下挖出的一件精美玉璧上,雕刻着良渚特有的人兽面神像,堪称铁证。

就这样,在一次次重新发现的历史里,三星堆、石家河、石峁、陶寺、大汶口、台北圆山、越南红河、琉球贝丘……整个东亚历史被对接到各种匪夷所思的时间线上,编织成魔幻的时间之网。在这些重写的历史中,北京猿人的后代进化成了智人,回到非洲又回到东亚;古蜀国是丹尼索瓦人建立的国度,远古历史长达三万年之久;黄帝和炎帝用战车在涿鹿大战过手持铁兵器的蚩尤;周穆王远行到天山,和当地的吐火罗女王"西王母"会晤;日本武将源义经是成吉思汗麾下的哲别,郭靖本名郭宝玉……本来任何一个发现都可以震惊世界几十年,但现在,第二天就会被新的、更大的发现所补充和修正。

在那几年里,类似的过程也在印度、埃及以及欧美各国同步发生着。技术也在不断进步,能够越来越精确地定制所需要的时间线。所以,大西洋里真的有过亚特兰蒂斯古国(英国的巨石阵就是亚特兰蒂斯人建造的),希腊英雄们也的确远征过特洛伊人(他们甚至在地下挖出了那座巨大木马的残片);亚瑟王与圆桌骑士的传说也得到了考证,人们甚至找到了埋葬亚瑟王的阿瓦隆岛(出人意料的是,那地方竟然在冰岛)……

所有这些,听到目前为止还是在"正常"范围之内的世俗历史,无论看起来多么令人意想不到,还是在一般的历史认知框架之内。但这道门槛并不是绝对的,随着越来越离奇怪诞的时间线被并入现实历史,超现实的时间线也若隐若现,人类已经越来越接近那个让一切已知历史崩溃的临界点。

不是没有人为此感到不安。许多人开始质疑:"招来这些本不应该存在的时间线有什么意义?""历史事实应该自然地被发现,而不是去定制出来!"终于,三年前,联合国召开了紧急会议,通过决议,禁止任何国家再使用时间线定制机擅自改变历史。美国对此推动最为积极,因为再怎么发现也轮不到它。有一次,在美国西南部掘出了一座公元700年左右、规模宏大的印第安古城,反而让印第安人的民族意识日益觉醒……

决议通过后,世界太平了一小阵子,之前的历史已经过于混乱,让所有人精疲力竭,有待时间去消化。不过相关技术已经逐渐普及民间,有一些狂人在偷偷制造时间线机器,所以小的时间线变动还是屡禁不止。

联合国决议通过后不久,有一群人暗中找到我,我才知道出现了一个狂热的新兴宗教,包括东方人和西方人,他们是"龙"的崇拜者,想要找到一条时间线,其中存在真正的龙!这里说的"龙",自然不是比喻用法,而是那种身体修长、长着鳞片、犄角和尾巴的巨大生物。当然对于龙具体的外观,东方人和西方人的看法颇有差异。

要定位一条有龙这样超现实生物存在的时间线,其难度远远超过找到任何上古文明。这些现代的"叶公"希望我和丁一能帮助他们改进算法,搭建出相应的时间线模型进行匹配,让有龙存在的时间线并入现实历史。我拒绝了这样荒诞的要求,同时觉得这些狂人也不可能成功,所以没有太当回事。彼时,我们还没有意识到,只要一条时间线具备最低限度的、哪怕是超现实的可能性,它就有可能被定制出来。

一年后,世界刚刚恢复平静,就又被一则爆炸性的新闻所撼动:在南印度,出土了一些奇特的化石,它们可以拼成一个带犄角的脑袋和二十多米长的身躯。任谁看了,都认为这就是印度传说中的"那迦"——龙神。几个违规使用时间线定制机的家伙很快被逮捕,但已经来不及了——我们进入了龙族存在的时间线。继印度的大发现后,很快又在东亚和欧美各地挖出了各有特色的龙化石,有的身躯较为粗壮,有的长有羽毛,有的长着膜翼……但彼此之间又有很多共同点。它们组成了进化史上一个独特的谱系。

这些巨龙从何而来?在现实化后的时间线里,它只能是从一种本来就有的生物进化而来。最为原始的龙族化石,来自古新世时期,有明显的鳄类生物特征,但比一般鳄鱼身体长得多。专家推测,白垩纪末期的大灭绝造成了一千万年间生态位的真空。此时,古鳄中的一支走上了陆地,成为顶级狩猎者,并发生了身体拉长等变异,开始了辐射到多个生态位上的演化。一些鳄龙的肋骨延长,变成双翼,逐渐拥有了飞行能力,另一些则在山林中如虎豹般觅食,还有一些回归江海,身体变得更为巨大,吞噬鲸鲵……

到这里还不过是古生物学范畴的发现,但龙族的崇拜者还不满足。他们坚信,龙不只是一种上古爬虫,还应当具有超人的智慧。没过多久,他们在太平洋边缘的海底又定制出了一座并非属于人类的城市遗址,其中有一些奇特的龙族骨骼,看起来像是直立行走的鳄鱼,站起来有三四米高,极为恐怖,《山海经》中的"龙伯大人国"成了真实的记载。在这座城市遗址中有大量的象形文字铭文,人类从中得知了这一种族的历史:

龙族比人类更早就进化出了智慧生命——龙人。早在数十万年前,它们就创造过辉煌的古文明,在那个时代,人类只不过是龙人用生物科技改造类人猿创造出来的宠物和仆从。但因为不明的原因,龙人之间发生了战争,使用了核武器。结果龙人灭绝了,人类也被几乎消灭了个干净,这件事发生在七万年前,那时候人类的基因库进入了一个神秘的瓶颈期,原因就在这里:人类在地球上被消灭了99%。《摩诃婆罗多》中那些毁灭世界的战争的记载,就来自人类远古的回忆。

后来人类走向复兴，少部分低等龙族还和人类在一起生活了很久，直到有历史可考的时期。人类技术逐渐发达后，龙族缺乏栖身之地和繁殖的条件，也走向灭绝……

这是一个离奇的故事。当然，如果只是故事还好，但问题是，它已经成为现实，虽然是已经逝去的现实，但仍然会有后果。比如，被编织到其他的时间线里。

与龙族的发现大概同一时期，另一群基数更大、信仰更坚定的信徒正在开始一项野心和难度都更大的事业，他们想要让世界并入一条至为伟大的时间线——"上帝"现身的时间线。

宗教经典中记载的诸事物或遗迹被发现了，从巴别塔到索多玛，从所罗门的宝藏到消失的以色列支派。不过这一切还都可以用一般历史原理来解释。但最终，一群狂热的信徒将盾构机运到了埃塞俄比亚的深山中，去寻找《旧约》中最伟大的神器——约柜。根据一些记载，它很有可能在公元前500年的"巴比伦之囚"时期被偷偷藏在这里……

美国CIA、英国军情六处和以色列摩萨德一起杀到这里，但为时已晚。在教徒的环绕跪拜之中，他们看到了一个光彩夺目的合金柜子正在出土，上面立着两尊长翅膀的怪龙雕像。

约柜被发现了。但它和人们想象中的圣物完全不同。这个箱子的本体竟然是一部计算机，怪物的眼睛就是投影装置，启动后，它们就在人类面前投射出地球历史最古老、最深邃的奥秘：

在远古时代，在地球上还只有简单的单细胞生命的时候，来自宇宙深处的一个文明造物主降临地球。祂可以说是一种生命，亦可以看成一种机械，祂是阿尔法，也是欧米伽。祂改造了单细胞生物，让多细胞的生命体出现，并在数亿年中主导地球历史的历次变迁。最后，祂创造出了智慧生物。

但祂创造的第一批智慧生命并非人类，而是之前我们发现的龙人

（在宗教中称为天使）。他们在漫长的发展之后实现了技术飞跃，并拒绝再被上帝掌控。"堕落天使"与上帝之间展开了一场大战（所以传说中的天使长路西法是一条巨龙），这场大战毁灭了龙人文明，但上帝也受到了重创，蛰伏在被称为约柜的装置中，直到一个叫摩西的埃及王子发现了祂。祂告诉了摩西这段历史，而摩西也因此缔造了一个伟大的宗教传统……

然后就是众所周知的故事了。约柜被带回美国，放置在一个绝密地点。总统、议长和数十名政要慕名前往参观，但它发出了一条古希伯来语的消息后开始闪烁和变色。很快，周围所有人都被一种奇怪的力量所腐蚀，坍缩为一堆漆黑的粉尘。这些粉尘如蚂蚁般向外扩散，又侵染了周围所有的建筑、车辆、机器和人类，让它们也成为灰烬……在地球表面，一小块黑色迅速蔓延，宛如覆盖苹果的霉变。

这是一种侵蚀一切的纳米机器，但它经过严格的甄选，只会消灭人类和人造物。在海水里，它的进展比在陆地上要慢得多，所以它花了一段时间才从一个大陆跨越到另一个大陆。但无论如何，上帝的旨意十分明确，祂要再次毁灭这个世界。

一个月后的今天，剩下的人类代表聚集在这里，在马里亚纳海沟，在七万年前龙人的海底城市遗存附近，在一艘潜艇上召开这次会议。在地表，人类被黑色的尘埃围攻，只剩下五分之一的人口和地盘，人类最多还有两周时间，也许更短。

回顾了过去八年的历史后，现在我要告诉大家我们制定的方案。

这和约柜留下的信息有关。约柜最后用古希伯来文投射出一行字，古文字学家告诉我们，这句话是："除我之外，你不可有别的神。"众所周知，这是"十诫"中的第一诫，过去认为，这不过是反对偶像崇拜的宗教戒律。但上帝为什么要重申这句话，又为什么因此而要毁灭世界？

在时间线定制机问世后，这句话才显露出真意。上帝，或者说是这一来自宇宙深处的神秘智慧体，害怕其他生命通过对时间线的定制，找到另一条能够克制自己的时间线，召唤出更为强大的存在！祂把自己的分身传播到整个宇宙中，在数十亿年的时光中，在每一个星球上掌控生命和智慧的发展，本质上是出于这一目的：限制时间线定制机的发明。

七万年前，祂灭绝龙人文明，应该也是出于同样的理由。但龙人显然找到了一种方法与之同归于尽，反而给了人类以发展的机会。不过真的是同归于尽吗？既然古老的神祇仍然以某种方式存在于世界上，龙族或许也有可能在什么地方蛰伏着……至少有存在着这样的时间线的可能。

它们可能在浓雾覆盖的金星，可能在黄沙滚滚的土星，也可能在美丽壮阔的土星环里……可惜在约柜的干扰下，人类已经不可能进入广袤的太空探索，但是仍然有更加切近的时间线。

在马里亚纳海沟的最深处，在亚欧板块和太平洋板块的交界点，丁一博士已经用定制机打开了一条缝隙，能够容纳一个深潜器进入。他希望能够找到一条时间线，那条线上的龙人仍然栖息在地球深处的某些空洞里，在那里隐居生活。对地球的最新探测显示，在地壳下面，存在着十几个这样的空洞构造。它们的面积达到数百万平方公里，高度也有数千米，彼此连通，足够海量的生物在那里栖息。

可以告诉大家，一天前，丁一博士已经携带着时间线定制机，乘坐深潜器前往地球深处的空洞。我相信他必能找到一种方式，让龙族带着它们的科技力量回到地表，与上帝的力量抗衡，拯救人类。

他能够成功吗？坦白说，我也不知道。但我坚信，即便人类最终失败和灭绝，也只是不幸进入了一条失败的时间线。而在遥远的未来，新的地球生命也许会重新发现人类，重新用定制时间线的方式找到我们，找到人类仍然生存的时间线，正如我们找到龙族一样。

现在，让我们为人类祈祷。

度 假 周

【到达日】

小璇觉得，爸爸和妈妈在说谎。

他们说，是带小璇去度假。说谎。飞机飞了大半天，让小璇看了很久舷窗外蔚蓝的大海，出了机场，他们打的车又开了很长时间，经过异国风情的城市和乡村，最后在傍晚抵达了山里的一扇大门。大门上是她看不懂的文字组成的招牌，虽然看不懂，但边上有一个醒目的红色十字。小璇只有六岁，但她知道，这个地方应该是医院。之前，她已经去过好多医院了，每家医院的门口都有这个红十字。虽然这座医院看起来不太一样，但应该还是医院。

像每个孩子一样，小璇害怕医院。而现在比以前更害怕。她觉得自己的身体里面好像有一个看不见的怪物在游荡。幼儿园里的其他小朋友，他们不会无缘无故发烧、流鼻血，或者每天刷牙都会牙齿出血，他们也不会不想吃饭，身上越来越没力气。这些症状最初很轻微，但后来越来越频繁和明显。

爸爸妈妈带她去了医院，抽了血，做了很多检查。出来时，他们笑着对她说没事，只是小病而已。但小璇看到，妈妈的眼眶红肿，爸爸的神情凝重，就像前一阵外公去世的时候一样。小璇问爸爸妈妈自己是什么病，爸爸说是肠胃炎，妈妈说是感冒。

第二天，爸爸妈妈带小璇去了另一家医院，做了更多检查。几天后，他们坐火车去了第三家……一家比一家更大，更森严，更深不可测。她吃药，吃更多的药，住院，又出院，又进医院……最后，是海的另一边，这座大山里的古怪医院。

大门缓缓打开，露出一条黑沉沉的隧道。小璇更加害怕了，但车子开进去之后不久，眼前霍然出现一个阳光明媚的山谷，山间坐落着颜色鲜丽、造型卡通的建筑群，看起来像是一簇簇大蘑菇。

"好看吗？"妈妈问小璇。

小璇点点头说："可是，我们要在这里住多久呢？"她开始想念自己的几个朋友，她害怕会很久见不到他们。

爸爸摸着她的头说："度假而已，也就一个星期吧。"妈妈附和："对呀，等假期结束了，我们的小璇就要上小学了！"

小璇心里还在嘀咕，车辆已经停在一栋球形的大房子跟前，爸妈拉着小璇下车，说去办理一下登记。他们走到入口处，停留了一段时间。一束柔顺的光从天花板照下来，笼罩在小璇身上。小璇知道，这是一种扫描式的身体检查，被这种光照过一次之后，医院就很清楚对方的身体状况了。她前不久刚照过。

小璇终于抽噎起来："你们在给我办住院，要动手术了，对不对？"她仿佛已经感觉到无数针管和手术刀在划开自己的皮肤，把自己切成碎片。

"什么呀？"妈妈忙说，"想哪去了，你没病……不是，你的病都快好了，我们是来玩的呀。"但她的声音很不自然，还颤抖着，小璇的哭声更大了。

爸爸也蹲下来，拉着小璇的手，望着她的眼睛说："爸爸不骗你。绝对不是住院，不会打吊针，更不用做手术，就是以前的药坚持再吃一阵，我们在这里玩一个星期，然后一起回家。"

小璇泪眼蒙眬地看着爸爸的双眼，"你保证？"

爸爸郑重地点头，"我保证，来，我们拉钩！"

小璇和爸爸拉钩，放下心来，破涕为笑，扑入爸爸的怀抱。爸爸抱起了她，他的怀抱温暖而有力，旅行了一整天，无法抵挡的倦意袭来,她一下子就睡着了。

【第一天】

小璇睡到第二天早上才醒来,发现自己躺在一张温暖柔软的床上,身上盖着舒适的被子。妈妈躺在自己身边,一双含笑的眼睛看着自己。小璇感觉脑子木木的,慢慢才想起昨晚的事情,又开始有点好奇,这是哪里呢?

"醒了?来,看看房间怎么样?"妈妈摸了摸她的头,扶她坐了起来。

小璇看到,这是一个比家里卧室宽敞很多的房间,地上铺着木地板,床前有一块花纹鲜丽的地毯,床头柜上摆放着两盆她叫不出名字的鲜花,整个房间明亮又洁净。她左边是一扇明亮的落地窗,阳光从窗外斜斜切进来,窗外依稀可以看到一片波光粼粼的小湖,湖的对面还可以看到远处的雪山。

但比湖光山色更引起小璇注意的,是窗台上放着的一个透明笼子,上下两层都铺满了刨花木屑,下层有一架红色的小跑轮,上层摆着一个绒布做的小窝。一个白色的小脑袋似乎听到动静,从窝里微微探出来,带胡须的鼻尖一抽一抽地嗅着。

"雪球!"小璇欢叫起来。雪球是她的仓鼠,叫这个名字是因为它白得像一团雪。她生病以后,不能去幼儿园了,在家里病恹恹的,心情也不好,所以有一天,爸爸把它带回来了。那时候雪球还很小,但非常活泼好动,小璇立刻喜欢上了它,她特别喜欢看着雪球在跑轮上精神十足地跑步,这能给她安慰。这次出来,小璇还很想念雪球,想不到爸妈居然把它也带来了!

"雪球怎么来了?"小璇欣喜地问。

爸爸从外面走进来,正好听到,说:"当然是开着鼠鼠飞机来的喽。"

"就知道瞎逗孩子。"妈妈也笑着起身,"是托运来的,手续麻烦得要死。不过爸爸说,要给你一个惊喜。"

"太好了!"小璇说,"雪球能和我们一起度假了,耶!"

但在她心底,一个小小的疑问冒出头来,度假为什么要带雪球?前一阵他们去外地求医,就没带上雪球,只是在笼中给它放了很多食物和清水,回来时雪球也挺好的。

但这个疑惑很快又在喜悦中消散了。因为爸爸妈妈也舍不得雪球呗,她想。

"我们穿上衣服,"爸爸温柔地摸了摸她的头,"出去转转吧!"

小璇跟着爸妈,首先参观了一家人临时住的度假套房。它有好几个房间,除去两间卧室、客厅、饭厅、厨房、卫生间等,还有一个放满了各种玩具的游戏房和一个钢琴房,比自己家还要大几分。

出去后,她发现外面是一个很大的山谷,在翠绿森林的环抱中,有潺潺的溪流和镜子般的小湖,湖边是各种花卉点缀的草坪,湖的对面还可以看到雪山,皑皑雪顶在流动的云雾中半隐半现。爸妈盛赞这里的景色清幽,是人间仙境。小璇对风景还没有太多感觉,但她承认,这里的空气比自己住的城市要清新很多,呼吸起来很舒服。在这里的人不多,基本都是金发碧眼或者黑皮肤的老外,说着小璇完全听不懂的话。

他们往左边走了一阵,妈妈说:"那边还有一个游乐场,要不要去玩一下?"

小璇眼睛一亮,"游乐场?太好了!"

游乐场在一片树林的中间,地方不大但是设施不少,有些小璇都没有见过。像是会自己升降的滑梯,自动变形的充气城堡,形体仿真的动物摇摆车,等等。虽然没有过山车、海盗船等刺激项目,但小璇还是玩得非常开心,只是这里只有她一个孩子。开始小璇觉得一切仿佛都属于自己,很是兴奋,但后面又渐渐感到有些寂寞。她想,在幼儿园和别的小朋友抢玩具其实也挺开心的。

　　他们玩了一上午，中午回到房间，没过多久，饭厅已经送来了丰盛的午餐。小璇吃完之后睡了一觉，醒来后吃下几块松饼，看了一会儿动画片。下午小璇还想出去玩，但渐渐浑身无力，还有些发冷，凭她已经变得丰富的经验，肯定是又发烧了。

　　爸妈自然也发现了小璇的异常，爸爸摸了摸她的额头，说："不要紧的。"给她吃了点药。不过他们也没让小璇再出门，只允许她在房子里玩机器娃娃。爸妈不停地跟她说话，讲家里以前的趣事，讲各种小璇都觉得幼稚的故事，话比往常还要多。小璇感觉他们似乎有些异常，但又说不出来是哪里不对。他们好像在等待着什么事情的发生，但那是什么？

　　到了晚上八点左右，外面有人按铃，小璇又紧张起来，不会是医院的人来接她的吧？她听到有人用外语和爸爸说了几句话，随后，爸爸便拎着一个大盒子进来了！虽然上面是外国文字，但这盒子的形状和图案，小璇一看就知道是什么。

　　"蛋糕！"小璇忘了自己还在发烧，欢呼着冲向盒子。爸爸为她打开盒子，她看到那是一个不大但很精致的芝士蛋糕，上面有宫殿、白雪公主和七个小矮人的精致造型。"是谁的生日啊？"小璇问。她能够背出自己的生日，但那还在半年之后呢。她也知道妈妈的生日，上个月已经过完了。但她不记得爸爸的生日是哪天，难道就是今天？

　　爸爸妈妈相互对视一眼。爸爸挤出一个笑容，"不是谁的生日，但……正好出来玩嘛，就顺便给你提早过生日了！"妈妈忽然背过身去，捂着脸，发出轻微的抽气和鼻音，随即匆匆离开了房间。

　　小璇怀疑了几秒钟这个理由，但蛋糕的诱惑让她更多琢磨起自己该先吃白雪公主还是小矮人好。妈妈过了一会儿回来，平静如常，陪她一起分了蛋糕吃，又看了会儿电视。九点半，小璇喝了杯牛奶，又困倦起来。

"妈妈,我要跟你睡!"小璇咕哝说,甜腻地依偎在妈妈的怀里。她本来已经开始一个人睡了,但生病之后,又重新和妈妈每天睡在一起,爸爸则去另一个房间睡觉。

"当然啦,妈妈给你讲个故事……"妈妈亲了亲她,小璇觉得妈妈脸上又有点湿漉漉的,那是眼泪吗?小璇没有多想,她听着那个童话故事,还没听到王子出场,就睡着了。

【第二天】

"小璇?小璇?"半睡半醒间,小璇听到妈妈在呼唤她,声音似乎是从很远的地方传来的。小璇哼哼了两声,不想回答,只想再睡上几个小时。

"小璇,你怎么了?"妈妈问,声音都有些颤抖,"你醒了吗?怎么睁不开眼睛呢?老丁,要不要叫医生来看看?"

这话让小璇清醒了一点点,"妈妈……我没事……就是还想睡一会儿……"小璇口齿不清地说,但这也正常,自从她得了病以后,一直容易陷入疲劳和嗜睡。

妈妈似乎放下心来,"差不多了,你已经睡了很长时间,赶紧起来吧,今天……今天我们还要出去玩呢。"

小璇睁开眼睛,看到妈妈正盯着自己。她也看着妈妈,不知怎么,今天的妈妈看起来有点不一样,脸色又憔悴了几分,眼睛红红地端详着她,嘴角微微抽动。小璇想,也许又是和自己的病有关的什么事让她难过了。

"妈妈,你怎么有点……怪怪的啊?"

"我……我不是和以前一样吗,是你还没睡醒吧?"妈妈擦了擦眼睛说。

"起来吃苹果派喽!"爸爸走了进来,"我刚刚做好,你们闻到香味没有?"爸爸看起来倒还和昨晚差不多。

这话让小璇来了精神,她坐了起来,听到旁边有些声响,往边上一看,小雪球正开开心心地蹬着跑轮呢。

十点钟左右,他们又出去玩了一阵。小璇渐渐发现,外面的山谷虽然看起来很大,但真正能走的其实只有湖边的几片地方,也就几百米,稍微远一点就有铁栅栏挡路,虽然边上有一些门,但爸妈似乎也不想带她出去。至于湖对面,就更没法过去了。不过小璇也不太在意,她最想去的还是游乐场。

靠近游乐场时,小璇听到一阵人声。今天的游乐场和昨天不同,多了一个小男孩。他脑门出奇的大,但个子矮,看起来比小璇还要小一点,正在那里不亦乐乎地玩升降滑梯,每次都操纵滑梯升到最高的地方,再欢呼着冲下来。旁边有一位头发半白的女性,不知是他的妈妈还是奶奶,在叫他小心点。他们讲的都是小璇能听懂的话,显然是小璇的同胞。

小璇最初没有和那个大脑袋男孩交谈,自己去骑熊猫摇摆车玩。不过男孩很快凑过来,很感兴趣地看着她。

"你拧一下熊猫的左耳朵,它会对你唱歌!"男孩告诉她。

小璇一试,果然熊猫唱起歌来,嘴巴还一张一合的。"哇,真的!太好玩了!"

"我跟你说,你拧一下它的右耳朵,它还会给你讲故事……"

两个孩子这么认识了,不一会儿就坐在同一个摇摆车上聊天。

"我叫陆思文,小名文文,"男孩说,"我六岁了,你呢?"

"我叫丁小璇,我快七岁了。"

"那你上学了吗?"

"我下学期就上小学啦,你呢?"

男孩摇头,声音低沉下来:"我应该不会去上学了。"

小璇有点奇怪,难道不是每个小朋友都要上学吗?"为什么啊?"

"妈妈说,我不用去上学了。"

"那个人是你妈妈?"小璇指了一下不远处那个面色苍老的女人,她正在和小璇的父母说话。

"是啊……"

小璇看到文文的妈妈正在激动地说着什么,一边说,一边还用手绢擦眼睛。妈妈揽着她的肩膀,像是在安慰她。

"你妈妈怎么哭了?"小璇问文文。

"她最近老这样,"文文说,脸上露出了一丝迷茫,"大概是因为我要死了吧。"

"什么?"小璇心跳快了一拍。

"我脑袋里有一个瘤子,"文文郑重地说,指了指自己出奇大的额头,"平常也没感觉,就是有时候头晕,想吐。但这个瘤子一直长一直长,停不下来,把我脑袋都撑大了。前一阵做了什么放疗,也没什么用,反而搞得比以前还要头疼。后来我妈也不带我去医院了,就来这里玩。可能你也要死了,所以他们才带你来度假。"

小璇感到一阵恐慌,"可是我妈妈说,我得的是小病,过几天就好了。"

"跟我也这么说。"文文说,"大人都这样,但我知道他们在说谎,我就是知道。"

小璇不由得点头,"嗯,我也觉得是的。"

"对吧?我们一起死也挺好的,路上可以结个伴。"

"什么路上啊?"小璇听不懂。

文文望着天边的雪山说:"就是那条上天的路嘛,我们的灵魂要去一个很远的地方,不会再回来了……"

"文文!"他妈妈走过来,好像听到了一点,脸上带着怒意,"别跟姐姐胡说八道!我们要回去了!"

文文背着他妈妈做了个鬼脸,对小璇说:"明天我们再来玩,不见不散啊!"

小璇不由自主地点了点头。

小璇吃了午饭，睡了一个午觉，下午又在游戏室玩了一会儿积木，看了两集动画片，傍晚爸爸妈妈带她去山谷的另一头散步，景色很美，可以看到一座白围巾般的瀑布从郁郁葱葱的山头落下来，垂到下面一个碧绿的水潭里。

晚上临睡时，小璇才把自己心底的疑问告诉妈妈："妈妈，我是不是要死了？"

妈妈立刻变了脸色，"你胡说什么！"

"文文跟我说的，他说我们的病都治不好了，所以才来度假……"小璇看到妈妈的脸色，没敢再说下去。

妈妈的脸色苍白，"别信他的，别信……这孩子什么都不知道……你们谁都不会死，我保证……"但两行眼泪已经从眼角流下脸颊。她忍不住揽过小璇，发出一声呜咽，然后号啕大哭起来。

爸爸听到声音赶来，问了两句，也红了眼眶，和她们抱在了一起。

看来我真的要死了，小璇想，我会去一个遥远的地方，再也不会回来，那会是什么感觉呢？

【第三天和第四天】

这天上午，小璇在游乐场又见到了文文。两个孩子又一起玩滑梯、充气城堡和动物摇摆车，大人们在一旁继续他们沉闷的聊天。

玩了一会儿，小璇和文文都累了，靠在充气城堡深处休息。小璇想到一个一直好奇的问题，问文文："你知道这里是什么地方吗？"

"我也说不上来，"文文挠头说，"我想应该是一个疗养院吧。"

"疗养院是什么？"小璇问，虽然文文还比她小一点，但好像知道的比她要多很多。

"就是身体不好的人住的地方。不过不是医院，是一个……空气很好，风景很好，有人照顾你，每天不用上班，可以睡上一整天的地方。"

"那我们真的会死吗？"

"这个，我也是瞎猜的……妈妈让我不要胡思乱想。"显然，文文已经被他妈妈教育过了。

"如果我死了，爸爸妈妈一定会很伤心的。"小璇说。

"我妈妈也会很难过的。"

"那你爸爸在哪里啊？"

"妈妈说他很忙，这次来不了。不来就不来，反正他平常也一早出门，半夜才回来，我都见不到他……不过我有可可，他和我可亲了，可惜他也不能来。"

"可可是你弟弟？"

"是我养的狗，拉布拉多。"文文比画了一下，"它很聪明的，可以和我一起玩，比如说吧，我假装打它一枪，它就会倒在地上装死，特别逗。"

"我也有雪球，"小璇说，"它虽然没有那么聪明，但我一叫它，它也会出来迎接我，还可以在我手上吃东西。"

"雪球是什么呀，猫？"文文问。

"不是，我的小仓鼠。"小璇说，"它本来有个大房子住，但搬来以后只有一个小笼子了。"

"你是说，你把仓鼠也带到这里来了吗？"文文很惊奇。

小璇点点头。文文眼睛放光，"我可喜欢仓鼠啦，但家里有狗不好养，我能看看你的仓鼠吗？"

"当然可以，明天我把它带来给你看！"小璇说。

过了一天，小璇提着雪球住的笼子去游乐场找文文。但不知道为什么，文文没有来。小璇问爸爸妈妈，妈妈给文文的妈妈打了一个电话，然后抱歉地对她说："今天，文文有点不舒服，来不了了。"

小璇的心中掠过一些可怕的念头：文文是病了吗？还是住院了？还是……但她没敢问，她已经感到，这是大人绝不希望她问、也不会真正回答的问题。

小璇只好自己跟雪球玩，她把仓鼠笼放在一个比较高的台子上，打开笼门，让雪球出来透口气。谁料雪球只是踱了几步，在笼子门口嗅了嗅，又钻回窝里睡觉，根本就不想出来，一点也不好玩。

"爸爸，雪球怎么这么懒啊？"小璇问，"它昨天不还到处跑吗？"

"昨天是因为你拿饼干引诱它呀，"爸爸说，"你拿点好吃的给它，它马上就出来了。你看！"

爸爸在笼子外面放了一颗蓝莓，雪球闻了闻，果然慢慢地走了出来。但它一口叼走了蓝莓，又快步蹿了回去，躲到木屑底下享受起这顿美餐来，再不露头。小璇有点生气，连雪球都和她不亲了。

【第五天】

小璇梦见了过去，那一次，外公和外婆来家里过年，给她带来了一个漂亮的娃娃和很好吃的糕点。她开心地围着他们唱呀跳呀，各种耍宝，逗得他们哈哈大笑……搞不清是一年前还是两年前了，小璇脑海中的时间意识是模糊的，但她也模糊地感觉到，这是永远无法回去的往昔。想到这一点，小璇惆怅地醒来了。

醒来的时候，她依然躺在妈妈怀里，妈妈温柔地望着自己。但妈妈看上去和昨天又有些不一样，她好像变得美丽了几分，应该是化了妆，化得还挺漂亮的。但仔细看，眼角还是生出了一些皱纹，头上也有了好几根被染过的白发。小璇想，妈妈一定是太为自己的病操心了。

小璇有些难过地对妈妈说："妈妈，我想回家。"

"会回家的，"妈妈说，帮她坐起来，"总有一天，会回家的。"

"什么时候啊？"

"怎么也得等度假完了才能回去嘛。"

"我想外婆了,"小璇说,"我们什么时候回老家去看外婆呀?"

妈妈很久没有答话,似乎从喉咙里发出一些含糊的声音,小璇回头,看到她正捂着脸,肩膀抖动着。她问:"妈妈,你怎么了啊?"

"没事……"妈妈说,"外婆和外公……他们一直在看着你,在保佑你……"

小璇还是不明白,但这时候爸爸又在卧室门口露出头,叫她:"快起床呀,今天的早饭可好吃了!有你最喜欢吃的巧克力鲜奶泡芙!"

小璇吃完饭,又在爸妈的陪伴下,带着雪球去湖边散步。没走几步,就看到文文朝他们跑过来,"小璇,你真的把仓鼠带来了!让我好好看看!哇,它真好看!"

小璇一下子变得开心起来,文文没事,她是瞎担心。她问:"文文,你昨天怎么没来呀?"

"昨天?昨天我们不是在一起玩吗?你还说要带仓鼠来,这不就带来了吗?"

"你说什么啊,那是前天呀?"

"前……什么呀,就是昨天的事!你是不是把做梦当成真的了?"文文说。

小璇忽然感到一阵恍惚,难道"昨天"只是她在夜里做的另外一个梦?难道她分不清楚梦里的事和真实发生的事吗?小璇不敢相信,去问边上的妈妈:"妈妈,昨天文文是不是没有来啊?"

文文也问他的妈妈:"妈妈,昨天我们不是在这里和小璇家一起玩吗?"

"啊……哦……"

三个大人交换了一下目光,小璇妈妈说:"那个……你们小朋友一会儿在一起玩,一会儿又分开的,我们哪记得清楚!"

"可是——"小璇不信昨天的事妈妈都能忘记。

"好了好了,"爸爸说,"我们大人有重要的事要说,你们自己到一边去玩,好不好?"

文文做了个鬼脸,"我就说你记错了嘛!你爸妈都不相信你。"

"我才不会记错!"小璇生起气来,"走开,不理你们了!"

她自己走到一边去,随手把仓鼠笼放在地下,打开笼门,"雪球,我们俩自己玩!"

雪球试探地走出笼子,好奇地嗅了几下,似乎闻到了外面什么诱惑的气息,忽然一下子窜出去好几米远。

"哎呀!"小璇赶忙追它。但雪球这回来了劲,来回乱窜,她根本碰不到它的一根毛。

"爸爸,快帮我抓雪球呀!"小璇着急地喊爸爸帮忙,但当爸爸跑过来的时候,雪球已经从栅栏的缝隙里钻出去了。在十来米外有一片树林,如果雪球钻进去,再要找到就难了。

爸爸眼看也越不过两米高的栅栏,他有点犯难。此时文文却说:"看我的吧!"转眼间跟一只小猴子一样,蹿到了栅栏上。

"文文你当心,快下来!"文文的妈妈也赶来了,见状去拉他的裤腿。她不拉还好,这一拽文文失去重心,几乎要掉下来,伸手乱抓之际,更是惨叫起来,原来他握住了栏杆顶上的铁尖刺,弄得满手是血,顿时跌落下来,还好小璇的爸爸抱住了他。

这一下乱作一团,没人关心仓鼠了,大家都围着号啕大哭的文文,关心他手上的伤口。但小璇百忙之中还看了一眼雪球,发现它并没有逃到让人看不到的地方,而是在栅栏外三米左右的位置上直起身体,在空中抓挠着什么,就好像在那里有一堵看不见的墙一样。

不过,小璇还没看清楚,就开过来一台形状古怪的车,或者不如说是一个用轮子移动的机器人,它有一个不断转动的闪着红光的脑袋,离得很远就以闪电般的速度伸出一只机械臂,一下子抓住了还在那里扑腾的雪球,把它扔进后面的一个袋子里,然后开走了。

文文很快被他妈妈带去了医务室，但爸爸对小璇说应该没什么事；而一整天，雪球都没回来。小璇有点担心，求爸爸去找，爸爸打了几个电话，说应该是被放在这个度假区的什么办公室，但办手续需要点时间，也许得明天了。

【第六天上午】

小璇担心了一夜，但一早醒来，雪球还是出现在了笼子里。爸爸说，那是人家早上六点送回来的。

"我懂了，这一定是风景墙。"文文说。

那天上午，他和小璇又见面了。他手上敷了药，据说能刺激细胞生长、伤口愈合，一夜之间就好得差不多了，但还包着几层纱布。文文告诉了她自己的新发现。

"什么叫风景墙？"小璇不懂。

"就是一个巨大的屏幕，"文文比画着说，"我们看到的一切，远处的树林啊，雪山啊，都是它放映出来的，像是一个VR游戏……什么，你没玩过吗？可好玩啦。这么跟你说，我们的四面，也许包括头顶的天空，都是在放电影。你看，我们真正能去的地方也就是房子和湖周围的几百米而已。他们怕我们看穿，所以用铁栏杆挡住路，不让我们碰到风景墙。"

小璇好不容易才稍微理解了一点他的意思，"你难道是说，我们看到的风景都是假的？那么风景墙外面是什么地方？"

"不知道。可能我们压根就在一个山洞里，又或许在地下。"文文神秘兮兮地说。

小璇看着周围，怎么都不敢相信这一切都是屏幕上的电影。"我要去问爸爸妈妈。"她站起身来，想朝不远处的爸妈走去。

"别傻了，他们不会告诉你的。"文文拉住她，小声说，"你没发现，自从我们来到这里，总有什么地方不对劲吗？我昨天问我妈妈，为什么你说前天没看到我,但我明明记得我们那天见面了,她也说不清楚,而且我多问几句就发火。"

"嗯,我爸妈也是……"小璇也回想着,"每一天,他们都好像变得有点不一样,我说不清哪里不一样,但就是不一样……雪球也是,前天还又懒又胆小,昨天忽然就跟抽风似的乱跑,好不容易才抓回来。"

"这背后一定有一个非常重要的秘密,而且这事和我们有关,但大人绝对不想让我们知道。"文文老成地分析说,"就像格林童话里的那个'蓝胡子',他的城堡又大又漂亮,好吃的好玩的什么都有,但里面有一个绝对不能打开的秘密房间,房间里都是他杀死的女孩子……"

小璇没有听过蓝胡子的故事,但还是吓得打了个哆嗦,"你别说了!我不要听了!"

"不说就不说吧,不过,也许有个办法能搞清楚真相。"文文忽然说。

"是什么啊?"小璇又好奇起来。

"我妈妈每天晚上九点半就要我上床睡觉,还要我吃一片药,吃完就睡着了。"文文说,"有时候特别奇怪,我明明一点都不困,甚至很想玩,但吃完后马上就睡着了。我觉得,那个是安眠药。他们一定是在夜里对我们做了些什么。你爸妈也让你吃药吗?"

小璇说:"没有,但我每天也差不多就是九点半上床睡着的,这也没什么呀。对了,睡觉前我会喝一杯牛奶,妈妈说喝牛奶对睡眠好……"

"看来也差不多,"文文说,"你也服安眠药了,也许在夜里,他们会悄悄给我们打针,或者做手术什么的。"

小璇瞠目结舌,她从来没想到这种可能性,但想来好像也不是不可能。归根结底,他们到这个奇怪的"疗养院"里,到底是为了什么呢?"

文文说:"我有个好主意,今天晚上你假装喝牛奶,其实悄悄倒掉,然后看看会怎么样?"

小璇犹疑地说:"可是,爸爸妈妈要是发现会生气的。"

"试试看嘛,"文文像魔鬼一样诱惑着她,"你倒在厕所里,他们怎么发现?少喝一杯牛奶又没关系,对吧?我们都不要睡着,明天见面的时候,也许就知道发生什么了。"

小璇鬼使神差地点了点头。

"那说好了,拉钩!谁反悔谁是小狗,不,小仓鼠!"文文说。

小璇和他拉钩,"要我说,谁反悔谁是小蚂蚁!"不过,她忽然想到,似乎这里的草地上还没有见到任何蚂蚁。那么,这是真的草地吗?小璇仔细看了一眼脚下,但看不出什么问题。

"小璇,文文,我们要回去了!"爸爸妈妈们冲他们喊道。

"马上来!"文文说,又对小璇嘱咐说,"要是真看到什么可怕的东西,你就装睡,就跟平常睡觉一样。你会吗?"

小璇有些生气,"谁不会呀,你看,呼呼呼,我睡着了!"她歪着头,闭上眼睛。

文文笑了起来,"好呀,那我们明天见!"

"好呀,明天见!"

小璇不知道,这是她最后一次见到这个和她同龄的小伙伴。

尽管,他们还会再见面。

【第六天夜里】

爸爸妈妈带小璇去餐厅吃了一顿大餐,晚上又和她玩了很久。小璇几乎忘记了和文文的约定,但当爸爸把牛奶端进房间的时候,小璇又想起来这件事,心跳一下子加速了。她犹豫了几秒,但还是决定履行对文文的承诺。

小璇说:"我去尿尿!待会儿再喝。"说着就拿起杯子往厕所里面走。

爸爸说:"喂喂,你尿尿拿着牛奶干吗?"小璇只好把杯子放在床头。她在厕所里磨蹭了半天,希望爸爸先离开,但出来的时候,爸爸还坐在她的床边,见她出来就说:"洗手了吗?快把牛奶喝了。"

"好……"小璇拖长了声音说,装作在喝的样子抿了一点点牛奶,然后转过身去,走到仓鼠笼边上,自言自语:"雪球在干什么?它睡觉了吗?"

"晚上当然要睡觉了,你也快睡吧。"爸爸随口说,没有太在意。

小璇灵机一动,"不行,我要它起来陪我玩!小雪球,快起床,哇里哇啦邦邦邦……"一边大声嚷嚷,一边借着声音的掩护,把一整杯牛奶倒进了仓鼠笼里。笼子里厚厚的垫料把大部分牛奶都吸了进去,雪球闻到味道,出来津津有味地舔起了表面的牛奶。

"你干什么!"爸爸好像看到了她的动作,"你干吗把牛奶倒给它喝?"

小璇急中生智,"我已经喝完了嘛,就剩下几滴分给雪球。"

她拿着杯子转过身,心还在扑通扑通地乱跳,生怕爸爸看破她这个小小的把戏。但爸爸居然相信了,说:"喝完了?那上床睡觉吧!我让妈妈来陪你。"

妈妈进来了,温柔地抱着她,为她讲"睡美人"的童话故事:从前,在邪恶女巫的诅咒下,一个王国陷入了昏睡,国王、王后、骑士、士兵、仆人,包括猫和鸟儿,都睡着了……小璇本来还有点紧张,但沉浸在了故事里,听着听着,开始觉得眼皮打架,她忘了牛奶不牛奶的事,真的和故事里的人一样,睡着了……

不知过了多久,小璇在一种奇怪的轻微晃动中醒来,有点像是在汽车上,但又不是,眼前柔和的光影变幻不定,身下的床发出咯吱咯吱的声音。小璇一时记不起自己身在哪里,她习惯地转向左边,

"妈妈……"

但妈妈不在那里,取而代之的是一个怪物。一个闪着绿光,不停转动的铁皮脑袋,圆筒形的身体上有很多按钮。几米外是墙壁,一扇扇有些古怪的窗口不住地往后退去。

小璇还没有完全清醒,迷惑地转过头,望向另一边,看到了另一个大同小异的机器怪物,脑袋同样在转动着。它们好像正在拉着床往前走,下面的轮子发出轻微的咯吱声。小璇发现,自己躺的也并不是入睡时的双人床,而是医院里那种可移动的病床。灯光昏暗,她在一条漫长的甬道里,被两个怪物带走……

忽然间,怪物好像看到了她,绿光变成了红光,同时发出嘟嘟的警报声和一串小璇听不懂的音节。

"啊——"

小璇汗毛直竖,发出一声几乎可以刺穿天花板的尖叫,前所未有的恐惧攫住了她,让她的心脏狂跳起来。她不知从哪里来了一股力气,从床上跳下来,顿时摔倒在地。小璇几乎没有感到疼痛,立刻爬起来,跌跌撞撞地往前跑。她看到,这是一条诡异的长廊。两旁隔几米就有一扇金属门,门的上半部分是玻璃窗,每扇玻璃窗里都可以影影绰绰地看到一些一动不动的人影。他们好像就站在门边上,或者悬挂在那里,紧闭着眼睛,毫无生命……就像童话里蓝胡子的密室一样!

"蓝胡子!"小璇带着哭腔叫了起来,"蓝胡子来了!妈妈!爸爸!"她也不知道自己在叫什么。

忽然身上一紧,她的身体被提了起来。一个机器怪物用章鱼般长长的机械臂从后面抓住了她,小璇挣扎了几下,大哭了起来。一个人影出现在她面前,真正的活人。但那是一个高鼻深目大胡子外国男人,看起来十分凶恶,说着小璇根本听不懂的语言,小璇哭得更厉害了。

男人不住地跟她说话，狰狞的面孔占据了她的整个视野，丑怪的鹰钩鼻向她逼近，再逼近……

这是小璇在失去意识之前看到的最后景象。

【第七天】

接下来是一段难以描述的噩梦，小璇仿佛在一个黑暗的地方躲藏着，又仿佛在黑夜的荒原上奔跑，二者实际上也没有多大的区别。许许多多的妖魔鬼怪想要抓住她，而无论她躲得多久，或者跑得多远，最后还是会被那个机器怪物抓住，然后她只能逃到另一个梦里……

在机器怪物不知道第几次抓住她的时候，小璇哭着醒来，却感到了一股亲切的温暖——她仍然在妈妈的怀抱里。

"怎么了？"她听到妈妈说，"小璇又做噩梦了，是不是？"

"妈妈……有妖怪在追我……"小璇睁开眼睛，梦呓般地说。也许正是拂晓，房间光线朦胧，妈妈的面庞也模模糊糊，只能看到一个轮廓，但应该是妈妈……吧？

"傻孩子，哪有什么妖怪，妈妈不是在这里吗？难道妈妈是妖怪呀？"

确实是妈妈的声音，小璇安心了下来，但随即又感到身上一阵阵寒冷和疼痛，头昏昏沉沉的，想坐起来都困难。

"妈妈……我怎么了……"

"你做了一个噩梦而已，你一发烧就容易做噩梦，现在没事了。"

但小璇渐渐想起了当时的一些细节，可能后面一段的确是做梦，但在那走廊里的遭遇……感觉太真实了，现在她闭上眼睛，都好像能看到那个陌生的外国大胡子，这一点也不像是梦境。

但她也开始怀疑自己，怎么可能有这样的事情？她不是在妈妈的怀抱中睡去，又在妈妈身边醒来吗？也许那是一个感觉很真实的梦，只是个梦……

而且小璇现在也没力气胡思乱想了，病痛这真正的恶魔又回来了，侵袭着她，消耗着她，让她仿佛变回一个婴儿，依偎在妈妈身边哼哼唧唧。生病是难受的，却又是幸福的，爸爸和妈妈无微不至地照顾着她，满足她的各种要求。

小璇的烧时高时低，但过了大半天还没有退，自然也没有办法出门。房间里很少亮起灯或拉开窗帘，她好像一大半时间都在睡觉。清醒一点的时候，她开始想念文文，他怎么样了？一整天看不到自己会不会很着急？他那天晚上是不是也看到了些什么呢？也许他也急着想要告诉自己一些事情。想到这里，她问："妈妈，你给文文的妈妈打个电话好不好？"

妈妈正在给她剥橘子的手停下来了，"你想找文文玩吗？"

"对呀，我们约好每天都要去游乐场那边玩的，可是我今天去不了了。"

"可你现在不是生着病吗？等病好了再说吧。"

"你能让他妈妈带他来看我吗？"

"你生着病怎么叫人来呀，文文身体也不好，传染给人家怎么办？"妈妈耐心地劝她，"等病好了啊，乖。"

"可我的病到底什么时候才能好啊？"小璇沮丧地问，"妈妈，我是不是永远也好不了了？"

"别胡说！"妈妈低声呵斥，声音却又在颤抖，"将来……总有一天，一定会好起来的，将来。"

小璇觉得她的话很怪，却说不出怪在哪里。

当天下午，或者傍晚，小璇拿不准时间，她从漫长的午睡中蒙眬醒来，听到爸爸和妈妈在门外说话，声音不大，但她能听到一些字句。

爸爸说："必须赶紧了……要不然身体条件没法……"

"所以，以后就不能再醒了吗……"

"她的身体已经很虚弱了，再这样真的不行了……"

"可我舍不得她呀，我舍不得……呜呜……"妈妈哭了。

"这些日子还能见面……已经很不容易了，我们要知足……"爸爸也哽咽了。

"还好有那两个，要不然我真的熬不过来……"

"唉，以后让那两个多陪陪你，我们也要好好照顾他们……"

小璇不知道"那两个"是什么意思，是外婆和姨婆吗？但她基本听懂了父母的对话。文文说的是对的，她要死了，这个奇怪的度假周，就是为这件事准备的。文文呢？也许他已经死了，不会再来找她。那条永远不会回来的路，我们还能一起走吗？

小璇想不出来死是什么感觉。她模糊地知道，那就是睡过去了，永远不会再醒来。但那又意味着什么呢？也许意味着她再也见不到爸爸妈妈了，但她总觉得这是无法想象的事。从出生到现在，她几乎每天都和他们在一起。他们就像天空和大地，就像空气和白开水，怎么会不见呢？再说，死真的是永别吗？奶奶去世的时候，爸爸不是说，她去天上见爷爷了吗？

爸爸妈妈进来的时候，小璇还在想这些注定想不清楚的问题，但她已经学会了不再发问。每次问的时候，爸妈不是拿虚话敷衍她，就是流泪吼叫，小璇已经学会了装成开心的样子，让爸妈也开心一点。

妈妈扶她坐起来，喂她吃了两块可口的小蛋糕。小璇发现雪球不在这里，于是向爸爸说："爸爸，把雪球拿过来好不好？我想跟它玩一会儿。"

"你身子虚弱，就看看啊，不要摸它。"

爸爸把笼子拿进房间，放在她的床边，雪球又探头探脑地爬出来。小璇想起来，爸爸曾无意中告诉她，仓鼠只能活两年。她还想过，等自己上小学了，也许就看不到雪球了。但想不到，她会比雪球更早地离开这个世界。

小璇凑近笼子，似乎看到雪球有点不一样。

"爸爸,开下大灯,我想看看雪球。"小璇说。

"开灯对你眼睛不好。"爸爸说。

"哎呀,我就看一下雪球嘛。"

灯开了,亮度不算太高,但总也亮堂多了。雪球抬起前腿,支起小小的身体和她对视,乌黑晶亮的眼睛中充满了对世界的好奇。

但它的肚皮上有一小块黑色的毛,小璇记得,它明明是一只雪白的仓鼠,是什么时候长出黑毛来的呢?

难道它……

"爸爸——"小璇想跟爸爸妈妈报告她的这一发现。但抬起头,忽然发现,爸爸也变得和以前不一样了。

不知什么时候,爸爸的头发掉了一大半,脸上长出了许多皱纹,最可怕的是,他的左手尽管大部分笼在袖子里,露出的指头却闪着金属的光泽,那竟然是一只机械手臂!

这真的是爸爸吗?还是某个机器怪物?她是不是还没有醒来,又或者还在那个怪异的甬道里?

她求救般地转向妈妈,却发现妈妈也变成了怪物,她脸上涂着厚厚的粉,但已经掩盖不住下面女巫般遍布褶皱的脸;她看起来是一头黑发,但发根处都是白色的了;她曾经丰满的胸脯也变得有些干瘪;她身上有小璇熟悉的气息,但又有一种怪异的陌生感……

爸爸不是爸爸,妈妈也不是妈妈!

两个怪物朝她走近,"小璇,你怎么了?你要说什么啊?小璇?"

小璇想说什么,但说不出来,想躲开,又没有力气,她指着妈妈,喉头咯咯作响,然后翻了一下白眼,晕了过去。

【返程日清晨】

"小璇?小璇?"

小璇睁开眼睛,看到妈妈已经起床了,打扮停当,微笑看着自己。她叫了声"妈妈",脑袋还木木的,一时想不起来自己在哪里,睡觉前又发生了什么事情。

"你总算醒了,"妈妈说,"快起床,我们走吧,嗯?"

"我们去哪里呀?"小璇问。

"当然是回家,我们要回家了。"妈妈亲切地说。

"啊?!"

小璇一个激灵,坐起身来,她马上发现了一些奇怪的地方。第一,她的感觉和入睡前完全不同,那时候她身上又灼热又乏力,而现在她身上的烧已经退得干干净净,其他各种不舒服也无影无踪,就好像从未生过任何病一样。这种没有任何不适感的感觉……已经太久没有过了。

第二,妈妈看起来……真好看。她的脸蛋红润光洁,眼睛又大又亮,穿着某种颜色在流动的衣裳,时尚而美丽,几乎像是一个大姐姐。这让她立刻想起入睡前妈妈那几乎像是巫婆的怪样子,看来,那又是自己的幻觉。妈妈还是那个妈妈,甚至变得更年轻美丽……

小璇怔怔地看着妈妈,"妈妈,你好漂亮啊。"

"哪有,"妈妈拧了拧她的脸蛋,"你这小家伙真会说话。对了,妈妈要送你一样礼物。"

妈妈从包里拿出一个丝绒盒子,"打开看看吧!"

小璇好奇地打开盒子,发现里面是一根精致的银项链,上面还有一块心形红宝石的吊坠。那块宝石起码有她半个手掌那么大,色泽鲜艳如火,又幽深得仿佛藏了一个宇宙。小璇几乎立刻就爱上了这串项链。

"好漂亮呀……"小璇赞叹道。妈妈又拿来一套新买的童装,让她换上。小璇从内到外都焕然一新,然后妈妈把项链挂在她的脖子上,带她去照镜子。小璇对着镜子照了照,发现自己面色红润,眼睛炯炯有神,华丽的蓝色丝带连衣裙配上亮闪闪的红宝石,看起来可爱极了。

但小璇渐渐想起了昨晚睡着前的情形,这反差也太大了吧?蓦然,一个有些吓人的念头涌上心间,她问:"妈妈,难道我们是在天堂吗?"

"天堂?什么呀!你也太有想象力了,哈哈哈!"妈妈笑了起来,笑得花枝乱颤,看起来不像是哄她。但不知怎么,这笑声又让小璇有一种陌生感。

小璇问:"妈妈,爸爸呢?爸爸在哪里?"

妈妈的笑声戛然而止,"你爸爸?他……哦,他有点事,今天来不了了。"

"那我们自己回家吗?爸爸是不是在家里等我们?"

"嗯……嗯,是吧……"妈妈含含糊糊地说,"起来,吃点早饭,我们就走了。"

小璇走到客厅,吓了一跳,一架像蜘蛛一样的大机器正在伸出许多机械手,将房间各个角落里的生活用品放进自己的嘴巴里。那机器看起来和前几天抓自己的机器怪物也差不多。

小璇往后一缩,害怕地问:"那是什么?"

"搬家机。"妈妈简单地说,"有它帮忙,回家就方便多了。"

"怎么来的时候没有用它呀?"小璇问。

"来的时候……没买,这回刚买的。"妈妈说。

小璇满腹狐疑,不过她已经感到了久违的饥饿,便先去吃了饭。早饭已经摆在了桌子上,煎鸡蛋培根卷和巧克力酱浇华夫饼,很好吃。但小璇刚扒拉几口,忽然想起什么似的叫道:"哎呀,雪球!"她怕雪球的笼子给扔进那个什么搬家机的大嘴巴里,也许会摔坏它的。

她向客厅跑去,但差点撞到一个男人身上。"爸——"小璇喊了半声,忽然感觉不对,那个男人很高,比爸爸要高一个头左右,五官当然也完全不同,而且明显要年轻一些。

妈妈走上前来，说："这是麦克叔叔，是妈妈的朋友，来送我们回家的。快叫叔叔！"

麦克叔叔朝她俯下身来，"你好啊，小璇。"他的声音很深沉，但似乎带着几分紧张。

小璇看着麦克叔叔，不知怎么，感觉他好像有点面熟，"麦克叔叔，我好像见过你。"

"哈哈，"麦克叔叔笑了，"没错，我是一个网络节目主持人，可能你在视频上见过我。对了，你看，这是什么？"

他从身后拿出一个形似魔方的大方块，轻轻一拉，它变得透明，里面一只小小的啮齿动物好奇地直起身张望着。

"雪球！"小璇欢呼着，"它怎么在这里啊？笼子呢？"

"以前的笼子坏了，我帮你妈妈买了一个新笼子，高科技的，非常轻。"麦克叔叔说。

小璇看着雪球，发现它洁白如雪，肚子上也没有一根黑毛，一切还是老样子，昨天一定是自己看错了。小璇想。

【返程日上午】

小璇吃完饭，换好衣服，妈妈和麦克叔叔带她出发了，搬家机在肚子里装着他们的行李跟在后面。小璇一出房门，不禁倒抽一口冷气。门外的风景发生了翻天覆地的变化，山谷、小湖和雪山都不见了，变成了一片蔚蓝色大海，平缓的细浪在阳光中舒卷，小岛在海天线上时隐时现。小璇想起来文文的话，原来这里的风景的确只是一幅立体画。

"妈妈，为什么外面的风景都变了？"

"这……这世界变化很快，你觉得风景美吗？"妈妈答非所问。

小璇放弃了盘根问底，又想起另一个问题，问道："文文呢？他在哪里？"

"文文？哦，他跟他妈妈回家了。"妈妈说，"他昨天就走了。"

"可是你昨天也没说呀。"

"我昨天还不知道，刚知道的，是……是麦克叔叔跟我说的，对吧？"妈妈拽了一下麦克叔叔。

"啊？嗯嗯，是啊……"麦克叔叔含含糊糊地说。

小璇觉得妈妈和麦克叔叔之间有点奇怪。妈妈以前也没提过这个麦克叔叔呀？

"麦克叔叔，你认识文文的妈妈吗？"

"啊，这个……算认识吧……"麦克叔叔支吾着。

小璇觉得有些奇怪，忽然想到了一点，"叔叔，你就是文文的爸爸吗？"

"不是不是，远房亲戚而已。"麦克叔叔忙说。

小璇还要问什么，忽然间，她眼睛亮了，"爸爸！爸爸！我在这里！"

她看到了爸爸，他穿着一身休闲装，站在前面几十米外的"海滩"上，双手合抱在胸前，凝望着他们，但好像并没有迎上来的意思。

小璇开心地奔向爸爸，她感觉自己已经完全恢复健康了，小腿说不出的有力。她跑到爸爸面前，用力抱住他的腰，"嘿，抓住你啦！"

爸爸没有像往常一样抱起小璇亲吻，而是轻轻推开了她，退开一步。这陌生的身体语言让小璇又觉得不对劲。

"爸爸……"她端详着眼前的男人。爸爸今天看起来年轻帅气，一头好像是刚长出来的长发在海风中飞扬。这是假发吗？他看着她，神色很复杂，好像有点悲伤，有点好奇，又好像很冷漠。

"你还是来了。"妈妈走到爸爸面前说，但两人也没有很靠近。

"我总得来看看她。"爸爸说，露出了一个讽刺般的笑容，"她不是对我们来说最重要的一个人吗？总得亲眼看看吧。"

"那……你要跟我们回家吗?"妈妈问,"那里也是你的家。"

"不,看一眼就够了。我说过,这不是我的人生,我不想接受。"爸爸说,"小倩,你呢?你真的打算和这孩子一起生活吗?你甘心过这样的人生?你也是?"

这些话,小璇一句也听不懂,麦克叔叔说:"我们已经商量过很多次了,我们是因为她才走到一起的,我们放不下她。"

"傻瓜,"爸爸露出了有些玩世不恭的讥笑,这是小璇从未在他脸上见过的神情,"你们两个都是。算了,人各有志,反正我不奉陪了。"说完,他就转身离去。

"那你上次为什么要打给我那么多钱?"妈妈问,"如果你不关心这孩子——"

"别误会,我只是用来给我自己赎身,"爸爸回过头说,"我活了二十五年都没享受过的自由,现在终于有了!以后我不欠任何人的。"

"爸爸!你怎么了,爸爸!"小璇叫着,但爸爸不理她,反而越走越远。

小璇想,爸爸妈妈一定是吵架了,她回头说:"妈妈,你叫爸爸回——"

她忽然看到,妈妈神情哀伤地依偎在麦克叔叔身边,两只手紧紧地握在一起。虽然小璇还不懂得男人和女人是怎么回事,但她知道,这种亲密的动作是只有爸爸和妈妈之间才能有的,而不应该发生在妈妈和其他叔叔之间。她一下子明白了是怎么回事:一定是麦克叔叔把妈妈抢走了,所以爸爸才伤心离开的。这个坏叔叔呀!

"你别碰我妈妈,放开她!"她叫道,用力去掰开麦克叔叔的手。她自然掰不动,但这么一来,麦克叔叔也不得不松手。小璇正要甩开他的手,却发现在他的手心处,有一道淡淡的疤痕,令她感到莫名的熟悉。

她惊愕地盯着麦克叔叔，从成年男人的五官中，渐渐认出了一个大头男孩稚嫩的面容。

"你……你是……"

麦克叔叔和妈妈对视了一眼，然后蹲下来，深深地望着她，嘴唇翕动着，终于吐出了几个字："我们终于又见面了，小璇。"

【六十五年后】

"你是……文文？"

小璇自己都觉得问题很荒诞，但麦克叔叔竟然点了点头。

小璇愣了很久，忽然又明白了："文文，你吃了神药吗？一下子变成大人了？"

妈妈插口说："对，陆思文……文文他……他吃了一种药，变成大人了。"

文文，或者应该叫他陆思文，摇头说："小倩，我们没有必要瞒着她，也瞒不了多久，我来说吧。"

他拉着小璇的手，在海滩上找了一个长椅坐下，望着海上那些无穷无尽的波浪起伏，过了一会儿才说："从哪里说起呢？我给你讲个故事吧，很久以前——真的是很久很久以前——有一个小女孩得了治不好的重病，眼看就要死掉了。她的爸爸妈妈没有办法救她，于是倾家荡产，把她送到一个地方去，那里有全世界最先进的技术，虽然不能治好她，但能够让她睡着，睡上五十年，一百年，将来的世界会发明出治愈她的办法。"

"就像童话里的睡美人一样吗？"小璇问。

"嗯，就像睡美人一样，睡一百年也不会有什么变化，学名叫作人体冬眠。但是如果她真的过好几十年后才醒来，她的父母大概已经不在这个世上了。她的父母太爱她了，舍不得离开她，无法忍受没有她的漫长岁月，于是每过三四年唤醒她一次，一家三口团聚一天。

"小女孩什么都不知道,以为只是到外国去度假一个星期。但她不知道,每次醒来,都是几年之后了。每次她睡着后,就会被机器助手带去注入药物,放进特定的冬眠舱里,陷入漫长的睡眠……她的爸爸妈妈又要回到黯淡无光的生活中,去过好几年没有她的日子。他们还必须非常辛苦地工作攒钱,因为冬眠和苏醒的费用非常非常高,对她的爸爸妈妈来说,在那些年中,他们唯一的幸福就是每过几年来到这里,和女儿在一起度过快乐的一天。所以每次他们都要吃顿大餐来庆祝……

"第一次苏醒的时候,小女孩在那个地方认识了一个小男孩,他也生了很重的病,也是每过三四年被唤醒一次,和家人团聚。那次,恰好两个人在同一天醒来了,在一起玩得很开心,他们的家长也希望在未来两个孩子能够做个伴,于是商量好了,安排他们每次在同一天苏醒。

"他们确实也成了很好的朋友,不过也出过一些差错。有一次因为男孩的母亲有紧急的事来不了,男孩没有被及时唤醒,女孩空等了他一天,但对男孩来说,这一天根本就不存在。男孩更加敏感一点,渐渐察觉到了不对,开始吵闹和不配合,差点闹出乱子。母亲只好不再唤醒他,让他一直沉睡了二十多年。后来有一天,治疗男孩疾病的新技术问世了。男孩被正式唤醒,接受了新疗法,不久后他康复了,回到了正常的人生。不过那也已经是他开始断断续续冬眠的四十多年之后了,他妈妈幸运地看到了儿子康复,但那时她已经年纪很大,一年后就去世了,而他爸爸……"

陆思文的声音开始哽咽:"他爸爸……其实他爸爸早在他冬眠的头几年就走了,只是妈妈一直瞒着他,那时候他什么都不知道,以为爸爸只是工作忙,不能和他一起度假。所以这个男孩从生理上来说还不到七岁,就变成了父母双亡的孤儿,只能一个人去学习适应四十年后本不属于自己的新世界。"

小璇努力地听着，尽管许多内容都听不懂，但她仍然听懂了一点，“那个男孩就是文文！也就是你！而那个女孩就是……是……是我？”

“是的，那男孩就是我，女孩就是你。我苏醒后过了几年，当然也明白了一切，很想回到医院，找到当年的你。只有你和我有着一样的命运，也约定过一起做伴，但时机一直没有成熟。最后，我长大了，上了大学，有了工作，成了能够做自己想做的事的大人，回到疗养院——或者说冬眠中心——问到了你的情况，你还在沉睡中。不过这时候已经诞生了新的医疗技术，有很大希望能治愈你的病，等再过几年，技术投入应用，就可以唤醒你了。我也认识了你的家人，和他们成了……成了朋友，所以就一起来接你出院。”

“所以，你和妈妈一起来接我。但是……但是为什么爸爸走掉了呢？”

“你爸爸其实——你妈妈也——”陆思文欲言又止。

“这是大人的事，”另一边的妈妈温柔地接口，“爸爸和妈妈有些想法不一样，所以他离开了家，但这一切和陆思文叔叔没有关系，你将来就明白了。”

“那，爸爸是不是不爱我了？”小璇问。

“不，你的爸爸永远爱你，你都不知道他有多爱你。”

“那他会回家看我吗？”

“应该会的。不过我们先回家，再一起等他，好不好？”妈妈拉着小璇站起来。

小璇还是有些疑问，但一时也想不到问什么。再说，她也想回家了，想回去见见邻居家的那几个小伙伴。

他们走到出口处，某种自动运行的传送带把他们传送出了门口。但小璇没有见到来时的公路，而是发现自己站在高处一个奇怪的平台上，几十架大大小小、形状各异的飞行器在头顶起起落落，就像停车场一样。周围的山峦仍在，但远处比山还高的建筑林立，有的甚至与天空连接，宛如撑天之柱……这是她从未见过的景象。

小璇好奇地观看着。这就是未来的世界，她已经在未来了。

这陌生的景象让小璇想起了那个真正重要的问题，"那么，过去多久了呢？自从我那个……'冬眠'以后？"

妈妈和陆思文又对视一眼，妈妈说："小璇，你要有心理准备。那是一段很长很长的时间。"

小璇点了点头。妈妈接着说："从你第一天到这里，到今天离开，已经过去了……六十五年。"

"六十五年。"小璇重复了一遍，"哦，六十五年。"一个念头忽然在她脑海闪现：那些邻居家的小朋友，她可能再也见不到了，因为他们已经变成了大人甚至老人。但是……

"但是妈妈，你和爸爸为什么一点也不老，而且还更年轻了呢？"小璇又问。

妈妈笑道："因为医学进步以后，科学家也发明了新的药物让我们变年轻了呀。怎么样，你觉得妈妈好看吗？"

"好看，"小璇衷心地说，"将来我也想像妈妈一样好看！"

尾　声

私人空天机起飞，加速，飞出大气层，跃入太空。下方，二十二世纪的地球流光溢彩，变化万千；上方，宏伟的空间站如传说中的天宫般巍然高悬，甚至在月球上也可以看到人类的几座大型基地的踪影。

女孩看了半天的风景，兴奋了很久，但终于依偎在女人的怀里睡熟了。女人将头倚靠在男人的肩膀上。男人抚摸着她的长发，"为什么不告诉她真相？"

"你已经告诉了她足够多的真相，"女人幽幽地说，"但是最后这个……思文，不要对一个孩子太残忍了，况且这也是爸妈本来的计划。"

"我始终觉得叔叔阿姨的这个主意太冒险了，"陆思文说，"克隆一个自己，再把他们养大，让他们代替自己成为亲生女儿的新父母。他们甚至没有想明白，从小一起长大的兄妹，即便没有血缘关系，也不可能成为夫妇啊！"

"他们只是怕女儿将来成为孤儿，无依无靠，"女人凝视着小璇沉睡的面庞说，"他们以为凭借天生的血缘，父母的爱也会在另外两个个体身上同样持续下去。父母的爱盲目而又深沉，你想，为了不让女儿察觉时间的变迁，他们使尽各种手段掩盖岁月的痕迹，甚至还安排了一只作为道具的仓鼠，每次唤醒女儿，都换一只新的……"

"但在你哥哥身上，他们失败了，你哥哥他受不了这样被操纵的人生。"

"我理解哥哥，"女人叹息，"其实我也叛逆了很多年。即使现在，我也不能说是全盘接受他们的安排。但在妈妈临终前，我想明白了，尽管我是因为她真正的女儿而出现的，但我知道她也的确很爱我和哥哥，我们并不是单纯的工具，而也曾拥有幸福的童年和少年时代，又何必计较那么多呢？这份爱让我理解了妈妈。我既然已经代替小璇得到了她的母爱，现在也是时候将这份爱传递给小璇了。"

陆思文轻轻吻了吻她的脸颊，"小倩，你太善良了，所以我才爱上了你。"

丁小倩笑啐："我看未必，如果你多冬眠二十年，和小璇一起长大，也许你会爱上她吧？"

陆思文认真地想了想，说："也许会，但那个陆思文也就不是今天的我了。是我们爱的人，才让我们变成了我们自己。"

丁小倩心中感动，吻了吻丈夫，微笑着说："希望爸妈也能看到我们还有小璇在一起的幸福……"

她擦了擦自己的眼睛，凝视着小璇胸口的项链，殷红的钻石吊坠像是一朵永不熄灭的火焰。丁小倩想，偌大的两个人，骨灰竟然能够熔成小小的一颗钻石，就这样守护在爱女身边。虽然这并不是他们留下的遗嘱，而是陆思文的主意，但这样的安排也实在再妥当不过。

看得见风景的窗口

1

十岁那年的除夕,爷爷送给我一扇窗。

那个冬天,我被沉渣复起的新冠病毒感染,又转化为轻度心肌炎,在家里从十二月躺到了一月,别说上学,连门都出不了。在这个北方小城,冬天的窗外除了冰凌就是雪花。每天看着一片死寂的白色,心情要多糟就有多糟。

大年三十下午,天上又飘起了雪花,小城街头多了些提着大包小包回家过年的行人。我在窗口张望了很久,看到一个精瘦的老人向这边走来,手里还捧着一个看起来比他整个人还要大的盒子。我开心地蹦起来,赶紧出去告诉爸妈,爷爷到了。

"宇宙窗!真的是宇宙窗呀!"等到爷爷进了门,我端详着那大盒子,兴奋地叫了起来。这正是我前几天打电话跟他要的礼物。

"你消停点,病还没有好呢!"爸爸呵斥,又对爷爷说,"爸,你怎么给孩子买这个?这……总也得一万多吧?"

"一万多?"爷爷笑着说,"这可是最高档的行星窗,原价四万,打完折三万六!"

"那么贵!也没实际用处,退了吧……"爸爸说,妈妈也附和。

"不要!"我扑上去,死死抱住了盒子,凭谁也拽不开。

爷爷在旁连忙说:"文文放心!咱不听他们的,现在就装你房里去,走!"

我这才破涕为笑。

宇宙窗看起来是一个一米长、半米宽、大约十厘米厚的屏幕，有自动安装功能，我让爷爷把它放在窗边的墙上，调整好位置，宇宙窗的四角就伸展出自动钻头，嵌进墙里。漆黑的屏幕开始亮起，显示正在进行虫洞连接，不过需要耗费七八个小时，现在是下午五点，只有到大年初一，我才能看到窗子另一边的风景。

孩提时期的我并不清楚宇宙窗究竟是什么，只知道这是一个神奇的窗口，能够打开一个什么"虫洞"，让人看见宇宙深处的某个角落，这几年正在风靡世界。班上好几个同学家里都有了宇宙窗，有的能看到棒棒糖般的星系点缀的灿烂星空，有的能欣赏多层绚丽光环的行星，还有的能观看三颗恒星沿着复杂轨道相互绕转的炫舞……

但最贵的是行星窗，它能直接看到某颗星球表面的风景。段晓美家就有一扇行星窗，面对着一片会在阳光和星光下变出好几种颜色的荧光沙漠，神奇极了。可惜，班上只有几个跟班被恩准去她家观赏，回来都大吹特吹。

我一直想拥有一扇行星窗，如今终于实现了！不过，宇宙窗和虫洞的连接有"量子不确定性"，我大致明白意思，比如行星窗能够通过"引力场"的什么特征找到某个行星表面，但具体是哪颗行星是无法确定的，理论上全宇宙任何一颗行星都可能，而一旦"坍缩"到某个地方，就无法再改变。我急着想知道，它究竟会通往宇宙的哪个角落，能看到怎样的风景？如果真能看到一个神奇的星球，比如赛博坦啊，三体星啊，谁还稀罕段晓美的那个破沙漠，同学们还不纷纷讨好我，想到我家里来玩呀！

那天晚上，吃年夜饭和看春晚，我都没什么心思，过个十来分钟就要跑回房间看看宇宙窗激活的进度条到哪里了。今年春晚的压轴戏是月球分会场的杂技节目，在月面表演飞舞跳跃，据说精彩极了。但我想，很快就可以看到几万光年外的另一颗行星了，月球又算什么呢？大人们对此也有点兴趣，讨论了好几种可能性，比如也许是在云雾中悬浮的山峰，也许是明亮如镜的水银湖泊，也许是怪兽出没的丛林……最后爷爷说："也许会看到另外一个地球，里面有另外一个文文呢，那该多神奇哇！"

我不乐意了："什么呀，那还不如买面镜子呢。"大家都哈哈笑了起来。

十二点的钟声敲响了，外头爆竹炮仗响成一片，可我已经眼皮打架。爸爸让我先去睡，但我不想去，只有不到二十分钟了，我不想错过。

"难忘今宵"的歌声响起时，宇宙窗终于建立起和虫洞的稳定连接。对面的电磁波开始传来，视窗中发出刺眼的白光，我不顾眼睛酸痛，睁大双眼，看着那个逐渐在光影中显形的世界——

上上下下一片纯白。好不容易才看出具体细节，近处的地面上堆积着熟悉的洁白晶莹的物质，远处有银白色的碎屑飞舞着，掠过窗外。再远处，大概也就七八米外，就是一片茫茫冻雾，目光无法穿透。不过大体上和另一扇窗外常见的飞雪也没有多大区别。

"搞了半天，原来也是一片冰天雪地呀……"爸爸说。

"讨厌！我不要！"我气恼地喊了一声，像是一盆冰水浇下来，倒在床上，不想动弹了。

2

宇宙窗的AI告诉我，那是一个非常遥远的世界，压根不在银河系里。它和地球的距离要以百亿光年为单位来衡量。即便用人类最强大的望远镜也不可能看到它所在的星系：因为宇宙的膨胀，我们两个星系之间彼此远离的速度已超过光速。

但对我来讲，宇宙的另一边也不过是和自家窗外差不多的鬼地方。如果说有什么区别，就是这边毕竟还有生命和文明，那边除了漫天飞雪一无所有。我无法想象，如果请同学到家里来看这扇无趣的宇宙窗，他们会笑得多大声。

我等了好几天，从大年初一到十五，那边的风雪就一直没停过。家里人也没兴趣看了，只有爷爷尝试给我一点安慰。他陪我看了好几天一成不变的宇宙窗，告诉我风雪不是这个世界的全部，也许下面就有很多植物，也许还有冬眠的小动物，也许等夏天到来，这里会是一片生机勃勃的草场，天上飞着老鹰，地下跑着兔子……爷爷想不出什么外星球的景象，完全是照他年轻时在草原上插队的情景说的，又说起一些当年跑马打猎的趣事，绘声绘色。

可惜那时候我也不怎么想听。我经常粗暴地打断他，说他根本不懂得外星球的样子，他的草原也没有什么稀罕的。爷爷有时候也会不高兴，说小屁孩什么都不懂，但过了一会儿又会笑嘻嘻地来哄我，陪我玩游戏……那时候我压根不懂得珍惜，不知道似乎永远会陪伴在你身边的人，其实随时都会消失不见。

春节还没过完，爷爷就回老家了，临走还摸着我的脑袋，嘱咐爸妈一定要养好我的身体，那是我最后一次见他——他在路上感染了病毒，回家后就病倒了，半个月后死于肺炎。

那时我身体还没有好，也没有回去参加他的葬礼，甚至很长时间都没有哭过。有一次，我偷听到爸爸对妈妈说，文文这孩子没心没肺，爷爷对他那么好，他都不哭；妈妈说，不是的，他很爱爷爷，只是还不理解生死的意义。我听得一片茫然，我不知道，自己到底爱不爱爷爷。

宇宙窗总是让我想起爷爷，我关掉了它，不想再看它了。它变成了一片黑暗，虽然实际上虫洞连接仍在，但不再会对外显示。

开学后，我回到了学校。我没有告诉别人我有一扇只能看到漫天风雪的宇宙窗,这会给人笑话的。实际上,不需要那玩意儿我已经在被人笑话了。上学期我的功课落下了太多,成绩一落千丈,而且大病初愈,不能进行剧烈运动,跑步踢球都不行,更让我成了男生鄙视、女生侧目的对象。开始有人当我面说怪话,或者模仿我病恹恹的模样取乐。我不知所措,只能像鸵鸟把头埋进沙里一样装没看到。但这只让他们更变本加厉。

班主任知道我身体不好,很体恤我,许我免除课后劳动,还在放学后给我补课,但他不知道,这只能让我更遭恨。有一天我补完课,去上厕所,听到外面有响动和嗤笑声,我感觉不妙,一推门,发现门已经从外头被东西卡住了,怎么推也推不开。

"谁呀?放我出去!快放我出去呀!"我不断叫着,却没人搭理。眼看时间越来越晚,我也越来越着急,我怕自己一直困在这里,回不了家,更怕爸妈找来学校,知道我是个让人欺负的脓包。我哭了出来。

不知过了多久,终于有人走进厕所,帮我打开了门。我擦了擦眼泪,看到门外站着一个目光炯炯的短发女孩,应该是隔壁班的同学,我不认识。

"你怎么了?是谁把你关起来的?"她奇怪地问。

我没有说话,拎着书包低头跑了出去。女孩在后面叫了两声,我都没理,我只想快点逃离这里。

我回到家,钻进卧室,关上门,还觉得不够。我不想上学了,不想留在这个城市,甚至不想再留在这个世界。我鬼使神差地又打开了宇宙窗,纵然那里只有冰雪,我也想逃到那里去,让无边风雪将我埋葬……

但已经不是了。

不知何时起,雪已经停了,窗外正当深夜,天上是璀璨的星空,还有明亮而陌生的银河,熠熠星光照在冰雪大地上。这片风景看上去美丽多了。更难得的是，地面也出现了生机，一种两条腿的白色小动物，毛茸茸的，有点像刚生下不久的小鸡，有好几十只，不知什么时候冒出来，正在松软的雪地里扑腾嬉戏，啄食着某种植物……

忽然，我想起爷爷的话。几个月前，就在这里，爷爷告诉我，这个世界不会永远是风雪交加，下面隐藏着无尽的生机。我想告诉爷爷这个消息，但……霎时间，泪水又涌出了我的眼眶，我哭了起来，越哭越是伤心。我哭了整整一晚上，无论爸爸妈妈怎么询问，我都没有说自己为什么要哭。

但我心里知道，这并不是因为被霸凌，而是因为把这片风景带给我却再也无法亲眼看到它的爷爷。

3

一团糟糕中，我的生活总算有了一点新的意义。我开始好奇地观察着这些"小鸡"的生活。实际上它们也并不是很像鸡，虽然长着厚厚的羽毛，有小小的翅膀，但也生着长尾巴和锋利的牙齿，说来有点像科幻电影里的小恐龙。我怀疑它们是从雪地下埋藏的一窝蛋里孵出来的，但天寒地冻，怎么会孵出这样的动物，它们的父母又在哪里，只有天晓得。我想了一晚上，给这些小家伙起了一个威风的名字，叫作"雪鹰狮"。至于这颗星球，我就叫它"雪星"。

幸运的是，小雪鹰狮就住在距离虫洞不远的某个地底洞穴里，虽然我看不到洞里的情景，但可以看到它们时常进进出出，以及在洞口附近的活动。它们主要吃雪地里的一种银白色植物，我叫它"雪莲花"。但数量也不多，因为我经常看到它们为了食物打架，打得羽毛纷飞，蓝血淋漓。生存竞争是残酷的，本来雪鹰狮的幼崽有二三十只，两周后就只剩下十只左右了。

其中有一只引起了我的特别关注，每次它都争不过别的兄弟姊妹，找到一点吃的也常会被人抢走，身上的羽毛被啄掉了不少，所以很好认。大部分时候，它都委委屈屈地远离大家，宇宙窗的前面有个断坡，下面是一个相对隐蔽的低地，我经常看到它在这里徘徊，有时候仿佛在可怜兮兮地望着我。这小家伙的孤独无依触动了我，我给它起了一个名字，叫作"雪灵"。

现在想来，我是把自己代入雪灵的身上了吧，我怕它哪天就死掉了，恨不能跨过宇宙窗，帮助它去打败那些欺负它的坏同伴。但我也做不了任何事。宇宙窗开启的虫洞只能让一小部分微弱的电磁波穿过，再通过特殊装置放大成肉眼可见的景象。除了观看，我根本不可能抵达那个几乎无限遥远的星球，或以任何方式影响它们。

有一天晚上，我见到雪灵好不容易从深雪里找到了一束雪莲花，正在吃的时候，另一头我起名叫"雪霸"的雪鹰狮扑上来，和它争夺。雪霸生得高大健壮，很快就赶走了雪灵，扬扬得意地享受着抢来的美餐。雪灵只有在一边看着。我真的好恨，想冲过去，把雪霸给一脚踢开……

忽然间，雪灵张嘴，似乎发出奶声奶气的吼叫——我听不到声音，但仿佛能感到。它耸起肩膀，爆发出一股力量，像箭一样射出去，咬住了雪霸的脖子，又压在它身上。雪霸吓了一跳，竭力翻滚，想把身上的雪灵甩掉。但它怎么都不松口，两个小家伙打成一团。我很揪心，祈祷雪灵能打赢。大约一分钟后，雪霸放弃了挣扎，被压在身下不再动弹。雪灵这才松开它，雪霸立刻夹着尾巴逃走了，不敢再招惹发狂的同伴。其实雪灵也受伤不轻，脖子上留下了明显的血痕，但它抬头，发出宣示胜利的吼声，然后才大口大口啃起了雪莲花……

我看得热泪盈眶。

第二天上学的时候，我在座位上坐下，立刻感觉不对，用手一摸，发现椅子上都是糨糊，把我整条裤子都毁了。周围一群男生女生哄笑起来。笑得最响亮的，是一个绰号叫大胖的同学，一边笑还一边指着我说："快看这个大傻——"

我没等他说出最后一个脏字，就扑上去，和他扭打起来。大胖力气大，还有人拉偏架，我根本打不过他，转眼被推到墙角，挨了好几下拳脚，火辣辣地疼，但我抱住他，一口咬住了他的耳朵，怎么也不松口。周围的人群退后了，大胖叫着、骂着、打着，却无法摆脱我。

等到老师赶到，我还趴在大胖的身上，咬着他流血的耳朵。老师抓住我，把我们分开，我喉咙里发出野兽般的咆哮，大胖连滚带爬钻到一张桌子下面，哭声响亮得简直可以传到另一个星系。

不用说，我被狠狠责罚了一顿。我无法证明是大胖在我椅子上涂的胶水，实际上也可能不是。总归错在我这边多一些。爸妈赔了大胖家几千块医药费，回家又把我数落了一番。

但不知怎么，我被霸凌的问题解决了。很长一段时间内，同学们都躲着我，没有人再敢欺负我了。

4

雪星的昼夜交替很慢，要花差不多整整一周时间，季节变化更是漫长无涯，即便到了地球上的夏天，那边仍然是冰雪覆盖，毫无消融的迹象。

但是雪鹰狮们在这样的环境下还是逐渐长大了。很快从小鸡变成大鸡，更变成山猫般大小。它们开始捕食其他动物，进行群体狩猎。

大部分狩猎发生在我无法观察到的地方，我只是偶然在宇宙窗中目睹了一两次它们在视野内的狩猎过程。就我所看到的而言，它们最主要的狩猎对象是一种大型两足动物，看起来比鸵鸟还要大，我起名叫"雪象鸟"。狩猎时，它们的配合非常巧妙。比如一只雪鹰狮会跳到雪象鸟的背上，雪象鸟会尝试把它甩下来，在搏斗过程中，其他的雪鹰狮会趁机去袭击它的腿脚，试图让它摔倒。雪象鸟会尝试踩和啄脚下的雪鹰狮，但背上的对手又会让它分散注意力……这样几个回合，就可以干掉一只庞然大物，吃上半个月。

雪灵处境尴尬。虽然战胜了雪霸，但它一直未能加入其他雪鹰狮的团体，只能单打独斗。如此，要捕猎雪象鸟这样的大动物就是不可能的，它只能继续啃植物和小虫子。雪灵并未认命，而是充满了昂扬斗志，我有两次看到它单独挑战雪象鸟，扑咬不了几下就被大鸟追得落荒而逃，险象环生，看得我心焦不已。

"唉，你别跟它硬来，你那么小打不过它的，挖个陷阱！让它爬不出来！"我随口瞎支招。当然，雪灵根本听不见也听不懂。

但过了几天，出现了神奇的一幕。我正在做作业，忽然看到雪灵在窗外的远处出现，向窗口方向疾跑过来，嘴里还叼着一枚很大的蛋，后面跟着一头巨大的雪象鸟，它张开翅膀，张嘴大叫，感觉十分愤怒。我哑然失笑，这小家伙显然是偷蛋的时候被发现了。好在只要钻到洞里就没事了。

但雪灵并没有往洞里钻，而是绕过洞口，继续往前跑。前方十几米处是那个雪灵活动的断坡，有些积雪掩盖，不容易看清楚，我在宇宙窗中观看了那么久，对这些地貌已经十分熟悉了。雪灵当然更熟悉，它轻松地跳了下来，快步跑到一边。

然而雪象鸟就没这么幸运了，这倒霉蛋完全不熟悉地形，一脚踩空，摔在地下。还没爬起来，雪灵却杀了个回马枪，从旁冲上来袭击，在它腿上狠狠咬了一口。雪象鸟双足乱蹬，但雪灵已经远远躲开。

雪象鸟终于挣扎着爬了起来，腿上却已经受了不轻的伤，蓝色的鲜血流到白雪上，动作也慢了下来。它再也无心缠斗，一瘸一拐地想要离开，但雪灵不紧不慢地跟在后面，过一会儿去骚扰一下，在它身上留下一道新的伤口。雪象鸟试图反击，又追不上它，越发血流不止，终于在几百米外支撑不住倒下了。

"干得漂亮呀,雪灵!"我禁不住叫道。

雪灵转身,振动翅膀,发出胜利的鸣叫。我感觉,雪灵仿佛能听到我说话。要不然,为什么我让它布一个陷阱,它就利用了一个天然的陷阱呢?当然这也不可能,即便出现奇迹,让雪灵听到我的喊声,它也不可能听懂中国话!但我还是禁不住这样去想象,这样一来,好像在几百亿光年之外,我就有一个朋友了。一个只属于我的朋友。

所以,我一直没有告诉别人自己有一扇能看到外星生物的宇宙窗,虽然这肯定会让很多同学羡慕我,但我已经不想和别人分享我的雪星。和大胖打架事件后,没有人再跟我玩,我也习惯了孤独。我喜欢沉浸在只和宇宙彼端的朋友的相处中,没有其他人打扰。这给我以慰藉和力量。

我始终无法证明,雪灵和我有过任何真正意义上的交流。但它的确经常逗留在宇宙窗周围,独自玩耍或者觅食,有时候好奇的目光也会从我身上掠过。虫洞在那边应该只是一个肉眼看不见的微观孔洞。但也许,它那敏锐的视力能够看到一点异乎寻常的闪光?它能够猜出那是另一个世界的入口?在宇宙尽头,某个落魄少年也在观察着它?这不可能,我想,这不过是我自己孤独的想象而已。

又过了两年,我才知道,严格意义上,雪星不能说是只属于我的。根据国家规定,宇宙窗中收集的所有电磁波,在被我看到的时候,也会被同步传到北京的一个研究中心,用于对宇宙和生命的研究。研究成果可以在网上查阅,只要把宇宙窗的编号输入到查询栏里,就可以阅览其所看到的宇宙区域的研究现状。

我查到,因为发现了生命,雪星被列为重要性四级的研究对象,不过同类的研究对象有几十万之多。毕竟世界上已有好几亿个宇宙窗,而且还在不断增加,其中发现生命的不计其数。像段晓美家的变色沙漠也是一种生命形式,而且属于三级重要对象,因为那是一种奇异的硅基生命，研究价值要高得多，这种对象有几千个；二级对象是文明遗迹或者具有原始智慧的种族，也有几百个之多；至于一级对象就是现存的文明种族了，这种目前只发现了几个，人类正在研究和他们沟通的方式，但非常困难。像雪星这样只有平平无奇的低端碳基生命的星球，目前引不起科学家研究的兴趣。他们只是做了一下基本描述归类，顺便给雪鹰狮起了个难听的名字"鸡鼬兽"，就束之高阁。

所以，基本上来说，雪星仍然是我一个人的。直到有一天，另一个人闯入了这个世界。

5

初中开学那天，我在新同学中看到一个熟悉的身影：那个前两年把我从厕所里解救出来的女孩。

其实那天后，我也渐渐开始关注她，知道了她的名字：沈南星。我只是从来鼓不起勇气和她说话，更不用说道谢了。每当我想到她，就想到那次尴尬的场面，又羞又窘。但想不到，我们初中竟然分在一个班上。然而一整年过去，我和她也没说过几句话。

改变一切的事件发生在初二那年的春节。大年初三，父母去邻县亲戚家拜年，我自己留在家里，去超市买东西时，忽然在货架间撞见一个短发少女，身上背着一个大大的双肩包，竟然是沈南星。四目相对，我只好和她打了个招呼，说了些新年快乐之类的套话，沈南星礼貌地回应了几句。我看她手上拿着一个猫罐头，问她："你家里养猫吗？"

沈南星说："对，这是灵灵最喜欢吃的猫罐头。"

我听这名字和雪灵有一点像，就问了几句她家猫咪的情况。沈南星略答了几句，不知怎么，眼眶红了，里面竟似有泪光在闪亮，她慌忙擦去。我傻头傻脑地问:"你怎么了?"

沈南星没有回答,我也不敢问了,正要告辞,沈南星忽然问我:"你想看灵灵吗?"

我点点头,还以为沈南星要邀请我去她家,沈南星却把我拉到角落,打开背包,露出一只小猫的头,我有点惊喜,但仔细看去,却又大吃一惊:小猫身体僵硬,竟然已经死了。

沈南星黯然说:"前几天它跑出去玩,怎么找也找不到,冬天这么冷,等找到的时候已经冻僵了……"

沈南星告诉我,她想要在附近找一块好地方,埋葬灵灵,买这个猫罐头就是给它陪葬的。听起来有些滑稽,我却被打动了。

"现在土冻得很硬,不好挖的,我家有把铁锹,我拿来帮你吧!"我说。

沈南星小声说:"谢谢。"

我们找了块地方,埋葬了灵灵,冻土的确很难挖,累得我满头大汗。沈南星过意不去,请我喝了一杯奶茶。我们聊起来,我忍不住告诉她,我也有一个和灵灵有点像的"动物朋友",有几次也差点死掉,但现在活得很好。

"是什么动物呀?"沈南星好奇地问我,"你怎么说得含含糊糊的,是鸟吗?还是貂?"

"你跟我来吧,"我做出了决定,"我带你看,但你要保密!"

二十分钟后,我们站在了我的房间里,面对着通向百亿光年外的那扇宇宙窗。这时候正当日出——但雪星的日出也有半天时间——雪原在玫瑰色晨曦的照耀下,蒙上了一层暖意,但看不到雪鹰狮们。

我叫道:"雪灵!雪灵!"但声音传不过去,当然不可能召唤它出来。果然叫了半天,一只雪鹰狮也不见踪影。

这里看起来就是一片普普通通的雪地,我有些尴尬,沈南星却很感兴趣,仔细看了很久,发现了雪莲花等一些动植物,还问了我许多关于雪鹰狮和雪象鸟的问题。

我们越聊越投入，我告诉她这片雪原在不同时段的美丽和苍凉，告诉她上面的各种生物的奇妙之处，告诉她雪鹰狮在这片雪原上生活的艰辛与智慧；我也告诉她宇宙窗的来历，告诉她我爷爷的故事，我还自嘲地说起那年我被人霸凌，说起她曾经解救我而我不敢跟她道谢……

沈南星也告诉我，她家也有宇宙窗，但是看不到任何生命，一点意思也没有；说她父母天天吵架，嚷着要离婚，谁也不关心她，只有灵灵陪伴她；又说她其实早就知道我，说小学里曾流传着关于我的传说，说我是狼人，把别人的一只耳朵吃掉了……说到这里，我们忍不住都笑了起来。

这时候，沈南星忽然指着宇宙窗说："黎文，你看！"

我回过头，看到不知何时，雪鹰狮们三三两两地出现了。特别是雪灵，就在宇宙窗前几米处，偏着头，好奇地看着我们——至少看上去像是看着我们——然后在宇宙窗前兴奋地兜起了圈子，张开翅膀，蹦蹦跳跳，仿佛在为新朋友献舞。

"哇，这真是我见过的最美的宇宙窗了。"

来自宇宙另一头的阳光照亮了沈南星笑盈盈的面庞，在那一刻，我清楚地知道，自己喜欢上了她。

6

生命到了一定阶段，就会有与喜欢的他者结合的冲动。对人来说是这样，对雪鹰狮来说也是这样。

不知从什么时候起，雪原的积雪进一步融化了，部分地方露出了白色的岩石和黑色的土壤。一些蓝紫色的菌菇样的植物开始茂盛生长，各种新生的小动物也多了不少。

雪鹰狮们雪白的羽毛也脱落了，换成了更明亮绚丽的毛色，粉金翠银，争奇斗艳。它们也开始求偶，一只在另一只面前跳舞、鸣叫、展示羽毛，如果两情相悦，就依偎在一起……但这种动物应该是一夫一妻制，因为只要两只雪鹰狮在一起，就会形影不离，很难拆开另行搭配。

这种求偶活动像雪星的夏季一样漫长，陆续进行了好几年，可我的雪灵，可怜的雪灵，却孤独依旧，并没有找到意中人。的确，我曾经见到它在好几只雪鹰狮面前舞蹈和歌唱，晃动华美的尾翎，但它们都没看中它。和它接近一阵后，就离开它，另寻新欢去了。尽管它是一个聪明有力的猎手，一个羽毛漂亮的小伙子（我斗胆把它和我算成同一性别），却没有同类爱它。

从春到夏，沈南星来我家看过好几次雪鹰狮，我们经常并肩站在宇宙窗之前，沉醉于另一个星球上生命的神奇与繁盛，一看就是一个下午。但有一次我送沈南星出门被同学撞见，第二天班上就开始传我们的谣言，两家的父母也紧张地敲打我们，后来，沈南星就没有再来过。

虽然如此，我们还是维持了一段友情，沈南星也时常问起雪灵的近况。初三的秋天，她过生日，请了班上十几个同学，我荣幸成为其中之一，去了她家。沈家住在一栋别墅里，其富丽堂皇让我陡然惊觉，自己和她有着不可忽视的阶层差异。最令我震撼的是，她家有三扇宇宙窗！在不同房间里当装饰，其中最小的一个也比我家的大三倍，可以看到某个环形山中金字塔般的废墟，应该是古文明的遗迹；另一扇面对着水晶和碧玉等宝石组成的瑰丽山脉；而最大的一扇窗户在客厅里，几乎占了一整面墙，那里有一片浩瀚的紫红色星云，如玫瑰绽放又如火焰升腾，其中孕育着十几颗婴儿恒星……这才是最美的宇宙窗啊！据说沈父前后买过十几扇宇宙窗，如开盲盒一般试过来，只留下了这几扇最惊艳的。亿万光年外的星云为沈南星的倩影披上梦幻般的光彩，令我迷醉，也令我自卑。

我和沈南星渐行渐远，初二的那次邂逅交心，只变成了我内心一段美好而不真实的记忆。第二年，我们初中毕业，我平淡地升上小城唯一一所高中，而沈南星的父母终于离婚，她跟着父亲去了省城，在那里读了一所名牌高中。我和她在社交媒体上还是好友，但是基本上也无话可说了。

雪星上，那个漫长的夏天比我的青春期更早结束了。雪灵一直没有找到自己的另一半，而不知为何，其他雪鹰狮长达几年的恩爱相伴也没有带来下一代的诞生。相反，在我高二那年，一场突如其来的暴风雪后，所有的雪鹰狮都消失不见了。我在研究中心的网站上查阅，发现有外星生物学家也研究了雪鹰狮（鸡鼬兽）的生命模式，说它们应该是躲在地下产卵和孵卵，卵孵化后，父母死去，刚出生的子代以亲代的尸体为食熬过寒冬，等到长达数个地球年的冬天结束后，再来到地面，开始新一轮循环。

这是一个合理但是残酷甚至恶心的结论，我一开始也不愿意接受，但是我已经不是孩子，已明白了生命不是童话故事，而有太多的局限和无奈。也许我们不该对它奢求太多，只要有过美好的时光，也就足够。

我相信雪灵已经不在了，在"生活圈"发了一条表示哀悼的状态，隐约地提到了雪灵的去世，大部分人看了也许只以为是说猫或者狗。只有沈南星能看懂，其实我也只是发给她一个人看的。

果然，发出去几个小时后，沈南星发消息问我雪灵怎么了，我告诉她最近雪星发生的现象和科学家的推测，沈南星唏嘘不已，也安慰了我很久。由这个契机开始，我们又恢复了陆陆续续的聊天。她说寒假会回一趟小城，我期盼了很久，但她最后也没有回来。

又过了一年，到了高考前夕，我问沈南星想考哪所大学，还想着能否和她在同一所学校。她的回答却给了我当头一棒，她说，家里别有安排，她正在补习法语，会去巴黎读大学。这是我无法想象的一种生活。

我收拾低落的心情，准备高考。那时候，我有一个天真的想法，认为考上好的大学，才能更接近沈南星，所以我非常努力地学习。最后考得还不错，收到了南方一所名牌大学的录取通知书，这给了我一点点勇气，让我给沈南星写了一封上万字的电子邮件，坦白了多年的感情，希望能有万一的机会。沈南星的回信没有那么长，只有一千多字，核心的意思其实只有一句话："对不起，我们还是做朋友吧。"

几天后，我最后望了一眼百亿光年外风雪笼罩、毫无生机的雪星，关闭了宇宙窗，然后收拾行装，奔赴大学。没有人知道，我之所以选择那所大学，只是因为它在遥远的南方，在一个别称叫作"星城"的城市。这是我唯一可以接近的"南星"了。

7

三十五岁那年的大年三十，在人生的最低谷，我失魂落魄地回到小城。

十几年的外地漂泊一言难尽。从南方那所大学毕业后，我在当地一家航天旅游公司上班，辛苦奋斗了几年，也谈了个女朋友，准备买房结婚。但被几个同事蛊惑，一起辞职创业，把买房的资金都投了进去，不料政策突变，新公司办不下去，钱都打了水漂，女友一气之下也提出了分手。我在南方又辗转几个城市，混了几年也没有什么起色。家里，母亲前几年病故了，而在几个月前，父亲也诊断出了阿尔茨海默病，需要照顾，我最终一事无成地回了故乡。

父亲的病情已经相当严重，过年的欢快气氛似乎唤醒了他千疮百孔的记忆,拉着我絮絮叨叨跟我说了很多往事,但脑子也糊涂了。他忽然跟我说:"文文,爷爷吃年夜饭的时候就要来了,还说给你带来一件礼物……他听说你生病了很着急,你身体好点没有?最近心口还疼吗?让你妈给你多熬点鸡汤……"

"好多了,"我忍住哽咽,悄悄擦去眼泪,"最近好多了……"

我陪父亲看完了春晚,好不容易等他睡下,我走进自己的房间。这里基本仍然维持着我高中时的旧貌。我想起父亲的话,打开了爷爷送我的宇宙窗,心想过了这么些年也不知能不能再启动,但它的坚韧超出我的想象,片刻后,屏幕就再一次被那边的风景照亮。

上大学那几年,我回家过年时也开启过几次宇宙窗,但窗外的风景永远是一成不变的茫茫风雪。我查过其他行星的资料,知道有的星球上风雪期长达几百年也不稀奇。后来,我回乡越来越少,即便回来也没再开过宇宙窗了。

但这次,竟有了全新的变化。

风雪再次停息了,温暖和煦的阳光照在茫茫雪原上,远处,一群雪鹰狮像当年一样奔跑和狩猎。这是雪灵它们的后代吗?

雪鹰狮们在原野上奔驰着,仿佛听到我的召唤一样越跑越近。我看到它们体格健硕,比记忆中的样子还大了一圈,羽毛更加丰美,翅膀更加雄壮,头上还长出了某种类似头冠的东西。领头的一只奔到宇宙窗之前,发出某种鸣叫。我感觉有些熟悉,仔细观察着它的模样,终于从脖子上一道陈旧的疤痕认出来,天哪,这就是我的雪灵!

其他的雪鹰狮也跟着来了:雪霸、雪宝、雪娃、雪风……一个个都是旧识,只是外形发生了明显变化。我热泪盈眶,专家错了,雪鹰狮们没有死,经过一个漫长的寒冬,它们反而长得更大、更健壮了!

雪鹰狮们也在宇宙窗前摇摆着身体,发出欣喜的叫声。我终于肯定,它们能够以某种方式看到我,并且也认识我,虽然我不知道是什么机制。

我观察了很久它们的行为，发现和十多年前的上一个夏天又完全不同了。雪灵仍然没有配偶，却似乎成了它们的领袖。众雪鹰狮在雪灵的率领下以更复杂的模式和更高的效率进行捕猎。另外，雪象鸟等动物也发生了类似雪鹰狮的变化，进入了一个新的生长阶段……生命的种种奇妙令我叹为观止。

我也看了下研究中心的网站，外星生物学家们仍然没怎么关注雪星，他们发现雪鹰狮出人意料地复归后，将其归类为不完全变态动物，认为其经过一个冬天的蜕变才能达到成年态，占领新的生态位，不过也没有太当回事。

但我对雪星的热情复活了。我在家里除了照顾父亲外，也每天观察雪灵它们的活动，看到它们精力充沛地奔驰、狩猎、共舞，我内心的阴霾也驱除了许多。生命总会找到出路，而我的生命也该进入一个新阶段了。

无心插柳柳成荫。为了生计，我在本地找了个工作，是以前老东家在这里开的分公司，省城的大区经理曾是我的老上司。他很信任我的能力，我本来有多年的经验，业务水平也超过本地的其他同事，短时间内办成了好几个项目。很快，我升任分公司的主管，在整个地区打开一片新天地。

几年后，我调到省城工作，掌管了公司在本省的业务，收入水涨船高，在城里也买了房子。我把病情日益沉笃的父亲接来这边的大医院治疗，也把心爱的宇宙窗拆了下来，安在了省城的新家里。在那里，我仍然可以每天看着雪灵它们充实快乐地生活。无论现实生活多么繁忙，我的一部分仿佛一直活在宇宙另一边的冰雪星球上。

8

四十岁那年的春节,我又见到了沈南星。

父亲没有熬过那个冬天,在省城医院去世了。我请了长假,把他的骨灰送回老家,和母亲合葬,还要在小城办理一些丧葬祭奠、遗产继承等身后事,在小城暂住了一个多月,转眼又是年关岁尾。本来可以早点回省城,但我思念少年时代过年的感觉,还是留下了。如今,春节的街头要热闹很多,比如只要戴上AR眼镜,就能看到漫天飞舞甚至围绕你绽放的AR焰火。相反,随着全球变暖的加剧,即便在这个纬度,冬天几乎也看不到多少冰雪了,我竟开始怀念以前白茫茫的冰天雪地……

大年三十,我推掉几个亲戚和同事的邀请,独自在旧家待着,一个人看了之前早就看腻了的春晚。我并不是为了晚会,只是想找回一点当年全家团聚、难忘今宵的感觉,但当时只道是寻常,如今却已无从寻觅。

大年初三有个初中同学会,有同学知道我回来了,让我一定参加。我去了,本来以为来的就是留在本地的那一批同学,没想到却见到了一个多少年来只有在梦里才见过的身影。

那年表白失败后,我再没见过沈南星,后来听说她在国外结婚、定居了。我也千百次想过,什么时候能再见面,不过也心知见了面多半也就是尬聊几句后分别,还不如不见。但这次真的相见,却和想象中不同。

沈南星和记忆中一样美丽大方,双眸如星。岁月的磨炼在她面容上留下了淡淡的痕迹,但也更增添了一份成熟之美。我们一开始确实稍有些生疏,但几杯酒后,就渐渐能自然聊天,聊着中学往事,甚至聊到了我那次丢人的表白。沈南星告诉我，其实我一点机会也没有，因为当初她和同高中里的一个男孩正爱得死去活来呢；但更早的时候，她也曾对我有过好感，只是那段感情还青涩的时候就被扼杀了……不过就算当年我们能够在一起，现在估计也是如烟往事了。这些年里，她结过两次婚，现在却又是单身。我也讲述了自己那几段坎坷的感情经历……说着说着，我们想起来，今天正好是我们初二那次相遇的二十五周年，但彼时如白纸般的我们，又怎能想象二十五年后历经沧桑的重逢？

终于聊到了雪星。我告诉她那个好消息：雪灵和它的小伙伴们其实都没有死，而且已经长大了，在宇宙窗的那一边过着快乐的生活。沈南星又惊又喜，拉着我就要回我家去看。我们趁其他同学没注意偷偷出了门，在既熟悉又陌生的故乡小街上醉醺醺地笑闹着，漫步着，到了我的旧家，走进了卧室。

但推开门，宇宙窗所在的地方只有一面白墙。我才发现自己喝得太醉了，甚至忘记宇宙窗已经拆掉了，安在了我在省城的家里。

我向沈南星赔罪，她却笑盈盈地看着我。我凝视着她的眼睛，发现在那里，有比任何宇宙窗更加明亮动人、通向一个更遥远也更神奇宇宙的窗口……

那天夜里，我走进了那个宇宙。

我们在故乡度过了天堂般的几天，但春节一过，别离也近在眼前。南星仍然长居法国，下次回来也不知道是什么时候，而我目前也不可能离开这片北方的故土。我不知道，我们之间这段太迟才真正开始的感情，最后会是什么结局。但我知道，有一件事，我们一定会做。

春假之末，我带着南星回到了省城的房里，拉着她的手，像去见最好的朋友一样，打开了安在客厅中的宇宙窗。

从父亲去世至今，我已经不见雪星快两个月了，本以为能见到雪灵和它的伙伴们驰骋狩猎的情景，也想过可能严冬复归，一切再度被埋藏在风雪之下。即便是后者也不可怕，因为我知道，生命还会在风雪之下生长复苏。

但这次我们见到的，却是压根想象不到的奇景。

从窗口望去，外面的天空中闪烁着奇妙的光影，地上没有半点冰雪，百草丰茂，特别是一种好几米高的、蓝紫色的大叶草在柔和的光线中舒展着叶片，许多流线型的小动物在空中悬浮飞翔，另一些看起来更奇怪的多足动物在地上缓慢爬行，边上还有一些正在一开一合的绚丽"花朵"，某些看起来很巨大的动物在空中遨游，在地面上投射出移动的阴影……

"这……这是什么？"我结结巴巴地说。

南星说："这好像是……在水下？"

"啊对，像是海底？但怎么会有海呢？"我想，难道是虫洞搭错线了？但从没听说过有这种事。

"喂，这是另一扇宇宙窗吧？你不会想拿这个蒙骗我吧？嗯？"南星娇嗔道。

"冤枉啊，这怎么可能？"我说，又睁大眼睛仔细看着，渐渐地，认出了一些熟悉的轮廓，"你看，这个海底的地形，好像、好像就是以前的陆地欸……"

是的，雪原虽然长期被冰雪覆盖，但大体的地形我看得很熟了，高下丘谷的基本面貌，和这个阳光明媚的海底竟然大体吻合。

难道……

我正在疑惑，忽然看到远处一群大鸟飞来……不，应该说一群大鱼游了过来。但它们确实如蝠鲼般振翼游动，宛若飞翔，身上也覆盖着某种羽毛状的东西，怎么那么像是……

"雪鹰狮！"我叫出了声，"是雪灵它们啊！"

是的，是我亲爱的雪鹰狮们。我曾长期疑惑它们的翅膀有什么用处，因为从来没见它们飞过，但现在终于明白了：它们的翅膀的确是用来飞翔的，但不是在天上，而是在海里。

雪灵带着雪鹰狮们游到我面前，虽然模样又发生了很大的变化，比如羽毛更加固硬，变成类似鳞片的构造，身体也变得更流线型，但无疑每一个都是我熟悉的老友。而我惊讶地发现，它们的队形形成了一个整齐的方阵，比以前更加严整，甚至可以说，如同一个不可分割的整体。

雪灵静静凝望着我们，眼神中竟充满了我从未见过的睿智与温柔，此时，我的脑海中幻化出了一幅幅画面，好像有人在给我翻看一本古老的图画书。电光石火间，我终于明白了这个我永远无法抵达的世界的真相。

9

我当时所领悟到的真相，是一种感性的直觉，很多地方不能用人类的语言表达。后来又过了很久，我经过回忆和思考，以及参考外星生物学家的相关论述，才能大体组织成可以理解的语言：

雪星——这个名字至少有一半名不副实——围绕着两个太阳旋转，一个太阳是红矮星，辐射微弱，另一个太阳却热力强大，两个太阳以固定的节奏接近和远离，雪星也就以固定的周期在两个太阳间交换。在围绕着第一个太阳公转的时候，它是一片冰天雪地，而在围绕着第二个太阳的时候，它表面大部分会变成温暖的海洋。生命就在这样一个在两个极端之间切换的世界中萌发和进化。

雪鹰狮——这个名字当然也不怎么符合实际了——是一种复合生命，通过跨越个体的脑电波交流而组成整体意识。然而在食物匮乏的冰雪时代，只有一小部分幼体能够长大，因此每个个体需要单独的意识，进行竞争才能活下去。但在这之后，它们就开始彼此的合作和相互的关联，成长为整体。它们的"求偶"，其实是意识融合的一个阶段，首先是两个个体的脑电波相互交流，然后再进一步合并，成为真正具有智慧的复合生命……

雪灵是一个特殊的个体，在它还很小的时候，因为宇宙窗的开启，让它的脑电波和我的脑电波通过虫洞发生了细微的交流。我们能够在大脑运作中感应到对方的情绪和思维，但这种感应相当微妙，所以许多年来，我竟毫无察觉，虽然在潜移默化中，我们早已影响和改变了彼此的生命轨迹。而对于雪灵来说，它看不到我，但感到有一个和自己相感应的个体的存在，却不明所以，更不知道对方距离自己有半个宇宙之远。

因为和人类的脑电波建立了本不该有的关联，其他同伴感到了雪灵的异常，所以长期排挤它。但这种关联也让雪灵变得更加聪明和独立，养成了某种领导力，这让它在后来反而成为群体思维的凝结核，成为一层层意识融合的核心。在冰雪变成海洋后，雪鹰狮群的思维终于成为一个拥有智慧的整体，在这个阶段，它（们）继承的世代记忆才得以复活，也可以和我以更清晰的方式沟通。

当时，雪鹰狮（们）在我脑海中发出合唱般的歌吟，好像是发出某种邀请。我理解了，冰雪已经融化，海洋已经复归，和雪星的所有生命一样，它（们）的生活也进入了下一阶段。是的，即便是这个已经合众为一的神奇存在，也不过是某种更复杂和伟大生命的初级阶段而已。雪星的海洋阶段将持续超过三百个地球年，在后面的漫长岁月中，它（们）即将洄游，去这个星球的其他区域学习和进一步成长，其未来历程的深邃奥秘已超出了人类的理解范围。这个过程或许可以说，大体相当于人类去外地上大学而已。

它（们）在这里已经等待了一段时间，应该是等待着我，也许还包括南星，它（们）也一直记着她当年心灵的触感……对它（们）来说，我们也是它（们）的一部分，因此渴望我们能一同前往。但此时，它（们）接收到了我们的脑波，虽然不知道能理解多少，但应该也明白了，我们在时空上的遥远距离，注定不可能加入它（们）的行列，只能在这里告别。它（们）将离去很久很久，久到势必是永别了。但即便如此，我们之间也存在不可磨灭的羁绊，它已融入双方的心灵。

雪鹰狮们开始一个个在海水中舞蹈、翔泳，围绕着看不见的宇宙窗来回环游。我们站在窗前，静静地望着，感受着它（们）热情而深邃的心灵之歌。不知过了多久，它（们）终于转过头，重新组成庄严的队列，向着碧蓝海洋的深处缓缓飞去，越飞越远，越来越小，再不回头。远去的雪鹰狮，宛如远去的人生，宛如流金岁月中曾陪伴我们成长，但已永远离别的人们……

"记得吗，我曾说，这是我见过的最美的宇宙窗了……"

南星轻轻地说，握紧了我的手。

退　行　者

1

毫无征兆，飞机就掉了下去。

当时，他正在商务舱里绘声绘色地给妻女讲这次欧洲之旅的精心安排，妻子两眼放光，女儿兴奋地大叫爸爸真棒，空姐体贴地送上刚煎好的牛排和红酒。窗外阳光璀璨，洒在棉花糖般的云朵上。事后想来，当时他的人生堪称完美，事业蒸蒸日上，生活优裕富足，家庭幸福和睦，他也相信一切将变得越来越好，直到岁月的尽头。

忽然间，机身猛烈地抖动，他心脏一紧，身子随之没着没落。各色食物和饮料飞向空中，尖叫声此起彼伏。女儿没系安全带的小小身体也飞了起来，重重地撞到了行李架上，他想去抓她，但没有抓住。一切都如飞入太空般失重。他在慌乱中向窗外瞥了一眼，下面连绵的雪山正摇摆着迎上来，就像是有一个巨人从下面攥住整架飞机，把它狠狠地拉往地面。尖锐的警报响起，氧气面罩弹在他面前，但他来不及戴上，已晕了过去。

他被一阵寒风吹醒，发现机舱只剩下了一半。扭头看去，妻子的身体像是个被踩瘪的洋娃娃，扭曲得他都不敢多看一眼；女儿蜷缩在地上，身上没有什么伤痕，看似只是睡着了，但是身体已经冰冷，无论他怎么喊也醒不过来。周围还有许许多多的尸体和残肢，但没有其他人还活着的迹象。

他却奇迹般地没有死，甚至没有受致命的重伤，只是一条腿断了。他无助地哭了起来，跌跌撞撞爬出机舱，发现飞机坠毁在险峻的冰峰雪谷之间，事后推算，这里应该是西藏或青海的某条山脉深处。举目几乎没有任何人类的迹象，然而对面的悬崖上却奇迹般出现了一点红色，似乎是一座寺庙。希望又在他心中燃起，他忍着腿上的剧痛和刺骨的寒冷，一瘸一拐地挪动过去，求庙里的人施以援手。

他走了很久才走到那里，庙里只有一个老喇嘛，老得像有两百岁，白胡子几乎要垂到地上。面对他的哀求，老人带着浓重的口音说："我看到飞机掉下来，但我也救不了谁，这是命数。你在庙里休息一下，等外面的人进山来搜救吧。"

他的心冷下去，一切已经无可挽回，妻子和女儿都死去了，自己活着还有什么意思呢？他悲从中来，号啕着要从悬崖边上跳下去。

老喇嘛不忍，拉住他说："罢了，上天有好生之德，我还有一个法子，也许可以救他们。"

他重新鼓起希望，忙问究竟。老喇嘛道："有一个威力无穷的密宗咒语，称为'退因缘行咒'，据说是打不动明王传下来的。只要从头到尾念一遍，就可以解开因缘的脉络，退回到许多因缘缔结的状态。但具体退到何处，无法确定。如果有人懂得使用这个咒语，就能让整件事重来一遍，避免灾祸，救出自己的亲人。"

他将信将疑，但像溺水的人只得抓住身边最后一根稻草，此时他只能选择相信，求老喇嘛教给他咒语。老喇嘛缓缓道："这个咒语本不能轻传，今日你来到这里，是你我的缘法，我可以教你，但你要记住，咒语只能使用一次，用完后就要忘记，否则定会出现不可测的灾难。"

他自然一口答应，花了半小时，记熟了那个复杂拗口、不明意义的梵文咒语，闭上眼睛，深吸一口气，然后一字字念了出来。等念到最后一个字，一阵奇异的晕眩感从四面八方袭来。

2

再睁开眼睛的时候,他发现自己还是在机舱里,妻子和女儿好好地在自己身边说说笑笑,只是客机还在机场,尚未起飞。他擦了擦眼睛,原来真的回到了几个小时以前!他几乎以为是做了一场噩梦,但坠机的可怖画面还在眼前闪现,妻子和女儿死去的惨状刻骨铭心,他心中一凛,知道这不会是假的。

机体轻微地振动起来,开始在跑道上滑行。他如惊弓之鸟,大叫起来,让飞机不要起飞,说它会掉下来。妻子面红耳赤,拽着他的袖子,让他别胡说八道,他无暇解释,只能甩开她。机组人员也过来阻止,让他保持安静,周围人都当他是笑话,眼看说什么都没人信,飞机就要起飞,他心一横,大喊一声:"飞机上有一颗炸弹,马上就要爆炸了!"

这回所有人都恐慌起来。飞机立即停止滑行,所有人都被带离飞机,警察和技术专家随即赶到,将飞机仔细检查了一番。结果当然并没有炸弹,也没发现任何故障。折腾了半天后,只有他们一家人被留下,客机如常起飞,也一路平安抵达了欧洲。坠机压根没有发生,也许当时是一颗陨石砸到了飞机上,也许是一只鸟撞进了发动机,既然没有发生,原因也就无法知晓了。

所有人都捡了一条命,但这只有他自己知道。没有人感谢他的救命之恩,他还因为扰乱公共秩序被警方拘留了很多天。

一开始,他虽然觉得委屈,但总算救了家人和整机乘客的性命,感觉还是值得的。然而事情还在继续发酵,他大闹机舱的视频被好事者传到网上,引起了社会公愤,他的身份也被人肉出来;公司为了维护自己的声誉,宣布将他这个高管除名,他前程尽毁;同时航空公司和一些耽误行程的旅客还在起诉他，要他给出巨额的赔偿。失去了高薪的工作，他连房子的月供都还不起了，好不容易买来装修好的独栋别墅将会被银行拍卖。妻子和女儿一直没有好脸色给他看，他告诉她们事件的原委，可她们都不相信，妻子觉得他精神出了问题，女儿也变得越来越怕他，看到他都尽量躲得远远的。有一次，妻子差点把他骗到精神病院去治疗，他勃然大怒，把妻子骂得狗血喷头。

第二天，妻子带着女儿离开了，他花了好几天都找不到她们的下落，其他亲友也都躲着他。他放弃了，此后，不是喝得酩酊大醉就是通宵玩网络游戏，无时无刻不在麻醉自己。

一天深夜，他从宿醉中醒来，头疼欲裂，发现自己躺在客厅的地板上。地上扔满了烟头、酒瓶和外卖的饭盒，凌乱而死寂，让他想起另一个时空的空难现场。他想起不久前，家里还是整洁明亮，充满了一家人的欢声笑语，便悲从中来，泣不成声。为什么明明他拯救了家人，生活还会变得如此糟糕？中间究竟出了什么差错？

是那个神秘的咒语改变了一切。显然，问题就是他退行的时间太短了，如果当时退到登机之前，随便找个理由不去登机，后面一堆事情都不会发生吧。那为什么不再退行一次呢？虽然那个老喇嘛说只能用一次，要不然就会有大祸临头，可现在他不已经是一团糟糕了吗？再用一次，又能惨到哪里去？

他心一横，把老喇嘛的叮咛抛在脑后，再一次念出了退行的咒语。

很快，奇异的晕眩感再度降临。

3

这一次，他睁开眼睛，发现自己坐在一个光影迷离的酒吧里，面前是一个时尚娇美的女孩，委屈地看着他，脸颊上还挂着泪珠。他想起来，那是三四年前他带过的一个实习生。那女孩爱上了他，将他约出来向他表白，说不介意他结婚了，只要能陪在他身边就好。当时他不是没有心动，但顾及妻子和不到两岁的女儿，还是狠心拒绝了她。后来他常常想，如果他答应了会怎样，谁料多年后，他竟又跨越三年多的光阴，回到了人生中最诱惑的一刻。

女孩梨花带雨地倾诉着，带泪的目光中都是柔情。他想到了她的未来，在被他拒绝后，女孩很快离开了公司，去了另一座城市，后来他辗转听说她结婚又离婚，一个人带着天生残疾的孩子，生活得很不幸福。

一阵愧疚涌上心头，这也许是他的错，他不该将她推开。他又想到妻子和飞机的事，无论他怎么解释妻子也不相信，还在他最艰难的时候离他而去，一股怨愤从他心底升起。女孩扑到了他的怀里，诱人的芬芳将他包裹，他想，这也许是上天赐给他的第二次机会，他没有推开她，反而将她揽得更紧。

他们开始偷偷约会。那时候他在公司负责一个大项目，事业正在关键期，经常国内国外出差，顾不得家。家里孩子还小，老人体弱多病，这些他都帮不上忙，全靠妻子辛勤操持，妻子也有很多抱怨，当年他都忍过去了，甚至还有些歉然。可现在他越发觉得，妻子这个人真是短视无知，只会扯他后腿，看不到几年后他就能苦尽甘来。上次退行时的怨气还没散去，他天天和妻子吵架。情人却在他身边陪着他，为他打气，这更让他感觉到情人的好。

半年后，项目比第一次更圆满地完成了，他被擢升为区域经理，情人也被提拔为部门主管，他们的关系也更加亲密，直到情人婉转地暗示结婚。

他吓了一跳，虽然和妻子的矛盾越来越多，但他并不想失去家庭，让女儿没有父亲。他结结巴巴跟情人解释，情人闹了半天别扭，虽然噘着嘴答应了，但要求更多的陪伴和关爱。他尽量去满足，还破格提拔了她，给了她很多宝贵的资源。但局面开始失控，她在深夜里给他发微信，好几次差点被妻子看到，他好不容易支吾过去。可不久后，那女孩又发了朋友圈，有和他在一起的暧昧合影。他吓了一跳，好说歹说才让她把照片删掉。

没几天到了七夕，情人要和他一起过，可他安排不过来，只有拒绝了。他和妻子在街上推着孩子散步的时候，他的情人忽然出现，朝他们走来，巧遇一般和他打招呼。他强自镇定地为她和妻子相互介绍。情人夸赞妻子美貌，女儿可爱，没多说什么便转身离去。妻子没有多问。他当然也没有多话，心里庆幸地想，总算又过了一关。

第二天，当他回到家里，妻子已经带着女儿回了娘家，留下一张纸条，让他和情人双宿双飞，说会找律师办理离婚事宜。原来妻子已经查得清清楚楚。他如遭雷殛，再打妻子的手机，却早已关机了。

霉运接踵而来，他和下属的偷情关系已经被人发现蛛丝马迹，他还浑然不知。他在公司的死对头找人偷拍了他们在酒店里开房的照片，发到了许多领导的邮箱里，整件事很快尽人皆知，还是最不堪的版本：权色交易，公器私用，影响十分恶劣。领导找他谈话，因为违反公司纪律而撤掉了他的职位。焦头烂额中，妻子又寄来了离婚协议书，要女儿的抚养权。他不同意，好说歹说见了女儿一面，女儿却不认他了，一见他就哇哇大哭。家中老父为这事都气得高血压复发，住了院。

眼看妻子那边日益无望，他也动了和情人结婚的念头，可他不知道自己失势以后，已经不能给那女孩想要的东西。有一天，她发微信说，自己不该破坏他的家庭，决定彻底退出，然后拉黑了他。连番打击下，他的工作几次出错，新任的部门经理训了他一顿，让他卷铺盖走人。他早听说是此人告密才害他倒霉，为的是趁机上位。此时怒上心头，他挥拳便打，一开始，那家伙在地上还哭爹叫娘，后来声音渐渐没有了,人也不再动弹,只有口鼻里汩汩冒血,他如梦初醒,松开了手。

警察到来时,他还在抽烟,警察厉声叫着,让他举手投降,他没有理会,把烟头扔在地上,念出熟悉的咒语,然后闭上眼睛,逃向另一个时空。

4

这一次,他在婚房里醒来,身边是小鸟依人、更年轻温柔的妻子。他知道自己退回到了再往前三年的时候,那是一个美好的时期。这一年,他和妻子新婚宴尔,正如胶似漆。工作上,入职了后来的公司,虽然薪资还比较微薄,但是他踏实肯干,机会很多。何况,他已经知道了未来会发生的很多事件,完全可以利用这些信息十拿九稳获得成功。生命的美好丰盈可以再度展开。

但他发现,自己的生活中还有一个小小的问题。其实对别人都不是问题,只有对他是。

那时候,女儿还没有出生,甚至没有怀上。

他惘然若失,朝思暮想。当年他曾更想要一个儿子,女儿出生后还暗中失望过,可这些年来,女儿已经是他人生中很重要的一部分。他深爱这小家伙稚嫩的嗓音和甜甜的笑容,爱她憨态可掬的动作对话和各种调皮捣蛋的小聪明。为了她的未来,他觉得一切辛苦劳作都是值得的。但现在女儿凭空消失了。她还会再度出生吗?

他还记得女儿受孕的那几天,是在不久后的蜜月旅行中,很可能就是在其中某个激情澎湃的夜里。此前他出差了半个月,此后又忙于工作,好些日子加班夜归,女儿肯定是那几天怀上的。他必须让女儿再次如期降临。

等待了几个月之后,他和妻子开始了一再耽搁的蜜月之旅。他们登上一条邮轮,远离都市的喧嚣,航向碧海蓝天。在朝向大海的豪华客房里,妻子柔情万种地抱住他,在他耳边呢喃风情的话语。但他开始紧张,他知道眼前不是一次普通的欢爱,而关系他们的整个未来,他不能搞砸了,突然,眼前妩媚妖娆的妻子变成了女儿天真活泼的笑靥。这感觉太古怪了,关键时刻他不幸疲软下来,然后就再也无法重振雄风。

妻子觉得他只是太累了,并没有在意。但他心情沉重,通宵未眠。第二天,他费了一番工夫找回状态,妻子也加倍迎合,总算是圆满成功。事后,妻子很快就陷入了熟睡,但他仍迟迟未眠。他想到一个问题,他有亿万个精子,这一次达到终点的几乎不可能是之前的那一颗,当然,在同一个排卵期,卵子还是一样的,那么他的女儿再次出生时,是同一个人还是另一个人呢?

这个近乎形而上学的问题,他没法知道答案,连猜测都没有机会。妻子的月事在半个月后如期而至——她竟没有怀孕。从未存在过的女儿永远不会再出现了。

除了他,没人知道这个女儿的存在,他不能对任何人讲明,只得一个人到酒吧里喝得大醉,号啕大哭地喊着女儿的名字,别人还以为是失恋。有人让他闭嘴,他借醉意骂了几句,便被好几个文身大汉拎起来打得鼻青脸肿,扔到了后巷的垃圾箱里。

他像摊烂泥一样躺在臭气熏天的垃圾堆上,望着黑暗无星的夜空,露出轻蔑一笑,喃喃念出了那句咒语。

5

他在图书馆里,在一排书架后面,偷偷凝视着一个正在桌上认真读书的年轻姑娘。那是他后来的妻子,这一天是本来历史上他们相遇的日子,后来的婚姻中,他们每年都要庆祝这个甜蜜的日期,所以他记得很牢。如今他又回来了。

这次他退回到两年以前,正好是在他和妻子相遇前几天。所以他又来到这里,发现妻子已经变成了初遇时的年轻女郎,旧日的情火重新在他心中燃起,他想,也许自己还有机会挽救一切,和妻子再一次相爱,也让女儿再度出生。他向妻子走去,心中酝酿着那些本来要说的台词。那本是几句极陈腐的搭讪话,但妻子说,正因为他的笨拙才打动了她。

"这本小说很好看。"他走到年轻妻子的身边说。马尾辫的女生抬起美丽的眼睛望着他。他笑着坐到她身边,继续念出当年的对白,"我很喜欢他的作品,你也是吧?我们交个朋友好吗?"多年老夫老妻下来,他一直坚信妻子注定会投入他的怀抱,但他不明白,因为已经共处了很多年,自己的语气、动作和眼神都发生了微妙的变化,在年轻妻子看来像是一个神经兮兮的自来熟,她的眼神中出现了警惕,敷衍地回应了几句,很快就起身走开了。

"等一下!"他有点不知所措地叫道。这和他的记忆完全不符。他甚至叫出了妻子的名字,"别走,是我啊。"

这个错误毁了一切,妻子更加恐惧地跑开了,他追上去,不但没追到,而且差点被保安当成流氓抓起来。

他没办法,只能又找了妻子几次,她的电话、地址、邮箱他都非常清楚,但结果是越弄越糟,妻子已经把他当成了不折不扣的跟踪狂。最荒诞的是,因为他的威胁,她竟然接受了当时追求她的另一个男生。

事情每况愈下,他发现自己已经毫无办法。不久后,他听说那人跟妻子求婚,妻子答应了。绝望中,他给妻子写了一封几万字长信,诉说了在另一条时间线上他们的相识相恋以及将会有一个幸福的女儿，并坦白了自己在不断退行，如今他重返到与她相遇时。他哀求她相信自己，拯救他们的未来。

信发出去了，又过了很多天，迟迟没有回复。他想，也许妻子压根没有看，也许她看了但一个字也不信，也许她此刻正在和男友调情，一起嘲讽自己。那么还是重新来过吧，他下定了决心，念起了咒语。

晕眩袭来时，他似乎听到手机响，但已经来不及接听了。他永远也不会知道，那是妻子读完了他的信，刚刚克服了恐惧和羞怯，下决心给他打来了电话。

6

他再次走进阅览室，在书架后注视着妻子。只是这一次他戴着帽子和墨镜，门口还守着两个不显山露水的保镖。

又是多少岁月过去了？如今他竟再一次回来了。只是一切……都完全不同了。

这一次他的确出了大岔子。他渐渐知道，每次念完退因缘行咒，不论当时所处的时间是什么，所退到的时间都要早于上一次退到的时间点。也就是说，每次退行都要在上一次退行的基础上，继续往过去逆流而上。他的生命将不断退回到更小的年纪。

他预期这次会再后退一两年，那样他还有时间去重新建立和调整与妻子的关系。但他错了，这一次的退行带他越过了漫长得多的岁月，让他在大学宿舍里醒来，距离上一次的时间点足有六年之遥。他二十岁以后的人生全都化为乌有。

许多天里，他如同迷路的孩童，在当年的校园小径上茫然踯躅，想着许多年之前或者之后的另一种生活，如今一切已遥不可及。不过从另一个角度看，甩掉了未来的工作和婚姻问题后，生活再次充满了无数的可能性，他可以自由地选择自己的前程——比第一次人生中的二十岁要自由得多。他也厌倦了不断倒退后重新开始，他不能一直退行下去，必须再度启程向前。他对自己说，这是自己最后一次使用这个咒语了，无论将来遇到什么，都永不会再念起那可恶的咒语！

他重新规划了自己的人生，利用来自未来的知识和经验，很快就一鸣惊人。首先是利用体育博彩赚到了第一桶金，然后退学，创办了自己的公司，进行各种风投。他投资的项目不多，运气却好得惊人，电商、影视、房地产、社交媒体、数字货币……在各个领域的投资都取得了丰厚的回报，他的资产如翻跟斗一般增值，又收购了好几家未来将名扬世界的公司。

三年后，他的名字在中国富豪榜上出现，又过了两年便升到榜首。随着时间推移，他成为商业名流，他的名字在亿万人中家喻户晓。当年曾作为小职员入职的公司被他收购，那些他曾仰视的公司老总和各界要人，如今在他面前，不过是卑微的蝼蚁。

随着之前不敢想象的飞黄腾达，他自然也享受到了有钱男人最令人垂涎的生活。他正式约会过的对象包括以前做梦都不敢想象的一线女星、美女作家和富豪千金，有过露水姻缘的各界佳丽更不计其数。不过，他一直还记得自己前一次人生中的妻子。他想，自己总归还是要和她相见。毕竟在他好几次的人生中，他从来没有爱别人那么深过。

所以，到了他和妻子相逢的那一天，他推掉了一堆会议，让司机把车开到市图书馆，然后再次悄悄走进阅览室，在书架的缝隙间又看到了那个熟悉的侧影，那女孩曾经或者将要和他的命运相连，为他生儿育女，和他爱恨交织。但现在她还一无所知。

他以为自己可以像之前那样怦然动心，燃起激情，可看着久别的女子，他却惊讶地发现自己的内心已经全无波澜。这个女孩那么相貌平凡，打扮土气，读着一本肤浅可笑的心灵鸡汤书，和自己完全属于两个世界。他甚至奇怪自己竟然会爱上她，和她共度多年的人生。

他又想到了失去的女儿，心中翻起一阵酸楚，但也不复当年的煎熬。多少时光已经过去，如今伤口已经被抚平，那个曾是他最亲爱的孩子也只剩下一个模糊的形象，不真实得仿佛清晨回想深夜的幻梦。

他发出无声的叹息，悄然离去，让这段缘分在开始前就结束了。他想，如今他大概真的可以放下了。

他怀着几分歉意，在暗中帮助本来的妻子找了一个收入理想的工作，还帮她本应很快去世的母亲治好了病。当然，她对这位贵人一无所知。在应该和妻子结婚那年，他与一位政界要人的独生爱女在巴黎举行了盛大的婚礼。

婚后，他的事业继续蓬勃发展，几乎可以影响小半个国家的经济命脉。然而，因为联姻的关系，他发现自己开始身不由己，陷入了一些势力争斗的旋涡。岳父的很多生意都远远超出了法律允许的范围，是许多集团的幕后主宰。他明面上的财富比起岳父真正拥有的又差得太远。不过，岳父也有更强大的敌人，岳父想要利用他的商业帝国来对付那些人。他想过置身事外，但关系已经撇不清了。

几年后，形势急转直下，他的岳父忽然倒台。此后，他的商业经营也处处受阻，有人给他通报消息，说他很快会被逮捕，他利用自己的关系网及时逃到了海外。财富损失了八九成，但他在国外仍然有许多资产，足以像国王一样过完下半生。他的事情上了全世界各大媒体的头版头条。他深居简出，隐居了一段日子。他本想不问世事，但仍然有人担心他知道得太多。

一次，当他在海景别墅前的沙滩上晒太阳时，看到一架式样精巧的无人机飞到自己的面前。他以为是隔壁哪家孩子的新玩具，还好奇地盯着看了片刻，直到看到机身下的枪管喷出灼目的火光。

他被扫射，身中数弹，倒在血泊中，一时却还没有死去，趁还有最后一口气，他念出了那句一直没有忘记的咒语。

7

有东西砸在他额头上,他猛地跳起来,叫着"子弹!子弹!"但眼前却是高中的课堂,是老师用粉笔头扔他,周围的同学一片哄笑。他又从大学时代退行了两年,回到了十八岁,彼时还是一个青涩的高中生,和父母在小城里生活。多年来,他已经习惯了万人之上的富贵荣华,骤然又回到平凡人生,很不适应。他对自己说,必须尽快重新拥有自己失去的一切。

他根本无心再读完高中。高考,上大学,找工作,这些对经历沧海桑田的他已毫无意义。他尝试说服父母让自己退学,自由发展。但父母怎么也不同意,最后大吵起来,父亲愤怒地给了他几个耳光。他也不想再多解释,干脆偷了家里的两万元存款,跑到了外地,利用这些钱和对未来的了解,他有把握通过股票在一年内就赚到一百万,两三年后便可重返亿万富豪的行列。他想,这次一定不要太贪心,低调一点,见好就收,别和那些危险的人事搅在一起,就不会出问题了。

过了几天,他给母亲打了个电话,说自己出去闯天下,很快会发大财回来。母亲还在婆婆妈妈,问他到底在哪里,他怕被他们再干扰,干脆断绝了和家里的联系,投入东山再起的事业中。他在商业投资上已经轻车熟路,一年后,他赚到的钱比预想中还要多一倍。他揣着好几张金卡和一箱的现金衣锦还乡,心想这次一定能让父母无话可说,心悦诚服。但家里大门紧锁,空无一人。他走到窗前往里看,看到房间里落满了灰尘,柜子上有一张黑白遗像,放在骨灰盒之前。

那是他父亲的照片。

他惊骇莫名,在本来的时间线中,父亲十多年后还活得好好的,怎么会突然死去?他跑到邻居家探问,好不容易问出事情的一部分原委。他失踪以后,家里人怕他是被坏人诱骗去吸毒或赌博,忙去报警,但案子迟迟没有进展。他父母只有自己贴寻人启事,到处打听他的下落,结果就有许多真真假假的线索,把父母引到全国各城市去寻找。

半年前,他们听人说北方一些小煤矿有被骗去挖矿的黑奴工,其中有个少年很像是他,于是千里迢迢跑去。自然没找到儿子,但黑煤矿的确存在,父亲似乎查到一些线索,于是去向当地的警方报案,但那种地方蛇鼠一窝,报案被压下,父亲不久后反被收押,几天后莫名其妙地死在看守所里。母亲受不了双重的打击,变得疯疯癫癫,几个月前也被送到了精神病院,每天还叨叨说要找儿子。

邻居叮嘱他,赶快把母亲接回来。他却摇了摇头,转身离去。事已至此,就算接母亲出来,给她看好病,父亲也不可能复生了。他这一辈子赚再多的钱,也弥补不了这份无可估量的损失。

他登上了附近一座大厦的楼顶,坐在天台边上吹着风,一边把上千张百元大钞从那里撒下去。钞票如雪花般飘落,人群从四面八方聚拢过来哄抢,很快一部部警车也尖啸而至。他轻快地笑起来。命运真喜欢折磨我,可是我总有法子逃出生天,没有任何绝境能困住我,没有。他冷笑着,慢慢念着咒文,念出最后一个字的时候,他在底下人们的惊呼声中跃向天空。

8

这次,他本来期望再倒退两三年,停留在中学时代,那样还不至于太难熬,他会安于平凡朴素的生活,也许还能和当年的班花谈个恋爱。等到高中毕业以后,再慢慢展开他的计划,他还有很多很多的时间。这次他绝不会再犯任何错误,绝对不会。

但睁开眼睛,他看到的却是前所未有的奇异景象:周围的一切突兀地变得异常巨大，路上的行人都成了巨人，开过的小汽车甚至比大卡车还要大，马路宽广得有如广场。

他愣了一下才明白，不是别的东西变大，而是他的身体缩小了。他战栗起来，踟蹰不前。年轻的父亲如巨灵神般把他抱了起来，笑着说，怎么了？别怕，学校里有很多小朋友陪你玩呢。

他颤抖起来，这一次，时间无情地后退了十一年之久，他成了一个七岁的儿童，被父亲带着，走进小学的大门。

他必须从头经历一遍整个小学和中学的生活。他记忆中的小学生涯本来是充满乐趣的，但那只是在记忆中。对一个经历过无数精彩人生的成人来说，重新从白痴般的课程学起，和咿呀学语的学童打打闹闹，做着无聊游戏的生活，宛如服刑般令人窒息。

在越来越无趣的第二次童年里，他一遍遍思考着自己不断重启却不断失败的人生。他终于明白，所有问题的起源，就在于自己得到了随时退出眼前人生、重来一遍的力量，这是一个他无法摆脱的魔咒。所谓人生，本来就意味着必须承受命运的不幸，接受既成的一切，再设法重整旗鼓。而他拥有了不必硬拼的选择，那么便会不断地从原来的战场后退，转身逃往更遥远的过去。

如果不肯接受命运带来的不幸，最终连幸福的希望也要一并失去。

但他明白，重返过去再来一遍的诱惑实在是太大，一次可以克制，两次可以抵御，但在一生的漫长岁月中，面对随时可能降临的痛苦折磨，谁也不能保证下次不会再转身逃走。他内心知道，自己无论多么抗拒，总有一天还是会再念出退因缘行咒的。

怎么办呢？他忽然有了一个疯狂的主意：不如直接念动咒语，回到更幼小的时期，比如一两岁的时候，那时候的他没有语言，没有思维能力，也不会记得那么多事。忘却一切后，他就能重新开始全新的人生，不再受到魔咒的诅咒。

于是他下定决心,在深夜的卧室里启唇,喃喃念起咒语。一阵晕眩,他回到了六岁时的动物园,但他还是记得太多的事,于是再次退行,回到了四岁的幼儿园,似乎还不够,他再一次念起咒语……

然后,他什么也不知道了。

9

他一定是回到了襁褓之中,也许是母亲的子宫里。但这一次,他什么都不记得了。

他的人生再一次从头展开,但失去记忆也就意味着没有改变的机会。随后的一切就像第一次人生一样,一模一样。

他按部就班地长大,读完小学、中学、大学,到公司入职,在图书馆里碰到心爱的姑娘,结婚,蜜月旅行,生下可爱的女儿。他的事业开始发达,他拒绝了追求他的女实习生,完成了一个大项目,升为高管,买下了大房子,还开开心心地带着妻女一起去旅行。

然后,在三十多年的漫长岁月后,悲剧再次发生,飞机从天上坠下,妻子和女儿都死于空难。他再一次拖着伤腿,绝望地爬进了一间山上的破庙,向一个白胡子的老喇嘛求助。

老喇嘛却像早已明了了一切,看着他,悲悯地摇摇头,"在另一个因缘中,你曾经来过这里,我也告诉过你只能使用一次那个咒语,不能贪求别的,可是你没有听我的话,如今一切都无法挽回了。"

他一头雾水,不明所以。老喇嘛叹息着走开了。但他渐渐感到,眼前的一切似曾相识,熟悉得令他颤抖。他说的咒语是什么?到底是什么东西?为什么他明明什么都不明白,却又似乎感到了某种比他的一生还要久远的既视感?

终于,遗忘之墙崩裂,一串晦涩拗口的音节在他脑海中响起。他想起来，那就是彻底改变了他的退因缘行咒。

随着这个咒语，无数神奇怪诞的记忆怒吼着冲入他的脑海，他在片刻间回忆起了一切，一次次人生的前因后果，悲欢离合。这些一直藏在他的心底，从未真正被忘却。

他在极度震惊中大口喘着气，心中混乱得如天翻地覆。老喇嘛又回来了，见他呆若木鸡的样子，说："都想起来了吗？"

"都想起来了。"他呻吟着说。

"那就好，现在你还有一次机会。接受现实，埋葬过去，你的人生还可以继续往前走，记住，这是最后一次机会了。"

他点了点头，颓然坐倒在地。但妻子和女儿的面容还在眼前浮现，让他无比心碎。他想，自己前前后后经历了无数人生，差不多有一百年了，难道这一切都是白费吗？他无论如何还是没有办法接受发生的一切，接受眼睁睁死在自己面前的亲人，几小时前她们还快乐地依偎在自己身边，幸福还触手可及。在自己努力了差不多一个世纪之后，难道让一切最终返回到原点吗？他绝不能接受。

不，他一定要再试一次，他想，如果退回到几小时以前，或其他任何时候，他一定不会再逃避。他唯一的诉求就是逃过眼前这场惊天大难，让妻子和女儿复生，然后就老老实实地接受其他不完美的命运，安心地度过余下的平凡人生。

抱着这样的决心，他趁老喇嘛察觉之前，再次念出了咒语。

但距离上一次退行已经过去了太久太久，他还是忘记了一件事，一件绝对不应该忘记的事。

每一次退行的起点，是上一次退行到达的终点，而不是现在。

每一次退行，都要退到更久远的过去。

上一次，他退回到婴儿时期。

10

这次和之前任何一次的感觉都不同。

他在浑身异常的剧痛中睁开眼睛，发现自己须发皆白，躺在一间雪白的病房里，浑身插满了管子。面前还紧张兮兮地围着好几个衣着老式的中年男女，脸上都是一副生离死别的难过样子。不知怎么，他知道那是他的儿女们。

难道他反过来跳到了很多年以后？这中间发生了什么？他在疼痛中搜索着脑海中陌生的记忆。那是波澜壮阔又饱经苦难沧桑的一生，饥荒、革命、战争、动乱、平反……如今他是一个癌症患者，距离死亡没有多远了。

但那不是他，这个奄奄一息的老人怎么会是他呢？他努力转动眼球，看到了墙上有一本挂历，那上面的年份他倒也很熟悉，那是他出生前一年，那年他父母刚刚结婚。太荒谬了，那一年，他明明还不存——

忽然间，他明白了一切，被从未有过的恐惧攫住。

这个老人不是他，却也是他。

这是他上一世的人生。上一世。

他瞪大了眼睛，喉头发出咯咯声，无法克制地战栗起来，他这才明白了退因缘行咒真正的力量：退行一旦开始，就永远不会真正停止。只要你念起咒语，就会不断地在之前的时间点上继续往过去前进，甚至超越生命本身的界限，在宇宙轮回的业力中退往无限遥远的过去。

而现在，他就忍不住要再度念出咒语了，因为此刻实在被肉体痛苦折磨得太惨。为摆脱这剧痛，他不惜一切代价。

他闭上眼睛，泪珠从颤抖的眼皮底下沿着苍老的皱纹滚落。这一次，真的要和之前的世界，和自己爱过的一切永别了，他的旅行才刚刚开始。在这次旅行中，他会经历无穷无尽的战争、饥荒、瘟疫、灾劫，经历历史上记载和没有记载过的许许多多苦难。

在无穷无尽的时间逆流中，他将一遍又一遍地失去拥有的一切，甚至失去自我。也许只有到达时间的源头，他才能找到解除咒语的方式。到时候，他也许根本连人都不是，而是变成了某种无法理解、不可思议的存在。

但他不能不去发动咒语，这是他唯一的选择，唯一的救赎。

他再次微微张开嘴唇，以旁人听不到的声音默念咒语，在奇特的晕眩感中，他让自己放弃抵抗，沉入时间的深渊。

人 间 卷

宝 树 奇 妙 物 语

美食三品

一、盛　宴

性感火辣的女侍者推着送餐车走来，车上的菜品被一个金灿灿的西餐盖盖着，盖子竟似以纯金打造。

女侍者含笑将送餐车推到客人面前，然后把盘子连着西餐盖端上桌子。

女侍者正要揭开西餐盖，食客却轻轻按住了她的纤纤玉手，"等一下，我有几句话要说。"

对面的主人做了一个"请讲"的手势。

食客从容说道："虽然没有通报姓名，但你可能知道我是谁，我的照片经常出现在顶级富豪榜上，否则就算是一般的有钱人，这一百万一顿的私房美食，估计也吃不起。"

主人点了点头，表示知道这位富豪的身份。

富豪又说："我这个人，对美女、名车、豪宅这些都没什么兴趣，也没有太空探险、深海下潜之类的高尚爱好，唯独钟爱'吃'这一道。从白手起家开始，每次赚了点儿钱，我就一定要去吃一顿以前没吃过的好东西。可惜最近几年，尝遍了全世界的美食，口味越来越刁，无论多么好吃的人间珍馐，也无法再度提起我的兴趣。我朋友说你这里有什么不可思议的大餐，他神神秘秘地劝我来你这里尝尝。我还以为有什么罕见的好东西，可看到你这里这些半裸美女、纯金餐具之类的噱头，我真是大失所望。这些东西只能骗骗那些土豪，他们根本没有体会过真正的美食境界。说实话，看到这些，这顿饭我已经没有兴趣吃了，再见。不过放心，那一百万我不会要回来的。"说罢，富豪站起了身，准备离去。

主人微笑着劝说："请等一下，您就算不吃，看一眼总无妨吧？您真的不好奇里面是什么东西吗？也许看一眼之后，您就会回心转意呢？"

富豪想了想，点了点头，重新坐了下来。"好，我就看看你这葫芦里卖的什么药。"然后便伸手揭开了西餐盖。

饶是他见多识广，也大吃了一惊。

偌大的水晶盘上，摆着一顶古怪的黑色头盔。

富豪好不容易回过神，拿起来仔细看了一番，确定这头盔绝不可能食用，顿时大怒道："你这是什么意思？！"

"正如您所说，"主人悠然开口，"世上珍馐奇味都已尝遍，还有什么能引起您的食欲？没有。所以再怎么找也是徒然。但是，如果将他人对美食的感受直接输入您的大脑，您自然就可以再次体会到食物的甘美香甜了。"

富豪冷笑道："这头盔能做到这个？我是做生意的，骗子不知见过多少，你别想忽悠我。"

"所以您应该能看出来我绝非骗子。其实我是一个科学家，确实不是厨师，我连最简单的番茄炒蛋都不会做。我本来一直在大学研究所里研究一个远程读取他人脑电波的项目，不幸失败了，上头停止了拨款。但我多年的研究，有一个副产品，就是这个头盔。所以我开了这家'郝滋味'私房餐馆，希望能筹到一些资金，使我得以继续进行我的科学研究。"

"你是说，这玩意儿能收到别人吃东西时的脑电波？"富豪大为好奇。

"头盔只是一个输出端口，真正的机器在后面呢，有两三层楼那么高。人类最根本的欲望是食欲，美味佳肴是对食欲最高的满足，当然会激发出最强烈的脑波，这种脑波既可以被仪器接收到，也容易被他人接受。戴上它，您就能实时感受到他人享用美食的脑波，包括味觉、嗅觉、口部触觉、温度感、痛觉……当然，其他的视听感觉都没有。所以嘛，也不算侵犯他人隐私。"

"有意思，"富豪来了兴趣，"那好，我来试试。"

"等一下，"主人说，"我做一点说明，头盔能接收到的脑波按快感的强烈程度共分七级，每一级您可以随机尝试一种，算是一道菜品。但最后一级的脑波是最强烈的，目前不确定对人的大脑是不是会有损害，您千万不要调到这个等级，您要是出了什么事，那可是国际新闻。"

富豪表示同意，随后戴上了头盔。

主人礼貌地说："那么，祝您用餐愉快。"然后就和女侍者一起离开了。

一小时后，富豪按铃将主人唤来。

"我很久没有这种感觉了！"富豪兴奋地说，"太美味了，简直回味无穷！"

"您将各个等级都尝试了？"主人问道。

富豪点头说是。

"能说说您刚才都吃了什么吗？我好记录下来作为研究资料。"

富豪闭目回想，缓缓说道："第一个等级是麻辣鲜香的感觉，估计是哪家川菜馆里的麻婆豆腐，意思不大，我很快跳过去了。

"第二个等级，肥嫩甘美，入口即化，是上好的雪花牛排，不过对我来说也只是家常菜，所以我也没有多停留。

"第三个等级，我感到了极其鲜美滑嫩的滋味，还带着海洋的气息，倒也很熟悉，是龙虾鲍鱼之类的高档海鲜。"

主人笑了笑，说道："这对您当然也算不了什么。"

"是，"富豪说，"但从第四个等级开始，就不一样了。那是一种又清淡又鲜爽的感觉，有蔬菜的清雅，也有肉的鲜嫩，还有蘑菇的浓香，浑然一体，而又层次分明……"他说着，意犹未尽地咽了咽口水。

"您知道那是什么菜吗？"

"极上等的开水白菜。"富豪毫不犹豫地说，"滋味和口感恰到好处，国宴水准。十年前我曾经吃过一次，后来那个老师傅死了，我就再没吃到过同样水准的开水白菜。这脑电波是从哪里发出来的？能查到吗？"

"当然，"主人打开电脑，查询了一番，"是在四川的一个小镇上，具体位置——"

"回头发给我好了，"富豪的兴致丝毫不减，"还是先说第五个等级吧。那是一种巧克力，应该是墨西哥的口味，比一般的巧克力苦，而且咸，但吃到后面，又是变化无穷的甜美醇香。当然这本身算不了什么，但那种甜上有一种……一种仿佛是让灵魂都升华的快乐和感动……我想，这一定是心爱的人送出的巧克力，充满了热恋的感觉，让我想起自己的第一任妻子——可惜离婚的时候，她分走了我十个亿。

"不说这个了，再说第六个等级吧，居然是水！不知道是什么水，但极其甘甜纯净，我从来没有喝过这么甜美的水，琼浆玉液的味道也不过如此了吧！我拼命地喝了很多，还是意犹未尽……那到底是什么水？"

"我帮您查一下位置，"主人说，"位置……是在塔克拉玛干大沙漠的绿洲里，想必是一位焦渴的旅人在那里找到了水源，所以痛饮了一番？"

"有道理！"富豪一拍大腿，"我就说，水怎么能那么好喝呢！这么说就对了。再说第七个等级吧——"

"等等！"主人忙说，"我不是告诉您，不能调到第七个等级吗？这很危险!"

"对不起,"富豪有点儿不好意思,"第六个等级的美味已经那么强烈,第七个等级还要更上一层楼,我实在按捺不住……好在也没出什么事。"

"好吧,"主人无可奈何,"那您具体尝到了什么?"

富豪回味着,仿佛在脑海里又吃了一遍,才说:"是一种烤肉,有点像烤乳猪,但比乳猪好吃一百倍!光闻到肉香,都让我的灵魂开始颤抖,我只尝到了一两块儿,滚烫滚烫的,有点儿焦,像是刚从火堆里扒出来,但放进嘴里的感觉……就像用一把火将我烧成灰,又让我从灰烬中浴火重生一样!那究竟是什么肉?是在哪里吃到的?"

"从坐标上来看,"主人一边查看,一边说,"是在非洲中部……"

"非洲!"富豪叫道,"难怪了,那地方有很多奇禽异兽,有的连我都没吃过。想必是哪个偷猎者打来的珍稀保护动物。是大象的鼻子,还是霍加狓的尾巴?"

"这我们无从得知,"主人说,"我只能看到是在卢旺达西部地区。"

"卢旺达?"富豪想起了什么,"那里不正在闹饥荒吗?已经饿死了好几十万人了,难怪,闹饥荒了当然什么都吃,还管什么保护动物……可饥荒都有大半年了吧?现在还有什么可以吃的?还有什么……什么……"

富豪的脸色变了,他嚅动了几下嘴唇,突然弯下腰,狂呕起来。

二、佐餐服务

若干年后。

"一份牛排套餐。"小饭馆里,青年在餐桌前坐下,对着迎上前来的点餐机器人说道。

"好的,您要加佐餐服务吗?"机器人问道。

"当然。"青年毫不犹豫地说道。

在这家饭馆里,一份牛排卖四十元,佐餐服务则要三十五元,几乎和菜品一样贵,但点了佐餐服务,口味可以提升好几倍,让最普通的食材也能给顾客带来顶级大餐的享受,可以说物超所值。

"请您选择佐餐师。"机器人胸口的精巧屏幕上出现了一排排人像,大部分是容貌姣好的女孩,环肥燕瘦,各尽其美,其余则是俊秀或稳重的男子。

青年看都没看一眼,开口就说:"老规矩,88号。"

88号并不在屏幕上,但青年的脑海中早已浮现她的丽影。最近一年来,只要有可能,他都会选择88号佐餐。事实上,青年对菜品的选择,也是根据88号预先公布的日程来的,她吃牛排他就吃牛排,她吃海鲜他就吃海鲜。88号那清丽的容貌和凹凸有致的身材令他非常着迷,当然,更重要的是她那张小嘴里丰富、细腻、多变、无与伦比的口感。每一次用餐,都像是聆听一曲美妙至极的交响乐,令他神魂颠倒,无法自拔。

就餐时间到了。88号佐餐师的三维影像浮现在餐桌边上,仿佛与青年相对而坐。

她拿起刀叉,朝青年微微一笑,笑靥之下,顿时仿佛整个房间都明亮起来了。

遗憾的是,88号并不是对他一个人微笑的。今天他并不是这家餐馆里唯一选择这位佐餐师的顾客。青年分明看到,斜对面有一个龅牙疤脸的丑男也点了88号,而88号也同样朝那个丑男露出了灿烂的微笑……

真是太不凑巧了!虽然此时全国上下可能有几千个人都在接受88号的佐餐服务,但在同一家餐馆里遇到"同好",还是很少见的。

如果青年有钱的话，他真想把88号包下来，选择一对一佐餐服务，不过那就是天价了。青年想了想自己日渐空虚的电子钱包，只好侧过头，对斜对面的丑男视而不见。

"亲爱的，我开动了，来，我们一起吧！"88号微笑着说。她用闪亮的餐刀轻轻切了一块红润多汁的五分熟松阪牛排，然后叉起，放入了诱人的樱桃小口。

青年也把牛排放进嘴里，大口咀嚼着。当然，他那区区四十块的普通牛排要粗硬得多，并不好切，他的动作也不可能和88号保持完全同步。但无论如何，当他将牛排放入口中时，味蕾的刺激启动了神经植入体的味觉和嗅觉脑波接收功能。于是，88号的用餐体验，开始源源不断地传来。

他在现实中极少体验过的馨香、滑嫩、咸鲜等诸多细腻而分明的口感，霎时间都在他的舌尖上打转，形成了一个复杂华美的旋涡。

"美味脑波"的收发功能已经开发十多年了，也早已得到了比单纯用头盔窃取他人口感更有商业价值的应用（后者还有诸多法律问题）。可不论从头盔中能够感受到多少种美食滋味，人们总不能靠吸收脑电波补充能量，如果习惯了脑电波里的大餐，对日常饭菜感到索然无味，那生活甚至生存都会成问题。所以，许多餐厅开始引入美味脑波，在就餐时将其传输进顾客的大脑，提供"佐餐服务"，为顾客大大提升用餐体验，保证他们心满意足地吃下食物。这种美味脑波广受顾客的欢迎，很快就变成了上到高端餐厅，下到苍蝇馆子都必备的服务。许多相关的公司和机构因此随即成立。"郝滋味"餐饮体验公司开风气之先，现在已经发展成了行业中的佼佼者。

遗憾的是，目前还没有发明出可以存储美味脑波并反复播放的设备，还是只能靠当场直播来体验。不过接收器已经变成了大脑中的芯片，不用再戴上笨重的头盔了。所以诞生了佐餐师这种新兴职业。

佐餐师可以尽情品尝顶级厨师烹饪的最为精美高端的食材，同时将其美味传递给只能吃普通餐品的食客。这听起来是人人羡慕的美差，但也并非谁都能当上佐餐师。这种新职业，对从业者的味觉和嗅觉等感受能力，本身就有非常高的要求，甚至与成为美食家的门槛相当。为了保持最佳状态，会有专业医生定期检查佐餐师的味蕾和鼻腔中的嗅细胞等，保证其用餐口感的敏锐与丰富。另外，佐餐师的外形条件自然也是重要的考量项目。比起来历不明的脑波，人们当然更喜欢和在自己面前的可爱人儿享受同样的美食体验，还能边吃边产生许多愉快的联想。

88号品了一口红酒，然后叉起一块牛肉，细嚼慢咽了好一阵，其动作仪态确实无可挑剔，据说这是英国王室的用餐礼仪。青年知道，干这一行并不容易。听说为了保证饮食体验的淋漓尽致，佐餐师之前要处于饥饿状态，最好是饿得连头牛都能吃下去。但用餐时又不能狼吞虎咽，毫无吃相，仪态不雅还在其次，关键是可能会咬到舌头或者嘴唇。早年就有一位佐餐师因为太饥饿而吃得过快过狠，差点儿把舌头咬下来，这种疼痛的触感瞬间传递给了无数接收者，惨叫声在几百座城市的几千家餐馆里同时响起……

88号当然不会犯这种错误，她的"用餐技术"是一流的。不仅吃得落落大方，饶有情致，而且食物在她的舌尖仿佛被赋予了魔力，牛肉、酱汁、芦笋、面包、红酒，每一种口感都是顶尖的，而不同的口感分分合合，君臣佐使，组合出无穷无尽的精妙滋味。青年只觉得，自己仿佛是在波涛翻涌的大海上冲浪，不断被欲望的浪潮带向新的高峰……

88号突然放慢了咀嚼的速度，她微微闭上眼睛，露出沉醉的表情，仿佛自己也沉溺在食物无与伦比的美味之中，其神情和动作有一种说不出的娇媚可爱，配合牛排的鲜美，确实能给人以至高的享受。

但青年这时却怔住了，眼前的情景让他有一种非常强烈的既视感。他感觉自己曾经见过这一幕。这当然也不奇怪，因为青年已经和她"共进晚餐"了差不多一年,早已见过无数次88号类似的表情。但这种仪态和表情,还是让他有一种非同一般的熟悉感……

这到底是因为什么呢?

不过,此时青年正在高峰的美食体验中,暂时没有去多想。但随着用餐的持续进行,类似的感觉越来越多地浮现了出来。

半小时后,88号和他同步结束了用餐,88号起身,行了一个可爱的屈膝礼后,就消失了。

青年支付了账单,信步走出餐馆。88号刚才那些动人的神态和动作还是在他脑海中挥之不去,可他总是感觉有些不对劲。

"调出刚才的用餐录像。"回到家后,青年吩咐自己内置在大脑芯片中的智能助理。因为迷恋上了88号,每次他都会用眼镜上的摄像头将她的佐餐过程录下来,然后经常回放这些视频,细细回味一下。

88号动人的身姿再次投射在他面前,向他微笑。青年无暇欣赏,直接跳到了那个让他很有既视感的画面,然后吩咐智能助理:"在所有88号的视频中搜索相似的画面。"

这一年中,他录制的88号的视频有270多个,搜索到动作相似的画面一共1500多个。不过青年又添加了一些筛选条件,例如服饰相同和食物相同等。

很快,相似画面的数量减少到了19个。青年浏览了两页,在第三页上停住了:其中一张图片和刚才的画面,无论是从食物的摆放,还是人的姿态来看,都是一模一样,甚至服饰上细微的皱褶纹路也毫无区别。

"重叠两张画面。"他命令道。

智能助理将两个画面叠加起来,虽然现实环境背景不同,但88号相关的影像完全重叠了起来,看不出任何区别。

而那是四个月以前的佐餐服务。

青年还抱着可能是巧合的希望,花了几分钟比较了两段录像,结果发现虽然两段录像不是完全相同，但在这个画面前后，88号有一分多钟的动作是一模一样的。毫无疑问，至少这一段是早就录制好的。

"这些王八蛋已经发明了脑波存储技术！居然瞒着大家伪装成直播！"青年咬牙切齿地怒吼道。

聪明的他很快就推理出了真相：如果公开推出美味脑波的存储技术，人们就可以直接买下那些美食体验，在每次就餐时独自享用，还能反复利用，那美食直播还有什么生意可做？所以美味脑波产业无耻地隐瞒了真相，将录播伪装成直播，略做变动后播出，大幅压低成本，欺骗大众，牟取暴利。

可怜的88号小姐姐，也许录完这些后，她就被无良公司一脚踢开了吧！

想到这里，青年也没了什么顾忌，他奋笔疾书，把这段经历写了下来，又将两段录像剪辑整理了一下，上传到了社交网络。因为现实背景以及时间标注的不同，很容易证明这是在不同时间播放的同一段三维录像，铁证如山。

青年并不是什么网络红人，这条信息发出去之后，两天下来只有几个朋友转发。

但到底是涉及日常生活中已经无数人都离不开的佐餐服务，该信息最终引起了人们的注意。

三天后，转发量开始像滚雪球一样越来越大，最终引爆了整个社交网络！

当天晚上，已经有超过100万条转发，视频观看者更是超过了1000万人次。

很快，作为当事者"郝滋味"餐饮体验公司站出来辟谣，说绝无此事，视频为恶意剪辑所致，要求造谣者承担法律责任云云，一时把舆情压了下去。

可架不住人多力量大，越来越多的人都开始寻找蛛丝马迹。

到了第二天，网友们又看到网络上出现了不少新的雷同视频，这下再也无从抵赖了。

除了青年想到的理由外，人们还想到了一种更可怕的可能性：没准儿这些无良公司是用漂亮的模特充当佐餐师的"形象代表"进行录像，而实际上传递美食体验的是某个抠脚大汉或者伛偻老太，这显然比录播还要令人反胃百倍！

鉴于事态严重，舆情越来越汹涌，警方终于开始介入调查。

一个月之后，终于真相大白。

但真相却远远超出了任何人的猜想。当青年看到那天的新闻头条后，差点晕了过去：

> 知名餐饮体验直播公司"郝滋味"CEO郝尔旦等多名负责人已被警方刑拘。警方透露，"郝滋味"被曝豢养了数百头中华田园犬和约克夏小白猪，它们进食时的美味脑波被"郝滋味"用来为全球范围内成百上千万的顾客提供佐餐服务，并用电脑动画技术合成的虚拟人冒充佐餐师进行掩饰。远远超出人类的发达味觉和嗅觉，使得佐餐犬猪提供的脑波非常受欢迎。这一令人发指的骗局，至少已经进行了三年。据消息灵通人士透露，许多其他公司都暗中有类似的操作……

三、最后的晚餐

又是若干年后。

"郝滋味"餐饮体验新品发布会即将开始，全世界已经有数百万人在线报名参加，而一些重要的客人则是直接被邀请到了现场的体验中心。

嘉宾云集，觥筹交错。

一位老者和一名中年人坐在一起，对视一眼，彼此都认出了对方。

"您是……那位富豪！"中年人激动地说，"世界上最早享用美味脑波的客人之一！据说，那次你还品尝到了世界上最禁忌的——"

老富豪笑了笑，打断了他："那都是靠不住的传说，其实并没有那么夸张，当年我投资了'郝滋味'几个亿，难免有各种谣言出来……不过，阁下就是第一个揭穿'郝滋味'体验造假的那位青年吧？"

"早已成为中年了！"这位昔日的勇敢青年也苦笑着说，"不过我也没有想到，后来事态会演变成那样……"

被揭穿了把狗和猪的美味脑波传递给人类的把戏后，所有餐饮体验公司的生意不免一落千丈，实力不强者纷纷倒闭。

不过，这只是暂时的现象。习惯了这些动物脑波的顾客，很难再离开它们那比人类更敏锐、更丰富的舌尖体验，顾客们再回头接收人类佐餐师的脑波，实在唤不起多少食欲。欲胆可包天，不少人很快就跨过了这一层心理障碍：既然我们能够食用动物的肉，又为什么不能"食用"它们的"体验"呢？

虽然反对的声浪仍然不小，一些宗教人士和思想家更是声嘶力竭地批判人类的堕落，但动物脑波的生意还是死灰复燃，已经奄奄一息的"郝滋味"，也如凤凰涅槃般重新崛起，而且生意越做越大。

"如果不是你捅破了这层窗户纸，这个转变可能还需要许多年呢。"老富豪笑道，"但万万没有想到，动物脑波的利用体验公开之后，人们发现了全新的美食体验的可能性。我们这些老饕餮也就享福了！"

中年人赞同道："最初使用动物，主要也只是想节省高昂的人力成本而已，其进食的体验也只求和人类相似，能蒙骗到顾客就满意了。但公开之后，人们不免想挖掘其他生物本身千奇百怪的捕猎进食体验，这大大拓展了我们的食谱……不，应该说是'美味的感知光谱'，非常有意思。"

"这么说,你也尝试了不少吧?"

"是啊,这些年,我尝到过牛羊口中青草的鲜嫩,大熊猫嘴里竹叶的清甜,还有猫咪吃鱼时感到的鲜美……您应该都体验过了吧?"

"远不止这些,还有很多很多呢……你有没有体验过狮子把疣猪从土里刨出来,一口咬碎它的脑袋时,那种爆浆的快感?或者抹香鲸潜入深海,撕咬大王乌贼的嚼劲?还有北极熊在冰川上一口咬住饱含油脂、肥嫩鲜美的海豹幼崽,那种冰冷与炽热的交织……"老富豪如数家珍。

"这些真没有品尝过,都是富人才能买得起的顶级体验。那些野外珍稀动物的脑波很难被捕捉到,吃一顿至少也要花好几万吧?"中年人边说边舔唇咂嘴,连咽口水。

"能体验到这些,多少钱也值啊!这样,改天你来找我,我请你吃一顿真正的大餐!"老富豪爽气地说。

"那太感谢您了!不过说到大餐……您知道今天邀请我们来体验的,到底是什么大餐吗?"

"无非是新开发了什么动物的脑波吧,不过来这里的人什么都见识过了,不知道还有什么新鲜的……"老富豪耸耸肩说。

"欢迎各位嘉宾来到'郝滋味'餐饮体验新品发布会的现场!"这时,"郝滋味"的CEO出现在台上。

一番场面话讲完之后,他解开了这个谜团,"在今天的发布会上,我们将带给世界以全新的美味体验!最初,我们只能够接收和破译人类自身有关食欲的脑波,然后扩展到了各种哺乳动物。至于其他生物,由于和人类生理结构差距太大,其脑波形式也完全不同,所以一直没有被攻克。但最近,我们的科学家已经成功破译了爬行动物的相应脑波,让它们可以和人类大脑相结合。今天要让大家体验的美食脑波,正是来自——鳄鱼!"

"鳄鱼？"中年人有点厌恶，"这些呆乎乎、脏兮兮的家伙，能有什么特殊体验？它们的大脑还没鸡蛋大吧？"

"虽然是这样，"老富豪拍了拍他的肩膀，"但生命总是很奇妙的，动物捕猎时的口感往往别有风味，我就有过好几次惊喜的进食体验，比如上次接收食蚁兽的脑波，那种把舌头伸进蚁穴深处，上面沾满了蚂蚁，好像跳跳糖一样美味而多变的感觉……真是令人难以忘怀呀！"

"说得我好像更不想体验了……"中年人皱眉说道。

不过说归说，中年人最终还是打开了内置芯片的脑波接收功能。

在现场的百余人与场外几百万在线者的期待中，奇妙的风景出现在前方的大屏幕上。

景色分隔为左右两边，又各分上下两部分，上半部分好像是天空、雪山和丛林，下半部分是水草纵横的碧绿世界。主持人告诉大家，那是从一条身长五六米的、正漂浮在水面上的尼罗鳄视野中看到的世界。之前，"郝滋味"的工作人员已经在麻醉它之后，在其大脑中植入了脑波转化发射芯片，当然，鳄鱼对此一无所知。

尼罗鳄长久地伫留在水边，一动不动。主持人说，它可以这样待在水里一整天。

但当远处出现了一群野牛时（当然是被工作人员驱赶来的），尼罗鳄开始有了感应。这时候，人们接收到了它的进食脑波。

这是一种非常奇特的感觉，明明还没吃到任何东西，但嘴里已经有了一股若有若无的刺激，仿佛是人看到食物时先流下口水，预先在想象中品尝到了食物的滋味。不过，此时的感觉可比单纯流口水要强烈很多。

这种预先到来的快感驱使尼罗鳄开始行动，它缓缓游向那些野牛，弓起身子，蓄势待发。

虽然还没有开始吃，但中年人已经感受到了捕猎者那种异常强烈的兴奋。那并不是想要吃点什么东西的感觉,而是要把整个身子都扑上去,用身体去包裹猎物,与之合二为一的冲动!与最强烈的性冲动相比有过之而无不及。

野牛开始蹚水过河,又等了片刻,尼罗鳄猛然蹿出,一口咬住了一头小野牛的腿!它的咬合力高达五千磅,一口下去,坚韧的皮毛和紧致的血肉便被即刻洞穿,竟然带来了如同血豆腐般的奇妙口感。热乎乎的鲜血流淌进它的嘴里,这种腥膻中透着甘甜的感觉,仿佛是一颗味觉的炸弹,在每个食客的嘴里爆炸!

霎时间,中年人感到自己仿佛与鳄鱼合为了一体,强烈的刺激传递到他身体的各个部分。他虚咬着,呐喊着,握紧拳头,甚至随着鳄鱼标志性的"死亡翻滚"在座位上扭动起来。他看到,老富豪和其他食客也都在做着类似的动作。如果自己是旁观者,也许会觉得好笑,但此刻他只能赞美,太棒了!太带劲儿了!每一个身体动作都伴随从未体验过的鲜嫩与爽口,人类和一般哺乳动物的进食体验与之完全不能相比,简直是堪比性爱的酣畅舒爽。那个88号佐餐师就算真的存在,与之相比也不过是个笑话。

在一系列翻滚撕咬后,小牛犊在水下不再动弹,很快成了一堆破碎的血肉。尼罗鳄把它拖回到自己的洞穴里,开始大口大口享用起这顿美餐。每一口都异常肥嫩鲜美,令尼罗鳄身上的每一块铠甲都舒张开来。

这种体验被忠实地传递给了每一位食客。事实上,服务员已经送来了刚煎好的厚切牛排,但没有人动刀叉——这只能破坏当前极度美妙的体验。

鳄鱼的胃口出奇的大,一头小牛没多久就基本进了它的肚里。饱餐的愉悦感之后,跟随着一种深深的满足感,让每一个食客都觉得,自己也吃下了一整头牛。这次的体验真是太值了!

"这真是从未有过的感觉,怎么会这么……这么好?"中年人几乎找不到词语来形容。

"很有意思,"老富豪也若有所思地说,"我想是因为爬行动物是冷血的,生命活动远比哺乳动物少,平时几乎保持静止,它们的绝大部分生命力只在捕食、交配、逃生等少数时刻释放。正是美餐的吸引让它们的整个身体瞬间全面爆发,可以说它们是在用整个身体,不,整个生命来吃!它们才是世界上最深刻的美食家啊!太奇妙了!"

但更奇妙的事还在后头。

第二天,那种满足感几乎没有消退,老富豪简直不想动弹,也完全吃不下什么东西。他有点不安地询问其他嘉宾,结果得知大家都有类似的感觉。

网上也开始有了讨论。有人找出了鳄鱼的资料,很快发现了一个恐怖的事实:它们吃完一顿大餐之后,可以几个月,甚至一整年都不吃第二顿!而那条尼罗鳄已经将自己的体验忠实传递到了发布会上,即便在它的脑波消失之后,参加了发布会的人仍然保留着这种状态。

老富豪惊愕地发现,自己的食欲竟然完全消失了,两天两夜都吃不下什么东西。很快,他就不得不靠打营养针来维持生命了。

据统计,第一批参与鳄鱼脑波体验的人群中,竟然有85%出现了类似症状!

好在这个状态并没有真正维持一年,三天后,食欲又回来了。一天早上,老富豪醒来时,觉得饥饿难耐,连衣服都来不及穿好就跳下床,出门随便找了家平民的早餐店,抓着面包和火腿肠就啃,吃得无比香甜。老富豪心中松了口气,觉得自己总算是恢复健康了。

但他没有想到,一切才刚刚开始。

很快,老富豪就发现,自己不再需要美味脑波的刺激,现在他吃任何普通的食物都能体验到极度酣畅淋漓的享受,每次都能吃上平时饭量的好几倍,把胃填得无比充实。

而在饮食过后,自己又会陷入深深的满足与困倦,一动都不想动,甚至思维都开始停滞。他可以躺着或者坐着几个小时,大脑中一片空白,连手指都不动一下。

直到一两天后,当食物消化殆尽,他的大脑才会恢复基本的思考能力,带着毒瘾发作般的渴求,去寻找下一餐。

他越来越少说话,一个月后,他甚至难以说出完整的句子了……换言之,他开始像鳄鱼一样活着,另外几百万人也都大同小异。

很快,他们都被送进了医院,但医生们也都束手无策。

后来,医学界的研究表明,尼罗鳄的脑波激活了人脑中一个深深的爬行动物皮层,令进化之后被抑制的食欲重新控制了大脑的运行,彻底改变了其运行模式。虽然"郝滋味"之前稍微做过一些实验,然而用的是扬子鳄和鱼类,效果自然没有那么强烈。而尼罗鳄方面的相关实验刚刚开始,"郝滋味"就得知商业竞争对手即将发布类似的餐饮体验,所以没有等到实验完成,就提前召开了发布会,结果才导致了这场殃及数百万人的惨剧。

至于老富豪和中年人他们,倒也并不觉得自己悲惨。在丢掉了绝大部分人类的思维和行为之后,他们终于可以永远活在美食的世界里,专注于让自己和钟爱的食物融为一体,再也不会为其他任何事分心。

或许美食的最高奥义正是——我吃故我在。

你幸福吗？

"先生您好。请问，你幸福吗？"

一个明眸皓齿的女孩站在他面前。女孩看上去才十八九岁，穿着一件天蓝色的制服，身材修短合度，笑容像春风般甜美，如水的长发拢在胸前。她背后是一块硕大的宣传牌，上面绘着一座高出云端的梦幻城市，下方是"打造二十一世纪幸福都市"一排艺术字，不知道是什么时候立起来的。

"我幸……你问这个干什么？"他有些疑惑。

女孩用温柔的声音解释说："是这样的，您知道我国的经济发展已经日新月异，但国民幸福指数还在世界中下游，这样下去是不行的。因此国家决定在每个大城市都开设幸福加油站，来帮助不幸福的人们感受到幸福，改变这个局面。本市的幸福加油站今天刚开放，目前是试运行，很幸运，您是第三位被访问者。您觉得自己生活幸福吗？"

幸福加油站？能有什么用处？他轻蔑地想着，随口答道："当然不幸福，每天都吃泡面吃得快吐了，哪来的幸福？"

"这个嘛，"女孩眼珠一转，含笑说，"我们能帮您哦，请跟我来吧！"

他起了好奇心，跟着女孩向前走去，绕过宣传牌，他看到了几栋形制古怪的正方形房屋，通体金属制成，没有窗户，好像一个大铁盒子。女孩带他走进其中一栋，他发现是一个十来平方米的乳白色房间，面前只有一张桌子和几把椅子。女孩招呼他在椅子上坐下，然后在墙上按了几下，很快，桌子上像变魔术一样，出现了红白相间的奶油焖龙虾、纹理鲜丽的三文鱼刺身、硕大肥美的葱姜炒蟹、珍珠似的蒜蓉扇贝、白玉般的清炒象拔蚌，还有一盅香气扑鼻的鱼翅捞饭……

他带着疑问望着女孩，女孩微笑着说："当然不是真的。这是虚拟感知技术的效果，不过放心吧，吃起来和真的美食一样，这是海鲜宴餐，如果您不满意的话还可以试试别的口味。"

他试着尝了一口龙虾，果然入口鲜美嫩滑，和真的龙虾肉一样，不，应该说比他吃过一两次的真龙虾还要美味。他食指大动，又略试了几道菜后，风卷残云一般大嚼起来，女孩坐在他对面，用鼓励的眼神看着他，递给他一杯冰镇的鲜榨果汁。

吃完了，甚至肚子里还有酒足饭饱的感觉。他不好意思地打了个饱嗝，"简直太逼真了，这是怎么做到的？"

"你看到的整栋房子，叫作虚拟现实屋，它包含一个超级计算机，能够制造出和真实毫无差异的感知体验，以电磁波的形式直接作用于你的大脑，引起你的视觉、听觉和味觉等，所以和真正享用美食的感觉没有区别。"

"这么神奇？要是我有这么一部机器就好了。"他感慨说。

女孩笑说："如果人人都有，那我们的幸福指数肯定世界最高了。不过这种虚拟现实屋的价格极为高昂，最便宜的也要上百亿元，除了极少数富豪，个人根本无法承担。您刚刚体验到的是国家为了提高人民的生活幸福，拨巨款搞的公益项目，本市市民都可以免费享用。"

"那……"他不觉咽了一口口水，"我明天也能来吗？"

"可以啊，请留下您的联络方式，以便我们跟踪调查，欢迎您明天再来！"

第二天，他一下班就跑到了那个街区。不过今天已然和昨天不同，幸福加油站的神奇已经传遍了整座城市，许多市民闻讯赶来，几栋虚拟现实屋的门口排了上百人的长队。

想到那个巧笑倩兮的女孩，他心旌摇荡，心甘情愿地在门口排了几个小时的队,总算轮到了他。果然,他又见到了那个可爱的长发女孩。女孩见到他,也是眼睛一亮,对他说:"先生,您又来了?"

"嗯,我想多得到一点幸福。"他有点不好意思地说。

"欢迎啊,今天还要吃一顿大餐吗?"

"不是,"他忙摇头,光注重吃,层次未免太低了,"我想要点别的。那个……在大都市里,住房狭小,到处都是人,空气污染严重,感觉非常压抑……"

"明白了,"女孩点点头,"请跟我来吧。"

他再次走进了那间房间,还是同样的陈设,女孩又在墙上操作一阵后,笑嘻嘻地捂住了他的眼睛,"给你一个惊喜,一、二、三——"

等他再度睁开眼睛,发现自己赤着脚踩在了凉滑的竹片上,空气中都是芬芳。他深深吸了口气,抬头望向四周,只见自己在一间宽敞的竹楼里,桌椅都是竹子做的,一片沁人心脾的青翠。桌上放着古色古香的线装书,香炉里焚着篆香,前面是挂着珠帘的轩窗。他看到竹楼好像在一处竹林里,午后的阳光透过竹子间的空隙,从窗外投进来,照在他身上,微风吹拂,好不惬意。另一边的窗外可以看到远处一条飞流直下的瀑布,水声遥遥传来,伴着林中婉转的鸟语。

"真美,"他看了许久才喃喃说,"简直是世外桃源,真想住在这个远离尘嚣的地方啊……"

女孩咯咯笑着,拉住了他的手,"我们还可以去林中小径散步呢,我带你去吧!"

半小时后,他恋恋不舍地从幸福加油站里出来,看着周围混浊的人堆车流,不禁有些失落,但想到明天还会见到那女孩,还有其他的幸福项目,心里又充满了憧憬。

第三天,为了尽早见到那女孩,他干脆请了一天的假,一大早就去排队。可是八点钟不到,幸福加油站前面已经排起长龙,好像本市的一千万人口都涌来了,队伍差不多有两三公里长。他从早上排到下午,饥肠辘辘,离入口还有一公里多。眼看没希望了,正当他沮丧地打算离开时,却看到一群工作人员走来,他们每人手里拿着一个四四方方的扫描器,对准每个人的面部都扫一下。后来他才知道,这是根据脑电波波形的某种特征,得出一个幸福指数,按这个标准进行筛选。又累又饿又绝望的他,幸福指数很低,因此获得了第三次进入幸福加油站的机会。

他如愿以偿地被带到那女孩面前。女孩见到他,很是惊喜,"先生,又是您?这次有什么可以帮您的呢?您还有哪里不幸福吗?"

他早已想好了,却支支吾吾,难以启齿,直到被带进了虚拟现实屋,才开口说:"这个……我觉得难以幸福的原因之一,就是没有一个女朋友……所以我想……"

"明白了,"女孩对他眨眨眼,"如果您不嫌弃,请和我约会吧。"

"真的?"

"当然啦。"

于是他们一起吃了一顿烛光晚餐,又去林荫小道散步,女孩的一颦一笑都让他心醉不已。最后,他们不知怎么到了海边,一起躺在沙滩上,望着海上升起的明月。

"我知道这是虚拟的景象,"他喃喃说,"可是你也和我在一起吗?还是你也只是虚拟的幻影呢?"

"我当然和你在一起啦,"女孩用诱惑的鼻音说,"你真是个傻瓜。"

他情热如火,不觉搂住了娇怯怯的女孩,覆上了她温润的嘴唇。女孩配合地和他热吻着,他的手在她腰间游走,忽然摸到了嵌入皮肤的怪异纹路,他惊奇地支起身子,借着月光,看到了雪白的腰间,一行整整齐齐的字母和数字:Doll-XI-5080。

她是……机器人?

"您还不知道吗?"女孩看到他惊奇的样子,莞尔一笑,"幸福加油站怎么能少得了我们呢?"

难怪无论什么时候来，都能见到毫不疲乏的女孩，都有这么完美的约会了。他微微感到有些惆怅，但也勾起了一种更狂野的冲动。但这时，月光海滩忽然消失了，他又回到了原来的房间里。

"啊，约会时间结束了，"女孩起身说，"还有别的客人，我们下次再见吧。"

他带着遗憾离开了，想第二天再来。但接下去的几天，整座城市都因幸福加油站的出现陷入了沸腾，随时都有几千人在排队，寥寥几座加油站供不应求，无论他怎么努力怎么等待也排不进了。直到一周后，心情低落的他意外地接到了一个电话，是那个女孩富有磁性的声音："XX先生你好，我们想做一个跟踪调查，请问你幸福吗？"

他激动得几乎要哭出来，一时不知说什么。女孩又问了一遍，他才说："这几天都见不到你，我……一点也不幸福。"

"果然，我们也发现了这个问题，所以进一步改进了幸福增进措施，这次一定会让您感到前所未有的幸福！您能现在来一趟吗？"

"当然！"他激动地说，已经猜出了女孩说的是什么。

他匆匆赶去幸福加油站，这回门口却一个排队的也没有，只有女孩在等他。第一句就是："对不起。"

"对不起？"

"是啊，"女孩一边带着他走进虚拟现实屋，一边说，"我们这些天进行了多起跟踪调查，发现凡是使用过幸福加油站的，幸福指数都比以前还要显著降低，用过越多的指数越低。哎，整个计划完全走偏了，不得不暂时停止，进行调整。"

"这怎么会呢？"

"因为在加油站里感受到越多幸福，出来之后就越压抑。"女孩解释说，"本来吃泡面也没什么，但吃过山珍海味之后，就觉得泡面完全无法下咽了；本来住的房子没什么，但享受过林间别墅后，就觉得简直是猪窝了；本来觉得身边的伴侣还凑合，但有过完美约会之后，就一点也提不起兴趣了。"

"这么说倒是的，幸福加油站反而让我们平凡的生活更加难以忍受。除非能长期给每一个人以至高无上的生活享受，否则这种反差真是难以弥补。"

"可要是能做到这一点的话，也不需要设立幸福加油站了。"

"也对……但你们如何改进幸福增进措施呢？有什么绝招吗？"这时他已经走进了虚拟现实屋，这次房间里只有一张床，他的心怦怦乱跳起来。

"的确有一个法子可以解决，"女孩说，"我们需要给人们某种难以忘怀的巅峰体验，永久提升人们的幸福感。不过需要您签一份协议……"

他面前出现了一道道发光的文字，上面密密麻麻都是协议内容，他扫了几眼，大多是不好懂的法律术语，稍有些踌躇。女孩微笑着说："您慢慢看，不着急的。"

女孩淡定的态度反而让他吃了定心丸，心想，反正是得到幸福，能有什么坏处？估计是有些十八禁的内容，所以才要签协议吧。想到这里，便伸手拉到最下方，用手指签上了发光的名字。

"好了，我们开始吧！"女孩开心地说，又似有些羞涩，"那个，你先躺下……"

他躺倒在床上，床软软的很舒服。心里胡思乱想着"难以忘怀的巅峰体验"，却听到女孩说："其实道理很简单，我们需要反其道而行之。当体验到某种强烈的不幸感，现实生活的幸福指数不就上去了吗？"

"你说什……咦？"忽然间，他发现自己的手脚似乎被床上的什么东西粘住了，无法动弹。

"怎么回事？"他惊问。

"不幸的体验有很多种，"女孩没有直接回答他的问题，而是继续说,"我们正在试验哪种方式能使人最有效地感受到平凡生活的幸福。以下是专家发现的最有效的方法之一,只需要几个小时,就能让您在接下来的一生中都感到自己的生活其实还挺不错的,从此能够知足常乐。"

"什么……方法?"他越来越感到不对,艰难地问,并惊恐地发现,女孩的手上忽然出现了一把尖锐的刀。

"您看过但丁的《神曲》吗?特别是地狱那部分?"女孩温柔地问。

"没、没看过……你到底想怎样?"

"没关系,接下来我会在整个过程中为您讲解,让您充分体味人类所能体验到的痛苦极限……"女孩走到他身边,手中的尖刀在他头顶闪着寒光。

"我不玩了,我要离开这里!"他恐惧地大喊起来,"让我走!"

"恐怕不行,您已经签署协议了,何况提高幸福指数,也是您为社会做的贡献呀。"

他完全明白了自己的处境,"不,你饶了我吧,我现在觉得很幸福,已经很幸福了,真的……"

"我保证,"女孩打断他,"当您从这里走出去的时候,会觉得自己是世界上最幸福的人。"

女孩不等他继续哀求,右手操着刀子,灵巧地一转,就把一块铜钱般大小的肉从他的右胸脯上旋了下来。这一刀恰好旋掉了他的乳粒,留下的伤口酷似盲人的眼窝。

"第一刀哦。"女孩带着天使般的微笑说。

爱　你

　　第一眼见到那家伙的时候，大约是下午两点半，我正枯坐在自己的办公室里，对着一堆无聊的报表，不无睡意。我懒懒地打了个哈欠，透过玻璃窗，望向外头董青青窈窕性感的背影，略感提神。董青青正在咖啡机边上冲咖啡，一会儿会按惯例先送进我办公室。我想起来，应该在她送咖啡的时候，跟她谈一谈上午骚扰电话的事，安抚她一下。

　　然后那可恶的家伙出现了。董青青刚端起咖啡，我看到一个戴墨镜的青年出现在她背后，拍了拍她肩膀，说了句什么。董青青回过头，似乎整个人一下子傻掉了，手里的咖啡掉在地上，好像溅到了那个人的身上。她手忙脚乱地要给对方收拾，那人挥了挥手，好像并不在意，又问了董青青几句话，她指了指这边，那人气定神闲地走了过来，我正在纳闷，他已经推门进了我的办公室。

　　他摘下硕大的墨镜，眉目还算是俊朗，他身上穿着普通的白T恤和牛仔短裤，脚上一双耐克运动鞋，还有几滴刚沾上的咖啡污渍，总体来看，是一个再普通不过的小青年。董青青干吗像见到偶像巨星似的那么激动？我心中诧异，却淡淡地问："先生，有什么可以帮您的？"

　　他开口了，声音中带着几分愠怒："林主任是吗？早上我打了你们这边好几次电话，不是被挂掉就是说些套话让我亲自过来，所以，我只好来了。"

　　我有点摸不着头脑，"您是……"

他没有说话,而是在手表上按了一下,在我们之间骤然间展开了一个虚拟界面。那是一个推博的主页,上头加金色立体飘动V符号的"汪子淞"三字赫然入目。头像是一个年轻人,长得和眼前这人倒是有点像——

"汪……子淞?"我揉了揉眼睛,再看关注关系栏,并不是注明"已关注"或者"未关注"之类,而是"进行编辑"几个字,也就是说,在这个智能手表上的登录者就是——

"还不信吗?要不要当场发条推博看看?"他讥嘲道。

"你真是汪子淞?!"我的声音不自觉高了八度。

"别嚷嚷,"他压低声音说,"这回你相信了吧?"

"汪……汪先生,真是你?快请进来!不是,快请坐!"我也手忙脚乱地站起来,指向自己的座椅,想了想不对,才尴尬地指向边上的沙发。又对外头叫道:"小董,快给客人倒咖啡!"

当然,我也懂得了,为什么董青青如此激动。因为他就是汪子淞。

汪子淞是谁?其实汪子淞什么都不是,只不过有一个老爹叫汪冉中,而那个汪冉中名下凑巧有一个永达集团,在全国拥有一百多家酒店和五十多家商业中心,在福布斯富豪榜上排名中国第一而已。另外,汪老头只有一个儿子。

有这么一个首富老爸,汪子淞也就理所当然,不可不戒地成了中国第一富二代,他年近三十,身边当然少不了女人,却一直没结婚,这两年在推博上成天招猫逗狗,有几百万女粉丝每天在他推博下大叫"老公",做着嫁给他的春秋大梦。董青青就是其中之一,他一进门,董青青就认出来了,我一个大男人,虽然听说过汪子淞的名字,也看过两次他的推博,但根本记不清他长得什么模样,所以一时没反应过来。

而我明白过来,自己的确也犯了一个错误。今天一早,董青青告诉我,她接到了好几个自称是汪子淞的电话,说有机密的业务,让我们上门洽谈,我们认为是恶作剧,所以置之不理,董青青还因为感到亵渎了偶像,把对方大骂了一顿。想不到他真的是汪子淞本人,而且亲自跑来了。

"汪,汪汪……"我说话结结巴巴,好像是狗叫,"……那个汪先生,真不好意思,想不到您会给我们中心打电话,我们也一时太大意了,怠慢了您,您看这……"我连连道歉,汪子淞摆摆手,大大咧咧地往沙发上一坐:"算了算了,我亲自来看看也好。说正事吧,有一件事需要你们帮我办。"

"当然当然,请您放心,我们一定竭诚为您服务。"我渐渐恢复清醒,心下寻思他到我们这里来所为何事。

"本来可以让秘书代我来,不过这种事我想还是自己亲自了解一下比较好……"汪子淞刚说了两句话,门又被推开,董青青端着一杯咖啡进来了,手还在瑟瑟发抖,居然能没洒掉而放在汪子淞面前,也算是奇迹。她也学起了狗叫:"汪、汪……汪先生,请用茶。"我注意到,第一,她居然没给我这个顶头上司也倒一杯咖啡;第二,把咖啡说成了茶。可见大脑已经不听使唤了。

汪子淞看了她一眼,董青青马上露出花痴般怨似慕的表情,好像心脏已经被他的目光穿透了。但董青青青春靓丽的身段没让汪子淞的目光多停留一秒,他偏过头,给我使了个眼色,我一怔,才明白过来:"小董,你先出去忙吧。"

"哦,那个,汪先生还有什么需要吗,我干什么都可以……"

眼看她越说越不像话,我只好站起来把她推了出去,董青青一边蹭着地板一边频频回望,好像在和爱人生离死别。

我把门关上,又把百叶窗放下。汪子淞这才步入正题:"'再爱我一次'情感修复中心。听说你们主要的业务是修复父母子女之间的感情?"

"对，主要是子女对父母的，您知道，现在社会转型时期，年轻人和父母的关系普遍紧张，家庭矛盾突出。有些人自己也感到痛苦，但是自己的性情却很难改变。在我们中心，经过一个快速疗程之后，可以百分百地恢复童年时对父母的孺慕之情，家庭关系也就恢复如初了。"

我一边说，一边想，是不是他和他老爸的关系出了什么问题？也有可能，这小子虽然名义上是永达的副董事长，但谁都知道他游手好闲，做生意不行，永达最近效益也不好，据说上次金融危机亏了不少钱，也和他投资失误有关……也许汪冉中气到要和他断绝父子关系，他要讨好老爸？

"有意思，怎么做到的？"汪子淞接着问。

"这个说起来比较复杂，不过基本原理相对还算简单……印刻效应，您听说过吗？"

我以为他多半一无所知，刚想接着解释，汪子淞却说："我在国外修过生物学，是说动物幼崽对第一印象产生的反应吧，比如说刚出生的小鸭子会跟着母鸭，但如果有一个人在边上，它就会把人当成它的母亲，跟着走。"

"对，"我点头，"很明显，这和条件反射不一样，第一是只需要一次，就会建立固定联系，而且极为牢固；第二是会抑制其他的同类联系。比如如果这小鸭子跟着人走，那么即使后来看到它亲生母亲，也不会再认它了。像语言学习也是很好的例子，小时候第一语言学得很快，但学会一种语言之后，要学其他的语言就非常困难了。"

"我想还有一个例子吧，"汪子淞说，"爱情，对不对？"

"没错！"我心想这二世祖倒还有点小聪明，"许多少年男女一见钟情，其实就是一种印刻效应。而且在陷入热恋的时候，心中只会装着自己所爱的人，对其他的人，即使条件差不多，甚至更好的俊男靓女，也不会放在心上。"

"不过花心的、变心的人也不少啊。"

"是，印刻效应有一定的窗口期，像认母亲这种会在刚出生的时候被激活。而像恋爱产生的印刻效应一般在青春期被激活，其关联也远不如认亲那样牢固和持久，所以见异思迁，脚踩两只船等并不罕见。但是其基本生物学机制是比较类似的，只是效应比较弱而已。"

"我听说你们也有爱情方面的业务，"他渐渐进入正题，"就是说，你们可以在成人的爱情生活中也产生和强化这种印刻效应吗？"

"是的，印刻效应的生理学基础已经比较清楚了，无非是一些基础神经元的连接，建立一个固定的回路，让特定的形象和情感产生共鸣。我们是用微型纳米机器对老化的神经元进行手术，让其再度生长，抹去已经建立的印刻效应并长出新的突触，建立新的连接，而且是高度强化，不可改变的。"

我一边说，一边想，汪子淞要爱情方面的印刻效应干吗呢？难道是要什么人看上他吗？可以他的身份，还有什么人追不到的？难道是日本的公主，还是美国好莱坞影后，不会是俄罗斯的女检察长吧？

我正在胡思乱想，汪子淞又说："不可改变？你的意思是这种手术只能做一次吗？"

"是的，我们的大脑既精密又孱弱，可禁不起接二连三的折腾，"我诡笑道，看到汪子淞皱起眉头，忙又说，"不过您可以放心，一次手术是没有问题的。一切都经过精妙的计算，改变的只是特定的情感模块，对于您的记忆和思维能力不会有丝毫损害。"

汪子淞并没有那么放心，他又问了许多技术细节上的问题，唯一没有问的是费用，当然，这是他绝对不用操心的。

我们谈了一个多小时，我也没有问他的目的究竟是什么。最后，我把他带进治疗室进行讲解："您只需要接受纳米注射后躺在那张床上，然后就会被盖上一个面罩，送入圆筒内，电脑会实时操控纳米机器在您脑部进行手术，同时进行精密的核磁共振扫描，以便监控。过程会比较长,大约要四五个小时,不过整个过程中您都会在睡眠里,我敢保证,这将是您一生中睡得最好的一觉。等您睡醒了,就宛如获得了再生一样,过去一切爱情的痕迹都将烟消云散,您第一眼见到的女孩,就将是您一生的挚爱。您会全心全意地爱她,至死不渝。"

"不错,不错,"汪子淞搓着手,心中似乎难以决断,"不过如果真的能够缔造这么完美的爱情,为什么来你们这里的情侣或夫妻并不多呢?我在网上查过,很多人都说不靠谱。"

"这就是问题所在,"我告诉他,"表面上看,大家不愿意接受自己的爱情是被一部机器以技术方式决定的,这也是最强烈的反对意见。不过根本上来说,许多人都不愿意放弃恋爱的自由,从心底不想和一个人一生一世绑定在一起。既然引起强烈抵触,其他的各种谣言也就都出来了,说什么大脑被芯片控制,什么会变成白痴,都是无稽之谈。"

"这种事我明白。"汪子淞同情地点点头,"网上不知道有多少人也在造我的谣。"

"所以您会打电话来,我们是真没想到……"

"所以你们认为是恶作剧。"汪子淞接口道,"是啊,谁想得到我会需要这个呢?把自己的心固定在一个女人身上,直到永远,傻子才会这么做。但是……"

他拿出一张照片给我,咬牙切齿地说:"我他妈的还真需要这个!"

我看了一眼照片,上面是一个女孩的脸,穿着名贵的皮毛大衣,戴着奢华的钻石项链,长发飘飘,面露微笑,看上去就像一个从天而降的天使——只不过是脸朝下着地的。

看着那张几乎是变形的脸,我有种想吐的感觉,不想再看第二眼,便抬起头询问地望着汪子淞。他叹了口气,又左右看了看,解释说:"下面要告诉你的是绝对的机密,不要外传……永达最近出了问题,去年的金融危机,我们几乎蒸发了五百个亿,资金链断裂,分分钟破产。冠科集团的梁总愿意以很优惠的条件注资救急,前提是我和他的丑八怪女儿结婚。简直就是政治婚姻!你能相信吗,这年头还有这种事!"

"说真的还不少,"我苦笑着告诉他,"来我们这里进行爱情修复的,有一半也是因为家庭压力不得不和讨厌的人结婚。"

"是吗,那你一定能理解,我如果不干的话,永达立刻就会破产,我老爸的一生心血都会付诸东流,即便我个人名下还有点钱,最后连二十亿都不一定能剩下来。"汪子淞神色痛苦,看来二十亿对他来说真的和身无分文差不多,也是,他们家的总资产没人知道是多少,但肯定超过两千亿,一下子缩水99%,也相当于破产了。

"我明白了。"我说,"虽然这位梁大小姐的容貌不是特别……呃……出众,不过基本还是人形……要建立起爱情印刻关系还是不难的。不过她本人最好到时候在场,照片和视频效果不是最佳。她知道这件事吗?"

汪子淞怪笑了一声:"她知道吗??就是她让我来做这个手术的,她也不是傻子,拿出几百亿,当然想把我牢牢拴住,让我永远无法挣脱。她自己也要进行手术,我倒不知道这有什么必要。"

我心想,人家虽然不漂亮,毕竟也是有钱的大小姐,未必就死心塌地地爱你汪公子呢,不过这话自然没出口。

"你这部仪器我看也不大,"汪子淞又说,"不如到时候搬到我家的别墅里去吧,我希望整个过程能够在安全场所秘密进行,以免节外生枝。"

"这个……恐怕不行。这种大脑印刻的技术是有高度敏感性的,很容易被传销、洗脑、邪教等利用。国家管理非常严格,只能在特定机构进行,手续也极其严密。不过你放心,我们这里对于顾客的资料是严格保密的,旁人不会知道。"

"不，是请你放心，"汪子淞自信地一笑，"国内，不，整个亚洲地区还没有我们两家搞不定的事，会有大领导特批的，手续包在我身上。"

事实证明，汪子淞太自大了，他们家的财富在国家面前不值一提。他没有弄到特批文件，几天后不得不放弃这个打算，乖乖地在我们中心进行手术。

有钱能使鬼推磨，手术在周日进行，按规定是不开门的，不过为了汪子淞的手术，主要人员都在加班。早上九点，一排红色巨鹰般的宝马"佩加萨斯"系列飞车从天而降，汪子淞穿着正式的礼服，在一群漆黑西服的保镖簇拥下从车里出来，梁若华小姐也长裙飘飘，戴着墨镜从另一辆车里出现。我曾经好奇过为什么她不去做整容手术，不过见识到她的身材之后，我恍然大悟，脸和身材还是搭配着来更好。和她比起来，汪子淞简直就和大卫王一样英俊不凡。

我们中心的头儿马院长像哈巴狗一样上前去寒暄，但两位贵客都没有这心情。汪子淞像上刑场的烈士一样，朝我投来一个悲壮的眼神，先进了治疗室，然后梁若华也沉着脸进去了，我在娱乐新闻上看到，她好像最近和一个"10后"的小鲜肉男星打得火热，要斩断关系，当然不爽。

两台情感修复治疗仪对称地放在两边，二人接受完手术，几乎会同时醒来，望向彼此，收获一生一世的完美爱情。至少在他们自己看来，应该是如此吧？

马院长主动为他们开门，打开机器，帮汪子淞脱鞋，扶着他躺进去，戴上智能头盔，按下启动按钮，又装模作样地在周围跑来跑去，看这个问那个的。其实此后的一切过程都由电脑操纵，不需要人动手。马院长在监控室里看了一会儿进程，又问了我几句，并没有发现什么异常情况，很快也就不耐久待，看时间还长，就先回办公室里歇着去了，只嘱咐我和手下几个技术人员盯着手术的核磁共振图像看到底。

过了半小时，一切平静如常，我也懒得傻盯着屏幕，出门去上个厕所，不料刚出门就看到董青青守在一旁。只见她打扮得花枝招展，呼吸急促，激动异常，把我拉到一个没人的房间里，锁上门，说："林哥，我……我有件事想跟你说。"

我心中犯着嘀咕，这时候她找我干吗？"你说。"

"林哥，我……我其实……我……"董青青面颊通红，似乎羞涩得不敢开口，我心中一动，这丫头不会是对我有什么意思吧？其实她刚大学毕业，二十出头，虽然不算倾国倾城，但还是很水灵的……不过听说她有个男朋友啊……

"我粉了汪子淞很久了！"董青青终于大胆地说了出来，"我……我想让他当我的老公！林哥，这可是千载难逢的好机会啊！等手术结束后，让我进去见到他，他会立刻爱上我的！"

"你疯了？这么违规操作，你会被开除的！还有巨额罚款！"我说，说完才发现自己说了句蠢话。

"林哥你太逗了，"董青青轻轻笑了起来，"如果汪子淞能一心一意爱上我，开除算什么？交一万次罚款都绰绰有余！林哥你一定要帮我这一次，事成了我给你……五千万……一个亿怎么样？"

我微微心动，但还是摇头："这个项目的情况你也略知一二，汪子淞如果不能和梁若华在一起，他们家就完蛋了，两千多亿全打水漂……"

"那又怎么样？别说其他的隐性财产，汪子淞自己名下一家公司至少还有二十亿，在全世界各地的十来座别墅加起来也好几亿了，光他那个三千万人关注的推博号也值上亿！到时候只要他对我死心塌地，我一句话，还不都是我的。"董青青的算盘倒是打得蛮清楚。

"青青，真的不行啊，这么搞，我们中心的牌子不也砸了吗？"

"林哥——"董青青抓着我手臂，用甜得发嗲的声音撒娇，"我知道你也喜欢我,最多我答应你好了,除了那一亿之外,只要你让汪子淞第一个见到我,我什么都可以给你,如果你想的话,现在……现在就可以……"她整个人都腻在我怀里,胸口的柔软让我感到某个部位开始发硬。

但我的脑子还没有硬到转不动:一亿元是不错,但如果真这么干,一旦东窗事发,董青青有了汪子淞的力保,倒可以过关,但我一定会被汪家和梁家一起大卸八块的……

"绝对不行!"我收敛心神,厉声道,"你给我打消这念头!这件事就到此为止,我可以当什么也没发生过。如果再有不轨的行为,我会上报给马院长的。"

董青青火热的身子僵硬了,她呆了片刻,然后推开我,一言不发,往外走去。

我松了口气,但隐隐又有几分遗憾。上完厕所,回到监控室,看着屏幕上显示的手术进度,只希望这麻烦事能快点结束。手术过程和以前的并没有什么大异,当然了,不管是富二代还是农民工,都是一群非洲猴子的后裔,大脑结构并没有什么本质差异。我拿起手头一本宝树的科幻小说看了起来,不过心里还是七上八下的,眼前一会儿是汪子淞的痛苦神色,一会儿是梁若华的丑脸,一会儿又是董青青的半露酥胸,再精彩的小说也读不进去。

时间一分钟一分钟地过去,到了第四个小时,已经是下午一点了,马院长来问过几次,出去吃饭了,却让我们饭也不吃,守在这里。我看也没什么情况,就让几个技术员去吃饭,给我带一份回来,他们走了十来分钟后,有人急促地敲门:"林哥,林哥,出事了!"

我听出是董青青的声音,想这丫头片子又玩什么花样呢?打开门问道:"怎么回事?"

"人,外面有人来了!他们——"董青青上气不接下气地说,手往外指。我也听到门口传来的喧哗声,似乎来了不少人,感到不对。

匆匆关上门，和她一起向外面赶去。

到了走廊里，看到已经有好几个时髦女郎不顾工作人员的拦阻，在四下乱闯。一个女郎冲过来，劈头就问董青青："汪子淞是不是在这里？"

我一惊，接口道："我是这里的负责人，请问你找谁？"

"找我老公汪子淞！"她答得倒是响亮，"他在这里做什么情感修复的手术对不对？"

这个项目本来是严格保密的，我支支吾吾地道："汪什么松？没听说过！"可是这么说反而露出破绽，女郎看了我一眼，冷笑道："汪子淞你会没听说过？想骗我？"说完就往里走。

我忙拔腿追上去，想抓住她，但那姑娘穿得暴露，抓哪里都不合适，"喂喂，我不知道你说的是哪个汪子淞，可是我们这里真的没有——"

女郎忽然在拐角处站住了脚，我差点撞到她背上。向前一看，暗暗叫苦，原来汪子淞和梁若华带的一共七八个保镖分成两排，西服笔挺地站在治疗室门口，里面的是谁不问可知，再怎么否认也没用了。

"老公！老公真的在里面！"女郎叫了起来，兴奋地冲过去，最外头的保镖伸手轻轻一推，不知道使了什么功夫，她哎哟一声，像被点了穴似的，软软倒下，正好撞到我的身上。

我好不容易爬起来，身后的几个大小女人都冲了上来，"子淞！我爱你！""老公，我来了！""老公，老公爱我！"叫喊声此起彼伏，不知道的还以为真是一群妻妾。

一个人扶我起来，是我手下的工作人员老胡。"这是怎么回事？"我气急败坏地问。

"林主任，你看这个！"老胡给我看他手机，我看到推博上不知道谁转的一条，说国民老公汪子淞为与一神秘女士订婚，于今日上午来到我市情感修复中心进行印刻手术云云，光几句话也罢了，可还有从侧面偷拍的两张汪子淞及其随从的照片,说服力大增,短短两个小时,转发已经超过了二十万。

"这他妈谁干的……"我骂了半句,忽然明白过来,"董青青?"

从角度来看,董青青是唯一能够拍到这几张照片的人选,何况她被我训斥了一顿,保不准想要报复我。她人呢?我抬头一看,董青青已经不知去向。

"林主任,现在怎么办?"老胡神色惶急地问。

我抬起头,看到刚才几个女的都被保镖撂倒了,轻松了几分,"不就几个女人吗,也没什么大……不……了……"

我说不下去了,脸色也变了。外头"老公""老公"的叫声越来越响,也不知道有多少娘子军正在赶来。消息传出去已经有两三个小时,外地的不一定能来,本市的大姑娘小媳妇杀过来时间上是绰绰有余。

我到窗前一看,腿都发软了,只见一条街上都是花枝招展的各色女子,莺莺燕燕,美丑妍媸都有,有的还穿着婚纱,像一群花蝴蝶似的不断飞进情感修复中心,前锋已经到了走廊里,后面的还在街角,目测不少于一千人。也不奇怪,本市的适龄未婚女性可有三四百万,只要一千个人里有一个过来……

"挡住,一定要挡住她们!"我大叫起来,中心的保安和工作人员都动员起来,在我的组织下,组成人墙,拼命拦阻着不断涌入的各色女子。也许是人多产生的集体效应,女人们的动作也越发疯狂,门被挤烂了,窗户被打破了,口中呼喊着:

"老公!老公等我!"

"老公,不要看其他女人,只看我一个!"

"老公爱我!"

"老公娶我!"

"老公要我!"

叫声越来越不堪入耳，我看着那些狂热的女孩子，小到穿校服的中学女生，大到四十多岁的阿嫂，土到城乡接合部打扮的灰姑娘，洋到金发碧眼的洋妞，有几张脸像是电视上见过的名模或者小明星，甚至好像有我大学时的校花……这都什么世道啊！

我们撑不下去了，没过几分钟整个防线都崩溃了，娘子军们带着一阵香风，冲到了治疗室门口，几个保镖就像斯巴达三百勇士守温泉关似的顽强地把守着大门，不过看上去离被冲破也只是时间问题。

"不行，快报警！"我对老胡说。老胡脸色煞白，刚拿出手机，就被后面的几个女人挤倒了，我也倒下了，不知道被多少高跟鞋从背上踩过，疼得我龇牙咧嘴。

我好不容易从人堆里逃出来，手机响了起来，是手下一个技术员打来的："林主任，不好了，董青青刚才进了监控室，说让我们增援前面，我们刚出来，她就把门反锁了——"

我终于明白过来。董青青这个心机女，引来这些个女暴民原来不只是要报复我那么简单，而是要调虎离山，自己伺机从监控室的后门进入治疗室内！眼看时间不多，真的要让她得逞了吗？

我设法从边上杀回监控室外，外来的娘子军还不知道这里，两个技术员正在用力踢门，但什么用也没有，这铁门有几十厘米厚，从里面锁死的话，犀牛都不一定能撞开。我灵机一动，把他们叫到旁边房间，踩着他们的肩膀爬进了通风管道，可那两个宅男，一个骨瘦如柴，一个肥胖如球，一个也爬不上来。

算了，我自己搞定！我根据方位，设法爬到治疗室的位置，果然从缝隙间，看到董青青已经站在了汪子淞的床边，眼神中闪烁着胜利的光芒，一旁的屏幕上，进程已经完成，面罩已经打开，汪子淞随时可能会醒来。

"别干蠢事，赶紧收手！"我大喝一声，打开通风口，跳了下来。董青青微微一惊，随即哀求道："林哥，求求你给我一次机会！你就当没看到，事成后我给你一亿，不，两亿……我还可以——"

"混账，"我怒火中烧，"你为了一己私欲，把整个中心都坑了，外面说不定人都被踩死了几个，我不会让你得逞的！"

我向她走去，想要控制住她，董青青退了一步，咬牙道："林哥，你不要逼我！"

"是你在逼我！"我大声说，走到床边，刚想把她拉开，脸上已经中了她闪电般的一拳，脚下又被她一绊，狼狈地摔在地上，我可没想到这看似柔弱的小姑娘竟然这么能打。

"我可学过三年跆拳道，"董青青面目变得狰狞，"我要得到的就一定会得到，今天的事，谁也阻止不了我，汪子淞是我的——"

话音未落，一只大手从背后抓住了她的头发，把她拽向后方，董青青尖叫着，却毫无还手之力，被一个膀大腰圆的粗豪女汉子像拎小鸡一样拖到了一边，两拳就委顿了。要说能打，还是街头大妈厉害。

更多的女人在她们背后出现。看来，治疗室的大门终于被娘子军们攻破，那些保镖不知道是抱头鼠窜还是壮烈殉职了。

女人们疯狂地围了上来，我忍着身上的伤痛，扶着床沿，爬了起来，站在汪子淞的身前，张开手臂，用尽力气，声色俱厉地喝道："我是本中心的负责人，你们私闯这里，已经触犯了中华人民共和国刑法，快出去！警察马上就来，再不走一律法办！"

女人们一时被我唬住，没有前进。此时，背后却传来了汪子淞微弱的声音："究竟……出了什么事……"

"老公我来了！"

"老公我在这里！"

"老公爱我！"

听到"老公"的声音，那些女人哪里还能听我的，纷纷尖叫起来，冲向汪子淞，我只好转身抱住他，把他的脑袋埋在我胸口，让他谁也看不见。她们打我，拉我，挠我，踢我……我背上不知道挨了多少记,就是不松手。我眼睛紧闭,意识渐渐模糊了……

背后的打击越来越少,终于消失了,是警察来了吗?我睁开眼睛,却看到一双迷惘而明亮的眼睛正在和我对视,正是汪子淞。女人们不知道为什么都停止了动作,一个个在一边看着我们。

"汪先生,你看到那些女人没有?"我忙问道。

汪子淞摇了摇头,仍然盯着我,好像看到了什么新鲜的玩具,他整个人看上去就像是变成了一个婴儿似的。

"那就好,梁小姐是在……是在……那边……"我说,从床上爬下来,觉得浑身火辣辣的疼,骨头好像都断了几根。

汪子淞却拉住了我。

我一怔回头,看到他看着我,笑了,那笑容很幸福,很甜蜜,也很怪异……

一个念头在我心底划过,我顿时无法呼吸,浑身都发起抖来。

警笛声在外头响起,女人们也好像如梦初醒,一个个逃命似的离开了治疗室。一时间,治疗室里只剩下我和汪子淞两个人。他坐起来,抓住我的手不放,眼神中射出热切的光……我感到空气都凝固了……汪子淞缓缓张开嘴唇,吐出了含糊不清的两个字:

"老公……"

"汪先生……你别开玩笑……别……"我语无伦次。书上的说法一道道从心头划过:印刻作用非常强大,它可以战胜一些后天习得的文化惯性,乃至一部分先天本能,比如性取向……每个人心里都是潜在的双性恋,只需要激活……

另一边传来响动,汪子淞一怔,我忙挣脱了他的手,向另一边看去。"汪先生,我先去看看梁小姐……梁小姐,你怎么……样……了——"

我又一次说不下去了,梁若华已经坐了起来,睁开一对母熊般的小眼睛,目光正直勾勾地盯在我脸上。我才想起来,自己又犯了一个错误。

一个更无法弥补的错误。

后来？后来也没有什么大不了的。这次事件倒是没死人，但是七八人重伤，几十个人轻伤，董青青因为扰乱公共秩序被捕，判了一年，其他捣乱的女子也有好几个被抓的。

汪家和梁家都想把我剁成肉酱，但汪子淞和梁若华却为得到我而相争不下。梁若华当天就抱着我不放手，和汪子淞打了一架，差点把汪子淞打残。后来她闹了好几次自杀，她老爹梁老板没办法，逼迫我们结婚，我本来怎么都不答应，但面对一张五十亿的支票和十来把手枪，这个"不"字怎么说得出口？

就这样，我和梁若华订了婚，但我对汪家总有一份歉疚，于是通过梁若华说服了她老爸，让他仍然注资给汪家救急，让汪家也挺过了一关。但我和梁若华的婚事也没法再推诿。再说，以他们的势力，我逃到天涯海角也会被找到。

谁知婚礼当天，汪子淞带着几十个人来抢亲，把我抓走，我和他在一起不明不白地住了几天，细节我不想说了，总之最后又被梁若华找到。他们都逼我做出一个选择。可是我哪一个都不爱，甚至厌烦至极。最可恶的是，那些小报还说我是全世界最幸运的男人，幸运！你们以为他们两个给我汇了那么几百亿，什么别墅大楼的随便送就算幸福吗？和根本没有任何感觉的人在一起，怎么可能会幸福！

但是不对的人也能变成对的人，我自己知道，我也可以选择做一个手术，将其中一个人——问题是只能是一个人——永远印刻在脑海里，和他/她双宿双飞。那样的话，自然就是 happy ending。可是我能选择谁呢？同性的帅哥，还是异性的丑女？

唉，如果是你，会怎么选呢？

灯塔少女

2027-03-12

我叫凌柔柔——爸爸，是这样吗？——嗯，我叫凌柔柔，今天我七岁啦。我爸爸叫凌东，是他送给我这个小本本当生日礼物的。爸爸说，只要我打开它，对着它说话，我说的话就会变成日记保存下来。所以我要把今天的事记下来。今天，爸爸带我去迪士尼乐园玩了一整天，我漫游了童话世界，还坐了飞行车，然后爸爸带我吃了一个超级大的蛋糕。我过了一个很棒很棒的生日。我许了一个愿：柔柔要永远和爸爸在一起！

2027-05-08

今天爸爸带我去学钢琴，有好多小朋友。我一开始有点怕，可不知怎么，我一坐下来就会弹，比别的小朋友都厉害，老师问我是不是学过，不过我一点也不记得学过琴。但老师说，我比那些学过的小朋友弹得还要好，可以直接进高级班呢。爸爸夸我是小天才，下课以后就带我去吃甜品了。我可喜欢爸爸了！

2027-09-01

今天我要上小学了。我不想去，但爸爸说学校里有很多小朋友，可以跟我一起玩。可是我发现其他的小朋友都是和爸爸妈妈一起来的。可是为什么我妈妈没有来呢？电视里的小朋友也有妈妈。我问过爸爸，可是他从来不告诉我妈妈在哪里。有一次我问他，他瞪眼说我没有妈妈。每个小朋友都有妈妈,为什么我没有呢?我想问爸爸,可是他好像一听到我问这个他就不高兴,我就不敢问了。其实没有妈妈也没什么了不起的,我有爸爸就好了。

2027-09-06

今天是礼拜天,爸爸带我去了一个地方,那里有很多很多立起来的大石头,爸爸说每个人将来都会睡在那些石头下面。我很奇怪,睡在那里多无聊呀。爸爸带我去中间的一块石头前面,说妈妈就躺在下面。我看到了妈妈的照片,她比其他小朋友的妈妈都要美,我好高兴,我让爸爸把妈妈叫起来和我说话,爸爸哭了,他说妈妈不会和我说话,但是她永远陪着我,一直陪着我。我不懂,但是爸爸哭了,我心里很难受,所以我也哭了。

2027-09-20

今天上第一节英语课。老师教我们唱字母歌,我跟着唱着唱着,突然嘴里就冒出了一句英语:"my name is Jessica, what's your name?"老师问我是不是在幼儿园学过,可是我一点也不记得,我都不记得自己上没上过幼儿园,五岁以前的事情我都不记得了。不过老师说,我的英语很标准,要推荐我去参加少儿英语比赛,我可开心了。老师还说,既然我已经有英文名了,以后就叫我Jessica吧。回家以后我问爸爸,他说我是个小天才。可是我不懂,我明明什么都不记得了,怎么是天才呢?

2028-03-12

今天爸爸又给我过生日了。我们去海边坐了豪华游艇,又去吃了好多好吃的,爸爸还给我买了一个电视上那种会说话会走路的机器洋娃娃。我太爱爸爸了!可惜妈妈不能和我们在一起。我想到去年的那个地方看妈妈，但是爸爸说，妈妈的心一直和我们在一起，不用专门去看她了。我又问爸爸，妈妈叫什么名字，爸爸说没有名字。我说怎么会没有名字呢，你叫凌东，我叫凌柔柔，妈妈一定也有名字呀。最后爸爸告诉我，妈妈叫"素素"，这名字真好听。

2032-04-05

今天是清明节假期，我骗爸爸说去找莉莉玩，其实是偷偷去看妈妈了。上一次看妈妈已经是五年前的事了。但我还记得很清楚，爸爸以后再也没有带我来过，他一定是太难过了，不想触景生情。不过我现在也长大了，可以自己来了。我是一定要来看妈妈的，我有好多话想跟她说呢。可是到了墓地我就傻眼了，这里比我记得的大多了，到处都是墓碑，我可怎么找呢？我转了一圈又一圈，差点就要放弃了，可最后我忽然看到了一张照片，就是记忆中妈妈的脸！一定是妈妈在天有灵，指引我找到她的。我看着她的脸，她好年轻啊，二十来岁的样子，很美很美，而且也长得有几分像我。

那块墓碑上刻着"沈素素之墓"，立碑的是妈妈的父母，也就是我的外公外婆了。妈妈是什么时候去世的呢？墓碑上没有刻，真奇怪。但是这块墓地感觉很旧，周围的墓碑上刻着的下葬时间都是三四十年前的了。妈妈不可能那么早去世吧，要不然怎么会有我呢，她究竟是什么时候走的呢？

晚上回家，爸爸还在工作室里对着他的电脑捣鼓股票什么的，我想问他妈妈的事，但心里知道问了他一定不高兴，还是算了。

2032-04-07

今天晚上，我趁爸爸出门买东西，把家里的照片都翻了一遍，想找到妈妈的照片，但是什么都没找到。我还发现了一件奇怪的事，我四五岁以后的照片很多，但是以前的，小婴儿的照片完全没有，更不用说和妈妈的合影了。为什么会这样呢？这几年，我一直在想五岁以前的事，一开始什么也想不起来。但慢慢地有一些影子，我记得当时好像住在外国，每天讲英语，好像有另一个名字叫Jessica，还有另外的朋友，但是具体的都记不清楚了。我是谁呢？是从哪里来的？我躲在被窝里问自己，忽然觉得好害怕。

2032-04-13

今天在路上碰到一对出来旅游的老夫妻向我问路，人很慈爱可亲，我忽然间有一种奇怪的感觉：他们好像爸爸妈妈呀！可是我马上就被自己吓到了。那个丈夫个子不高，脸圆圆的，头也秃了，完全和爸爸长得不一样，怎么会像我的爸爸呢？但是我闭上眼睛，似乎真的能够想起另外有一对夫妻是我的父母……我被这种感觉吓坏了。

2032-05-16

我把我的苦恼告诉了莉莉。她想了一下，说："我明白了！你爸爸根本不是你的亲生爸爸。"我猛然惊醒。对呀，这样一切才能说通。我本来另外有爸爸妈妈，住在外国，可是不知道为什么四五岁的时候被现在的爸爸收养了，所以根本就没有以前的照片，而且我从小会钢琴和英语，肯定是以前的家里教的。那个沈素素应该也不是我的亲生妈妈，谁知道呢，也许根本就是他随便找了一块墓碑骗我的。我的亲生父母，你们还活着吗？如果活着又在哪里呢？你们知道我在异国他乡，跟着另一个爸爸一起生活吗？

2032-05-19

我发现自己是世界上最傻的傻瓜。今天我终于忍不住，冲进爸爸的工作室问："爸爸，我是不是你的女儿，我的亲生父母在哪里？"爸爸一开始很生气，听我说了一阵以后反而笑了起来。他说我和莉莉都是看电视太入迷了，才根据电视剧里的情节编出来这些幻想。他说我们以前的确住在美国，我小名也叫Jessica，但是四岁的时候发了一场高烧，所以以前的事都不记得了。我说："那你为什么没有我的照片？"他说："怎么没有呢？"然后打开电脑，里面真的有我婴儿时的照片。爸爸说，当时拍了很多照片，但是搬家的时候丢了几本相册，所以很多不见了。但电脑里还存着不少，里面还有爸爸、妈妈和我的全家福。我看到妈妈抱着我，幸福地依偎在爸爸身边。爸爸还说，如果她不是你妈妈，你们怎么会长得这么像呢！我想也是，再说爸爸对我这么好，我怎么会不是他的女儿呢？爸爸还说，当年妈妈是生病去世的，死的时候我还很小，说着又哽咽了，我忙让他不要说了。我真是一个大傻瓜！

2035-04-07

今天发生了一件很奇妙的事。

中学里来了一个新老师，二十八九岁，打扮得很洋气。她不教我们班，但在办公室里见到我，竟然脱口而出"Jessica！"然后好像想到什么，马上笑着说："Sorry，我认错人了，我还以为你是……不可能的。"我的心跳了一下，说："真巧，我的英文名也叫Jessica。"她听了很惊奇。

我们聊了起来，原来这个老师叫Elle，是从洛杉矶来的英语外教，不过是华人。Elle说，她说的那个Jessica是她小时候的玩伴，比她还要大一岁，她们一起长大，但是她十五岁那年Jessica一家搬走了，那是十来年前的事了。显然不可能是我。

我问Elle老师："那老师为什么会叫我Jessica？"她说："因为你们实在太像了，你和我记忆中的她简直一模一样。不过你应该比她小十二三岁，肯定不会是她了。"但我还是很奇怪，虽然不可能是她，但这么凑巧也是太难得了。我问Elle老师有没有Jessica以前的照片，

Elle 老师说电脑里有，明天拿给我看看。

2035-04-08
我生病了。高烧发到快四十摄氏度，一整天都没有去上学。去医院看了，医生也说不清楚是什么病，只给我打了退烧针让我静养。可能明天也去不了学校了。我好想再和 Elle 见面呀，我还没看到 Jessica 的照片呢。

2035-04-24
一病就是两个多礼拜。爸爸让我不要上学了，我问他我得的是不是绝症，他说是能治好的，但是时间要很长。可能下学期才能回去了。但我还是好害怕，我觉得他说话吞吞吐吐的，也许他在骗我。也许我要死了。

2035-06-16
前段时间都是在瞎担心。我的病已经好了，至少最近一个多月都感觉没问题了。我问爸爸是不是可以回去上学了，爸爸说我已经休学两个月，回去也跟不上了。他要带我去澳大利亚旅游散心，下学期换一个更好的精英学校上。听到去澳大利亚我很高兴，但是我舍不得以前的同学和老师，莉莉啊，明明啊，还有 Elle 老师，我刚认识她，但感觉好像和她特别投缘。我说我下学期还是要回学校，落下的功课我可以补上。爸爸答应我去找老师问问，但是我觉得他是在敷衍我。

2035-09-11
#隐藏模式#
我想我得把这段日记隐藏起来，我……我不知道该相信谁。
刚从澳大利亚回来，今天就收到了 Elle 的信息！她通过班级的网络群找到了我，听说了我的情况，问我身体怎么样了。我告诉她已经没大碍了。然后她发给我几张照片，Elle和那个Jessica的。她们在一片草坪上拍的，两个都笑得很灿烂。Elle一点没夸张，那个Jessica长得和我简直一模一样！

草坪后面有一座尖顶教堂，看上去说不出的熟悉，忽然间，一个名字在我心里响起——"St. Michael"。我问她背后那座教堂是不是叫St. Michael，Elle吓了一跳，说："上帝啊，你怎么知道的？"

我不知道我是怎么知道的，但我知道这不能用巧合来解释了。我和那个Jessica一定有某种很深的关系，也许她是我的姐姐？还是我的亲生母亲？可是好像都不对。我想去问爸爸是怎么回事，但此时心里浮起一个念头：我为什么会得了一场大病又忽然好了？是不是因为他不想让我和Elle见面，偷偷给我吃了什么药呢？可为什么他会知道Elle的事？我从来没有告诉他啊。对了，因为他偷看了我的日记！对，他一直在偷看我的日记！三年前那次，就是因为莉莉告诉我，爸爸不是我的亲生父亲，他知道我会去问他，才拿出那些照片打消我的怀疑。可仔细想想，如果爸爸早有准备，伪造一些数码照片轻而易举。如果爸爸一直在骗我的话……想到这个我简直要疯了！

2035-09-12
#隐藏模式#

我一晚上都没合眼，直到天蒙蒙亮才睡着，不过没到九点就又醒了。

下午我和Elle继续在网络上聊天，她问我："你知不知道你爸爸是谁？"可我不知道怎么回答，爸爸就是爸爸嘛。

她又问："我是说，你知道他的工作吗？"

但是爸爸从来不去上班。我知道他在工作室里有一台大电脑，每天在上面不知道忙什么。屏幕上各种数据和图表不断跳动，他说他是在进行股票和外汇的交易。爸爸真蛮厉害的，靠这个就能养活我们两个。自我记事以来，我们家从来没有为钱发愁过。

我把情况约略告诉Elle，她又问我有没有爸爸的照片。这当然很多了，我打开手机，调出来一堆爸爸的照片，大部分是我和他的合影。发了几张给Elle。她立刻回了一个巨大的惊奇表情，然后直接发出来语音："我见过你爸爸，他就是……就是Jessica的爸爸！"

我感到一阵晕眩，喘不过气来，这怎么可能……

Elle告诉我，Jessica的爸爸似乎是在一个生物学研究所里工作，不过和周围邻居往来很少，她也是被Jessica带到家里玩，才撞上过一两次。那时Jessica的爸爸大概四十岁，还有几分帅气。

虽然Elle拿不出当时Jessica爸爸的照片，但从她的描述中，我已经信了八九成。问题是Jessica和我到底是什么关系？她真是我的姐姐？但即使是姐妹俩，长这么像的也不常见。何况她要是我姐姐，我们怎么会起一样的名字呢？

Elle又问了我一些关于爸爸的问题，但我都答不上来什么，我这才惊觉，对自己生命中最重要的人竟然了解得如此之少。他是哪里人，每天具体在干什么，怎么生的我，我都不了解。

Elle又问我："你确定他是你的亲生父亲吗？老实讲，我觉得你们几乎没什么相似的地方。"

我的心又咯噔一下，这正是我多年前怀疑过的事情。我仿佛是做了一个恐怖的噩梦醒来，发现一切正常，舒舒服服地过了几年，但最后发现其实这才是梦，而噩梦反而是现实……

最后，Elle出了一个主意，让我设法弄到爸爸的几根头发，这样就可以进行DNA的检测，弄清楚我们有没有血缘关系了。

2035-09-15

#隐藏模式#

爸爸是彻底不想让我回去上学了,他告诉我,要带我去巴黎住几年。巴黎!以前听到这个消息我会高兴得发疯吧。但是现在,我只觉得心里一阵阵发冷。爸爸为什么要逃离这里?他是不是怕我发现什么?还是他想带我去国外,做什么可怕的事情?

说起来,爸爸虽然是中国人(应该是吧?),但好像在国内没有任何亲戚,和周围的人往来也很少。他是逃犯吗?还是间谍?还是变态杀人狂……我不能再想了,再想我真的会疯掉。

不过我顺利地在枕头上拿到了他的头发,我要拿去给Elle,很快就可以得到答案了。我已经预感到,这个答案是我不想知道的。

2035-09-27

#隐藏模式#

等了好像一个世纪那么久,DNA检测报告终于出来了,Elle帮我去拿的,用手机拍照传给我,结论证明了我最可怕的怀疑:爸爸和我没有任何血缘关系!我躲在厕所里偷偷地哭了一场。结果给爸爸看到了,问我怎么了,我说是舍不得这里的朋友,好不容易才掩饰过去。

Elle说,已经找了一个私家侦探在查爸爸的底细,让我一定要忍住,不要打草惊蛇。可是爸爸下个月就要带我去法国了,如果到时候什么也查不出来该怎么办呢?

2035-10-09

#隐藏模式#

今天,Elle终于约了我见面,说有重要的话要跟我说。

我们在一家咖啡馆里坐定,Elle拿出一叠厚厚的资料,表情凝重地递给我。我看到最上面是一个叫作凌勇的人的简历,这和爸爸有什么关系?Elle似乎看出了我的疑惑,解释说:"凌勇就是凌东,你的——爸爸,或者说是养父吧。他改过名,中间又在好几个国家住过,非常难追查。不过他还是留下了蛛丝马迹,让侦探查到了他的身份。

"从头说起吧,他本名叫凌勇,出生于二十世纪七十年代,1991年进入燕京大学生命科学院读书,1995年去美国宾夕法尼亚大学留学,攻读生物学博士,2001年取得博士学位。后来在墨西哥国立大学从事博士后研究,研究方向是加勒比海一种水母的DNA编码……"

我翻着手头完全看不懂的资料,似乎都是那个叫凌勇的人的论文,大部分是外文。这是我爸爸吗?听起来……是一个完全陌生的人。

可是很快,另一个我熟悉的人名出现了。

"在燕京大学读书期间,他认识了一个叫沈素素的女生——对,就是你的'妈妈'——他们很快陷入了热恋,并且在毕业后就订婚了。"

这么说,爸爸有一点没有说谎,沈素素的确是他的爱人。但她是我妈妈吗?也许我是沈素素和其他人生的?但那时候离我出生还有将近二十年呢,这中间发生了什么?

Elle继续说下去:"沈素素并没有和凌勇一起出国,而是留在国内读书。当时是二十世纪九十年代,互联网、手机等还没有兴起,两个人联络不便,对他们的感情有很大影响。具体发生了什么,已经过去了三十多年,很难弄清楚。只知道沈素素被一个富家公子追求,感情也起了变化,最后决定和凌勇分手。凌勇赶回国想要挽回,有人听到他们吵架,凌勇回了美国。没过多久,沈素素突然失踪了。"

我想到了什么,低呼了一声。Elle继续说:"沈素素的失踪,嫌疑很快集中在了凌勇身上,查看出入境记录发现,在沈素素失踪那段时间里，他竟然秘密回到了国内，但很快又出国了。警察怀疑是他因爱生恨，绑架了沈素素，沈素素很可能已经遭到了杀害。"

"不！不管怎么说，爸爸不会杀人的！"我脱口而出。

"但愿不会吧，"Elle叹了口气说，"不过警方虽然怀疑他，但他在国外，难以传讯，也没有确凿的证据可以引渡，最后不了了之。凌勇大概也是做贼心虚，后来很多年一直没有回国。沈素素也一直在失踪状态，三年后，有旅游者在市郊的山林里发现了一具骸骨，七零八落的，已经遭到了……肢解，甚至头骨也不见了。好了，不说恶心的细节了……附近有一些残存的衣服，确认是沈素素的。后来，从DNA也证实了死者就是沈素素，她果然在三年前就被害了。"

我仿佛掉进了冰窟中，无法抑制地颤抖起来，"你不会说是爸爸……把她给……给……"

"不知道，一直也查不到确凿证据。沈素素的父母当然悲痛万分，将这些骸骨收拾起来火化，然后给葬了，就是你看到的那块墓地。奇怪的倒是凌勇，几年后，有人看到他带着一个七八岁的小女孩，说是从国内接来的女儿。"

"这就是Jessica？"我已经猜到了七八分。

但我竟然猜错了。"不，那是2005年左右，当时Jessica还没有出生。这孩子叫Karla，我想方设法找到了一张她的照片，就是这个，看，她和Jessica，还有你，一模一样！"

我看着一张和自己小时候几乎一样的脸，再次感到了窒息，"这……这到底是……"

Elle说："柔柔，我有一个可怕的猜想，你要有心理准备。我想你和Jessica，还有Karla，你们都是沈素素的克隆体。克隆技术早已经出现，克隆人虽然一直被禁止，但对凌东这样懂行的生物学家来说，实现起来并不难。"

"克隆人……"我只是从科幻电影里了解过一点这个概念，"你是说爸爸——凌勇——凌东——搞到了沈素素身上的细胞,用它复制出了我们?他为什么要这么做啊?!"

"这很明显了。他对沈素素有变态的情感,因为沈素素背叛了他,他杀了沈素素,可又舍不得她,于是利用她的细胞克隆出了和她长得一模一样的孩子。"

我的脑子一团混乱,努力让自己理清头绪,"等等,如果这样,克隆一个就好了,为什么先后有三个人呢?"

Elle的脸色变得更难看,她压低了声音说:"这就是我特别要告诉你的,柔柔,你的处境非常危险!之前的Karla和Jessica先后都失踪了,而且都是十六岁前后失踪的。同时,凌东转去了另一个国家,以前认识Karla和Jessica的人当然认为她们和凌东一起走了。但是凌东根本就没有带着她们!在她们身上发生了什么事,只有凌东知道。"

我打了个寒战,"那他说要带我去法国,难道是要……"

"不能排除这种可能性。"

"那我该怎么办?报警?"

Elle想了想,无奈地摇摇头说:"找警察没有用,目前我说的一切都是猜测,没有实际证据。那些警察不会相信这么离奇的事……不过那个家,你是不能待下去了。这样吧,你先跟我走,你应该持有美国护照,我可以带你去美国找我的朋友,保证凌东找不到你。"

但我又犹豫起来,这一切目前只是Elle的一面之词,也许爸爸根本是冤枉的呢?也许另有内情呢?譬如,如果我是克隆人,为什么又会有一些似乎属于Jessica的记忆呢?

"我……我还要想一想。"我说,"事情还有很多疑点,我要先搞清楚。"

Elle没有再逼我,"那你要自己小心,做好准备。如果发生了什么情况,记得第一时间联系我。"

2035-10-10

熟悉的家已经变得越来越阴森可怖，但我还要强打精神，装作若无其事的样子和爸爸——不，凌东周旋下去。平常做饭的阿姨今天告假了，白天他一直在工作室里忙碌，吃晚饭的时候我提议出去吃，我们就去了附近的一家馆子。但刚坐下就听到隔壁桌的一对男女在吵架。好不容易听明白，是那个女生因为异地恋而见异思迁，要和男生分手。男生愤怒地甩了女生一记耳光，女生哭着跑了。

我心中一动，这不正是当年凌东和沈素素恋情的翻版吗？凌东正是因为这个杀害了沈素素。我想也许可以试探他一下，所以故意说："爸，你看这女的多不像话，欺骗人家的一片真心，简直该死。"

话音刚落，凌东就猛砸了一下桌子，"该死，真该死！为什么我没有——"他没有说下去，可是眼睛红了，声音也在发抖，显然被刺激到了。这证实了Elle的怀疑：他对沈素素的确怀着刻骨的仇恨！为了毁灭她，他什么事都干得出来。

我心中惊怒交加，但也害怕他狂性大发，立刻行凶，于是只能勉强挂上笑容，"爸，别人的事你那么激动干吗，来，我们先干杯！"

凌东叹了口气，和我干了一杯。我刻意讨好他，聊了些以前父女间的事，以前每年怎么过生日啊，一起去哪里玩啊，我对他搞的恶作剧啊。其实想想，我们之间真的有很多温馨往事，可是今天聊起，却是各怀心事，物是人非了……

凌东似乎一直没有从刚才的情绪里恢复过来，看上去心情很恶劣，拼命地喝酒，要了一杯又一杯的酒。最后出门的时候已经有八分醉意，我们打了车回家，凌东一进房门就倒在沙发上睡着了，鼾声如雷。

我想Elle说的话基本已经证实，再在这个家里待下去只能增添危险。于是我给Elle发了一条信息，然后上楼拿了护照、现金和一些换洗衣物，想要溜走。但经过工作室门口的时候，却发现门虚掩着，里面的电脑还在运转。我不由停下了脚步：凌东每天在这间屋子里到底干什么呢？真的只是在炒股吗？这里到底隐藏着什么秘密？

我往客厅看了一眼，凌东应该还在沉醉中，鼾声清晰可闻，看来得睡到明天早上了。我壮着胆子进了工作室，查看他的电脑，但此时电脑处于锁定状态，屏幕上出现了一个对话框，要求输入密码。我哪知道他的密码，试了几个"susu""lingyong""Jessica"都不行，只有作罢。又查看桌上，一角的确放着一些金融、股票类的书，但似乎并没有翻动的迹象，摊在面前的反而是一堆打印的英文论文，我翻了一下，好像都是关于生物学的。我几乎看不懂什么，但有一个奇怪的词汇在所有论文中都不断出现——Turritopsis dohrnii。

我好奇地打开手机，扫描了这个词，查看翻译，跳出来一个中文单词"灯塔水母"，还附有简略的介绍："灯塔水母是水母的一种，大小只有4~5毫米，它在性成熟后会重新回到水螅型状态，并且可以不断重复这一过程……"

我不明白这是说什么，只看懂了这的确是一种水母。这么说，难道这些论文都是关于一种水母的？我想起来了，Elle昨天说过，凌东以前是研究水母的，还真对得上号。但是都过去这么多年了，他也不再是生物学家，为什么还在看这方面的论文？

我又翻看那些论文，只能看出是关于这种水母身体构造和基因序列方面的专门研究，但看不出所以然来。其他方面更是找不到任何线索。我打算放弃了，可这时候目光又扫到了那个输入密码的方框。我起了一个念头，坐在电脑前，直接输入了一串"Turritopsis dohrnii"，不过再次提示密码错误，我想哪有这么巧的事，刚想走，但又想到一个念头，便把所有字母改成大写并取消空格输入——"TURRITOPSISDOHRNII"。

电脑竟无声无息地解锁了！

我激动地凑了上去,看到了凌东很多年一直在搞的那个软件,我看不太懂那是什么,但显然不是股票之类的东西。我翻来覆去看了半天,发现似乎是对一些有机分子的结构和化学反应进行模拟,好像也和灯塔水母有关,但具体的一点也不懂了。

我把这个程序最小化,又在他电脑里搜寻起来,这一回我很快发现了目标:四个文件夹"S""K""J""R"。

这些天来,那些名字一直在我脑海盘旋,我立刻猜出了这些缩写的含义:素素、Karla、Jessica和……柔柔。

我的心狂跳起来,先点开"S",果然出现了很多照片和视频,都是近四十年前沈素素和凌东恋爱时拍的。我一时看不明白那么多,又点开"K",里面是一个小女孩从小到大的生活,她穿着完全不同的衣服,梳着完全不同的发型,在另一个国家生活,却和我长得一模一样,那就是Karla。Jessica也是一样,只是又在Karla之后好几年了。

"我们真的是克隆人吗?"我梦呓般地想,像是拼命挣扎,却抓不到一根救命稻草的溺水者。

我颤抖着点开一个视频,是七八岁的Jessica在和凌东一起过生日,和我小时候很像,只不过是近二十年前的事了。另一个视频,是Jessica在一场儿童演出中表演舞蹈,还有一个视频是他们一起去钓鱼……

我不想再看这些日常生活的片段,刚想关掉,忽然发现最后有一组容量非常之大的视频,似乎有些不同。我打开了一个时间标注为2024年1月8日的视频,看到了极其恐怖的一幕:

那好像是一个类似实验室的地方,十六岁的Jessica赤裸着身体,仰天倒在床上,似乎已经昏迷不醒。凌东拿着一个硕大的针管朝她走去,将其中的液体打入她体内。Jessica中间醒了过来,挣扎了几下,含糊嚷了几句,但被凌东死死按住,让她无法反抗。被注射完之后,女孩身体蜷缩成一团,再次陷入沉睡。凌东随后离去,视频长期处于静止状态。

我点开日期是第二天的下一个视频，看到Jessica仍然处于沉睡状态，只是皮肤上长出了一些类似疹子的东西。我跳到几个视频之后，发现那些疹子已经变成了奇怪的黏膜，把Jessica的身体一层层包裹起来。

几天以后变化就越来越明显了，Jessica已经没有了人形，被一层层膜包裹住，仿佛变成了一个"蛋"或者"茧"，再也看不见头脸。凌东每天来观察一下，大约一个月后，正好是3月12日，这个茧裂开了，浓稠的血浆和天知道是什么的糊糊从里面流出来，一个小脑袋也伸了出来。凌东听到响动，走进镜头，将茧撕开，抱出了一个浑身血污的孩子，看上去有四五岁。

"素素，"我听到凌东说，声音不知道是悲伤还是喜悦，"你果然又重生了。这一次，叫你什么好呢？就按以前我们一起养过的猫咪的名字，叫你柔柔吧……"

素素……柔柔？

我感到无法呼吸，呆呆地不知站了多久，目光无意识地又落到桌上摊开的论文上，"Turritopsis dohrnii"一词再次映入眼帘。

"性成熟后会重新回到水螅型状态，并且可以不断重复这一过程……"

我终于明白了这句话的意思，灯塔水母可以不断地从成年态返回幼年态，一次次地循环，永生不死。

我明白了一切。

我根本不是什么克隆人。

我就是沈素素，就是Karla，就是Jessica。

凌东为了惩罚沈素素，把她——也就是我——变成了一只灯塔水母！他通过注射药物，让素素一遍遍地从十六七岁的近成年状态重新被打回到四五岁，从而永远无法脱离他的掌心。每一次轮回，我都会丧失记忆,把他当成最亲的亲人,任他左右。直到最后被绑起来才明白真相,但一切都来不及了。

我活着,却永远无法变成一个大人;我死了,却又被重新带到这个世界上来,和一个丧心病狂的恶魔生活在一起。

这是凌东对"我"背叛他的惩罚,世界上最可怕的惩罚。

我颤抖得几乎无法站立,一步步向后退去,却发现自己撞到了一个人身上。我回过头,发现自己正对着凌东阴沉的脸。

"你……你怎么会在这里……"凌东心虚地说,看了一眼还在播放着视频的电脑屏幕,表情一下子扭曲得宛如魔鬼。

"啊——"我大叫起来,用力推开他,向外跑去。

"柔柔,你听我说!"凌东一把抓住我,不让我走,我随手抓起桌子上的一个加湿器,砸在他脑袋上。凌东应声倒地。但他没有像电影里那样昏过去,还在挣扎着爬起来。

我大步冲出房门,不顾一切地向外跑去。拐过路口,就看到了Elle的车,她在那里已经等了很久。我上了车,Elle发动车辆想去机场,但我拉住了她。

"去警察局!"我说,"我找到证据了,我要让这个恶棍为自己所做的一切付出代价!"

2035-10-12

昨天,我和Elle报了警,但是当警察赶到的时候,凌东已经及时销毁了所有的犯罪资料,那些本来就在他的电脑里,彻底删除后谁也找不到。凌东还尝试把一切说成是我作为一个问题少女的异想天开,他差点就成功了。警察都不相信我说的离奇故事。

但有两点,凌东说什么也没用。第一,他就是当年的凌勇,沈素素之死的嫌犯;第二,我和他并没有血缘关系,根本不是他的女儿。警察也起了疑心,暂时没有把我交给他,而是带我去了一个反家暴中心先住下来，而且开始调查他的背景资料。凌东快完了！

2035-10-15
凌东忽然失踪了！警察说他可能来找我报复，让我当心。Elle说很快会带我回美国，相信凌东不能再找到我。但是我还是很怕，害怕有一天再次落入他的掌心。警察你们快点找到他呀！

2035-10-24
凌东死了……
他的尸体在海上被发现，已经死了很多天，大概是失踪那天就自杀了。
听到这个消息我大哭了一场。一个月前，我都不会想到，他会是这个下场。如今他死了，那个恶魔从此消失，可是以前那个亲爱的爸爸，再也不会回来了。
警方认为，凌东是怀着对沈素素的变态感情拐带了我这个不明来历的女孩。当然还有很多说不通的地方，不过凌东一死，这个案子也就结束了。
有一些嗅觉灵敏的记者还在打探内幕。不过Elle跟我说，让我不要跟任何人提灯塔水母的事，如果外界真的相信，那我不是被秘密机构抓去做科学实验，就是沦为媒体炒作的焦点，一辈子都毁了。我赞同她说的，其实现在我自己都开始怀疑，那天晚上看到的视频是不是真的了。
Elle说，让我和她一起回美国，重新开始。我不想花她的钱，但她说，她有很多钱，无所谓的，让我接受她的一片心意，毕竟我们从上一世就是好朋友。
我答应了，希望我的生活能有一个新的开始。

发件人：TURRITOPSISLING@Kmail.com
时间：2035年10月20日0点0分0秒
收件人：Elle.Li2010@Starmail.com

Dear Elle：

这是一封按时间自动发送的邮件，当你看到这封邮件的时候，我的身体应该已经沉入海底，进入生物圈的永恒循环了。你和我，我们所有人，最终都会如此。

除了素素。

为了素素——就像你已经知道的，她就是柔柔——我必须去死。警察很快就会发现她的身份是伪造的，然后调查我的过往。他们最终会发现真相，而素素不是成为科学家趋之若鹜的试验品，就是曝光在全世界面前，承受世人看怪物的目光，无论哪一种都会毁了她。只有我的死才能中断警方的调查。

你一定会想，这一切不都是我造成的吗，还好意思说什么"为了素素"？

但真相不是你和素素想的那样，完全不是。事情的另一半，你们一无所知。

三十五年前，我正在国外进行科研，憧憬着将来和心爱的姑娘过上幸福的生活。此时，素素忽然对我提出分手，我无法接受，抛下一切回国。见到素素后，她憔悴了很多，但坚持要和我分手，我们吵了好几架，也无法改变她的心意，我愤然离去，决定和她一刀两断。但刚回到美国，就接到了她母亲的电话，得知了可怕十倍的真相！原来，素素得了淋巴癌，发现的时候已经是晚期，根本无药可救了。所以她瞒着我，编造了一个理由和我分手，让我不要再想念她。正好出现了一个富二代在追求素素，但素素心里根本没有他，只是拿他作为借口。

我知道真相以后,心里只有一个念头,就是要救素素,无论如何要救素素。你知道癌症的原理,就是细胞发生了变异,疯狂地繁衍自身,无法停下,最后把整个人体的养分都吸光。没有可行的办法遏制这种可怕的疾病。但这时候,我有了一个疯狂的主意。

我正在研究灯塔水母,这种水母在性成熟后能够逆序生长,所有的细胞都发生变化,身体变成一个胞囊,从里面再长出幼态的灯塔水母,重新长大。就这样不断循环,永远不会自然死亡。当时我的研究正好有了突破性的进展,找到了控制灯塔水母发生逆向变化的基因。我想,也许这样的力量能阻止癌细胞的扩散。

我将这些提取出来的基因植入一种逆转录病毒内,这样它们就可以把灯塔水母的基因带到人体里。我将一小瓶试剂偷偷带回国内,可当时素素已经生命垂危,昏迷不醒了,我连和她最后一句话都没说上。

我说服了素素的父母死马当活马医,对她进行了注射。很快出现了柔柔在视频里看到的"结茧"现象,她变成了一个怪异的肉茧。七天后茧破开了,里面是一个看上去只有四五岁的小女孩。她看上去长得和幼年的素素一样,只是没有了素素的记忆。这就是Karla,她是素素的身体重组的产物,只有大脑的核心部分基本保留下来,但也发生了退化。

至于素素身体其他部分变成的"茧",里面还有不少人体骨骼和组织,我偷偷把它埋在荒郊野外,几年后残余的部分露出地面被发现,竟被当成了素素被肢解的身体。这一事件也就成了一起杀人案。

当时我和素素的父母都意识到,必须隐瞒Karla的存在,否则她会成为全世界注意的焦点。我们先把Karla送到了孤儿院,再由素素父母出面收养。但是这就出现了一个问题,原来的素素活不见人,死不见尸,那个富二代追求者找不到她,竟愤然报警……我当然成为警方最怀疑的对象，好在那时候已经回到了国外，警方也无可奈何。后来，我在墨西哥继续进行灯塔水母的研究，但是在哺乳动物身上的研究再也没有成功过。所有被注射了试剂的动物在结茧后都死去了。我怀疑是当时素素的癌细胞与灯塔水母的基因有一种特殊的结合，才产生神奇的效果，只是这一点再也无法证实了……

但这几年的研究开发出了一种副产品，一种从灯塔水母体内提取的生物酶制剂，注射后能够让人体细胞富有活力，延年益寿。这种发明虽然比起灯塔水母的真正效果来讲微不足道，却可以投入应用。我申请了专利，靠这个赚了好几千万，以后几十年里我和素素衣食无忧，主要就是靠这个。

这些年中，我暗地里跟素素的父母联系，Karla刚刚出世时虽然一无所知，但是还有一些生活和语言的能力，很快可以恢复到四五岁儿童的水平，甚至可以找回一些零碎的记忆。

素素的父母年纪大了，精力不济，而且Karla和素素越来越像，也引起了周围人的议论。我赚到钱后设法把Karla接到了墨西哥，由我照顾。此时的Karla对我来说更接近一个小女儿，我对她的爱发生了变化，却一点没有减少，我发誓要让她幸福。

我以为作为Karla的素素就可以这样一直生活下去，长大成人。但到了十六岁（实际上是十二岁）那年，她又一睡不醒，皮肤粘连在了一起，成为一个"茧"……这证实了我最可怕的猜想：灯塔水母的基因将一直在素素体内起作用，她只要身体一发育成熟就会返回幼年，这个循环无法破解！

我到了美国，重新开始了研究，设法让素素——现在是Jessica了——摆脱这种状态。十一年前，当她出现重新结茧的征兆时，我就给她注射我新研发的试剂，希望能中止这个过程，并且录下视频进行研究。这就是把柔柔吓坏的那个视频。其实我只是延缓了她返回幼年的进程，但是无法阻止，最后Jessica也不可避免地重生了，变成了柔柔……

　　Jessica的失踪和柔柔的出现给我造成了一些麻烦，我只有又回到国内。后面的事情，你们都知道了。我继续通过电脑程序模拟研究灯塔水母的基因对人体的影响，但是收效甚微。那么多年过去了，我年纪也已经太大了，脑力越来越难以支撑尖端的研究。我知道自己无法阻止下一次循环，只有放下一切，再一次享受和素素在一起的时光。但十二年后，等下一次循环开始，我就已经太老了，扮演她的父亲也说不通了，那时候该怎么办呢？

　　好在她遇到了你，这个问题也就无须我再考虑了。

　　Elle，我知道你是一个好心肠的女孩。如今我只有把素素托付给你。她将会在大约半年后开始新一轮的循环，重新成为一个没有记忆也没有身份的幼儿，她自己对此还一无所知。素素的父母早已去世，这一次，你是唯一可以帮助她的人，希望你能当她一直期盼的"妈妈"。我名下还有大约两千万美元的存款、房产和公司股权，在我身后都属于你，归你支配。获取方式在附件里有，你可以拿这些钱充分满足自己的生活所需，相信你也会好好照顾素素的。

　　我想了很久是否要告诉柔柔真相，但最后决定还是不要说了。当年素素隐瞒了她的病情，宁愿让我恨她也不愿我为她难过，想必心情也是一样的吧。何况，当她再一次沉睡之前，至少也能怀着自己会长大成人，开始正常人生的希望，而当她再一次重生之后，也会忘记这一切，和你这个"妈妈"无忧无虑地生活在一起。我想，这也是一种幸福吧。

　　不论以什么形式，只要她能一直幸福下去，就是最好的了。

凌勇绝笔

特赦实验

1

狱警打开了厚厚的铁门,西装笔挺的男人走进囚室,上下打量着。这是一个很狭小的房间,除了一张床外几乎一无所有,床上一个穿着囚服的人背对着他躺着。

"布雷沃克先生?"男人小心翼翼地唤道。对方没有回答,他又叫了两声,对方仍然一动不动。男人刚想走近,那个人才懒洋洋地开口道:"你是谁?我不接受探视,他们怎么让你进来的?"声音沙哑而含糊。

"我叫贝克·奥尔森,"男人自我介绍说,"是为了您的案子来的——"

"这么说,你是法庭派来的辩护律师?"布雷沃克急躁地转过身,打断了他,"他们接受我的上诉了?"

"据我所知,您的上诉很特别,是请求改判为死刑。"

"是的。比起终身监禁,我宁愿是死刑,来个痛快的。"

"这恐怕比较难办,"奥尔森慢条斯理地说,"您知道,我国早已废除了死刑。虽然由于您的案子引起了社会上的激愤情绪,也有人在报纸上主张恢复死刑,但我们国家是不会接受的。当然,减为有期徒刑的可能也很小,老实说,您的极端做法令世界震惊,为了偏执的种族主义理念,近百人死在您的炸弹和枪击之下,证据确凿,我也无法帮您脱罪……"

"那你他妈的还来干什么?"布雷沃克不耐地说。

"我是来告诉您一个好消息,"奥尔森说,"只要您愿意和我合作,就有机会在有生之年重获自由,也许在还年轻的时候就能离开这里。"

"这怎么可能……慢着!"布雷沃克眼神锐利地盯着眼前的男人,"你不是律师,你是什么人?"

奥尔森露出了高深莫测的笑容,"律师帮不了您,但是我能。"他递给布雷沃克一张名片,布雷沃克看到了"……皇家科学院高等医学研究所特级研究员"一行字。

"我们正在实验一种非常重要的新药物,只要您自愿成为实验者,就能获得特赦,得到您梦寐以求的自由。这里是政府颁发的特赦协议书。"奥尔森拿出一个文件夹。

布雷沃克精神一振,坐起身来,接过文件仔细翻看着,"嗯,条件看来不错……这么说,我真的只要参加实验就能获得自由?"

"是的,在实验结束后,无论什么结果,您都可以获得自由。下面是国王和首相的签名,具有无可置疑的法律效力。"

"如果实验失败呢?我会死得很惨吧?"

"这很可能。我不想瞒您,之前的动物实验有超过30%的死亡率,要不然也不会找您了。"奥尔森坦白说,"不过,这不也是您期盼的吗?无论怎样,您都没有损失,总比关在这里一辈子强。"

布雷沃克露出了讥讽的笑容,"没错,怎样都比现在强……但你们实验的是什么药物?"

"这是绝对机密……"奥尔森凑到他的耳边,轻声说了句什么。

布雷沃克不可思议地瞪大了眼睛。

2

一年后。

布雷沃克无力地呻吟着,如同在地狱的烈火中煎熬着,又如被浸入冰窟,周身的每一寸皮肤、每一块肌肉都感到了并存的灼热、冰冷、刺痛和麻痒,五脏六腑如同被各个方向拉扯着,又像被揉成一团,各种无视矛盾律的痛觉纷至沓来。他想挣扎却挣不开,因为他现在被捆绑在一张病床上,头发掉光了,周身的皮肤已经全部溃烂。

他知道自己为什么如此痛苦。这是一次史无前例的实验,他身上的每一个细胞都在被各种生物化学反应粗暴地蹂躏着,仿佛整个身体随时要散成一堆单细胞的原浆。

但这是为了人类梦寐以求的长生不老。

奥尔森告诉他,人的寿命有限,根本原因在于细胞分裂的次数有限,而这又是因为染色体末端一种叫作端粒的小颗粒。端粒每复制一次,就会损耗一点点,变得更短,一旦完全耗尽,细胞就不再分裂,人就会老死。如果能保持其长度不变,就能使它持续分裂。问题的关键在一种端粒酶上,它能够使端粒延长,让复制有序进行下去。给他注射的这种药物,含有一种特殊活性物质,被称为"长生素",能够有效地保持人体细胞端粒酶的活性,但又不至于演变成分裂完全失控的癌变细胞,这样理论上就能实现永生。

但这只是理论,要使它变成事实需要大量的人体实验。其他几个实验者都因为受不了痛苦折磨而先后退出,现在只有布雷沃克还在。这种实验要对人体进行全方位的改造,深入身体的每一个细胞,痛苦异常。布雷沃克相信,就是濒死的绝症患者也不愿意用这种方式来换取生命。最可怕的是没完没了,反复注射。已经有一年多了,他天天都生活在极度的肉体痛苦中。他好几次想毁约,但想到在监狱里还要苦熬几十年的日子,他就不寒而栗。重获自由的强烈意愿终于让他坚持到了今天。

"我真的受不了了,究竟什么时候才能结束?"他有气无力地问一旁的奥尔森。

"很抱歉,"奥尔森对他说,"看来我们的实验似乎走入了歧途,还需要一阵子……唉,如果丽莎还在,也许我们就不会走这样的弯路了。"

"丽莎是谁?"

"长生素的发现者,"奥尔森说,"我们所里最优秀的专家,做出过很多重大突破。可惜她最后在研究适用于人体的药剂时忽然去世了,没有了她,研究也不得不放慢脚步……所以需要您帮忙做许多实验。"

"我受够了,让我回牢里去,老子不干了!"

"那不就前功尽弃了?"奥尔森劝他说,"您白受了一年多的苦,还得回去蹲无期徒刑。老实说,我们离突破的曙光已经很近了,您真的要放弃吗?"

"这个……"布雷沃克犹豫了。

"您再忍忍吧,"奥尔森见状说,"我保证用不了多久,您就会成为永垂史册的人类功臣。约翰,再给布雷沃克先生来一针——说不定下一针就成功了。"

3

奥尔森说中了,这一次效果很好。疼痛和麻痒渐渐消失,周身的皮肤也换了一层新的,一道疤痕也没留下。布雷沃克长出了新的头发,甚至换了牙,仿佛年轻了十来岁。奥尔森也没有再给他继续打针。

"实验取得了重大进展!"两个月后,奥尔森对他说,"经过全面体检,发现您周身细胞已经更新了,而且还在健康有序的分裂中,看来我们的药物发挥了作用,您已经完全恢复了健康,甚至恢复了青春,您的身体状态相当于十八岁!"

"这么说我……获得永生了?"布雷沃克惊喜地说。

"很可能是这样。"

"好极了!"布雷沃克与其说是为永生而欣喜,不如说是为了失去已久的自由,"我可以离开这里了吗?"

"当然,您不需要再待在研究所了。"

布雷沃克从床上一跃而下,向门口走去。但打开门后他呆住了,那里站着四个狱警,他们一拥而上,抓住他,给他戴上手铐。

"你们疯了?我是被特赦的!"布雷沃克惊呆了,"奥尔森!这是怎么回事?"

"我跟您说得很清楚了,"奥尔森微笑着,"实验结束后特赦令才能生效,在那之前,您在理论上还是囚犯。"

"可实验不是已经成功了吗?"

"具体操作的部分结束了,但还不能说完成,我们还在观察期。"

"什么见鬼的观察期?"

"细胞分裂仍然是不稳定的,可能出现这样那样的变化,我们现在还不知道会维持多少代,最后的结果还没出来,还要留着您进行一些观察。只有证明细胞可以稳定地无限代分裂了,实验才能算正式结束。因此,我们还需要一个相对较长的观察期。"

"你这浑蛋!"布雷沃克挣扎着,"要观察多久?一年?三年?总不至于要五年十年吧?"

"请您冷静下来。我们需要证明您拥有永生的能力……根据初步估算，至少需要——两千五百年。"

"你疯了吗？让我在那个鬼地方待两……两千五百年！"

"这也是不得已的，"奥尔森叹了口气，"自然界很多树都能活几千年，但是我们不能说它们获得永生了，不是吗？您作为第一个永生者，我们当然要长期监控。即使在永生药剂正式上市后，也还要一直观察下去……其实也没什么，如果实验成功的话，两千五百年后，当您离开监狱时，您还会像现在这样年轻，一根白头发也不会有。"

"放屁！你去坐两千五百年牢试试看！"

"我想，"奥尔森冷冷地说，"在永生的报偿面前，这不算什么，谁让您是终身监禁呢？另外，在那起爆炸枪击案中，您夺去了八十五个无辜者的生命，每一个人只算损失三十年寿命的话，两千五百年也不算多，不是吗？"

"奥尔森，你这个狗娘养的，你全家都不得好死！"布雷沃克想到要在狭小的囚室里度过两千五百年岁月的可怖前景，歇斯底里地狂骂起来。

无望挣扎中，布雷沃克被狱警拖上了囚车。车子呼啸着离开了研究所，向着监狱方向而去。奥尔森从口袋里掏出一张照片，长久凝视着，擦了擦眼角，喃喃自语："现在你和孩子可以安息了，丽莎。"

照片上，一位美丽的女性抱着襁褓中的婴儿，灿烂地微笑着。

相　亲

　　她就坐在我对面，如瀑的长发映衬着洁白的脸蛋，微低着头，嘴角露出腼腆的微笑。她不时抬起眼皮看我一眼，当我的视线偶尔和这对明眸碰在一起，她的双颊会泛起一片羞涩的晕红。

　　看到她，我对老妈的怒火顿时无影无踪，但更快又被深深的自卑所取代。我知道这必然是一场毫无希望的约会，甚至比之前的更没有希望。

　　故事老得掉牙：老爸给我打电话，说我妈病了，高烧起不来床，催我回来看她。当我回家的时候，却看到她老人家红光满面地来开门。我立刻明白是怎么回事，气得扭头要走。老妈一把拽住我，好说歹说，硬把我留下。我像个木偶一样，被爸妈按住梳洗打扮一番之后，就被带来了这里，参加我的第三十二次相亲。

　　但这次还真是和以前不同，从餐厅的规格就可以看出。此刻我们正在未来大厦顶层，一千二百米高的旋转餐厅里，俯视着脚下这座灯火辉煌的大都市，面前各摆着一份法式鹅肝煎羊排和42年的红酒。这里是女方订的，通过刚才的寒暄，我知道了她叫秦娜，父亲是有声望的律师，母亲是大学教师，而她本人也刚刚获得名牌大学的文学硕士学位，毫无疑问处于社会的顶端。她一家这么出色，和我的普通家庭出身已经拉开了距离，我不禁好奇地想，是什么原因让这位美女同意和我这样其貌不扬的大龄青年相亲的。

　　但仔细想想，这也不奇怪。高学历兼出众的美貌，既是她的优势，也可能是绊脚石，年近三十，想必她父母和我爸妈一样着急，在双方家长的撮合下，我们就这样坐在了彼此对面。或许，或许我有机会和她发展……

不，不可能，这是不可能的。因为与生俱来的缺陷，这一切最终和之前的三十一次相亲不会有什么区别，投入太多只会伤害自己。我无奈地提醒自己。

因为我是一个F级基因者，这是烙在我每一个细胞最深处、无法摆脱的贱民标志。

我身高一米八二，体重七十公斤，身体健康，长得也不赖。虽然谈不上聪明绝顶，好歹也拿了一张大学毕业文凭和建筑师资格证，在公司里也做出了一点业绩。从各方面看，我都是一个不错的小伙子，只除了，那最重要的一方面：构成"我之为我"的最根本要素，有着难以忽视的缺陷。虽然平时它对我毫无影响，但是在今天这样的场合，却仿佛有一个声音，在耳边强制提醒这些我不愿想起的知识：

人类以及几乎所有动植物的基因主要由脱氧核糖核酸，即DNA构成，基本结构是两条相互缠绕的分子链条，每条链条都由腺嘌呤、鸟嘌呤、胞嘧啶和胸腺嘧啶四种碱基组成，其中腺嘌呤和胸腺嘧啶，鸟嘌呤和胞嘧啶分别通过氢键结合，构成碱基对。这些不同的碱基对，就是DNA双螺旋链条的最基本组成单位。生物遗传的秘密，就在这些碱基对长达30亿位的排列之中，它们决定了生物发育的一切性状和细节。

早在半世纪之前的二十一世纪初期，科学家就基本完成了人类基因组测序，测定了人类遗传基因中的全部碱基对，此后很快进一步应用于个体，只要花一小笔钱，每个人都可以巨细无遗地知道自己的全部基因序列。但这些序列并非都有用，其中大部分是无用的信息，是进化史产生的冗余，当时还无法确切知道是哪些基因控制哪些性状。这些密码在之后的几十年中被一一破译。借助软件分析这些数据，可以很容易地看出一个人在正常发育情况下的容貌、肤色、身高、健康程度以及容易得哪些疾病，甚至有没有心理变态倾向等。

遗传基因有优劣之分，这是在DNA被发现之前就早为人知晓的。但这个时代的进步在于，人类能够精准地量化把握每个人的基因，并通过电脑程序加以评估。不幸的是，虽然我现在身体健康，但是我的基因在正态分布曲线上属于最差的那15%，在评级上是F级。基本上在相亲时，只要我亮出自己的基因评估表，这场约会就泡汤了……

"对了，林先生，你平常都喜欢做什么呢？"我正心不在焉，秦娜娇怯怯地开口问道。

既然已经不抱什么希望，我就把老妈谆谆教诲的那套说辞都抛诸脑后，既不说自己喜欢读书或者听古典音乐，更不说打高尔夫球之类的，想说什么说什么。我毫无优雅仪态地将红酒一口干掉，轻松地一笑，说："我这人没什么追求，就喜欢玩VR游戏，比如《太空大战》。"

"哦？是哪个太空站？"秦娜眼睛一亮，似乎颇感兴趣。

看来我们还真是两个世界的人，我想。"不，不是太空站，"我说，"是《太空大战》，一款流行的虚拟实在游戏——"

"我知道，"秦娜却打断我，"我是问你，游戏里你打到哪个站了？是小行星站，还是木星站，或者天王星站？"

我有些吃惊地看着她，"哦，是海王星站。你也玩这个？"

"海王星站？"秦娜眉飞色舞地说，"我记得那里的巨章鱼特别难打，对不对？"

"是啊，"我说，"每次斩了它一只触手，另一只就长出来了，怎么杀也杀不死，真烦。"

"这有个窍门，你可以同时放电离炮和冰冻波束，"秦娜说，"不过具体操作有点复杂……回头有机会咱们切磋一下。"

就这样，我们居然聊到了投机的话题。秦娜也是一个虚拟实在游戏的爱好者，她在《太空大战》里已经打到了奥尔特云站，把那些外星战舰打得落花流水。她说到高兴之处，不由口若悬河，手舞足蹈，比比画画，一扫刚才的腼腆羞怯。

而我们在其他方面，共同爱好也不少。比如，我们都爱野营和登山，还都喜欢看何慈康的小说，甚至都喜欢养德国牧羊犬……天哪，她真是我一直梦想的女孩！

但是……

但是时间飞快流逝，谈话也渐渐进入正轨，上的什么大学，在哪里工作，将来有什么计划等。虽然这些方面我自信还可以一说，但我知道，最终还得拿出那张表格来，当然，就算不拿出来，结果也是一样，甚至更糟。

和其他人一样，从小我就做了基因评估，以制定最佳保健方案，对可能的遗传病防患于未然。基因报告属于个人隐私，国家明文规定，任何学校和单位不能因为这一点而歧视个人，所以在求学和就业时，我倒并没有受什么阻碍。但是私人关系就是另一回事了，在恋爱中，对方当然可以要求知道你的基因。

由于法律和伦理上的严峻问题，各国都严禁用人为手段进行基因改造和生育优化。因此，即使有先进的基因技术，人类的传宗接代还是以传统方式进行。只不过，现在人们已经知道了自己的后代可能是什么样子的——当然都由男女双方的基因决定。

对A级和B级基因者来说，这是很大的优势，他们会主动公开自己的基因，就像公孔雀炫耀自己的美丽尾羽，这也迫使其他人出示自己的基因。C级和D级基因者处于中流，他们公开基因也没有太大的压力。最后只剩下底端的E、F、G级，说不说也就没什么区别了，你不愿告诉对方，人家自然更知道你是劣质基因者。

当然，这事我可以拖到第二次或者第三次约会再说，但是那又有什么区别？拖得越长，痛苦越大，还不如早死早投胎。

"对了，这是我的基因评估结果，也许你可以参考一下……"我下定决心，找到间隙拿出了一张表格，递给秦娜。

秦娜有些意外地看了我一眼，但仍然把表格接了过去。她扫了一眼，随口说道："挺不错啊。"然后就还给了我。

挺不错？我有些意外，怎么会不错？我接过表格，打开来看了一眼，自己也吓了一跳，评级一栏上赫然是C级！这……难道不是我的结果？

表格是老妈在出门时塞给我的，平常一直都是她保管，我也没多看，想不到她居然胆大到偷换了一份！难怪她今天有些话欲言又止……我好奇地检视着，上面密密麻麻有很多数据，我看不太懂，但作为一个F级基因者，我比一般人总多了解一些。这张表格是一种特制的智能电子纸张，存储了我全部的30亿对碱基数据，还能够针对特殊的疾病和性状进行查询，上面千真万确是我的名字和身份，这究竟是怎么回事？每个人的DNA都是独一无二的，在政府部门有备案，表格上的资料也来自政府的数据库，很难伪造。难道是以前搞错了不成？

我查找了几个专门的单词，但是没有找到结果，看到的遗传病问题一般也就是糖尿病，癌症等常见遗传病问题的警告，可能性并不高，属于正常范围。我蓦然明白了老妈玩的是什么把戏：很简单，基因评级是民间自发进行的，政府不鼓励也不干预，因此同时往往并存着几种测评方式，这些都是合法的。老妈不知到哪里找了一家小公司，用社会主流已经淘汰的旧方法评估了一遍，按照旧评估法，我的基因并不差。事实上，我小时候从未觉得自己的基因有什么问题。但我上大学那年，科学家对基因的研究取得了新进展，特别是在本来认为的垃圾DNA中发现了若干和智力相关的重要基因片段，就是这种新的评估法，把我从普通人打成了等而下之的另类。

研究发现，在我的DNA编码上有一个隐匿的突变，会影响神经元突触小泡的发育，这个缺陷不会导致后代变成白痴或低能儿，但有一半的可能会抑制智力发展，使之止步于中等。当然，大部分人都智商平平，这没什么，但明知基因里有抑制智力的因素，就是另一回事了。这种基因是显性遗传，很可能影响我的后代。虽然可以通过教育和后天培养来弥补、改善，但先天的劣势无法回避。

"你怎么了？看什么呢？"秦娜一双妙目奇怪地盯着我。

我苦笑了一下，老妈钻了法律的空子，多半是怕我不配合才不跟我说，不过这有什么用？要知道，夫妇在婚前也要进行基因配对，咨询专门医师的意见，看彼此的基因组合是否可能产生出基因有问题的后裔。瞒得了初一，瞒不了十五。

当然，只要能瞒得了初一也不错，至少我和秦娜可以交往一阵呢，也许她会爱上我，不计较这些，至少能让我好好恋爱一场。我真的，真的不想放弃和秦娜这样的好姑娘发展的机会……

我叹了一口气，勇敢地凝视着秦娜美丽的眼睛，说："对不起，这张表格弄错了，我其实……其实是F级基因。"

我最终还是过不了自己那关，把事实一五一十地告诉了秦娜。我庆幸老妈没看到这一幕，要不然非把我臭骂一顿不可。

"……就是这样，"我最后说，"所以，我之前的相亲都失败了，今天，我也不抱希望。如果你不……那个……我也能理解……"

秦娜没有拂袖而去，反而给了我一个灿烂的微笑，她对我说："没关系。"

"没关系？"我的心狂跳起来，难道她真的不嫌弃我吗？

"你看。"秦娜也从随身的包里拿出一张基因评估表格，递给我。我接过来，一个触目惊心的大"G"映入眼帘，我瞠目结舌，说不出话来。

"我是G级基因。"秦娜静静地说，"属于最差的5%，还不如你呢，之前我也相亲过好多次了，可每次都是失败。"

"可是这怎么可能？你明明应该是……"一般来说，社会上层的基因都不会差，特别是秦娜这种经过好几代人的优化组合的，从容貌上看就应该属于最优了。怎会是G级？

"我爸爸是A级，妈妈是B级，"秦娜黯然说，"可很不巧，他们的一些不良基因都汇集在我身上，又发生了几点突变，对我自己并没有影响，但是评估结果就一落千丈了。医生说，这种情况只有不到万分之一的概率，可是却偏偏落在我的身上。"

"原来如此。"我恍然大悟，知道为什么这样优秀的女孩要来跟我相亲，原来我们是——同病相怜。

"你知道我为什么玩《太空之战》那么拿手？"秦娜自嘲说，"是因为我每次都把游戏里的怪兽想象成那些该死的相亲对象，他们只要看一眼我的评估表就会走开，就像躲瘟神一样！当然也有些说不在乎的，但我看得出他们只是想占我便宜，根本没有结婚的打算……真想劈死那些浑蛋男人！但是你，你不一样，你很诚实，我们各方面也很合拍……如果你愿意和我交往的话……"她的脸红了，没有说下去。

我放下那张表格，把手放在秦娜手上，秦娜的手微微一抖，却没有躲开，脸更红了。我感受着她纤纤手掌的温暖和绵软，心神激荡，千万句情意绵绵的表白已经涌到了我的嘴边……

我闭上眼睛，深深吸了一口气，终于下定了决心，站起身，握住秦娜的手，干巴巴地说："很高兴认识你，今天就到这里吧，希望下次有机会再见。"

秦娜诧异地盯着我，眼睛瞪得大大的，似乎我说的是外星语。过了几秒钟，她才反应过来，一张脸忽然变得煞白，随手拿起身边的红酒，全都泼在我脸上，不顾周围人惊讶的目光，大步离去。

我颓然坐倒，无力去擦拭脸上的酒水。我悲哀地想，也许自己做了一生中最错误的决定。

但我别无选择。在这个时代，基因的分层已经日益明显，优秀的基因总是和优秀的基因结合,而劣质的基因只能找劣质的基因,科学家预测,这最终会导致人类的两极分化,也许再过几代或几十代人,人类将分化成两个物种。一个智慧、美丽、高大、强健,一个愚拙、丑陋、矮小、孱弱……

而我绝不希望自己的后代停留在F级,更不愿跌入G级,不,我至少要找到E级以上的对象,这样才有可能让子女跻身中等基因者,然后再一步步进入上等基因。这是一场跨越世代,甚至可能跨越千年的大竞争,我的子孙必须逆流而上,也许要经历几个世纪,才能加入最优秀基因者的行列。为此,我别无选择,哪怕伤害秦娜这样美丽善良的好姑娘……

不知不觉中,我的泪水夺眶而出,混入了脸上的酒水,淌过面颊,滴到地上。

冷湖，我们未了的约会

> 我记得那美妙的瞬间：
> 你就在我的眼前降临。
> 如同昙花一现的梦幻，
> 如同纯真之美的精灵。
>
> ——普希金《致凯恩》

1

他又见到了她。

茫茫戈壁，奇绝陡峭的土堡林立。碧天黄沙间，洁白衣裙的少女默默伫立，长发飘飞，抬眼望向他时，眼中盛满了忧伤。她身后，咆哮的黄沙排山倒海而来。

在席卷天地的沙暴面前，她是那么渺小，像千军万马前一株纤细的水仙。他奋力向她跑去，心中充满焦灼。但在沙海之中，深一脚浅一脚，步履蹒跚，总是踩不到实处，少女的身影却一步步被风沙所吞噬。

"坚持住，等我！"他大叫，但脚已不由自主陷入流沙，无法挣脱地下沉，没入沙海深处……

蓦地，一只温暖柔软的手拉住了他的手掌，将他从沙旋中扯出来。他迷茫地抬头，看到星海浩瀚，天河璀璨，竟似飞翔在星空之间。

面前，是一双明亮温柔的眼睛。

……

恍惚迷离的梦境散去，江子华睁开眼睛，发现面前一片漆黑，仿佛是在幽深的洞穴里。

江子华并无讶异。他近年有些神经衰弱，卧室里采用了遮光性极佳的布料做窗帘，虽然外面是夜里灯火辉煌的旧金山湾区，但在三面墙都是落地式长窗的主卧室里，仍然可以伸手不见五指，也基本听不到外面的噪声。梦境中的忧伤尚未完全散去，江子华感到一阵久违的惆怅，微微舒展身子，想要再睡上一会儿。

但稍稍一动，背上就传来一股不适，轻微的刺痛感提醒他，身下是某种坚硬而粗糙的表面，那显然不是他专门定制的顶级瑞典DUX床垫，当然也不是铺满卧室、温润光洁的上等橡木地板。

他猛地一哆嗦，才发现自己身上穿着一件大衣，却没有暖被。上上下下的寒冷钻进衣物的缝隙，像冰冷的手抚摸着他的皮肤。现在已经是七月了，怎会冷得犹如初春？

江子华一颗心狂跳起来，他已完全清醒。这里绝不是他的家或某间豪华酒店，也不会是海边的度假别墅，更不会是飞机或邮轮上。总之，他在一个完全陌生而诡异的地方。

绑架！

恐怖的字眼在他脑海中炸响，江子华额头上渗出了冷汗，试着回想自己怎么会来到这个不知位于何处的场所，但一时什么也想不起。同时他又发现了另一件可怕的事：周围的黑暗角落里，轻微的呼吸声不断响起，这意味着这里并不只有他一个，还有其他人，不，或许是野兽也未可知……

江子华竭力让自己不要崩溃，哆嗦着伸手到大衣口袋里摸手机，但并没有摸到。手机肯定早就被人拿走了。好在他还没有被人绑住，他用手探触着地面，那似乎是覆盖着一层沙土的坚硬水泥，还有些细碎石子，以及——

他的手触摸到了某种绵软的东西，还没等他反应过来，那东西缩了回去，似乎是一只手。

"谁?!"一个女子的声音，听起来同样惊恐，"你、你是谁?!"

虽然惊险万分，江子华却感到些许安慰，至少不会是绑匪。他正要开口，黑暗的另一边，有一个男声大叫起来："啊!!!这是哪儿啊？妈呀！我在哪儿?!"

紧接着另一些嘈杂的人声纷至沓来，有些人似乎刚刚醒来，有些人似乎想冷静地询问，但很快这些声音汇聚成了此起彼伏的惊恐哭叫：

"这是哪里?! 救命，救命啊！"

"天哪，这是怎么回事?! 你们是谁?!"

"呜呜……老公，你在哪儿……老公……呜呜……"

声音听起来有七八人之多。江子华注意到，这些声音听起来都很近，也没有明显的回音，可以判断这个空间并不大，也许只是一个几十平方米的房间。

"让我出去！"

黑暗中，不知谁撞了过来，江子华被一股大力推到了一边，碰在之前那女子身上，二人一起撞到了一堵粗糙的墙面，女子发出一声低沉的痛叫。

"对不起，你没事吧？"江子华忙问。他扶住墙，和女子拉开了一点距离，感觉灰土扑扑而下。

"还好，"女子答道，"不过……啊……"似乎又被旁人撞到了。

随即，江子华也被人从身后撞了一下，也跌倒在地。正狼狈间，他摸到了地上的一根短棍，上面似乎有细密的花纹，还有一个按钮……

江子华心中一动,伸手在那东西上捣鼓了几下,一道明亮的光锥从他手中出现,照亮了眼前许多张晃动的面孔。

众人被光照亮,停止了慌乱冲撞,纷纷望向他手中的手电筒,目光中充满了恐惧惊怒。

"你就是绑匪?!"最前面一个西装革履的胖子声音发颤地问,"你要干什么!"

"我……"江子华见众人一副要扑上来活剐了自己的样子,急忙澄清,"不,我和你们一样,完全不知道是怎么回事,只是刚刚在地上捡到一个手电。"

虽然是实情,但是并不足以打消众人的怀疑,江子华知道不能让他们将目标指向自己,便反客为主问道:"我问大家,你们是不是和我一样,一觉醒来,就发现自己到了这个奇怪的地方?"

"对!对!"

"没错!"

众人七嘴八舌地回答。

"看来,我们应该都是被人抓来的。"江子华的疑惑越来越多,却想不出半点端倪,只得继续道,"目前看来,我们的生命暂时还是安全的,如果匪徒要害我们,不用等我们醒来就可以下手。现在大家务必冷静,不能慌张,团结起来才能逃出生天。你们谁身上有手机之类的东西?"

他一边说,一边借着手电光观察周围的情况。他们似乎在一个空荡荡的房间里,目测不到三十平方米,共有五名男性、四名女性,有的面相年轻点儿,有的老成些,但似乎都在三十到四十岁之间,衣着各异,不过都还算体面,只是有些人已经弄得蓬头垢面。他们一边在身上摸索着,一边也在相互打量,目光惊疑不定。他特意看了一眼刚才撞到的女子,那是个穿着米色风衣和牛仔裤的短发女郎,她似乎额头受伤了，脸上有一些血迹，正在低头擦拭，看不清楚容貌。不知怎么，他隐隐对这名女子有一种熟悉感，不过想不起来在哪里见过。

结果是所有人的手机都不见了，甚至手表也都被拿走了。如此说来，这个手电似乎是有人有意留给他们方便照明的。江子华低头看了一眼，手电是最普通廉价的款式，似乎并没有什么奥妙。

"老兄，快看看从哪里能出去！"有人催促道。

江子华打着手电四下寻找可以出去的门窗，但是很快发现，到处都是灰扑扑的夯土墙，这里根本没有门。

"这是全封闭的？"

"见鬼，怎么会有这种地方？"

又是一阵惊恐的议论，当然议论不出什么结果，但从言语中，江子华忽然想到一件早该注意到的怪事。

他最后的记忆，是在公司加班，按理来说，自己如果被绑架，应该还是在美国国土上。但这里所有人看起来都是中国人，讲流利的普通话，口音也不明显，听不出多少方言的痕迹。

"我们在哪里？"江子华大声问，"我是说在什么地域？谁有头绪吗？"

"这还是北京郊区吧？"那个穿西装的胖子说，"我住在北京东城……"

"北京？可我明明在上海……"一个身穿皮裘，浑身珠光宝气的少妇惊道。

"啊，我住在杭州……"

"我是成都的……"

一圈说下来，这里的人除了中国境内的，在国外的还有三个，两个在美国，一个在法国。最后，江子华刚才撞到的女子轻轻地说："我在青海。"那种熟悉感又出现了，但江子华此时无暇多想。

"你们在说谎吧，这怎么可能！"发福的男子愤怒地说，"谁能到全世界去绑架这么多人?"

"我看是你在骗人……"一个更胖的男子反击道。

"大家先不要相互猜疑,"江子华设法将争吵扼杀在萌芽状态,"冷静一下,一定能搞明白是怎么回事……大家是做什么的?这里面有没有关于绑架的什么线索?"

一时却没人说话。江子华明白众人的顾忌,此时敌我不明,谁也不想先暴露自己。要建立相互的信任只能从自己开始。他苦笑道:"那我先来吧?我叫江子华,英文名是Joshua,我是一名IT技术人员,定居在旧金山。那天在公司里工作得比较晚,可能是睡着了,醒来就到了这里……"

"我叫……张伟,"过了一会儿,那个发福的男子说,"我是在北京国企工作的。昨天晚上我明明在家睡觉,结果醒来就……就和你们在一起了,根本不知道发生了什么。"

"我叫李强,"更胖的男子说,"在银行上班,我……我记得好像是在一间会所里和客户多喝了几杯,然后不知怎么就到这儿了。我也一点儿头绪都没有。"

"那个……"一个打扮时髦的女子道,"我叫欧阳美,我是——"
她的话被好几个人不约而同发出的惊呼声打断了:
"你说什么?你叫欧阳美?"
"哪个欧阳美?"
"欧阳臭美?"

欧阳美似乎也察觉到了什么,"等等,你们是……该不会是……不可能吧……"她激动之下,说话也结结巴巴、语无伦次起来。

江子华也觉得头脑一阵晕眩。就在刚才,因为张伟、李强这样的名字太过常见,他压根儿没往某个方向去想,但欧阳美这个名字却勾起了遥远得像是前世的记忆。他觉得自己仿佛坠入了一个最荒诞的怪梦里。

他望向自称欧阳美的女郎，吃力地认出了一张旧日的面容。

"张伟，"他随即转向西装胖子，"你……不会就是冷湖中学零二级的张伟吧？"

"我……我是。"

2

江子华仍然难以置信，狠狠地咬了一口自己的下唇，只感到一阵痛楚。

他又问那个更胖的发福男子："难道，你也是'耗子'李强？"

"啊，你知道我上学时的绰号？"李强惊讶地回答，"难道你……对，你是眼镜儿！"

"我才是严俊，"一个戴着金边眼镜的儒雅男士说，"你真的是李强？这也太荒诞了……"

"等等，你是严俊？"满头珠翠的少妇激动地插进来，"我是你的同桌啊！"

"蒋雯？"

"对呀，对呀！"

另一个美艳女子带着惊喜哭了出来："你是雯雯？呜呜……我是孔丽呀……呜呜……"

"小恐龙！这……这他妈也太不可思议了！"又冒出来一个瘦小精干的男子，"你们在耍我吧？"

"你又是哪位？"好几个人异口同声地问道。

"靠，我你们都认不出，还敢说是冷中零二级的？"

"你是马小武，"刚才撞到的那个女子在江子华身后说，"最喜欢打架和整蛊同学，对吧？我可没少挨你的整。"

"我去！"马小武瞪着眼说，"你不会是……小……小……"

"沈素。"女子吐出两个清冷的字。

江子华适才已经有所预感，但听到这个名字后，心跳还是停了一拍。一刹那间，他不能思考，不能呼吸，整个人被忽然掀起的情感狂潮淹没了。

夏末，高原的灼目阳光下，一辆乌黑锃亮的奥迪小汽车驶过镇上坑坑洼洼、尘土飞扬的破旧马路，格外引人注目。

他正走在冷中门口，和几个一同入学的男生聊天，车轮扬起的沙土迎面扑来，伴着刺鼻的汽车尾气。大家掩着鼻子，投去厌恶的目光。

"谁那么拽啊？"身边的李强气愤地说。

"看上去像是领导的车……"张伟啧啧道。

奥迪并没有开走，而是在校门口附近停下。车门打开，一个高大的中年男子从后座下车，身上西服笔挺，手中牵着一个十来岁的女孩儿。女孩儿的眼睛亮晶晶的，梳着可爱的双马尾，穿着一条嫩绿色的连衣裙，背着崭新的卡通书包，已经略显出少女的身姿。她似乎第一次来这里，有些好奇地四下张望着，阳光洒在她端庄秀美的面容上，让他忽然觉得耀眼得不可直视。

他忘却了周围的一切，呆呆地看着那个和自己年纪相仿的女孩儿。她注意到男孩儿失态的目光，有点脸红，随即高傲地转过头，跟着父亲走进了校门。

"老大，那女孩儿是谁？也是新生吗？"李强问道。这里大部分同学都是镇上一个小学升上来的，很少见到陌生的同龄人。

他摇了摇头，表示不清楚。消息灵通的张伟凑上来说："这小丫头应该是刚调来的沈副总的女儿，名字叫沈……对了，沈素，白素贞的素。以前在西宁那边读小学，不过我表姐说，她今年会转过来跟我们一起上中学。"

众男孩发出艳羡的赞叹,他们基本都是本镇土生土长的,对他们来说,西宁即便不是世界上最繁荣的都市,但也相去无几,西宁来的女生是什么样子的,真难以想象。

可是,他却感到一股更深沉的欢喜在胸中悸动,他知道冷湖中学如今人数很少,他们这届只有一个班级。

从现在开始的三年里,他每天都能见到她。

江子华思绪翻涌,却紧张得不敢回头看,仿佛又变成了十二三岁的青涩少年。

"我们真是初中一个班的老同学啊!怎么会有这种事?!"众男女纷纷惊叹。

"都整整二十年了!"张伟感叹道,"怎么会突然……"

"是啊,二十年了……"众人不约而同地叹息,"想不到我们居然在这里重逢……"

二十年来,从未有过同学会。

因为他们的学校和故乡已不复存在。

冷湖位于柴达木盆地的边缘,青海、新疆与甘肃交界处,本来是茫茫戈壁间一片无人居住的小湖,在五千年的中国历史中没有留下半点身影,可二十世纪五十年代,冷湖油田的发现让这里热闹起来,来自五湖四海的建设者聚在这里,围绕着新中国最需要的石油工业,繁荣兴盛的冷湖镇诞生了,最多时有十余万人。

经过半个世纪的开采,到了世纪之交,随着油田的枯竭和国家战略的调整,冷湖也日益走向衰落。一旦没有了石油,这座荒漠中的城市很难再维持下去。最后,石油总公司统一安排,几乎将所有的员工及其家属都迁走,分流到全国各地,冷湖镇从此基本废弃。

这些三十五六岁的大龄青年——基本上可说是准中年人了——

是冷湖人的第二代或第三代子弟,也是冷湖中学初中部的最后一批学生。当年,他们刚刚初中毕业,就赶上了冷湖的大分流,跟着父母迁往全国各地。一群十五六岁的孩子,在不同的环境中踏上各自的人生道路,对于故乡的记忆已经淡漠,也早已断了联系。谁知今天,竟在如此怪异的情形下重聚。

"这……是谁在搞恶作剧吗?"孔丽疑惑地问,"马小武,不会是你吧?"

话音未落,人群中居然响起了零星的笑声。这事儿马小武还真干得出来,初一时的愚人节,他编了一个调课的通知,把一个班的人都骗到了操场上。

"我说小恐……孔丽,你也太看得起我了,"马小武连声叫屈,"我有这能耐还绑你们干什么,不如直接去绑架我本家马云马化腾!"

众人不禁又笑了起来,气氛更加缓和。不管怎么说,在这里的都是少年同学,虽然已经二十年不见,却分享着人生最珍贵美好的回忆。

江子华终于鼓起勇气,回头望向身后的女子。她离手电的光圈最远,大部分身形隐没在黑暗中,看不太清楚,只依稀看见她的面容苍白,鼻梁高挺,双眸炯炯有神,虽然和他梦中牵萦的少女模样已经有了一些不同,但如果刚才就看到,他肯定自己能认出来。

沈素也注意到了江子华的目光,对他微微点头。江子华心神激动,刚想说话,却不料欧阳美警惕地指着他说道:"这个什么江子华不是我们班的!我们班根本没姓江的人!"

"难道你果然是绑匪!"好几个人惊叫起来。

江子华终于从恍惚中回过神来,"想哪儿去了?我是贺华!"

"啊,班长?!"几个人异口同声地惊呼。

"是我。"江子华耐心解释,"离开冷湖以后,我爸妈离婚了,我跟我妈过,后来随了她的姓,名字也就改了。"

"是啊，"欧阳美盯着他看了一会儿，不好意思地说，"可不是班长吗？我也太脸盲了……"

张伟忽然一声惊呼："江子华？贺华，你就是江子华？"

众人又紧张起来，"怎么？难道不是？"

"不是，我想起来了，江子华可是币圈大佬，上过《时代》周刊的！"

"《时代》周刊？"

张伟解释说："江子华在美国研发新一代区块链技术，在业内很有名，公司已经在纳斯达克上市了，我当时看了照片就觉得眼熟，想不到竟然是班长！"

"哇，区块链！"

"ICO啊，太牛了。"

众人纷纷表示惊讶和羡慕，江子华逊谢了几句，正不知说什么好，却出现了一个更轰动的目标。

"你说什么?!"

本来一直在和孔丽咬耳朵的蒋雯忽然大叫起来，众人惊诧地望去。

"太不可思议了……"她喃喃道，又注意到众人的目光，大声说，"你们知道吗？原来孔丽就是……就是艾米丽！"

"哪个艾米丽啊？"

"还有哪个艾米丽？大明星艾米丽！你们认不出吗？"

"不会吧？"众人发出难以置信的惊呼。艾米丽是当今红得发紫的女星，怎么会是……孔丽？但看眼前的美貌女郎，的确像是电影海报上常见的那个人。

"什么？孔丽是……艾米丽……是孔丽？"李强激动得有点语无伦次，"那个红遍全国的《爱上小姨子》是你演的？这也太牛了！"

"哪里，十八线小演员而已……"孔丽谦虚道。

"都成国民小姨子了还十八线?"欧阳美笑着说,"丽丽,你真了不起!可你的容貌还真是认不出来了……"

"那还用说,一定是去韩国整过了!"马小武道,众人也有同样的疑惑。

"我可没整容啊,"孔丽澄清,"就是后来长大了,女大十八变嘛……"

"这倒是,还能看出小时候的影子……"欧阳美说,"不过年纪也不对啊,我记得娱乐杂志上说你是00后?"

"哎,"孔丽有点不好意思,"演艺圈嘛,谁会说自己的真实年龄……"

江子华在国外多年,对国内影视圈了解有限,但这几年也听过艾米丽的名字,当然绝不会把她和相貌平凡的"小恐龙"联系在一起。昔日女同学丑小鸭变白天鹅,成了知名艺人,这是个了不得的八卦,但这和目前的处境有什么关系?江子华感到这应该不仅是巧合,但怎么也想不出关联何在。

众人围着孔丽聊了起来,几乎忘了自己的处境。沈素碰了碰江子华,"现在怎么办?你得主持大局。"

"我?"

"谁让你是我们班长呢?"沈素似笑非笑地说。

3

江子华暗暗苦笑,他万万没想到毕业二十年后,还要重新担起班长的重任。不过,现在的确不是叙旧的时候,他清了清嗓子,打断众人投入的叙谈:"大家以后慢慢再聊吧,当务之急还是搞清楚眼下的状况。这里有张伟、李强、欧阳美、严俊、蒋雯、孔丽、马小武……沈素，加上我，一共九个人，对吧？"

"其他同学呢？"张伟问，"我们班直到毕业还有三十多个人呢。"

江子华摇摇头："应该不在这里，至少不在这个房间里。这里应该只有我们九个，可为什么是我们九个人……为什么是我们……"

"对了！"他想到一点，"这会不会和我们今天的职业与身份有关？大家再自我介绍一下？严俊，你刚才说你在洛杉矶，是吗？"

严俊点头："对，UCLA，加州大学洛杉矶分校。"

"哦，是在读书还是……"

"博士毕业工作多年了，去年刚拿到化学系的终身教授。"严俊平静的语气中带着几分隐隐的骄傲。

众人都微感吃惊。他们记得严俊当年学习很用功，可惜成绩平平，能不能考上大学都不一定，想不到如今年纪轻轻，居然已经成了美国名校的教授。

江子华也感到有些惭愧，自己竟然不知道老同学也在加州，而且相距不远。但他不动声色，继续询问了其他人的职业发展：

张伟风华正茂，已经做到中石油的高管，前途无量。

欧阳美定居巴黎，是服装设计师，设计的新款女装风靡一时。

马小武当了拳手，得过不少奖牌，包括终极格斗冠军赛的轻量级冠军。

蒋雯是全职太太，老公是一个高富帅，公公更是福布斯富豪榜的常客。

至于李强，表面上只是职位不高的省城银行职员，不过经再三询问，他吞吞吐吐地暗示自己掌管着一些大额贷款的审批，灰色收入相当可观……

江子华一个个听下来，暗中思量，包括自己在内，大家的身份和职业圈子千差万别，几乎找不到什么共同点。但有一点是相同的：他们都跻身社会上流阶层，至少经济状况非常理想，算是一般意义上的成功人士。但这又意味着什么呢……

他最后转向沈素，刚要询问，张伟忽然一拍大腿，"我明白了！大家都发展得很好，多半是妒忌我们的同学干的，没准儿就是柳睿！"

江子华好奇道："柳睿？"柳睿也是班上的尖子生，成绩好，眉清目秀，比当年的自己还受欢迎。

"他后来和我一起进了中石油，在一个部门，可一直混不上去，高分低能！"张伟不屑地说。

"要么是程伟豪？"李强接口，"听说这家伙在南方搞传销，骗了好几个同学……"

"不可能的。"江子华听着越说越不像话，反诘道，"还是那句话，要把我们都绑来这里，这些人谁有这个能耐？要是有这能耐，还能在乎我们这点儿家当？"

"那……"张伟和李强立刻哑口无言。欧阳美心细，转身问沈素道："对了，你还没说呢，你是在……"

"我比你们差远了，大学毕业以后去了西藏，在山里支教了几年，现在回到德令哈，在一个民间基金会里工作。"沈素简单地说。

"哪个基金会？"张伟饶有兴趣地问。

"是啊，"蒋雯说，"我投了好几个基金，回报率很高……"

沈素解释说："不是那种基金啦……"

"那可不好讲，"李强说，"我接触过一些慈善基金的管理层，个个都富得流油……"

马小武笑嘻嘻地接话："是啊，我们沈素家学渊源……"话说了一半，觉得不妥当，立马闭上了嘴。但沈素的脸色一下子变了。

江子华的心仿佛也被尖针狠狠扎了一下。二十年过去了，有些事还是没有过去。

"本次期末考试第一名是，"初三上学期结束时，班主任吕老师站在讲台上宣布，"贺华！总分390！"

热烈的掌声响起，羡慕和祝贺的目光从四面八方射来。贺华向众人报以礼貌的微笑，但也并没什么惊喜，自从上中学以来，他从没拿过第二。作为班长，这也是应该的。

"并列第一，"吕老师又说，口吻有些古怪，"沈素，总分也是390。"

贺华惊愕地转过头，望向坐在自己左前方的少女。沈素却像犯了错误一样低着头，长发拢住了面庞，所有人都呆住了，没有人鼓掌。

吕老师看着不像话，带头鼓了几下掌，教室里才传来几声稀稀拉拉的掌声，以及更多的窃窃私语。

"沈素期中的时候才考十几名吧，怎么可能一下考第一？"下课后，贺华听到严俊在跟几个人嘀咕。严俊这次拼了吃奶的力气才考到第十，结果本来在后头的沈素竟一下子蹿到了并列第一。

"抄的吧？"蒋雯冷笑。

"就是！"孔丽等女生也跟着附和。

贺华看不过眼说："她这个分数，能抄谁的？"

"抄我的，没准儿是抄我的！"坐在沈素后面的马小武挤眉弄眼地说，众人笑了起来。"去你的，小武，你可是全班倒数第一……"

"那又怎么样？"马小武大声说，刻意朝着沈素的方向，"我至少家底清白，我爸又不是贪污犯！"

"小武！"贺华急忙阻止道。

"我说错了吗？龙生龙，凤生凤，老鼠……"

一声椅子响，沈素霍然站起身，攥紧了拳头。马小武也吓了一跳，怕她发飙。但她并没看他们，而是低头冲出了教室，隐约听得见呜咽声。

贺华的目光跟着她的背影，他想要追出去，又缺乏勇气。

"怎么，班长大人对'小贪污'动了恻隐之心？"马小武凑上来道。

贺华收回脚步，朝他狠狠瞪了一眼，"少胡说八道！"

放学时，贺华看着沈素孤零零的背影，心绪越发纷乱。

沈素的父亲是大领导，家境比普通工人家庭优裕得多。沈素入学以后，成绩也很不错，吕老师给了她副班长加宣传委员的职务，还给她评了两个学期的"三好学生"，令一帮本地子弟极其不爽。据说吕老师正在求她父亲帮忙，把自己调到东部的大城市去。

谁知好景不长，到了初二上半学期，忽然传来惊天新闻：沈素的父亲因贪污受贿被捕，判了五年。检察院公布了二十万赃款，这数字在当时已然不小，但在传言中不知怎么就变成了一百万、两百万甚至更多，大量赃款下落不明，自然都是被家人藏起来了。同学们的正义感一个比一个强，加上沈素平时又有些孤傲，更被落井下石。她很快有了一个外号"小贪污"，班干部自然被"调整"掉了，也几乎被所有人孤立，更多的恶作剧也接踵而来：书包里被人放沙子，座位上被人撒图钉，有一次甚至被人从楼梯上推下去，险些骨折……

这种情况下，沈素的成绩自然一落千丈，从前几名转瞬掉到了二十名外。但是到了初三，她不知怎么竟又爬了上来，还跟贺华齐头并进。可是在同学看来，一个贪污犯的女儿，凭什么考全班第一？有传言说她要拿赃款去英国贵族学校留学，就更令人义愤填膺了……

贺华看不过去，好几次喝止了马小武等人的恶作剧。但他又不敢太着行迹，生怕站到大家的对立面，更怕被人发现他内心的情感波动，因此同样对她十分疏远。

但他其实很关注沈素，上学放学时总设法跟在她后面，希望能暗中保护她，有几次也的确赶走了几个捣蛋鬼，他却更刻意地不和沈素走在一起。

这几天，贺华家的调令已经下来，父亲调到西安的石油研究院，自己也要转到一所省重点高中，非常理想。但他心中有着一分隐秘的惆怅。

望着前面不远处沈素纤细的背影，贺华想，很快他就再也见不到她了，也许是永远。

也许他应该打破无谓的疏远，主动问她将会去哪里……

但沈素的身影已经走进了自家楼房的门洞，消失了。

江子华从回忆中挣扎出来，设法打破了尴尬的沉默："别说那些没用的了，现在重要的是搞清楚我们在哪儿。"

"这么个古怪的房间，谁搞得清楚在哪儿？"马小武嚷嚷。

"不，"江子华俯身，"你们看，地上的石板摸起来非常干燥，一点水汽也没有，有很多细小的砂砾，但没有一点霉菌或者小昆虫的迹象，还有七月份的气温这么低……这种感觉难道你们不熟悉吗？"

"你是说……"众人想到了什么。

"冷湖！"江子华确定地说，"我们很可能是回到冷湖了。"

4

"我们怎么会万里迢迢地跑回这鬼地方？！"马小武又嚷了起来。

虽然对家乡的称谓颇不恭敬，但众人能够理解他的震惊。冷湖镇僻处青海省西陲，距离所在的海西州州府德令哈都有四五百公里，以西部的标准都算是偏僻地区，更何况那里已经荒废了很多年，基本上是一座死镇。

一群冷湖子弟，在离开家乡甚至家乡已不复存在十多年后，莫名其妙地越过半个地球，回到几无人烟的故乡小镇，在黑暗中醒来，这真是诡异得匪夷所思。

大家脸上相对轻松的表情渐渐消失了，代之以更深层次的恐惧。

江子华继续说："当务之急，是想办法出去。这里不可能没有出口，我们仔细找找。"

手电的光圈沿着墙壁滚动着，这次看得更细致了一点。墙皮部分都已脱落，后面并没有砖头，而是层叠的沙土层，看不到任何门的痕迹，但这地方江子华隐隐又觉得有几分眼熟，难道曾经来过吗？

"这里好像有字！"李强叫了一声，指着下方的一个角落。

江子华顺着他手指看去，发现了刻下的一行数字：

20250710

"这啥意思？"马小武说，"电话号码？"

江子华却倒抽一口冷气，感到毛发直竖，"应该是2025年……7月……10日？"

"今天是……是几号？"他问张伟，他记得的最后一个日子是美国西海岸时间7月7日，2025年。

"我不知道。"张伟说，脸色也十分难看，"我记得好像是7月9号，我在西安开一个会……你们呢？"

"我最后记得的事儿是7月8号晚上，我在一个朋友家里……嗯……"蒋雯支支吾吾，没有说下去，大概涉及个人隐私。

"8号，"沈素说，"我在玉树下面一个村做调研。"其他人说的日期，也差不多都是这几天。

"我明白了！"欧阳美发出了一声恐惧的惊叫，"加上把我们从世界各地弄来需要的时间，今天就是7月10号，就是刻在墙上的日子！"

这个结论让江子华禁不住打了个激灵，"所以，这就是二十年前我们刻下的……那个约会，它应验了？"

一连串尘封的记忆在众人的脑海中苏醒。

"朋友一生一起走,
那些日子不再有。
一句话,一辈子,
一生情,一杯酒……
朋友不曾孤单过,
一声朋友你会懂。
还有伤,还有痛,
还要走,还有我……"

他们坐在地上,齐声高歌,歌声中混着欢欣和伤感,几个女孩儿都流下了眼泪。后来,马小武耍宝似的打了一套咏春拳,又赢得了一片笑声。孔丽也来助兴,给大家跳了个街舞,又是一片热烈的掌声。

"班长也来一个!"张伟叫道。众人跟着起哄。

贺华不知道该表演什么,歌舞他都不擅长,忽然灵机一动,他起身背诵了一首普希金的《十月十九日》:

"……无论命运会把我们抛向何方,
无论幸福把我们向何处指引,
我们,还是我们,
整个世界都是异乡,对我们来说,
母国,只有皇村!"

他吟诵得很动情,可大部分同学都没被感染,只是看在班长的面子上寥寥喝了两句彩,贺华讪讪坐下。蒋雯还问他,刚才念了半天的"黄村"是哪儿的村子。

"皇村是普希金上的中学,"贺华哭笑不得地解释,"也是普希金毕生难忘的地方,他和皇村的很多同学终身保持友谊。我想,我们以后也会这样,永远不忘中学时代,永远是好朋友。"

这话却触动了蒋雯,"大家真能一直做朋友吗?以后我要搬到四川去了,相隔千山万水,再也见不到大家了……呜呜……"

"雯雯别哭,"孔丽安慰她说,"我们将来一定会再见面嘛!"

"我有个主意啊,"张伟说,"再过二十年,我们要重新聚在一起,就在这里办同学会!"

"二十年?干吗那么久?十年吧!"李强嚷嚷道,"老大,你怎么说?"

"这个嘛,"贺华老成地分析,"我觉得,十年以后大家二十五六岁,刚大学毕业走上工作岗位,事业才起步,说不定有些人还在念书……不一定都能回来。二十年后,大家都事业有成,时机应该更成熟。"

"可二十年也太久了点儿……"欧阳美抗议。

"先定下二十年这个死约会,不是说一定要等二十年以后再聚。这中间有机会随时可以办同学会,说不定就在明年……反正我们无论在哪里,都要保持联系,好不好?"他有意无意地看了一眼坐在角落里的沈素,却发现她也正看向自己,心头一慌,欲盖弥彰地移开了目光。

好在没人发现他的异样。马小武起哄道:"好!在座的各位英雄,二十年后的生死之约一定要来!谁不来谁生儿子没……"

"小武你也太毒了吧……"众人笑道。

"行,那就绑也要绑来!"

大伙儿哄笑起来,借着火光,他们在墙上刻下了三行字:

20250710

我们在这里重聚。

谁不来就给绑来!

他们看到,这几行字迹仍留在墙上,清晰得如同刚刚刻下。

"怪不得,怪不得是我们九个人。"江子华恍然大悟,"我完全记起来了,当年最后那次——探险,来到这里的就是我们九个。"

张伟质疑说:"不是吧?我明明记得柳睿也来了……还有程伟豪……还有……"

"没错的,"严俊佐证道,"柳睿他们的确是跟我们一起出发的,不过走了一半就回去了,最后坚持到这里的,真就是我们九个。这么说来,难道……难道是我们中间的某个人干的?"

众人紧张地相互对视,又开始猜疑。江子华忙打住:"这些以后再说吧,各位,现在的重点是——我们知道怎么出去了!"

他走到房间的中央位置,举着手电向上看,果然看到天花板上有一个洞口,上面有黑黝黝的生锈铁板。

"真就是当年我们躲风沙的那个地窖!"他惊喜地说,"我知道怎么出去了!哪个男生托我一下?"

张伟自告奋勇托住他,江子华踩在他肩膀上,正好可以摸到那块铁板,他用力把铁板掀开。一道微弱的光线从上面照下来,好像是夜里的星光,但在众人看来,不啻于灿烂的阳光。

江子华抓着上方的边沿,奋力爬了出去,看到外面是一座房屋废墟,屋顶已经坍塌,只剩下几堵断裂的墙壁。江子华抬起头,不禁一呆。

皎洁的银河悬在他的头顶,仿佛一座横跨星空的拱桥。他想起来,这是他小时候常见的景象,冷湖地区极少光污染,离镇上稍远一点儿就能看到宛若流动的星河。只是搬到大城市后，他再也没有见过银河，连星星都见不到几颗。

他从一处只剩下孔洞的窗口向外望去，不远处，千奇百怪的土丘一群群立在沙海中，夜里只能看到黑沉沉的轮廓，但还能认出有的挺拔如雄狮，有的雄浑如群象，有的像是张牙舞爪的恐龙，有的像是艨艟巨舰，正朝他们驶来……各种造型都有，就像是巨人雕刻家的工作室，无数座半成品雕塑杂乱地摆放在这里。

江子华还记得，这是雅丹林，百万年的风沙在较为松软的沉积泥岩上反复切削，形成了奇异的土丘林立的地貌。这是他小时候最熟悉的家乡的地貌奇观。时隔多年后猝不及防地扑入眼帘，震撼中混合着亲切，让他一时忘记了呼吸。

他呆立了片刻，才在旁边找到一架竹梯，应该是当年用过的那架，在干燥的气候下保存得很好，还可以用。他把竹梯从屋顶放下去，帮助里面的男女同学一个个爬到地面上来。众人上到地面，望向天穹和远方，也同样战栗着发出惊叹。

"真的是冷湖雅丹……我们果然回到这里了……"

"还是和当年一样'千山鸟飞绝，万径人踪灭'啊……"

"简直就像在火星……"

江子华最后把沈素拉了上来。银河的辉光下，二人四目相对，不过沈素很快移开目光，也望向夜色下的雅丹群丘。

"好像我们从未离开过这里，"她幽幽地说，声音含糊而悠远，"好像这二十年只是一场梦。"

"可我们都已经老了。"江子华苦涩地说，忽然想到这说法不太妥当，"不，我是说我老了，你还是那么……那么……"

沈素凝视着他，莞尔一笑，"还好，我们都只是半老，还有青春的尾巴，比白发苍苍再见面要强。"

江子华也笑了，"这么说，我们还得感谢这次被绑来的约会了，只是不知道应该感谢谁……"

沈素的面色凝重起来,"也许我们知道呢。"她向上指了指,"也许就是二十年前,我们来这里要找的……"

"外星人……"

江子华喃喃道,头顶的星光似乎一下子变得分外诡异。

5

初三下半学期,冷湖中学解散前的最后那个春天,火星人降临冷湖的传闻在镇上闹得沸沸扬扬。

首先是很多人说自己看到了外星飞碟,它在黄昏的霞光中一闪而过,或者在深夜的星空中停留很久。但具体的样子又是言人人殊,有人说是很小的圆盘,有人说至少有汽车那么大,还有人说是乌云般遮天蔽日的星舰……有人说是黑色,有人说是金色,还有人说是可以不断变幻色彩的发光体。有人说只有一个,也有人说看到了好几个。

不过有一点许多人都同意:飞碟是从冷湖雅丹林的方向飞来的。据说在雅丹林的中心地带还出现了异常的光波辐射,夜里隔着几十公里,都能隐隐看到光芒闪动。学校里很快就有人传言,说火星人在冷湖雅丹的无人区建了一个秘密基地。

为什么是火星?大概因为前些年学校办了一个科普展览,里面有美国的登陆车拍的几张火星表面的照片,不是碎石满地的戈壁,就是黄沙中矗立着许多奇形怪状的山丘,和冷湖一带的地貌相似至极,光看照片,甚至分不出哪儿是冷湖,哪儿是火星。不少学生看了,都自嘲冷湖镇是"火星小镇",理所应当,火星人也会造访这里了。

最初还只是口耳相传，贺华他们也没有亲眼看见，只是将信将疑。但有一天，在学校里，他们看到校外有一长串车队从沙漠深处开来，大部分是迷彩色军用卡车，上面站着很多全副武装的士兵，还有一些不明用途的庞大设备。外来人在镇上驻扎了一晚，找了一些目击者去问话，然后大队人马就开进了雅丹林中。里面不仅有军人，还有一些看上去像是科学家的白大褂。谣传说什么钱学森、杨振宁都来了……

不过没人知道究竟是怎么回事儿。很快，镇中心的布告栏里贴出告示，宣布冷湖附近有重要军事任务，要求各部门遵守纪律，不得乱闯乱问。那几天，一切人员车辆都不允许进入雅丹地带。学校里的老师也接到了上头的特别通知，严禁好奇的学生去和外来人接触。

那些军人和科学家在雅丹地带进出了一个多月，人却越来越少，最后所有的外来人和车辆都离开了。显而易见，这次任务无果而终。

但是，冷湖有火星人的传说却从此变成了少年们心中确凿的事实。只是那些大人太没用，所以什么也没找到。但那些奇怪的飞碟和小绿人，一定躲在苍凉浩瀚的雅丹无人区深处，等待着勇敢的探险者……

不久，学校里又有更离奇的流言传出。

据说只要见到火星人，就能实现心中的愿望。这本来是言情剧里流星的任务，但流星显然不如火星人更神通广大。这个说法一出来，寻找火星人就不只有几个科幻迷感兴趣，而是对所有人都有了强烈的吸引力，好多人嚷嚷着要找火星人。问题是，冷湖雅丹离镇上足足有几十公里，没有学校的组织不容易去，大部分人也只有说说而已。

但初三结束后的那个七月，最后一次返校时，贺华提出了一个

筹谋已久的计划:

"我们自己去找火星人吧!找不找得到,这都是最好的毕业留念!"

怎么找呢?贺华仔细讲解了他的计划:找一个夏日的周末,各自跟家里说,学校组织在冷湖边野营作毕业纪念。大家带好食品和水出发,其实目标是冷湖雅丹。在那里,他们可以花上一天时间寻找外星人,第二天早上再回来。就算找不到火星人,贺华说,他知道在雅丹林深处有一栋废弃的房屋,可以栖身一晚上,一定很精彩刺激。

当时全班还没离校的三十多人都热烈响应,说一定要来。不过毕竟要瞒着家里,事到临头许多人又打了退堂鼓,最后能来的人只有一半。

所以,在那个宿命般的日子,十来个男女生,背着食物、水和睡袋,还有自己充满美好憧憬的青春,蹬着单车出发了。

雅丹林比预想中更远,他们骑了两个多小时还没看到影子,只好先坐在路边休息,喝水吃东西。

"眼镜儿,如果真找到外星人,他们又能满足你一个愿望,你要什么?"张伟一边啃面包一边问道。

"我要当爱因斯坦一样的大科学家!"严俊认真地说。

听到的人发出一阵嗤笑。严俊学习是很努力,小学就戴上了眼镜儿,可成绩只是中下水平,考不考得上大学都两说。

"你呢,李强?"张伟又问。

"我要赚好多好多钱,给我爸我妈买别墅住,买大彩电看,再……再请十几个佣人!"李强有些害羞地说。贺华听着略感好笑,却又有些唏嘘。李强的父亲前几年下岗,母亲是清洁工,在班上属于最贫困的学生之一。

"张伟,那你要干什么?"李强反问。

"我要当雍正爷!"张伟拍着胸脯。

"啊?"

"你们没看过《雍正王朝》吗?"张伟眉飞色舞地说,"我想当大官,整顿吏治,为民造福!"

"切,你一个小组长要能当雍正,班长不就是玉皇大帝了!"欧阳美听到后笑他,又问贺华,"对了,班长,你要当什么?"

贺华笑了笑,"别瞎想了,外星人又不是神仙,哪能让我们心想事成?我们这次是科学探险,要讲科学!不能迷信!"

"聊天嘛,"欧阳美不依不饶,"班长你说说看,长大以后想干什么呢?"

贺华被她缠不过,想了想说:"我对当官没什么兴趣,从社会发展趋势来看,互联网才是人类的未来,我以后要搞IT,发明很多有意思的软件来改变世界,就像比尔·盖茨那样!"

"班长不愧是班长,"张伟恭维道,"志向太远大了!那欧阳臭美,你想干什么?"

"你才臭美!我要当服装设计师,"欧阳美毫不犹豫地说,"引领时尚潮流,没准儿将来你们都会穿着我设计的时装……"

"不就是做衣服嘛,没意思。"马小武一旁不屑地说,"老夫要当武林高手,打遍天下无敌手!"

"幼稚!"欧阳美更不屑地回击,"对了,蒋雯、孔丽,你们呢?"

蒋雯似乎有些腼腆,"这个……这个不能说……"

"我知道,我知道,"马小武笑嘻嘻地接口道,"你就是想嫁给那个什么道明寺……"

蒋雯纠正:"什么道明寺?人家叫言承旭!"

"蒋雯啊,你不会真的以为火星人能让言承旭娶你吧?哈哈哈……"

"关你屁事！"蒋雯恼羞成怒。

众人哄笑起来。马小武又逗了她几句，然后转向孔丽，"那你呢？"

"我想……演电影……"孔丽也怯生生地说。这话果然招来更大声的哄笑。

"我说小恐龙，你要笑死我吗？就你还进演艺圈？"马小武道。

"也不能这么说，"李强强忍住笑，"有些丑八怪还是需要人演的……"

贺华看不下去，帮孔丽说道："星爷说过：'人没有梦想与咸鱼有什么区别？'当演员未必一定要选美冠军吧？现在最火的超女李宇春，也不是大美女……"

"可是，"孔丽委屈地说，"我就是想变成大美女啊……要不我才不跟来……"

贺华一时语塞，接不下去，好在严俊救了他，"你们看，柳睿和程伟豪他们呢？"

众人回头望去，只见远处的几辆自行车影背对着他们离去，而且已经离开很远了，就算叫也听不到。

"那帮人怕吃苦，"贺华嗤之以鼻，"偷偷回去都不敢跟我们说一声。不理他们，我们走我们的，就我们八个人！上车！"

"等等，后面好像还有人来！"张伟又叫，贺华回头看去，一个墨绿色的人影骑着车在远处出现，仿佛是沙海中长出的一片嫩芽。

"那是谁？"李强自言自语，"好像是个女生……金羽红？杨小琴？"

但贺华一眼认出了那个绿色的身影，心脏仿佛停跳了一拍。

张伟也认出来了，"好像是沈素……"

"'小贪污'怎么也来了……"马小武嘀咕。虽然之前贺华是在班上公开提出的倡议，但人人都觉得沈素肯定不会来，也没有人特意去问她。刚才当然也没人等她，不想沈素却自己赶来了。

某种隐秘的喜悦在贺华心中慢慢扩大，就像那个逐渐接近的丽影，一点点充满他整个心灵。

"都最后一次聚会了，不许再叫人家'小贪污'，知道吗？"贺华声色俱厉地对马小武说，马小武吐了吐舌头。

"她一定有个非常想要实现的愿望。"欧阳美评论道。

6

"我还是不懂，"张伟说，"这和外星人有什么关系？那次我们连外星人的影子都没看到。"

江子华想了想，"我们得复盘一下，二十年前的今天夜里，究竟发生了什么？"

"我们九个人骑了大半天车，快傍晚才到，结果刚进雅丹林，就遇到了大风沙。"张伟回忆道。

"没错，"李强接着说，"当时昏天黑地，什么都看不清，大家都慌了，也没地方躲，好不容易找到班长说的那个石油勘探队留下的小屋，却发现是片废墟，屋顶都没有，好在找到了地下室。"

江子华点头，"爷爷跟我说过当年勘探的事，说有时候地面建筑不牢靠，会挖一个地窖储存补给物资和供人休息，所以我找了一下，果然发现了这个地下室。不过里面早就没什么东西了，空空如也，只够我们在里面躲风沙。"

欧阳美补充道："风沙吹了好久，我们的计划都泡汤了，天色又晚了，就在那里拿出各自带的食品，什么面包啊、饼干啊、牛肉干啊，吃了个饱。"

马小武说："张伟还偷了瓶他爸的青稞酒，大家也没杯子，就对着瓶子你一口我一口喝光了。"

孔丽说:"然后大家一起唱歌跳舞,倒是很开心。后来班长好像还念了首汪国真的诗……"

江子华忙纠正:"是普希金的。"

"差不多吧。"孔丽不以为意,"后来大家说要二十年后再聚什么的……然后就在墙上用小刀刻下了誓言。再然后……然后……蒋雯你记得吗?"

蒋雯摇摇头,"后面我应该睡着了吧,不记得了。不过我记得马小武挺活跃的,他应该记得。"

马小武挠挠头说:"那个,我喝了不少酒,应该也睡着了吧,不记得了。"

"再醒来就是第二天早上了,"张伟苦笑道,"然后我们就倒大霉了。"

众人一片唏嘘,这次探险以悲剧收场。第二天一早,他们就听到附近很多人高声呼喊自己的名字。出去一看,发现父母、老师、警察,还有很多邻居街坊都出现在雅丹林中,足有好几十个人,看到他们都激动地迎了上来。

后来他们才知道,溜回去的几个同学被父母盘问为什么提早回来,有的支吾不过,便说出了真相。家长们听说有很多学生半夜三更在荒郊野外的冷湖雅丹转悠,又见起了沙暴,生怕出事,赶紧通知吕老师。吕老师惊出一身冷汗,连夜赶紧一家家打电话去问,确定有九个学生到了雅丹林,因为在无人区打手机也打不通,急得报了警。警察便联合了老师、家长和治安巡逻队,好几辆车一路赶过来,但也搞不清楚具体在雅丹林的哪里,虽然发现了他们停在公路边的自行车,但傍晚的风沙掩埋了他们大部分的足迹,找了一晚上,才找到这里……

不用说,众人回去之后被家长好一顿修理,许多人还遭到了禁足的惩罚。没过多久，这群孩子便跟随父母离开了冷湖，初中时代草草收场。他们甚至没有机会再聚一次，聊一聊那天的事，就已经被命运抛到千万里之外，开始了大相径庭、再无交集的人生。但今天又被一根看不见的绳子拉回到这里，这是为什么？难道真是因为二十年前的一个率性约定？还是因为某种更神秘的存在？

众人面对异星般的荒漠景象，一时陷入无法言说的恐惧。

"那天晚上……"江子华追问，"真的就只有这些，没别的了吗？"众人面面相觑，没有答案。

其实江子华还记得一些事，不过那只是一些私人对话，应该和外星人没有关系吧……

"好了好了，"张伟有些不耐烦地说，"既然已经出来了，还说这些干什么？赶紧离开这鬼地方，其他以后再说了！"

这番话得到了好几个人的附和："对呀，先脱身为好！"

"可事情不会这么简单吧？"欧阳美道，"真能这么顺利就回去吗？"

"那你留下好了，我们先走了啊！"张伟说着，便要抬腿。

"大家还是等一下，"江子华劝他，"先商量清楚，就算走也要搞清楚哪个方向吧？"

"这个……"张伟还真有点迷糊，"冷湖镇在哪个方向？谁还记得？"

众人望着夜色下黑沉沉的一堆堆土丘，一时都有些不知所措。时隔多年，他们已经忘了来时的路，现在要走回镇上可不容易。如果找对方向，不到一小时就能走回省道，顶多再走上几小时，就能回到镇上。但如果找错了方向，走进方圆几万平方公里的雅丹无人区深处，又没有食物和水，那可是会有生命危险……

"不用慌，看星星就知道了。"江子华一边说，一边转头环视夜空，"这是夏季大三角，这个是仙王座，那个是……"

他的话突然中断，指着侧面的某一处，"那……那是什么？"

众人顺着他手臂的延长线望去，也不禁呆住了。

一排排奇形怪状的丘体背后，有微弱但明显的光芒射出，显示着那里有某种发光的物体存在。

"那……那不会是冷湖镇吧？"张伟问。

"感觉不像。"严俊道，"光源没那么远，顶多两三公里，应该还在雅丹林里。"

"你们看！"欧阳美眼尖，"那光很奇怪……"

果然，那里的光芒呈浅绿色，又夹杂着一些蓝色甚至紫色，有点像极光，并且还在流动，仿佛是活的生命体，绝不像是人类生活或施工所用的光源。

江子华屏息凝神，注视着那里，忽然，一种似曾相识的感觉涌上心头。

"我们好像到过那里？"他脱口而出。

"你说什么？"

江子华皱眉思索，但一无所获，"不知道，我……只是感觉好像到过那里……感觉很熟悉。"

"我们本来就来过这里吧？"张伟道。

"不，不是的，我是说，我们好像去过那个发光的地方。算了，可能是既视感的错觉。"

"先别管那怪光了，到底怎么回镇上啊？"张伟焦急地回到最初的话题。

江子华凝望了一会儿天上的星辰，指着与光源呈九十度角的方向道："回镇上的路应该是在那边。"

众人精神一振，问他如何知道。江子华指着天上醒目的七颗明星，"这是北斗七星，里面有两颗星的连线，是指向北极星的。通过北极星就可以找到正北方，确定其他方向也就很容易了。冷湖镇应该是在我们的西北方向。"

"太好了!"张伟说,"我们赶紧回镇上,那儿还有一些人留守,运气好的话,明天这时候已经在家里了!"说着拔腿便要走。

"等等!"很少说话的沈素指着那异光的方向,"那里有什么,你们真的不想知道吗?也许一切问题的答案就在那里。"

"那不是什么好东西!"张伟摇头,"我们还是离得越远越好!"

"是呀,"李强说,"当初要不是鬼迷心窍来找什么外星人,我们今天哪儿会在这儿?"大部分人都无声地表示赞同。

沈素望向江子华,像是要争取他的支持。江子华思索了片刻,"现在情况还不清楚,为了安全起见,我们先回到镇上,找到支援再说吧。"

沈素似乎有些失望,但还是点了点头。

张伟等人已经走了起来。江子华最后望了异光一眼,回过头来跟在他们后面,心中感到一阵惆怅的惭愧。如果还是二十年前的少年,他们一定会去土丘后那神秘的谷地寻找外星人吧?但是这么多年过去了,每个人都有了自己的人生、事业、家庭、子女……少年的梦想已不再重要,重要的是眼下好不容易建立起来的生活。

别再想诗和远方了,先回到生活的正轨吧。

7

几分钟后,他们已经走在广袤而怪异的雅丹林中,周围奇形怪状的土堡一个接一个森然伫立,仿佛是被封禁已久的古老魔怪,默默俯视着这群时隔二十年后重回故土的俗世男女。虽然相隔了二十年,但对这些存在了几百万年的土石巨人来说,这跟二十分钟也没太大区别。

虽然打着手电能够照明，但地上并没有现成的道路，又是不断地上坡下坡，张伟、李强等人早已中年发福，没走几步就有些气喘吁吁。江子华长期在电脑前伏案，体力也不怎么样。沈素的步伐却很轻快，很快就走到了最前头，江子华好不容易才赶上她，帮她照亮前方的地面。沈素朝江子华感谢地一笑。

"那个，你走得还挺快的。"他笨拙地想打开话题，"晚上不冷吗？"

"没事，"沈素拍了拍自己的风衣，"这几年在青海，走惯了山路，懂得保暖。倒是你们，去了旧金山、巴黎，可能回来就不习惯了……你行吗？怎么看你好像在哆嗦？"

江子华的大衣很名贵，但并不保暖。他早就冻得够呛，不过强撑道："我没事，活动开就好了……对了，你一直在青海吗？"

"也不全是，"沈素的语气很平淡，"我大学时在上海，后来出过国。之后又去西藏和云南待了两年，然后才回来的。不过最近四五年都在这边，青海下面四十多个县，基本都跑遍了。"

江子华望着她，借着银河的淡淡辉光，隐隐看到她的眼角已经有了不少鱼尾纹，心中涌起一阵酸楚，以及更多的钦佩。那个昔日柔弱的少女已经脱胎换骨。

"你真了不起！"他赞叹道。

"哪里啊，"沈素轻轻说，"跟你没法比，你搞的那些什么区块链技术，可真是改变了全世界。"

江子华有些羞愧，"哪有……就是跟风搞了几个代币，无非是些空对空的投机把戏……有什么意义，我也不知道。"

"是你想做的事就好了啊。"沈素答道，好像这是世界上最简单的问题。

江子华有些迷惘，这些年钱是赚了不少，但真的是自己想做的事吗？他自己好像还真没细想过。

"说起来,你当年的愿望才是真正实现了。"江子华由衷地说,这似乎是重逢以来他对她说的最自然的一句话。

上一个雅丹之夜的回忆又涌上他的心头。

地窖里,好些人喝多了酒都东倒西歪,沉沉睡去。贺华也喝了不少,爬到地面上找了个角落撒了泡尿,又吹了会儿冷风,让自己清醒过来。

刚要回去,只见断墙上坐着一个墨绿的人影,微微一惊,但很快发现那是沈素。沈素回头,对他说:"星空真美啊。"

风沙已经停了很久,贺华抬头,恰看到银河浩瀚,横过天顶,像是宇宙之神睁开了一只巨眼,凝望着他们,不禁感到心旷神怡。

他走上前去,挨着沈素一起坐了很久,看着夜空,谁都没有说话。戈壁苍茫,沙堡雄奇,星空灿烂而凄美。贺华觉得他俩好像是坐在宇宙彼端的另一颗星球上,他暗暗希冀,这一刻能够地久天长。

不知过了多久,贺华终于借着残留的酒劲儿问道:"你离开冷湖以后,会去哪里?一直没听你说过。"

沈素看了他一眼,似笑非笑,"怎么,你也以为我要去英国读书吗?"

"没有没有,"贺华忙声明,"就是问一下,大家不是说要保持联络吗?"

沈素沉默了一会儿,垂下眼睛说:"我去德令哈,我妈把工作调到了德令哈,我爸在那里……服刑。"

贺华顿时后悔提到这个话题,尴尬地设法转圜,"德令哈……也挺不错的。对了,那个,今天真没想到你会来。"

"是啊,其实我自己也没想到。"沈素微微一叹,"不过最后一刻,我还是想来……赶到聚集点的时候你们已经走了,好在追上了。"

"你也想找到外星人实现你的愿望吗?"贺华有些好奇地问道。

"我的愿望恐怕外星人也实现不了。"沈素歪着头,望向银河尽头,不知在想什么。

"不会的。"贺华忘了自己坚持的科学,"外星人神通广大,说不定什么都能实现,说来听听嘛。"

"我的愿望……"沈素闭上眼睛,轻轻地说,"是我爸没有干过违法的事,也不会被抓,我们一家人还过得开开心心的。你说,这愿望外星人能实现吗?"

"这个……"贺华又感到一阵窘迫,"也许……我其实是想问你的人生愿望,就是想干什么,做什么样的人。"

沈素想了想说:"我说了,你大概也不会信。"

"你说嘛,我怎么会不信?"

"好吧,"沈素认真地看着他,"那你不要笑我。我想做一个……帮助别人的人。"

贺华一怔:"你是说……雷锋那种?"

"算是吧,但也不……我不知道怎么说……"沈素停了好一阵才说,"我爸出事以后,我有很长时间都不开心。我恨他干坏事,也恨我妈不去劝阻,看着他往火坑里跳。我也恨身边的人,恨你们……"

贺华觉得脸上火辣辣的:"沈素,这是我们的不对。我代表班上同学向你——"

"但是我后来不恨了,"沈素打断了他的道歉,"真的。可能你不信,但是我想啊想,想明白了很多事。其实班上的人没有错,你们完全有理由讨厌我,瞧不起我。"

"我不是……"

"我知道你不是。"沈素的声音温柔了几分,"但很多人是,他们也有道理。这些年,油田是什么样子大家都知道,就那么一点儿死工资,很多人吃饭都勉强。像李强、马小武他们几个,家里父母都下岗了,连新书包都买不起……这回说是要分流到别的地方去,其实不少人的家里也没给安排工作,或者岗位很差,年纪一大把还要去外地从头开始,大家都活得很难。"

贺华大为触动。他对其他人的情况略知一二,但并没有多想,不料沈素却看得这么深。

"当年我爸调来,本来应该替大家分忧解难的,结果却干出那样的事……大家把火发在我身上,也算不了什么,这些都是我应得的,也算是为我爸赎罪了,是不是?"她渐渐有些哽咽,贺华看到她的眼角有一滴泪水缓缓淌下。

"那个,你也别难过……"贺华也觉得眼睛发酸,此时语言是那么无力,他只能摸出一张纸巾递给她。

沈素接过去擦了擦眼睛,长舒了一口气才说:"但是我不想因为我爸而毁了我自己。所以我还是在努力读书,寻找自己人生的方向,虽然我知道自己资质有限……但我有一个心愿,将来等我学成了,一定会尽自己的力去帮助困境中的人,就像有些人也一直在帮我一样……也许这想法很幼稚吧?"

"不,"贺华拼命地摇头,"你的愿望,一定能实现的,如果火星人能听到,就一定能帮你实现。"

沈素反而笑了一下,"你真以为我到这里来是找火星人的吗?"

她停了片刻,似乎在思考如何措辞,然后凝视着他,说:"贺华,我想要问你一件事。"

下面的记忆却出现了断层。怎么会这样呢?江子华皱着眉头,这本应该是他人生中最重要的对话之一,根本不应该忘记的……

"你怎么了?"沈素问他。

"没什么……我们刚才说到哪儿了?"

"你刚才说,我的愿望实现了,然后……"

"对了!"

江子华脑海中如一道闪电划过,他猛然停下脚步,"果然是外星人!"

"你说什么?"不仅沈素,后面的众人也听到了,纷纷停步。

"外星人……"江子华感到一阵头皮发麻,他环顾四周,周围陡峭怪异的土石似乎都幻化成异星的巨人,随时可能站起来。他深吸了一口气,让自己冷静下来,"我是说,我们也许真的碰到过外星人。"

"为什么?"

"你们还没发现吗?我们九个人,也就是所有来过这里的人的愿望,基本都实现了。"

8

众人交头接耳,议论纷纷。的确,细细想来,每个人都基本实现了当年心中所揣的梦想。在现实社会中,这种幸运纵非绝无仅有,也是百里挑一。如果只是一两个人如此还可说是巧合,但这里的每个人都沿着少年时代的规划顺利发展就太奇怪了。而且,有些人以当年的资质,似乎不太可能有这样的成就。

"也……也不一定吧……"马小武反驳,"比如蒋雯,也没嫁给言承旭啊?"

"谁要嫁他呀,"蒋雯嗔道,"我老公比他还帅,比他还有钱呢!"

江子华点点头,"所以,蒋雯本质上的心愿不是嫁给言承旭,而是嫁给一个如意郎君,这的确是实现了。"

众人面面相觑,严俊问:"就算这一切真的是外星人帮忙,可我们今天为什么会在这里？难道也是为了实现我们当初的心愿？"

江子华沉吟道："这也说不通，我们早就忘了这件事，这还能算是心愿吗？再说，即便真要重聚，也不用采取这么暴力的方式……"

"也许……"孔丽忽然打了个寒战，"也许这一切是魔鬼的交易。我们在这二十年里顺风顺水，走在了同龄人前面，但这些都要付出代价，也许今天就是要付出代价的时候……"

"代价是什么？"欧阳美恐惧地叫出声来，"难道他们要把我们当小白鼠解剖或者做细菌实验，就跟日本人的731部队一样？"

张伟摇头，"这不对，要做实验，当年就可以抓我们去做了，还用花二十年帮我们实现理想吗？"

"谁知道外星人是怎么想的？也许他们需要我们自愿才符合他们星球的规定……"

众人听了更是一片悚惧，马小武却不以为然，"别自己吓自己了，快离开这里不就没事了吗？"

大家心想这倒不错，于是纷纷加快了脚步。又走了一阵，李强说："我看未必有那么神吧？也许都是巧合，上次看一篇报道，说燕京大学一个班，也是出了好多名人，那可比我们的成就大多了。"

严俊说："可人家是燕大，我们是西部小镇的中学……"

"也许还有一件事，"沈素忽然说，"可以证明有外星人的干扰。"

"什么？"众人惊问。

"二十年来，我们再没有聚过，我们九个人之中，任何两个人之间都没有聚过。"

"有什么问题吗？"张伟问。

"不太对。我们初中毕业时，电脑、手机等通信工具已经比较发达了，虽然比发达的省份滞后一点，但要联系上也不是太难。据我所知，我们上下几个年级早就建了QQ群和微信群，联系一直都在，就我们班没有，不是很奇怪吗？"

"要说我们班也不是没有,"江子华回想说,"前几年我记得柳睿在微信里建了班级群,还拉过我,不过我那时候工作焦头烂额,根本顾不上这个,所以没有加入。"

"那个群啊,我加了,但是觉得无聊,很快退了。"李强说。

"哎,这么说我也是……"欧阳美说,"五年前,金羽红他们想回冷湖搞聚会,打电话给我,我当时其实就在国内,也是事情安排得比较紧,就没有去。不过这些年我也见过几个老同学啊!"

沈素问:"但是我们九个人呢?我们九个曾经在冷湖雅丹共度一夜的人,我们中有谁相互见过吗?"

众人哑然。沈素又说:"其实这些年来,回冷湖聚会的员工和子弟还是不少的,我们班的一些人也回来过。但二十年里,我们之中都没有人想回来,也从不和彼此联系,实在是解释不通。"

众人在她的话语中感受到了更深一层的惊悚,"那你说,这是怎么回事?"

"可能有一股力量,"沈素说,做了一个表示擦掉的手势,"抹去了当天夜里我们大部分的记忆,但仍然支配着我们的潜意识。"

"潜……潜意识?"

"没错,"沈素道,"那种力量让我们在潜意识里回避冷湖这个地方,所以我们不愿意回来,也无意识地逃避和冷湖,尤其与那一晚有关的一切,当然也包括彼此。"

众人在惊疑中彼此对视。江子华感到一阵晕眩。二十年来,他多少次在梦境中与沈素重逢,有时醒来,泪湿枕巾,却从未想过去找她,虽然要打听并不难,但他始终没有迈出这一步……他一直以为这是因为他性格积极向前,觉得把少年时代的青涩情感埋藏在心底就好了。但这背后难道另有力量在操纵一切?

"沈素,你怎么会知道这么多?"又是欧阳美提出疑问。

沈素苦笑了一下,"我在大学学的专业就是心理学,后来去国外进修了一个硕士,还拿到了心理医生的执照。"

江子华一怔,他倒不知道沈素这方面的背景。欧阳美又问:"你不是说你在慈善基金搞扶贫吗?怎么又是心理医生?"

"扶贫并不只是钱和物资的问题。"沈素耐心地解释,"很多落后地区的人,特别是妇女儿童,都不同程度地遭受过殴打、虐待以及各种侮辱歧视,心理往往受到很大的创伤,需要心理干预,这些年我一直在做这个。其实,这也和我自己的一些经历有关……"

众人想到沈素在中学时的遭遇,不免都有些愧色。沈素摆了摆手,"我说的并不是你们想的那些。我是说那一晚,我一直觉得自己丢了一些记忆。"

"既然记忆都丢了,怎么还能知道?"张伟问。

"因为……"沈素的脸上略显羞涩,"当年我跟你们到这里来,是有一件事要问一个人,一个上学时我不敢说话的人。但是我……后来完全不记得自己问过没有。这种事怎么可能忘记呢?我困扰了很多年,但如果排除其他可能性,最荒谬的答案也就是唯一的答案——有某种力量,抹掉了我们的关键记忆,在里面留下了奇怪的空白。"

众人沉默了一会儿,咀嚼着她石破天惊的推论。

"走吧,大家路上再想想。"沈素说着,转身继续前行。众人也都跟上。

江子华却无法再平静下去,他快步走到沈素身边。

"你说的那个人,会不会就是……是……"他难以启齿。

"是你。"她径直说,并没有看他。

二人默默前行,默契地将众人甩开了一段距离。江子华长出了一口气,"原来这是真的!当年你说要问我一件事,可我怎么也不记得你后来问了没有……这事儿我也想了很多年,以为这辈子再也没有答案了……可是,你究竟想要问我什么?这事儿你还记得吧?"

沈素望向他,双眸明亮如星,"我想问,初三那年的秋天,我在座位下面找到了一张纸条,上面有一首诗,是谁写给我的?"

她轻轻念了起来:

> 假如生活欺骗了你,
> 不要悲伤,不要心急!
> 忧郁的日子里须要镇静:
> 相信吧,快乐的日子将会来临。

她停了一下,似乎期待江子华接下去,江子华却有点不好意思,"的确是我写的。是普希金的诗,不过这么多年,后面的句子我忘了……"

"'而那过去的,将会成为亲切的怀恋'。"沈素笑了笑说,"其实我隐隐猜到是你,我们班喜欢外国诗的人没几个。不过直到在地窖里,你念普希金那首诗的时候,我才确定。"

江子华红了脸,嗫嚅道:"我……我想鼓励你,但是不知道怎么做才好……就冒昧地放了张纸条,也没敢署名……很可笑吧?"

"不,我应该谢谢你。"沈素由衷地说,"当初它帮助我从灰暗的心情里走出来,那张纸条我现在还保存着,我总觉得它是我的守护神。"

江子华心中波澜起伏,不知说什么好,忽然冒出来一句:"那个……你结婚了吗?"话刚出口,便暗骂自己欲盖弥彰。

"结了,"沈素干脆说,不过又补充道,"不过一年多就离了,我前夫受不了我老不着家。你呢?"

"我……没有,一直单着呢。"江子华说,心虚地没有提自己交过和正在交往的一打女友。

然后,两人没再说话,感觉有千言万语要说,又不知说什么好。后面的人声音似乎小了,只有风吹过沙堡的声音,如泣如诉,如远古的歌谣。

过了一会儿，江子华开始感到愤怒，"如果真有外星人操纵我们的记忆和行动，那也太可恨了！如果我们能记得当时的一切，如果我们后面能保持联系，也许……也许……"

"也许你的人生愿望就不会实现，"沈素说，"也许你现在会在某个网吧当网管什么的……你觉得这值得吗？"

江子华一怔，如果他当时能在两种可能性中选择，他会怎么选呢？没有答案。

"我不知道，如果能恢复当时那段记忆就好了。"

"也许可以。"沈素说，"你听说过催眠术吗？能够让你在催眠状态中唤起被遗忘的很多回忆。"

"电影里有，不过有那么神奇吗？"

"有的，我研究过很多案例，也用简单的催眠术帮一些人做过心理治疗。"

"要真这么灵，你自己怎么不试试看？"

"我试过了。"沈素平静地说，"在英国的时候，我拜访过一位著名的催眠师，他对我进行了催眠，也恢复了部分记忆……"

江子华一惊，"什么记忆？"

沈素叹了一口气，"那天，我刚要说话，忽然间在远处看到了奇异的光芒，于是问：'那是什么？'当时我们都呆住了，然后你说，这一定就是火星人的飞碟。我们叫醒了所有的人，九个人，一起朝那异光走去……"

江子华惊诧道："我们真的到过那里？看到了什么？"

"不知道，"沈素摇摇头，"我也只能记起很少的一部分。那位英国催眠师说，剩下的记忆被一股强大的心理力量束缚得太紧，没有办法释放出来。"

"这样啊……"

"不过没关系,"沈素的神情有些恍惚,"我们应该很快就能亲眼看见了。"

9

"什么?"江子华不懂。

"我在想,如果是外星人把我们重新招来,会那么轻易放我们离开吗?"

江子华终于感觉到了蹊跷。他发现在自己的左侧,七彩的光芒显得越来越亮,投射到夜空里,几乎盖过了天上的银河,好像和自己只隔了一道岩垒。这不是回镇上的路吗?距离那异光应该越来越远才对,怎么好像反而更近了?

"班长!"张伟也叫道,"这是在往哪走?你不是说这是回镇上的路吗?"

"我……"江子华也一阵晕眩,"我不知道啊,刚才我只是判断了大致的方向,但是雅丹中间的通路也弯弯曲曲的,我只顾说话,不知拐到了哪里,视线被两边的土丘挡住,也看不清楚星星……"

"这么说,我们可能走歪了路,"张伟一头冷汗,"得赶紧找到正确的方向……"

"那只有到土丘顶上才能辨认方向……"江子华看着半空中隐隐流动的奇光异彩,心底有点发毛,一时犹豫起来。但沈素闻言,已向左首的一座圆形土丘走去,那里坡度相对平缓,便于攀爬。江子华一咬牙,也跟了上去。

这座土丘有二十多米高,虽然不算陡峭,但有的地方也很难攀登,江子华和沈素不得不拉着手,相互扶持着,才终于爬到了视野开阔的丘顶。他们和光源之间再没有任何隔断。

七彩的光芒顿时将他们的面容照亮，二人呆若木鸡。

下面是一片开阔平坦的沙地，延伸到远方。一口泉水从沙子里喷涌出来，化为一条沙漠中的小溪。在溪水尽头，一个巨大的碟形物体悬浮在黄沙中央，像是一只倒扣的盘子，直径至少数十米。碟形物通体半透明，奇特的异光正从其内部射出，还不断地变幻色彩，宛如活物。

"这……真是……"江子华语无伦次地说。

二人再也无法移开目光，定定地站在那里，不知不觉中，十指紧张地攥在一起。

"你们看到什么了？"江子华听到下面张伟在叫，他转过身，想要回答，但发现自己已失去了语言功能，只是伸手，无力地指向土丘的另一边。

很快，其他人也上来了，当看到面前的一幕时，也都惊诧不已，好几个人竟瘫软在地上。

"真的，居然真的是飞碟……"严俊喃喃道。

"怎么办，这可怎么办……"张伟呻吟般地说。

"天哪，外星人真要抓走我们了！"欧阳美脸色惨白。

"我赚了那么多钱，都要变成废纸了吗？！"李强吼道。

"我不想死……我有老公……还有两个孩子……"蒋雯哭了出来。

"我吃了多少苦头才有今天！我不要被外星人带走！我不要！"孔丽一边歇斯底里地叫着，一边就要往山下跑。

沈素拉住了她，她惊恐地回头。

"事到如今，逃避是没有用的。"沈素平静地说，"我们必须面对，这都是我们自己选择的结果。"

"我不想当外星人的试验品……呜呜……"

"相信我，结果未必是坏事。"沈素沉着地说，"而且，你觉得我们真能逃掉吗？也许我们走错路都不是偶然，而是有一股神秘力量在操纵。"

"那我们该怎么做？"江子华问。

"去那里吧，"沈素坚定地说，"也许，这正是我们当年真正定下的那个约会。"

她的目光扫过一个又一个人，他们仿佛中了邪一般，跟着她失魂落魄地从另一边下了土丘，排成一行，走向那架巨大的飞碟。远远就能看到飞碟上有一些奇形怪状的线条，相互缠绕交错，排列成美丽而诡异的图案。

"那是外星文字？"张伟心惊胆战地问沈素。

沈素摇了摇头，"不知道。关于外星人我们一无所知，不过，也许很快就会知道了……"

她往飞碟的方向走去，众人已经没了主心骨，就像一群听话的孩子般跟着她朝飞碟前进。他们经过那口奇怪的喷泉，只见它从沙底喷涌而出，在地势较高处汇聚成一个小池，然后弯弯折折地流向下方，在沙土中开凿出一条小溪，远处的奇光映在流动的活水中，宛如一条发光的丝带。

"这沙漠中怎么会有一口泉呢？"江子华好奇地问沈素。

沈素说："当年不是传说雅丹林有异常光波辐射吗？我们离开后第二年，科考队过来调查，在这里进行钻探，结果没发现什么，却打出了地下的高压泉水，喷涌至今。"

江子华心中一动，在溪水旁蹲下，用手掬水，"快渴死了，正好喝一口清泉——"

"别喝！"沈素急忙劝阻，"水很烫，而且饱含有毒盐碱，不能饮用的！"

江子华心下一凛，默默起身，看了看左右，众人望着飞碟，都是一副魂不守舍的样子。他抓住了沈素的手，拉着她快步向前走去。

沈素脸一红，"你干什么呀？"

"应该是你告诉我，"江子华却沉声道，"你要干什么？"

沈素奇怪地望向他，"什么我……你在说什么？"

"你很清楚这口泉的事。"

沈素的手微微一颤。

"这口高压泉是我们走后才被打出来的，也就是说，我们应该谁都不了解，而你却了如指掌！这不是很奇怪吗？再仔细想想，从我们离开地窖后，你一直或明或暗地引我们走到这架飞碟所在的地方。我们之所以走岔了路，也是因为你之前的各种心理暗示所致。你为什么要这么做？"

沈素停住了脚步，歪着头望向他，脸上露出一丝捉摸不透的微笑，"你猜呢？"

"真的是你？"江子华仿佛被一桶冰水当头浇下，"这一切都是你设下的局？你到底要干什么？你快告诉我，悬崖勒马还来得及。"

沈素脸上的笑容消失了，"难道你怀疑我要害你们？"

"不是，但——"

"沈素！"张伟的声音响了起来，他在后面也发觉了二人不对劲儿，听出了一点端倪，"原来是你有意把我们引过来的！"

"怪不得我觉得沈素怪怪的！"李强也嚷着，"明明早就知道删除记忆的事，却一句也不说！"

欧阳美更是尖声大叫，"原来你就是外星人的间谍，对不对？你把我们引来要干什么？"

"原来就是你！"马小武怒吼了一声，冲到沈素面前，瞪着牛眼，"你说，外星人在哪里，是不是埋伏在这里要伏击我们？"

"小武，松手！"江子华叫道，"有话好好说！"

"可她一直在骗我们，"欧阳美歇斯底里地嚷着，"我懂了！她一定是为了当年的事要报复我们！"

"是啊！先把她制住再说！"张伟也在一旁说。

马小武一把抓住沈素的衣角，沈素惊惶地挣脱。

"浑蛋！"马小武牛脾气上来，挥拳就打，他一个职业拳手是何等力道？一拳下来，面前的人捂着胸口，趔趄倒地。

"贺华！"沈素惊呼，只因江子华为她挡下一拳。她俯身，急切地问："你没事吧？"

"班长，你护着她干什么？！"马小武顿足道。

"我……"江子华胸口一阵剧痛，呼吸都很困难，喘了许久才好一些，"我相信沈素不会害我们。"

"可是知人知面不知心。"张伟嘟囔。

"何况这件事，怎么看她也脱不了干系。"严俊也说。

"二十年前，"江子华挣扎着爬起来，"沈素就告诉过我，她觉得对不起大家，也不怪大家整蛊她，她想帮助每一个人。难道过了二十年反而会放不下吗？我们是同学，没有那么多深仇大恨。"

"可是有外星人啊……说不定她是被外星人附体了！"欧阳美说。

"不……"江子华摇头，"现在我可以肯定一件事，整件事里，没有外星人。"

10

众人又是一惊，本来外星人虚无缥缈，但今天发生了那么多不可思议的事，现在发光的飞碟还在不远处悬浮着，怎能说没有外星人？

"刚才我在地上发现了一样东西。"江子华苦笑着摊开手，一个银闪闪的东西躺在他手心。

众人借着彩光看去，发现是一个类似螺母的小部件，都不明所以。

江子华解释:"这个金属零件很新,就躺在沙地表面,说明刚掉落不久。"

"这能说明什么?"张伟问。

严俊却明白过来,"说明这里不久前在进行一项工程,这是一个工地。"

"没错,"江子华说,"这个零件显然是人造物,和外星人扯不上关系,周围类似的小东西仔细看还有不少……凭这个线索再来看那架飞碟,你们看那些字!"

众人翘首看去,"这些外星文根本看不懂啊……"

"等一下,"欧阳美却似乎看出了一些端倪,"仔细看似乎有点儿像……对,这不就是拉丁字母的变形吗?上面的是L,然后是E……"

"没错,"江子华说,"就是拉丁字母写成了花体字,再巧妙地勾连起来构成一个圆环形……其实是一整串字母:L-E-N-G-H-U-H-U-O-X-I-N-G-T-I-Y-A-N-G-U-A-N。"江子华一个个念了出来。

"可这是什么意思?"马小武问。

"冷、湖、火、星、体、验、馆。"江子华一字一顿地说。

"啊,汉语拼音?"众人啼笑皆非。

"没错,外星人至少不会用拼音吧?"江子华说,"再仔细看那架飞碟,其实就是一艘大型的飞艇,主体部分是上面的充气气球,我估计是氦气的,在下方巧妙地装饰了一些科幻感很强的霓虹灯,所以才会发出光芒。那边地上有一些看上去很整齐的平板,我估计是给灯供电的太阳能电板。再远处还有一些附属建筑,因为做成了和土丘融为一体的造型,不容易看出来……"

众人目瞪口呆地看着,"好像……好像真是这样!可这到底是怎么回事啊?"

"我只知道不是外星人干的，"江子华说，"也不可能是被绑架。我身上穿的这件大衣，是三年前在挪威买的。现在是七月，这件衣服我收在衣柜里，绑架我的人不可能还去我家把衣服给找出来。我一定是自己穿着大衣来到这里的……但我好像真的失去了一段记忆。"

"贺华，果然是你看出了破绽。"

在一旁沉默许久的沈素终于开口："很抱歉事情会变成这样……其实……这只是我们一起玩的一个游戏。"

"游戏？"众人仍然一头雾水，这怎么会是游戏？

"我们谁也没有忘记这个约会。"沈素说，"我一直都记得，但我不知道你们记不记得，毕竟已经中断联系很多年。但到了这一天，我想也许应该回来看看，今天早上，我回到了曾经的冷中校园，竟然发现——你们居然都记得，也都不约而同地回来了，于是我们欢聚一堂，又一起回到了雅丹林里。"

"可我们根本不记得有这回事！"

沈素伸出一根手指，"催眠术。我的确去英国学过催眠术。我们从镇上开车来到地窖，谈起当年外星人的事，你们都说那次没找到外星人，特别遗憾。我知道这附近有一个人造的飞碟景观刚刚完工，就想了这么一个点子，将你们催眠之后，让你们暂时忘记和这次约会有关的一切，然后带你们体验一番和外星人亲密接触的感觉。为避免露出破绽，我把你们的手机和手表都收起来了，放在废屋附近的车上，待会儿就可以回去拿。另外放了一个手电筒……"

"可这里……到底是什么地方啊？"

"是一个体验式旅游项目，叫'火星小镇'。我所在的基金会也参与了。还记得当初我们开玩笑说冷湖镇就像火星一样荒凉吗？今天的冷湖火星小镇恰恰是根据这个灵感打造的。我们基金会花了几年时间，建造了飞船造型的酒吧、宇航基地主题的购物中心、登陆车造型的观光车辆……并利用周边冷湖、雅丹林等景致，给游客以造访火星的感觉。

"在雅丹林里,一直有火星人出没的传说,我们便利用故事,在这里仿制了一艘飞碟形的飞艇,它还能带着好几十个人升到几百米的高空呢。现在刚刚建成,下个月才营业,这次先带你们来体验一下……不过可惜贺华太聪明,打乱了我的计划,我本打算等我们升空以后才唤醒你们,那才有趣呢!"

"是这样?"江子华恍然大悟,但还有不少疑窦,"可是……可是我们当年遗失的那些记忆是怎么回事?"

沈素摆了摆手,"这只是心理暗示,我们从来没有遗失什么记忆,十多年前的事情,记不清不是很正常吗?"

"但当年我们两人的对话,怎么会忘记呢?"

"你忘了一件事,"沈素说,"当时你喝了不少青稞酒,这酒后劲儿很足,那次没说几句话,你就醉倒了,我想问你的事儿,自然也没法再说了。"

江子华懊恼地垂下头,他知道自己酒量不好,但没想到会这么误事儿。

"那我们实现人生愿望的事呢?这又怎么解释?"欧阳美忍不住问。

"只是似是而非,当然大家的事业基本都比较成功。不过也是赶上了好时代吧。再说,我们真的实现梦想了吗?张伟只是中层干部,离当雍正差得远了,严俊没有成为爱因斯坦,蒋雯没有嫁给言承旭,马小武也没有打遍天下无敌手……当然,的确是有一些巧合,但刚好是因为当时我们在地窖里聊到了这些,戏谑说也许是外星人保佑,我才想到这个主意。"

"那后来大家彼此都不联系了,又怎么解释呢?"严俊问。

沈素摇头,"这个锅真不该外星人来背。各位的事业和人生那么成功,根本不需要怀念过去,也就疏于联系了……但联系也不是完全没有，这件事在大家心底，谁也没有忘记，这次不都回来了吗？"

"就这么简单啊！真是中了你的邪。"张伟叹道，已经相信了七八成。

"好个沈素，"马小武苦着脸说，"当年是我们错了，不过你这一回全都找回来了……真是迟到二十年的复仇呀……"

沈素不禁莞尔，"让大家受惊了，不好意思。特别是贺华，还替我挨了武术冠军一拳……"

"这也是永生难忘的体验……"江子华喟然叹道，似乎意有所指，"这也是我该得的，如果当年不是我太怯懦，也许……"

沈素有些脸红地打断他："好了，那我现在再带你们去飞碟上参观吧，里面还有饮料和点心……"

"哇，我早就渴死了！"好几个人叫了起来，"我们快过去！"

"可我还是一点儿也想不起我是怎么来的，"张伟挠头说，"这什么催眠术，怎么这么厉害？"

欧阳美也有些担心，"这种催眠会不会损害我们的大脑啊？"

"放心，"沈素朝他们笑了笑，"这是一种简单的记忆障碍。我催眠你们的时候给了你们足够的暗示，你们在潜意识里碰到'返回冷湖赴约'的记忆时就会绕开。不过只要我再催眠一次，给你们新的暗示，就可以解开这个障碍，恢复你们完整的记忆。"

"太好了，那快说吧！"众人纷纷道。

"那我说了。"沈素说，"大家请闭上眼睛。"

众人闭上眼睛，听到沈素说："想象自己的面前，站着一个你最想要见的人……"

江子华闭上眼睛，仿佛看到沈素——少女时代的沈素——站在雅丹林间，长发飘飞，带着青春的微笑……

曾经的记忆碎片也纷至沓来：

他站在尘土飞扬的学校门口，望着天使一般降临的双马尾女孩……

他在教室里，目送着受欺负的她哭泣着跑开……

放学路上，他看到她的背影，却不敢接近……

银河下，他们并肩坐在土丘上，凝望星空……

越来越多的记忆宛若流沙，将他包围，他感到自己的意识越来越模糊，越来越迟钝，正在坠入无意识的深渊。

"贺华，我要问你一件事。"她对他说，刚要继续说，脸上忽然充满讶色，他看到她的瞳孔中反射出奇异的光芒……

他指向沙海深处那神秘的异光，"我们叫上大家，去那里看看？"她望着他，点了点头，露出了信赖的笑容……

他们站在圆丘上，望着巨大的发光体在他们面前舒展开来，十指紧紧地扣在了一起……

不对！

江子华悚然惊觉。最后那段刚苏醒的记忆如此分明，足见他们当年的确见过那道异光，也的确走到过这里，而见到的也是远比这架飞碟更加不可思议的神秘之物……

难道……沈素并不是……这一切都是假象……江子华心中的恐惧越来越深，一个又一个疑点在心底闪现：九个各有事业的成熟社会人，怎么会不约而同地回到故乡又正好碰见？催眠术虽然存在，但真的可能让自己一点儿也想不起来那么神奇？如果大家陷入了恐慌，沈素又如何能保证玩这个游戏时不出岔子？一切的一切，背后似乎仍然隐藏着某种东西……

他竭尽全力让自己继续思考，却根本无法阻挡睡意的侵袭。他仿佛在不断地下坠，坠入比刚才更深的黑暗……那里的确有什么东西，有某些他完全不想触碰的东西……

那绝不是所谓几小时前被屏蔽的记忆，甚至也不是当年的回忆，而是某种从根本上超乎他想象的存在……

不能睡……不能睡着……

他猛然一咬下唇，剧痛中终于睁开了眼睛。面前，却是超乎想象的场景。

其他人都已七倒八歪，沈素仍然站在那里，看到他又醒来，流露出一丝惊讶。而在她的背后，一股黄沙如龙卷涌起，向她席卷而来。

"沈素！"他叫道，无暇再思考别的，只是想要向她奔去，但不知怎么，步履维艰。

沈素还没反应过来，半个身子都被仿佛是活的沙子裹住。她脸上也现出恐惧的神情，她想抬起手来，整只手却如同流沙一样散落，又混入飞旋的风沙，就像一块方糖融化在搅动的咖啡中。

江子华也发现了自己的异样：他的一只脚也化为流沙，并向腿上蔓延。他用眼角的余光看到，所有人都在化为沙尘，卷入一个巨大的旋涡。

"怎么会这样……"沈素喃喃说，震惊甚至超过了恐惧。

"不——"

江子华绝望地吼着，用尽平生的力气，跌跌撞撞又走了两步，扑向沈素，他的双腿已经消失在流水般的沙旋中，但他的双手终于抱住了沈素。

已经太晚了，他们彼此深深对视，目睹对方越发彻底地化为旋转的飞沙，最后只剩下两张不断接近的面容。

江子华丧失了一切思维，只记得将嘴唇覆盖在了沈素的唇上。他最后的感觉，是她的回应。

那一刻，他们融入彼此，也明白了——一切。

11

细沙的飞旋中，亿万纳米级的智能体分解、流动、交换、融合、建构、变形、生成。

当飞沙消失后，超级共生体已经完成重组，成为一个由无数细微个体组成的集群。覆盖了大半个沙地，却如云朵般轻盈灵动，半透明而发出奇妙的光芒。祂悬浮着，在沙海上飘忽不定，像是一只优雅的水母。

"原来是这么回事……"共生体观照着自己，发出无声的感叹，"我们就是他们，他们也就是我们……真正的约会，现在才刚开始……"

祂伸出了九根类似触手的存在。随即从地下升起九根光柱，光柱中，九个赤裸的少男少女正在沉睡中。共生体用触手缠绕着光柱，千百只萤火虫般的眼睛从各个角度凝视着光柱中沉睡的一个个少年。

共生体扫描着自己刚刚找回的记忆。祂自然不是来自叫火星的太阳系行星，但位于银河彼端的母星环境的确很像那颗苍凉的红色星球，其文明形态也由无数类似沙粒的细微生命体共生进化而成。因此当祂穿越千万光年来到地球考察时，也将这片酷似火星地表的无人区作为主基地，数十个地球年中，各大陆都留下了UFO光临的记录，却无人知道祂其实来自冷湖戈壁。

二十年前，共生体完成了绝大多数科考任务，最后只剩下一项：从地球人的原生视角获得这颗星球的生存体验。这时候，九个天不怕地不怕的少男少女意外地闯入了祂的世界。祂获得了灵感，与他们签署了一份秘密契约。共生体将自己分为两半，一半带着九个孩子通过超光速旅行回到银河内侧的母星，让他们饱览银河系中心地带的文明世界；另一半则化为九个分体，通过扫描地球人类的身体和大脑，汲取了他们的记忆，以此精确模拟着九个少男少女的一切，从人类的原生视角获取这颗星球的各种生存体验。为此，祂按照标准操作流程封存了自己真正的记忆，也让各分体的意识回避这个雅丹之夜，疏远了彼此，以免相互干扰。

二十年后的今天，半个共生体带着九个少年人准时从星海深处归来，所有分体收到另一半所发出的信号后，潜意识里的程序自动开启，引领他们返回到当初的会合点，开始记忆交换。

虽然二十年过去了，但少年们以超光速旅行，相对论效应下相当于只过了一年多，看上去仍是当年的模样。共生体通过亿亿万万个纳米机器控制着他们身体的每个细胞，加速他们的生长，这是为了让他们在地球上继续如常人生存下去所必需的。

男孩和女孩迅速长大。几分钟内，便走过了二十年的岁月，成了三十多岁的成年人。与此同时，共生体将丝带般的触手探入他们的后脑，读取着他们的记忆，那是古往今来任何地球人都难以梦想的神奇经历：他们曾在可以装下一颗行星的超级城市中穿梭，曾经掠过银河核心的黑洞边缘，曾经探索星云中古文明的坟场，曾经潜入数千公里深的海洋星球，与智慧的星核对话……在神奇瑰丽的冒险中，他们也学会了责任、勇气和相互关爱，但这些弥足珍贵的记忆，共生体却不得不在他们脑海中永久封存，否则这些记忆会干扰人类历史的进程。

九个孩子飞快地长大，逐渐变为成人的模样。共生体娴熟地操纵着周围的气流，将散落在周围的衣服和鞋袜托进光柱，为他们穿上，让他们看上去和刚才的九个分体形象一模一样。

接着，共生体将各分体二十年的记忆输入九个人类的大脑里。二十年来，他们的青春与爱情，奋斗与理想，追求真善美的决心，与世浮沉的污浊……一切都与人类无异。不，稍有差别的是，共生体的超级智能仍在无形中增强了他们的禀赋,帮助他们较一般人更好地实现了自己的追求。

从某种意义上讲,少年们的人生被削减了二十年,但二十年中的记忆仍是完整的。祂还为所有人进行了基因增强,他们将比一般人健康长寿许多。这二十年中,共生体积累了足够多的财富和资源,足以让这九人接下来的生活顺遂,相信这些对他们来说也是足够的补偿。

不过记忆交换中还有一个难以处理的地方。事实上,当分体们在地窖中醒来之前,共生体已经进行了第一次融合,发现最后一步的强制返回,在每个分体的记忆中造成了不可忽视的断裂。为此,祂编造了这个催眠的故事加以弥补,再次一分为九后,借由沈素之口告诉所有分体,以确保万无一失。虽然有一些意外波折,但相信九个人类醒来后会接受这个故事,如常生活下去。

片刻后,记忆输入完成了。但共生体仍然多停留了零点零几秒,稍微推动了其中两个个体的心理态势。这有点违规操作,祂明智地决定不把这事向母星的科学委员会报告。

"你们的故事,或许是我们在这个星球上造成的唯一遗憾,希望可以弥补。"

完成这一切之后,共生体舒展身姿,变幻形体,发出奇妙的光晕,缓缓升向银河高悬的夜空。此时若有人能看到祂,将会在这个星球上最后一次留下"飞碟"的确凿目击。

"再见了,地球。再见了,冷湖。宇宙很大,旅途还很漫长。我们再也不会回来,但会怀念曾经在这里作为人类生活的日子,怀念曾在这里生活的九个——自己。"

尾 声

"沈素!"

江子华一个激灵,大叫着睁开眼睛,刚才恐怖的场景还在眼前萦绕,却发现天色已经蒙蒙发亮,那架巨鲸般的人造飞碟还悬浮在头顶。沈素正俯身关切地凝视着他。周围,其他人还酣睡未醒。

"你怎么了?"沈素问。

江子华疑惑地看着周围的一切,"刚才我好像……好像做了一个很荒诞的梦,梦见我们都被沙子吞掉了……"

"可能是催眠的副作用,会激活一些潜意识里的记忆和情感,感觉就像极为真实的梦境。"沈素说。

"嗯……"江子华点点头,"对了,我不知怎么,还想起了一件和你有关的事,可能也是催眠造成的……"

"什么事啊?"

"这个……还是不说了……"

"说嘛!跟我有关怎么能不告诉我!"沈素嗔道,抓住了他的手摇晃着。

"这……好吧。"江子华不知怎么,忽然来了一股勇气,"就是二十年前,我其实还抄了另一首诗,不过最终没敢给你,就是匿名的也不敢。本来都忘了,想不到一觉醒来,又都想起来了!"

"是什么诗啊?"沈素好奇地问。

"好吧,你不要笑我。"江子华不好意思地说着,站起身,却一直握着沈素的手。

十指相扣中,他们一起望向黎明时玫瑰色的天空。江子华轻轻地念道:

我的灵魂再一次苏醒，
你又在我的眼前降临，
如同昙花一现的梦幻，
如同纯真之美的精灵。

我的心在狂喜中跳动，
因为一切又再次觉醒，
有了神性，有了灵感，
有了生命、泪水与爱情。

后　记

二十世纪九十年代初，我在南方一座小县城读小学。在那个相对闭塞的小世界里，我从图书室、书摊或者别的同学的手上，偶然接触到不多的几本中外科幻小说，像是儒勒·凡尔纳的《海底两万里》、小松左京的《宇宙漂流记》、郑文光的《飞向人马座》，以及几部短篇集——基本还是八十年代那一波科幻热潮的遗泽，有的是脍炙人口的名著，有的是今天已被遗忘的次要作品，但同样给年少的我以深深的震撼，让我痴迷不已。

当然，那时候我也接触到并且爱读许多其他类型的故事，从《西游记》到《红岩》，从《射雕英雄传》到《龙珠》，有些在情节层面上更精彩，有些描摹人情世事更生动，有些同样是天马行空的幻想，但相较之下，科幻给我的感觉仍然是最特殊的。那不仅仅是一个个故事，而更像是打开了更高的维度，让我能够以全新的思维去看待宇宙万物。就像刘慈欣曾说过的，当你读完阿瑟·克拉克后，走出门外，看到的星空都会完全不同。

虽然最初的沉醉只剩下一点残留的记忆，但这种感觉再也没有远离过我。我在人生的早期就成了一个铁杆的科幻迷，此后多年间，一直留心寻找科幻小说来阅读。中学时代，能够找到的科幻书屈指可数，但每次发现一本，就像发现新大陆一样兴奋。到了二十一世纪初，我考入北京大学，一方面，阅读条件大为提升，中文科幻书籍比较好找，甚至可以去"啃"若干英文原著（我在那里"啃"完了当时尚未翻译出版的艾萨克·阿西莫夫的《复仇女神》）；另一方面，刘慈欣、王晋康等国内"新生代"名家也正值创作的高峰期，每年都有一些佳作问世，提供了十分丰盛的精神食粮。后来随着出国留学，又有机会去阅读国外名家的最新作品……无论在哪个阶段，每一次当我读到精彩的科幻小说时，同样的内心激荡就会再现："天哪，太奇妙了！怎么会有这么有意思的故事？他/她是怎么能想到的？"

岁月荏苒，因缘际会，我自己到了而立之年后，也敲打着键盘，写起了科幻小说，成了所谓科幻作家，甚至赶上了新一波的科幻热潮。我的创作虽不免为稻粱谋，但在心底的初衷，正是将上述那种奇妙的阅读体验带给新一代的读者。我希望，当读者读到我的小说时，也会如昔日的我读到前辈的科幻作品时那样，感到一个新世界打开时的战栗与迷狂。

坦白讲，这个目标注定无法达成。除去笔者的写作能力和许多前辈大师比相去霄壤这一最明显因素外，也不能不承认，虽然中国科幻表面上热热闹闹，实则危机四伏。在今天这个信息爆炸、娱乐至死的时代，读者们见识广泛，对各种文娱形式都已司空见惯，而科幻小说作为其中之一，也正站在一个十字路口。那些曾经风靡世界，令我在少年时代为之惊叹的科幻概念，如今已变得陈旧。银河帝国、赛博空间、机器觉醒、时间旅行、平行宇宙、纳米灾难……今天的读者还有什么没见过？甚至对科技本身的进展，人们也日益感到麻木。不要说让读者痴迷，就是要写出令人眼前一亮的文字，也已经越来越艰难。

这些年来，科幻作家们也在进行着不同方向上的探索。有的积极开拓语言学、心理学、经济学等以往科幻较少涉足的领域；有的将创作的重心转向性别认同、阶层矛盾等社会现实议题；有的在文学性的方向上有更多的开拓；有的则试图结合推理、奇幻、历史等其他类型的主题……笔者的创作，有不少也深深受益于这些尝试。

但无论具体创作方式如何，我始终不能忘却自己的初心。当我阅读科幻作品时，最想要得到的是一场奇妙诡谲的头脑风暴，或者说，是一种能够把日常生活经验碾压得粉碎的思想实验。我理想中的科幻，绝不故作晦涩高深来让读者膜拜，也不以满足人的欲望或情感需求来招揽读者，甚至也未必承担科普的功能或对未来的指导，而是专注于打破现实和一般幻想的边界，将可能性的视野引向无限。科幻，就像当年雨果·根斯巴克创办的第一本科幻杂志的名字"惊奇故事（Amazing Stories）"所昭示的，无论是令人战栗、深思还是引人大笑，总需要包含那些在其他地方找不到的惊异与奇趣。

这部《美食三品》正是笔者依照这一理念编撰的一部自选集。希望借此带给读者一些阅读科幻的原发乐趣，也是我自己读科幻的乐趣。本书中收录的作品，涵盖了我迄今一十五年的创作生涯，但其中大部分是最近几年所作而尚未结集发表过的，代表了我自己近年的一些探索方向。显然不可能每篇文字都能达到希冀中的效果，而许多作品也不免有这样那样的缺陷，但差足自慰的是，没有哪篇是遵循敷衍成文的套路，而是总能稍稍翻出一些新意，探索无垠时空中一些罕有人至的角落，或者在平凡的日常世界找到奇光异彩——如果不是这样，我也不会有写下这些故事的兴趣。另外透露一点，其中至少有两篇小说找到了特殊的知音，正在被改编为影视或动画，希望在不久的将来能以具象的形式和大家见面。

本书的出版，要感谢八光分文化的CEO杨枫老师、科幻编辑戴浩然先生，以及新星出版社的责编施然女士，多亏了这几位良师益友的工作，才让这本小集能够这么快问世。另外还要特别致谢本书同名作品《美食三品》的责编刘维佳老师，这篇小说是在他的鼓励和催促下才能最终完成，发表于《银河边缘》后，在豆瓣等处得到了不少好评，也因此有了入围2024年雨果奖的幸运。本书中的其他篇目，乃至于我整体的创作生涯，都得到过许多师友的指点和帮助——自然也包括那些从年少时就陪伴我的精神导师。请恕我在此不能一一列举，但我这些不足道的文字与想象本身，就是对你们长久倾诉的谢意。

宝树

2024.06.06